21 世纪普通高等教育电气信息类规划教材

单片微型计算机原理及工程应用

吉 涛 李明辉 黄 勋 编著

化学工业出版社

·北京·

本书立足于 MCS-51 系列单片机，以目前使用最广泛的 MSC-51 兼容产品——Atmel 89C51/89S51 为对象，全面介绍了此架构类型单片机的历史沿革、结构组成、基本原理、接口扩展技术；对以单片机为核心控制器的嵌入式系统构建，从工程应用的角度，阐述了其主要的设计方法和技术。

全书共分 9 章及帮助读者自学和实践的附录，内容涵盖三个层次：单片机硬件结构组成与工作原理、单片机软件系统、单片机工程应用设计。具体包括：单片机基础知识、51 系列单片机基本结构、指令系统与程序设计、中断系统和定时器/计数器、并行/串行扩展技术、单片机常用接口技术、单片机工程应用技术、Keil μVision2 与 Proteus、单片机高级语言 C51。为了帮助读者阅读和学习，在每一章节前列出了本章的重点和难点内容，每章结尾给出本章小结，并为读者开辟一个延伸阅读关键字区域，帮助读者进行深入阅读，书中的例程都提供模拟仿真资料以备读者练习。

本书是在参考了大量单片机的最新资料、汲取了工程开发应用中的许多成果和经验后编写而成的，兼顾了通俗性、系统性、先进性和实用性，可以作为高等院校、高职高专电气工程及其自动化、自动化、机械设计制造及其自动化、电子信息工程、通信工程等工科专业计算机原理、单片机原理及应用的教材，也可以作为工程技术人员的参考和自学资料。

图书在版编目（CIP）数据

单片微型计算机原理及工程应用/吉涛，李明辉，黄勋编著. —北京：化学工业出版社，2010.6
21 世纪普通高等教育电气信息类规划教材
ISBN 978-7-122-08417-0

Ⅰ. 单…　Ⅱ. ①吉…　②李…　③黄…　Ⅲ. 单片微型计算机-高等学校-教材　Ⅳ. TP368.1

中国版本图书馆 CIP 数据核字（2010）第 077053 号

责任编辑：郝英华　　　　　　　　　　装帧设计：尹琳琳
责任校对：王素芹

出版发行：化学工业出版社（北京市东城区青年湖南街 13 号　邮政编码 100011）
印　　刷：北京永鑫印刷有限责任公司
装　　订：三河市万龙印装有限公司
787mm×1092mm　1/16　印张 17¼　字数　447　千字　2010 年 7 月北京第 1 版第 1 次印刷

购书咨询：010-64518888（传真：010-64519686）　　售后服务：010-64518899
网　　址：http://www.cip.com.cn
凡购买本书，如有缺损质量问题，本社销售中心负责调换。

定　　价：32.00 元　　　　　　　　　　　　　　　　版权所有　违者必究

前　言

　　嵌入式技术作为计算机技术的一个重要分支，广泛地应用于工业控制、机电一体化产品、智能仪表、家用电器、通信及汽车制造等诸多领域。MCS-51 及其兼容单片机，是广为工程技术人员熟悉的一种嵌入式微控制器，特别是各大专院校的电气工程及其自动化、自动化、机械设计制造及其自动化、电子信息工程、通信工程等工科专业，都以其作为一门重要的技术基础课，使得 MCS-51 及其兼容单片机在国内被用户广泛认可和采用，占有了主要的市场份额。随着单片机应用技术的发展，单片机产品不断更新换代，如 Atmel 公司的 AT89 系列，Philips 公司的 80C51 系列，SST 公司的 SST89 系列以及 Siemens 等公司也都在 8051 的基础上先后推出了新型兼容机。这些产品都具有 Intel MCS-51 的内核，有相同的 CPU 结构和指令系统，有些产品的引脚功能也完全相同，而其 CPU 的速度、功能、内部资源以及寻址范围、可扩展性等方面都有大幅度提高。这种内核的一致性，使得凡是学习和使用过 MCS-51 单片机的人，再学习、掌握和使用该系列不断更新的兼容机时，就非常容易了。本书中以 "51 单片机" 来泛指有 Intel MCS-51 内核的单片机系列。

　　本书根据笔者多年的单片机教学积累，结合工程应用、教学实例编写而成，力图使读者能够清晰、明快地掌握单片机基本结构和原理，并能使用单片机进行系统设计，将单片机应用于工程实际中。全书具有如下特点。

　　（1）由计算机基本原理引入，阐述单片机与嵌入式系统在控制领域的地位和发展，为适合不同基础读者学习，还介绍了计算机运算基础知识的内容。

　　（2）以当今最流行的、应用最普遍的 80C51 及 Atmel 89S51 系列单片机为主线，介绍 MCS-51 系列单片机的基本原理、指令系统、接口扩展、工程应用基础等。

　　（3）本书着力于实践，引入仿真技术，通过附录向读者介绍了流行的嵌入式系统集成调试环境 Keil μVision2、全软件仿真并可以进行 PCB 电路板设计的 EDA 设计系统 Proteus，为读者在学习的同时，进行实践练习创造最便利的手段。书中全部程序及主要的电路实例，均由笔者在以上两款软件系统中设计并调试通过，读者根据附录的上机操作指导进行学习，就可以亲自实践，在练习中巩固知识；附录还介绍了 C51 和常用集成电路引脚，给读者的软硬件设计提供帮助。

　　（4）融入新技术的发展，近年来串行总线及接口设计已经逐渐取代了传统教材不断介绍的单片机并行扩展应用，本书一方面保留传统教学中通过对并行扩展的介绍，阐述计算机扩展的技术方法，另一方面对新一代单片机及单片机系统支持的如 I^2C、SPI/Microwave、1-Wire、CAN 等串行总线进行了介绍，使读者获得最新的知识，为工程应用打下基础。

　　（5）本书为读者提供清晰的学习线索，每章开头设有内容提要和学习难点，书中根据内容适时地插入 "小知识"，介绍一些引申概念，章节尾部设有 "延伸阅读的关键字"，引导读者进行更深入的资料阅读。

　　（6）为了配合教学，本书在内容安排上力求循序渐进、重点突出，第 1～6 章及第 7 章 7.1、7.3 节作为 MCS-51 单片机基本功能及原理介绍；其他章节介绍接口技术、工程应用等系统设计知识；附录为读者提供了单片机学习的主要技术手段和常用速查信息；每章的 "内容提要"、"学习难点"、"本章小结"以及"习题与思考题"，帮助读者明确阶段性的学习重点和难点，巩固基本原理和分析方法，在学习中思考，在练习中提高。

本书可以作为高等院校、高职高专工科专业计算机原理、单片机原理及应用的教材以及毕业设计的参考资料，也可以作为一本参考书和自学资料，为从事 MCS-51 单片机学习、开发、应用的学生和工程技术人员使用。作为教材，建议课堂授课 40～60 学时，实验 20 学时。

本书相关电子教案及例题仿真资料可免费提供给采用本书作为教材的院校使用，如有需要可发送邮件至 haoyinghua@cip.com.cn 索取。

本书由陕西科技大学机电学院吉涛、李明辉、黄勋编著。吉涛制定了全书大纲和框架结构，并编写了第 1、2、4、6、7、8 章及附录内容；第 3、5 章由黄勋编写；第 9 章由李明辉编写。全书由吉涛统一定稿。

全书由陕西科技大学刘乘教授主审，在编写和审定过程中，刘乘教授提出了许多宝贵的建议和改进意见，在此表示衷心的感谢。

由于作者水平有限，书中不妥之处，恳请读者批评指正。

编 著 者
2010 年 5 月于陕西科技大学　西安

目　录

第1章 单片机基础知识

内容提要

　① 了解工业计算机的基本原理；

　② 了解嵌入式系统的概念；

　③ 什么是单片机；（重点）

　④ 掌握计算机中数的表达及常见码制。（重点）

学习难点

　① 嵌入式微型计算机的组成与原理；

　② MCS-51 系列单片机的特性；

　③ 码制。

1.1 微机及工业控制用计算机

1.1.1 微型计算机的组成与工作原理

（1）微型计算机系统组成

一个完整的微型计算机（Microcomputer，μC）系统是由硬件部分与软件部分组成。

硬件指的是组成计算机的物理实体，包括微型计算机和外围其他硬件设备。

软件指为运行、管理和维护计算机系统或为实现某一功能而编写的各种程序的总和及其相关资料。计算机系统组成如图 1-1 所示。

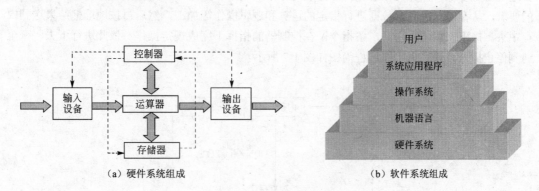

（a）硬件系统组成　　　　　　　　　　　　（b）软件系统组成

图 1-1　计算机系统组成

微机形状虽小，却也是完整的计算机，它具有与大型计算机相同的五大硬件组成部分，即运算器（Arithmetic and Logic Unit，ALU）、控制器（Control Unit）、存储器（Memory Unit）、输入设备（Input Device）、输出设备（Out Device）。各个组成部分由总线系统连接。运算器与控制器是计算机的心脏，在微机中总是被整合在一起，称为中央处理单元（Central Processing Unit，CPU），拥有以上计算机基本组成部件的设备就可以称为计算机。

① CPU　通常称之为微处理器（Microprocessor，μP），是计算机的核心部件，是一种半导体集成电路器件，负责组织算术/逻辑运算，即对各类存储信息进行控制、处理。按照 CPU 中 ALU 一次所能处理的二进制数据位数分，CPU 分为 4 位、8 位、16 位、32 位及 64 位等。

② 存储器　用来存放程序或相关数据，通常分为程序存储器和数据存储器，控制用微机的存储器全部都是半导体集成电路存储器。

按照读写方式分为：RWM (Read/Write Memory)和 ROM (Read Only Memory)。

按照访问方式分为：RAM (Random Access Memory)和 SAM (Sequential Access Memory)。

按照掉电保持分为：VM (Volatile Memory)和 NVM (Non-Volatile Memory)。

通常微机系统中简称为 ROM 和 RAM 两类，按照其特征，分别代表程序存储器和数据存储器。

③ I/O 设备　计算机系统与外界进行信息、数据交换的通道，其范围广泛，既可以指连接在计算机上的各种数据交换设备，也可以指 CPU、控制器等的 I/O 界面（Interface）及操控端口（Port）。

微机的软件系统包括系统软件、应用软件。

① 系统软件　指为了计算机能正常、高效工作所配备的各种管理、监控和维护系统的程序及其有关资料，如操作系统软件 Windows XP、单片机汇编语言、C 语言的解释程序和编译程序等。

② 应用软件　指用户使用各种程序设计语言编制的面向具体应用的程序集合，如某杀毒软件、某机电设备控制程序等。

（2）微型计算机工作原理

计算机的基本原理是存储程序和程序控制，由美籍匈牙利数学家冯·诺依曼于 1945 年提出，故称为冯·诺依曼原理。如今各类不同的计算机都是建立在这个原理基础之上的，其内容是预先要把指挥计算机如何进行操作的指令序列（称为程序）和原始数据通过输入设备输送到计算机内存储器中，每一条指令中明确规定了计算机从哪个地址取数，进行什么操作，然后送到什么地址去等步骤。计算机在运行时，先从内存中取出第一条指令，通过控制器的译码，按指令的要求，从存储器中取出数据进行指定的运算和逻辑操作等加工，然后再按地址把结果送到内存中去。接下来，再取出第二条指令，在控制器的指挥下完成规定操作。依此进行下去，直至遇到停止指令。计算机工作过程简图如图 1-2 所示。

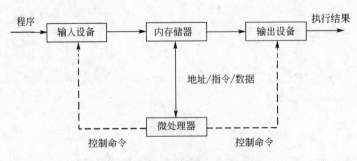

图 1-2　计算机工作过程简图

小知识：微控制器的两种架构——冯·诺依曼与哈佛结构

冯·诺伊曼结构也称普林斯顿(PRINCETON)结构，是一种将程序指令存储器和数据存储器合并在一起的存储器结构。程序指令存储地址和数据存储地址指向同一个存储器的不同物理位置，因此程序指令和数据的宽度相同。数据总线和地址总线共用。

哈佛(HARVARD)结构，是对冯·诺依曼结构的改进，采用数据存储器与程序代码存储器分开，各自独立的数据总线与地址总线，但需要 CPU 提供大量的数据线，因而很少使用哈佛结构作为 CPU/MCU 外部构架来使用。

1.1.2　微型计算机的形态

从世界上第一台使用电子管制造的电子数字计算机 ENIAC(Electronic Numerical Integrator and Computer)诞生至今，计算机得到了飞速的发展，这得益于日新月异的电子技术革命。计算机的主要组成部件，其逻辑电路的构成，经历了从电子管到晶体管，再到集成电路(IC)、大规模集成电路(LIC)、超大规模集成电路(VLIC)的进步过程。戈登·摩尔(Gordon Moore)，英特尔公司(Intel)的创始人之一，1965 年发现了一个惊人的趋势，这就是广为人知的摩尔定律，他预测晶体管集成度将会每 18 个月增加 1 倍；微处理器的性能每隔 18 个月提高一倍，而价格下降一半；用一个美元所能买到的电脑性能，每隔 18 个月翻两番。此后 40 多年中，半导体芯片的集成化趋势一如摩尔的预测，推动了整个信息技术产业的发展，促进了计算机性能的不断提高，而与此同时，体积、价格却不断缩减，使之可以将计算机微型化，直至能嵌入千家万户的日常生活每个角落。在应用领域，用于工业程序控制的微机、用于个人的 PC 计算机、嵌入微型计算机的各类微电脑电子产品，与以往的计算机、特别是功能和应用非常复杂的大型计算机有了很大的不同。

当谈到微型计算机，最具代表性的形态就是 PC(Personal Computer)计算机系统，或称为系统微机、个人电脑，这类微机形态被称为多板机形态，如图 1-3 所示，其 CPU、存储器、I/O 接口电路及连接它们的总线系统组装在一块系统主板（称为 Mainboard、Systemboard、Motherboard）上，其他功能性板卡插在主板的扩展插槽里，与专用电源、磁盘系统等构成一套完整功能的计算机系统。PC 机主要用于简单的科学计算、商务处理、家庭办公及娱乐等方面。

图 1-3　多板机系统母版与子卡

将微型计算机的各个组成部件整合、简化为多块芯片，从而装配在一块印刷电路板上，配以简单的键盘和显示设备，就形成了微机的第二种形态——单板机，如图 1-4 所示，其主要应用于工业控制器、医疗设备等。

在一片集成电路芯片上如果集成了计算机系统的各个组成部分，就可以构成微机的第三种形态——单片机 SCM(Single Chip Microcomputer)，如图 1-5 所示，这正是本书的介绍对象。

1.1.3　控制用微机及其应用

"控制"这一概念有两个层面的含义。从狭义上理解，指为修正偏离目标值的偏差而进行的一连串操作动作，如在控制理论中常常使用的 PID 控制、最优控制、自适应控制等；而控制用微机所提及的"控制"，是指广义的控制，不仅包括狭义的控制概念，更包括监控、运行、管理、管制等含义。例如，在生产过程中，在库存管理、运行管理、信息流向的管制以及对于异常事态的监控等方面。

图 1-4 单板机系统

图 1-5 单片计算机

在工业、军事、民用等的控制领域里，微型计算机扮演着绝对的主角，为各类繁简不同的控制理论和方法提供实现的平台，此类计算机即为控制用微机，主要包括三大类。

单片型微机，即 SCM(Single Chip Microcomputer)，它其实是一种微控制器(Microcontroller)，如今更准确的称谓应该为 MCU(Micro Controller Unit)，是一种廉价而功能又较强的控制器，适用于控制相对简单、要求成本投入较少的实时控制领域。

可编程序控制器（Programmable Logic Controller，PLC），是在电气控制基础上，结合计算机技术而发展起来的一类具有通用性强、使用方便、适应面广、可靠性高、抗干扰能力强、编程简单等特点的工业控制微机，控制核心可以采用微处理器(μP)或者微控制器(MCU)，在工业自动化控制特别是顺序控制中的地位非常重要。PLC 实际上是专为工业环境使用的通用控制平台，资料显示，凡 8 个以上中间继电器组成的控制系统都适合采用 PLC 来取代。

工业控制计算机（Industrial Personal Computer，IPC），即工控机或工业电脑，以微处理器(μP)为核心，专门为工业现场而设计的计算机。工业现场一般有较强烈的震动或撞击，温度、湿度条件差、灰尘多，电源波动大，还有很高的电磁干扰存在等，且设备需要连续作业，常年不停机。因此，工控机在具有普通 PC 机的基础架构之上，在应对工业控制现场诸多特点方面，进行了严格的工业及电气性能设计，使其可以作为一个工业控制器在工业环境中可靠运行。工控机因为具有 PC 机的特点，因此更易操作和管理，支持各种高级语言和操作系统软件，有大量最新的应用软件可以选择，人机界面友好，更易进行面向问题的设计，适于解决较复杂的控制问题，缺点是成本投入相对前两者要更高。

根据控制系统的复杂程度和应用特点，控制用微机各有其适合的应用领域。通过图 1-6 中可编程控制器和工控机的一般外形，以及与单片机相比较，可以发现，控制用微机形态差异非常大，但是有一点是相同的，即都具有计算机系统的基本架构。

学习控制用计算机需要了解计算机组织机构、电子电路、半导体集成电路芯片等硬件方面的知识和编程语言等软件方面的知识。在应用中，设计的控制主程序总是以无休止的固定循环方式在周而复始的进行巡检，检查硬件电路的输入信号，这些信号来自开关、各类传感器等输入设备的状态，经由控制器的处理，转化为对各种输出设备的控制信号，借由驱动电路将控制动作送到现场。

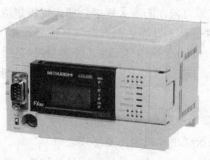
（a）PLC

（b）工控机

图 1-6　PLC 与工控机

1.2　嵌入式系统与单片机

1.2.1　嵌入式系统的概念

（1）嵌入式系统的概念

在控制领域和计算机领域，"嵌入式系统"这个词越来越多地被使用，掀起了嵌入式系统应用热潮，那么什么是嵌入式系统呢？

电子数字计算机诞生后很长一段时间，计算机始终是供养在特殊的机房中，实现数值计算的大型昂贵设备。直到 20 世纪 70 年代，微处理器(μP)的出现，计算机才出现了历史性的变化。以微处理器为核心的微型计算机以其小型、价廉、高可靠性特点，迅速走出机房；基于高速数值解算能力的微型机，表现出的智能化水平引起了控制专业人士的兴趣，要求将微型机嵌入到一个对象体系中，实现对象体系的智能化控制。例如，将微型计算机经电气加固、机械加固，并配置各种外围接口电路，安装到大型舰船中构成自动驾驶仪或轮机状态监测系统。这样一来，计算机便失去了原来的形态与通用的计算机功能。为了区别于原有的通用计算机系统，把嵌入到对象体系中，实现对象体系智能化控制的计算机，称作嵌入式计算机系统。因此，嵌入式系统诞生于微型机时代，嵌入式系统的嵌入性本质是将一个计算机嵌入到一个对象体系中去。

嵌入式系统本身是一个相对模糊的定义，内容涵盖可以从控制系统至机械执行机构等附属装置。根据 IEEE（国际电机工程师协会）的定义，嵌入式系统是"控制、监视或者辅助装置、机器和设备运行的装置"（Devices used to control, monitor, or assist the operation of equipment, machinery or plants），这主要是从应用上加以定义的，从中可以看出嵌入式系统是软件和硬件的综合体。目前在我国普遍被认同的定义是：以应用为中心、以计算机技术为基础、软件硬件可裁剪、适应应用系统对功能、可靠性、成本、体积、功耗严格要求的专用计算机系统。更简单地，嵌入式系统可以被通俗理解为非 PC 系统，但又有计算机功能，却又不称之为计算机的设备或器材。此时的微型计算机是嵌入于应用对象体系中，发挥计算机的作用。

嵌入式系统就是满足对象系统的环境要求，满足对象应用要求的专有最小软、硬件配置，能满足对象系统控制要求的计算机系统，而内部有嵌入式系统的产品，称为嵌入式设备。

（2）微型计算机分类

早期，为了实现大型设备的自动控制，对当时的计算机系统进行改装，以实现嵌入式应用。然而，对于众多的小型对象系统（如家用电器、仪器仪表、工控单元等），无法嵌入这种以数学运算为其特长的计算机系统，况且嵌入式系统的要求与通用计算机系统的技术发展方向完全不同，因此，两者有着完全不同的技术要求与技术发展方向，随着大规模与超大规模集成电路技术的快速发展，在微型计算机领域形成了现代计算机技术发展的两大分支：微处理器（Micro Processor Unit，MPU）和微控制器（Micro Controller Unit，MCU）。微处理器 MPU 是微型计算机的核心部件，它的性能决定了微型计算机的性能。微控制器 MCU 主要用于嵌入式控制领域。以它们为核心形成两类计算机系统：

$$计算机系统 \begin{cases} 通用式计算机系统（PC机）\\ 嵌入式计算机系统（单片机为主要形式之一） \end{cases}$$

通用计算机系统的技术要求是高速、海量的数值计算，技术发展方向是总线速度的无限提升，存储容量的无限扩大，其微处理器向着高速运算、大量数据分析与处理、支持大规模容量存储等方向发展，以提高通用计算机的性能，其接口界面也是为了满足外部设备和网络接口而设计的。通用式的计算机从早期的数值计算、数据处理发展到当今的人工智能阶段。它不仅可以处理文字、字符、图形、图像等信息，还可以处理音频、视频等信息，并正向多媒体、人工智能、数字模拟和仿真、网络通信等方向发展。

而嵌入式计算机系统的技术要求是从工业测控对象、环境、接口特点出发，关注对象的智能化控制能力，技术发展方向是与对象系统密切相关的嵌入性能、控制能力、工业环境下的可靠性、灵活性等方向发展。它构成的检测控制系统应该有实时的、快速的外部响应，应该能迅速采集到大量数据，能在做出正确的逻辑推理和判断后实现对被控制对象参数的调整与控制。作为嵌入式计算机主要成员，单片机的发展直接利用了 MPU 的成果，也发展了 16 位、32 位的机型。但它的发展方向是高性能、高可靠性、低功耗、低电压、低噪音和低成本。目前，单片机的主流仍然是以 8 位机为主，16 位、32 位机为辅。单片机的发展主要还是表现在其接口和性能不断满足多种多样检测控制对象的要求上，尤其突出表现在它的控制功能上，构成各种专用的控制器和多机控制系统。

20 世纪 70 年代后，通用计算机系统与嵌入式计算机系统的专业化分工以后，促使计算机技术飞速发展，致力于发展通用计算机系统的软、硬件技术，不必兼顾嵌入式应用要求，通用微处理器迅速从 8 位机、数十兆外频，升级到如今的多核心、64 位、数千兆外频，如 Intel 酷睿 i7 系列；操作系统则相应改进，存储容量激增，使通用计算机系统不断向中、大型计算机挑战。嵌入式计算机系统则走上了一条完全独立发展的道路，这就是单芯片化。将发展计算机技术的任务扩展到传统的电子系统领域，迅速地将传统的电子系统发展到智能化的现代电子系统时代，使得计算机成为进入人类社会全面智能化时代的有力工具。

1.2.2　单片机的概念

单片机是一种典型的嵌入式系统微控制器（Embedded Controller），它完全是按照嵌入式系统要求设计的。早期的单片机只是按嵌入式应用技术要求设计的计算机单芯片集成，即把组成微型计算机的各个功能部件，如中央处理器 CPU、随机存储器 RAM、只读存储器 ROM、输入/输出接口电路、定时器/计数器以及串行通信接口等集成在一块芯片中，构成一个完整的微型计算机，故名单片机。随后，单片机为满足嵌入式应用要求，不断增强其控制功能与外围接口功能，尤其是突出控制功能，因此国际上已将单片机正名为微控制器 MCU。而单片机一词至今还在使用，是因为我国大部分从事这一领域研究的人员，习惯上沿用当初引进 MCS（Intel 的单片机产品）系列单片机时的称谓而已。

如今，单片机是指一个集成在一块芯片上的完整计算机系统，同时，为了便于在嵌入式控制领域的应用，还集成了定时器/计数器、中断控制器、串行接口等。随着大规模集成电路的发展以及应用领域的需求，单片机内还可以包含 A/D、D/A 转换器、WDT、DMA 通道、浮点运算等新的特殊功能部件。由于单片机有为嵌入式应用设计的专用体系结构和指令系统，因此有良好的发展前景，在其基本体系结构基础上，可衍生出满足各种应用系统要求的兼容系统，为用户提供广泛选择最佳种类和型号的便利。

单片机表面看来就是一枚普通的 IC 芯片，管脚数量根据厂家以及型号有所不同，被广泛应用在通信、自动化、航天航空、仪器仪表、家用电器等各种电子设备中。单片机内部的 CPU 可根据程序指令做一些算术与逻辑运算，运算的数据源和一些中间结果一般存储在单片机内部的数据存储器中，并通过 I/O 接口与外界交互信息。单片机的行为是受到程序指令控制的，程序一般放在程序存储器中，其特点是断电内容不丢失，而且只能读取，不能被程序修改。

单片机属于微型计算机的一个应用分支，表 1-1 给出通用微机与单片机的对比。

表 1-1 通用微机与单片机的对比

项　　目	PC	单　片　机
概念	形态标准，外部设备齐全，应用多个单片机和一个微处理器、通过装配不同的应用软件，多个部件组成的适应社会各个方面的计算机应用系统	芯片级产品。它以某一种微处理器为核心，将 RAM、总线、ROM/EPROM、总线逻辑、定时/计数器、并行 I/O 口、串行 I/O 口、看门狗、脉宽调制输出、A/D、D/A 等集成到一块芯片内
主机板	复杂	简单
CPU	奔腾、AMD 等	片内集成
存储器	硬盘、内存条	片内集成或外扩展芯片
操作系统	Windows 或 Linux 等	自己编制、自行发展
输出	CRT 或 LCD 屏幕等	端口输出电信号驱动 LED 数码管或 LCD、发光管指示
输入	标准键盘、鼠标等	端口输入非标准键盘及电信号
编程语言	VC、VB 等	汇编语言或 C 语言
应用	常在办公室、家庭见到	已经嵌入到产品中，几乎见不到

1.2.3　单片机的分类

单片机作为计算机发展的一个重要领域，种类繁多，根据目前的发展情况，从不同角度单片机大致可以分为以下几种。

按字长可分为 4 位机、8 位机、16 位机、32 位机等。

按应用领域可分为家电类、工控类、通信类、个人信息终端类等。

按通用性可分为通用型和专用型。

按总线结构可分为总线型和非总线型。

人们通常所说的单片机主要指通用型单片机。通用型单片机是把可开发资源全部提供给使用者的微控制器。专用型单片机则是为过程控制、参数检测、信号处理等方面的特殊需要而设计的单片机。

1.2.4　单片机的特点与优点

（1）单片机的特点

① ROM 和 RAM 是严格区分开的　ROM 称为程序存储器，只存放程序、固定常数及数据表格。RAM 则为数据存储器，用作变量工作区及存放用户数据。这种结构设计主要是考虑到单片机用于控制系统中，有较大的程序存储器空间，把开发成功的程序固化在 ROM 中，而把少量的随机数据存放在 RAM 中。这样，小容量的数据存储器能以高速 RAM 形式集成在单片机内，以加速单片机的执行速度。

② 单片机的 I/O 引脚通常是多功能　由于单片机芯片上引脚数目有限，为了解决和需要的信号线数量的矛盾，采用了引脚功能复用的方法，即一个引脚常常具有不同的功能应用，引脚处于何种功能，可由指令来设置或由机器状态来区分。

③ 单片机的外部扩展能力强　在内部的各种功能部分不能满足应用需求时，均可在外部进行扩展（如扩展 ROM、RAM，I/O 接口，定时器/计数器，中断系统等），与许多通用的微机接口芯片兼容，给应用系统设计带来极大的方便和灵活性。

④ 采用面向控制的指令系统　为满足控制的需要，单片机有更强的逻辑控制能力，特别是具有很强的位处理能力。

（2）单片机的优点

① 功耗低、抗干扰能力强　为满足广泛使用的便携式设备，许多单片机供电电压从 5V 降到 1.8～3.6V，工作电流降到微安级，功耗很低；由于单片机的存储器访问、总线 I/O 传输多在芯片内部，因而抗干扰、可靠性高。

② 体积小、重量轻，性价比高　单芯片设计，拥有控制的最小系统，使得其可以以最精简的组合满足应用的需求，获得极高的性价比。

③ 品种多，型号全，使用方便　功能增强，CPU 从 4 位、8 位、16 位、32 位到 64 位，越来越多采用精简指令集（RISC）技术；同时，品种型号更新扩充以适应各种需要，使系统开发者有很大的选择自由。

1.2.5　单片机的应用

嵌入式应用已经渗透到人们生产、生活的各个方面，成为单片机类 MCU 产品应用系统的主流，如一台 PC 个人计算机内嵌入了 10 余片单片机；一辆 BMW-7 系列宝马轿车中嵌入了 63 片单片机；Motorola 也曾做出估测，2010 年平均每人每天接触 351 片单片机；而在 2004 年至 2009 年全世界单片机(MCU)单位出货量的年复合增长率达到 10.3%，仅 2004 年单片机(MCU) 市场产量就为 68 亿片（比上一年增长了 35%）。据统计，我国的单片机年容量已达 1～3 亿片，且每年以大约 16%的速度增长，但相对于世界市场我国的占有率还不到 1%。这说明单片机应用在我国才刚刚起步，有着广阔的前景。

（1）单片机应用系统结构

单片机的应用形式是以一个智能化的控制单元，嵌入到对象结构、体系或环境中，构成嵌入式应用电路。单片机应用系统是以单片机为核心，再加上接口电路及外设等硬件电路和软件，构成单片机应用系统，通常包含 3 个层次，如图 1-7 所示，即单片机、单片机系统、单片机应用系统。因此，单片机应用系统的设计人员必须从硬件和软件角度来研究单片机，需要具备电子电路和软件工程两方面的专业素质，这样才能研究和开发出单片机应用系统和产品。

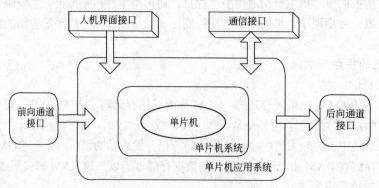

图 1-7　单片机应用系统组成

单片机：是应用系统的核心，作为控制主机，是设计系统时选择的某种类型单片机器件，需要根据应用对象的特点，在众多的器件中遴选性能、特点最符合设计要求的一款作为开发设计的支点。

单片机系统：根据选定的单片机，设计符合技术要求、满足对象对单片机资源需求的单片机电路，构成单片机系统。这包括保证单片机能正常工作所必需的复位、晶振等基本电路，构成单片机最小应用系统；还包括单片机本身资源不能满足设计需求时，在单片机外部进行的外部扩展电路，如看门狗、存储器、定时器/计数器、中断源等外围扩展，形成能满足应用的计算机控制系统。

单片机应用系统：是指能够满足嵌入式对象具体应用要求的全部电路系统和软件系统的总和，它是在单片机系统的基础上，添加面向应用对象的前向通道、后向通道电路，面向管控操作的人机界面（Human Machine Interface, HMI）电路，面向通信的通信接口电路等硬件，并在系统应用软件的支持下，能在嵌入的对象中独立工作，实现控制功能的计算机系统。

> **小知识**：前向通道、后向通道
>
> 前向通道：指信号的输入通道，例如人机接口的键盘、传感器信号输入等,是面向检测对象的。
>
> 后向通道：指系统的输出信号通道，例如控制信号输出等，是面向控制对象的。

（2）单片机的应用领域

按照单片机应用的特点，可分为单片机单机应用和多机应用两大类。

① 单片机单机应用　在一个应用系统中，只使用一片单片机，这是目前应用最多的方式，单片机应用的主要领域如下。

a. 实时测控系统。用单片机可构成各种工业控制系统、自适应控制系统、数据采集系统等，达到测量与控制的目的。例如：温室人工气候控制、水闸自动控制、电镀生产自动控制、汽轮机电液调节系统、车辆检测系统等。

b. 智能仪表与接口。用单片机改造原有的测量、控制仪表，推动仪表向数字化、智能化、多功能化、综合化发展，如温度、压力、流量、浓度显示、控制仪表等。通过采用单片机软件编程技术，使长期以来测量仪表中的误差修正、线性化处理等用硬件电路难以实现的难题迎刃而解。在计算机系统，特别是较大型的工业测、控系统中，用单片机进行接口的控制与管理、单片机与主机可并行工作，大大提高系统的运行速度，比如电脑键盘系统就是一个单片机控制系统，通过串行通信向主机传递信息。

c. 机电一体化产品。单片机与传统的机械产品结合，使传统机械产品结构简化，控制智能化，构成新一代的机、电一体化产品。例如在电传打字机的设计中由于采用了单片机可提高可靠性、增强功能、降低控制成本。

d. 家用电器。数字化的家电产品就是单片机嵌入式系统的最好体现。从电饭煲、洗衣机、电冰箱、空调、彩电到其他音响视频器材、再到电子称量设备，五花八门，无所不在。

② 多机应用　单片机的多机应用系统可分为功能集散系统，并行多机处理及局部网络系统。

a. 多功能集散系统。是为了满足工程系统多种外围功能要求而设置的多机系统。例如一个加工中心的计算机系统由多片单片机构成，每个单片机完成某个独立功能，如机床加工运行控制，控制对刀系统、坐标系统、刀库管理、状态监视、伺服驱动等。

b. 并行多机控制系统。并行多机控制系统主要解决工程应用系统的快速问题，以便构成大型实时工程应用系统。

　　c. 局部网络系统。单片机网络系统的出现使单片机应用进入了一个新的水平。目前单片机构成的网络系统主要是分布式的测、控系统。单片机主要用于系统中的通信控制，构成各种测控用的子级系统。

　　单片机的应用从根本上改变了控制系统传统的设计思想和设计方法，以前需要硬件电路实现的大部分功能，正在被单片机通过软件方法实现，这种以软件取代硬件并能提高系统性能的控制技术称为智能微控制技术。例如，单片机实现数字控制、模糊控制、自适应控制等。随着单片机应用的发展，微控制技术将不断发展完善。

1.3　单片机的发展

1.3.1　单片机的发展历史

　　单片机乃至计算机技术的发展，是伴随着半导体工业技术的不断突破而发展的，自 1974 年美国仙童（Fairchild）公司推出第一台 F8 单片机到现在，单片机作为微型计算机的一个重要分支，其发展主要经历了以下四个阶段。

　　第一阶段（1974～1976 年）：单片机初级阶段。因半导体工艺限制，单片机采用双片的形式而且功能比较简单。例如仙童公司生产的 F8 单片机，实际上只包括了 8 位 CPU、64 个字节 RAM 和两个并行口。因此，还需加 1 块 3815（由 1K ROM、定时器/计数器和 2 个并行 I/O 口构成）才能组成一台完整的计算机。

　　第二阶段（1976～1978 年）：低性能单片机问世，以 Intel 公司的 MCS-48 为代表。这个系列的单片机内集成有 8 位 CPU、并行 I/O 口、8 位定时器、RAM 和 ROM 等，寻址范围在 4K 内，不足之处是无串行口，中断处理比较简单。

　　第三阶段（1978～1983 年）：高性能单片机问世。在这一阶段推出的单片机普遍带有串行口，有多级中断处理系统、16 位定时器/计数器。片内 RAM、ROM 容量加大，寻址范围可达 64K 字节，有的片内还带有 A/D 转换器接口。这类单片机的典型代表是 Intel 公司的 MCS-51 系列、Motorola 公司的 6801 系列和 Zilog 公司的 Z8 等。这类单片机的性价比较高，目前仍被广泛应用，是应用数量较多的单片机。

　　第四阶段（1983～现在）：8 位单片机巩固发展以及 16 位单片机、32 位单片机应用阶段，实现了从单片微型计算机(SCM)到微控制器(MCU) 的发展。此阶段主要特征是一方面发展 16 位单片机、32 位单片机及专用型单片机；另一方面不断完善高档 8 位单片机，改善其结构，以满足不同的用户需要。16 位单片机的典型产品如 Intel 公司的 MCS-96 系列，32 位单片机的典型产品如 ARM 系列。

　　单片机的发展及微控制器的发展，有一个特点，那就是 8 位单片机虽然性能不及后续的 16 位甚至 32 位机，但是因其在性价比上的优势，且 8 位增强型单片机在速度和功能上已经能挑战 16 位单片机，所以 8 位单片机仍然将在今后一段时间占有市场的主流。

　　世界上主要的半导体生产商都在不断推出有自己特色的单片机产品，但是其中最为典型、影响力最大的当属 Intel 公司的 MCS-51 系列。由于 Intel 公司推出 MCS-51 后，开放了其内核，多家公司购买了 8051 的内核，并在其基础上进行了长达 30 年的改进生产，使得以 8051 为内核的 MCU 系列单片机在世界上产量最大，应用也最广泛，至今仍是单片机中的主流，所以本书将以 MCS-51 系列为对象进行介绍。

1.3.2 单片机的发展趋势

近几年来单片机的发展速度很快，纵观各个系列的单片机产品的特性，可以看出单片机正朝着高性能化、存储器大容量化和外围电路内装化等几个方面发展。

（1）体系结构发展

单片机的体系结构经历了 SCM、MCU、SoC（System on Chip）三大发展阶段。由于单片机的应用已经转入以嵌入式应用为主的时代，如今的单片机芯片，其功能就是一个比较完整的小型控制系统，因此当谈及单片机发展的现状时，就应该建立起微控制器(MCU)的概念。早先在 SCM 阶段，主要是寻求最佳的单片形态，以适应嵌入式系统体系结构，Intel 公司的 MCS-51 系列是典型的代表；而后，在 SCM 的技术和体系上不断扩展满足嵌入式对象要求的各种外围电路与接口电路，突显其对象的智能化控制能力，使单片机迅速进入 MCU 阶段，如今 Intel 逐渐淡出 MCU 的发展，在发展 MCU 方面，以 Philips、Atmel、Microchip、Motorola 等公司为代表，将 MCS-51 从单片微型计算机迅速发展到微控制器；今后，单片机的发展为寻求应用系统在芯片上的最大化解决，专用单片机自然将形成向 SoC——片上系统发展的趋势。

（2）单片机的高性能化

主要是指进一步改进 CPU 的性能，增加 CPU 的字长或提高时钟频率均可提高 CPU 的数据处理能力和运算速度。CPU 的字长已有 8 位、16 位、32 位。时钟频率高达 40MHz 的单片机也已出现。加快指令运算的速度和提高系统控制的可靠性，并加强位处理功能、中断和定时控制功能；采用流水线结构，指令以队列形式出现在 CPU 中，从而达到很高的运算速度。有的单片机采用了多流水线结构，这类单片机的运算速度要比标准的单片机高出 10 倍以上。单片机内部采用双 CPU 结构也能大大提高处理能力，如 Rockwell 公司的 R6500/21 和 R65C29 单片机。

（3）存储器大容量化

以往单片机内部的 ROM 为 1～4KB，RAM 为 64～128B，目前单片机的片内 ROM 多达 16K、32K、64K 字节，RAM 为 256 字节；片内 EPROM 开始向 EEPROM 化发展，使用 FLASH ROM 的单片机更采用在系统可编程技术（In System Programmable，ISP）、在应用可编程技术（In Application Programming，IAP），大大方便了系统的调试及应用程序的升级。

（4）更多的外围电路内装化

加强片内输入/输出接口的种类和功能，在单片机中已出现的各类新颖接口有数十种：如 A/D 转换器、D/A 转换器、DMA 控制器、CRT 控制器、LCD 驱动器、LED 驱动器、正弦波发生器、声音发生器、字符发生器、波特率发生器、锁相环、频率合成器、脉宽调制器等。加强 I/O 的驱动能力，有的单片机可输出大电流和高电压，直接驱动荧光显示管（VFD）、液晶显示管（LCD）和七段数码显示管（LED）等。

（5）单片机在工艺上的提高

单片机的制造工艺直接影响其性能。从早期的 PMOS 工艺、NMOS、HMOS 到 CMOS、CHMOS 工艺，使功耗大大降低至毫瓦级别。为了进一步降低功耗，单片机都增设等待(Wait)和停止(Stop)两种工作方式，亦称空闲模式(Idle Mode)和掉电模式(Power-down Mode)，工作电流可以下降到微安级别。允许使用的电压范围越来越宽，一般在 3～6V 范围内工作，低电压供电的单片机电源下限已可达 1～2V，目前 0.8V 供电的单片机已经问世。低功耗化的效应不仅是功耗低，而且带来了产品的高可靠性、高抗干扰能力以及产品的便携化。

1.3.3 8 位单片机——MCS-51 系列及其兼容机

（1）目前我国比较流行的单片机

① Intel 公司的 MCS-51 系列及其兼容机，采用集中指令系统的 8 位单片机。

② Microchip（微芯）公司的 PIC 系列，采用精简指令系统的 8 位单片机。

③ TI 公司的 MSP430 系列，采用精简指令系统的 16 位单片机。

④ Atmel 公司的 AVR 系列，即 AT90 系列，采用精简指令系统的 8 位单片机。

⑤ Atmel 公司的 ARM 系列，即 AT91 系列，采用精简指令系统的 32 位 ARM 单片机。

⑥ 凌阳（Sunplus）公司的 SPMC65(8 位)、 SPMC75(16 位)系列。

这些单片机各有特点，Microchip 单片机是市场份额增长最快的单片机，其 PIC 系列率先采用精简指令集（RISC），哈佛结构，重视产品的性能与价格比。其中，PIC12C508 单片机仅有 8 个引脚，是世界上最小的单片机；MSP430 系列在实时处理算法和 16 位精简指令集以及低功耗方面相对突出；AVR 系列的开发工具简单，集成的模拟电路与数字电路相对独立，性价比好；AT91 系列是内部采用 ARM (Advanced RISC Machines)技术内核的低功耗、廉价、高性能的 32 位微控制器；凌阳单片机凭着其 DSP（Digital Signal Processing，数字信号处理）功能、语音特色、SoC 技术，同时配合其"大学计划"，为中国单片机教学和实践提供了又一个选择。

MCS-51 从广义上讲是指所有的 51 系列单片机，从狭义上讲是指 Intel 公司生产的 51 系列单片机，一般称为标准 51 系列。虽然 Intel 公司已把精力集中在 CPU 的生产上，并逐步放弃了单片机的生产，但是，以 MCS-51 技术核心为主导的单片机已成为许多厂家、电气公司竞相选用的对象，并以此为基核，推出许多和 MCS-51 有极好兼容性的 CHMOS 单片机，同时增加了一些新的功能。

MCS-51 系列单片机应用广泛，在我国普及程度高（这应归功于高校教学的原因），各类资源最丰富。然而，MCS-51 即使是一般性应用，也会涉及系统扩展的问题，一旦扩展，就不再是单片机了，可见 MCS-51 的资源是比较有限的。于是，各个获得了 MCS-51 内核的半导体厂商有鉴于此，不断的开发升级，大量地涌现出基于 51 内核的、资源相对丰富的兼容机，比如 NXP（即 Philips）的 P89C、P89LPC 系列、Atmel 的 AT89S 系列、Dallas 的 DS89C 系列、Motorola 的 M68HC 系列、SST 公司的 SST89C 系列、Winbond 公司的 W78E 系列等。

因此，现在的 80C51 已不局限于指 Intel 公司的确定产品，而是把所有厂家以 8051 为内核的各种型号的 80C51 兼容型单片机统称为 80C51 系列。因此，在本书中所提到的 MCS-51、80C51 不是专指 Intel 公司的 Mask ROM 的 80C51，而是泛指 51 及 80C51 系列中的基础结构，它是以 8051 为内核，通过不同资源配置而推出的一系列以 CHMOS 工艺制造生产的新一代的单片机系列。80C51 系列的单片机不论其内部资源配置是扩展还是删减，其内核的结构都是保持 80C51 的内核结构。

（2）MCS-51 单片机系列

Intel 公司于 1976 年推出了 MCS-48 系列单片机，于 1980 年推出了 MCS-51 系列单片机，于 1983 年推出了 MCS-96 系列单片机。MCS 系列单片机，因其兼容升级产品众多、应用最为广泛，几乎成为单片机的代名词，也是国内众多高校教学的主要对象，尽管其单片机型号很多，但内核是一致的。

MCS-51 系列单片机分为两大系列，即 51 子系列与 52 子系列。

51 子系列：基本型，根据片内 ROM 的配置，对应的芯片为 8031、8051、8751、8951。

52 子系列：增强型，根据片内 ROM 的配置，对应的芯片为 8032、8052、8752、8952。

这两大系列单片机的主要硬件特性如表 1-2 所示。

从表 1-2 中可以看到，8031、80C31、8032、80C32 片内是没有 ROM 的，应用时必须外部扩展；表中 C 代表采用低功耗的 CHMOS 工艺制造，如 80C51 功耗为 120mW，而 8051 则达到 630mW；表中 S 代表内部含有 Flash ROM，支持 ISP 功能，如 Atmel AT89S52，Flash ROM 擦

写周期为 1000 次，Philips P89C58X2FN 更支持 IAP，Flash ROM 擦写周期为 10000 次。

表 1-2　MCS-51 系列单片机配置一览

系列	片内 ROM 型式					ROM 大小	RAM 大小	寻址范围	计数器	并行 I/O	中断源
	无	ROM	EPROM OTP	EEPROM	FLASH						
51	8031	8051	8751			4KB	128B	64KB	2×16	4×8	5
	80C31	80C51	87C51	89C51	89S51*	4KB	128B	64KB	2×16	4×8	5
52	8032	8052	8752			8KB	256B	64KB	3×16	4×8	6
	80C32	80C52	87C52	89C52	89S52*	8KB	256B	64KB	3×16	4×8	6/8*

* 表示的是由 Atmel 公司生产的新型与 MCS-51 完全兼容的单片机。

目前的单片机都采用低功耗 CHMOS 工艺制造，8051 单片机与 80C51 单片机从外形看是完全一样的，其指令系统、引脚信号、总线等完全一致（完全兼容），也就是说在 8051 下开发的软件完全可以在 80C51 上应用，反过来，在 80C51 下开发的软件也可以在 8051 上应用。这两种单片机是完全可移植的。

从表 1-2 所列内容中可以看出增强型增强的功能具体如下。

① 片内 ROM 从 4KB 增加到 8KB。

② 片内 RAM 从 128B 增加到 256B。

③ 定时/计数器从 2 个增加到 3 个。

④ 中断源从 5 个增加到 6 个。

小知识：只读存储器类型

ROM 的特点是把信息写入存储器以后，能长期保存，不会因电源断电而丢失信息。计算机在运行过程中，只能读出只读存储器中的信息，一般不能再写入信息。根据编程方式的不同，ROM 共分为以下 5 种。

① 掩膜 Mask ROM：由半导体生产厂家生产并同时写入信息，用户不能对器件进行编程修改，适合于批量生产，成本低。

② 可编程 PROM：Programmable ROM，只能编程一次，即 OTP（One Time Programmable）型产品，成本比 ROM 高，而且写入速度慢，一般只适用于少量需求的场合或是 ROM 量产前的验证。

③ 紫外线擦除可编程的 EPROM：Erasable PROM，由专用编程器采用电信号编程而用紫外线擦除，用户可以对芯片进行多次擦除与编程，但擦除时必须使用紫外线灯去照射芯片上方的圆形窗。

④ 电擦除可编程 EEPROM：Electrically EPROM，可编程可擦除，擦除不需要借助于其他设备，只需在指定的引脚加上一个高电压即可写入或擦除，属于双电压芯片，而且是以 Byte 为最小修改单位，不必将资料全部洗掉才能写入，但写入速度较 RAM 要慢很多，单位尺寸较大。

⑤ 快擦写的 Flash ROM：使用上类似 EEPROM，真正的单电压芯片，擦除与读出速度都较快，存取时间可达 70ns，被称为闪存，并可以多次重复进行擦写（1 万～100 万次）。

（3）AT89 系列单片机

美国 Atmel 公司是世界上著名的高性能低功耗非易失性存储器和数字集成电路的半导体制

造公司。1994 年，为了介入单片机市场，Atmel 公司以 EEPROM 技术和 Intel 公司的 80C31 单片机核心技术进行交换，从而取得了 80C31 核的使用权。Atmel 公司把自身的先进 Flash 存储器技术和 80C31 核相结合，从而生产出了 Flash 单片机 AT89 系列。由于 AT89 系列单片机继承了 MCS-51 单片机的原有功能，内部又含有大容量的 Flash 存储器，又增加了实用性的功能，如看门狗定时器 WDT、ISP 及 SPI 串行接口技术等，因此在电子产品开发、生产便携式商品及智能化仪器仪表中有着广泛的应用，是目前取代 MCS-51 系列单片机的主流芯片之一。AT89 系列单片机是该公司最早推出、最简单的一个单片机系列。AT89 系列主要型号见表 1-3。

表 1-3　AT89 系列主要型号一览表

型　　号	Flash ROM	RAM	寻址范围 ROM	寻址范围 RAM	并行 I/O	串行 UART	中断源	定时器/计数器	工作频率 /MHz	特　　点
AT89C51	4K	128	64K	64K	32	一个	5	2×16	0～24	
AT89C52	8K	256	64K	64K	32	一个	6	3×16	0～24	
AT89C51ED2	64K	2K	64K	64K	32	一个	5	2×16	0～24	ISP/WDT/SPI
AT89S51	4K	128	64K	64K	32	一个	5	2×16	0～24	ISP/WDT
AT89S52	8K	256	64K	64K	32	一个	6	3×16	0～24	ISP/WDT
AT89S8253	12K	256	64K	64K	32	一个	7	3×16	0～33	2K EEPROM / ISP / WDT
AT89LS51	4K	128	64K	64K	32	一个	5	2×16	0～24	ISP/低电压
AT89LS52	8K	256	64K	64K	32	一个	6	3×16	0～24	ISP/低电压
AT89C1051U	1K	64	4K	4K	15	一个	5	2×16	0～24	
AT89C2051	2K	128	4K	4K	15	一个	5	2×16	0～24	
AT89C55WD	20K	256	64K	64K	32	一个	6	3×16	0～33	

在 Atmel 公司的 Flash 产品中，一共有商业 C 挡(0～+70℃)、工业 I 挡(-40～+85℃)、汽车 A 挡(-40～+125℃)和军用 M 挡(-55～+125℃)四种档次的产品。型号中数字 9 表示内含 Flash 存储器，C 表示 CMOS 工艺，LV 表示低电压，S 表示含有串行下载 Flash 存储器，51、52 和 8252 等表示型号，WDT (Watch Dog Timer)指内建看门狗。该系列中有 20 引脚封装的产品，体积的减小使其应用更加灵活。

AT89 系列单片机不但具有一般 MCS-51 系列单片机的基本特性（如指令系统兼容，芯片引脚分布相同等），而且还具有一些独特的优点。

① 片内程序存储器为电擦写型 ROM（可重复编程的快闪存储器）。整体擦除时间仅为 10ms 左右，可写入/擦除 1000 次以上，数据保存 10 年以上。

② 两种可选编程模式，即可以用 12V 电压编程，也可以用 V_{CC} 电压编程。

③ 宽工作电压范围，V_{CC}=2.7～6V。

④ 全静态工作，工作频率范围：0Hz～24MHz，频率范围宽，便于系统功耗控制。

⑤ 三层可编程的程序存储器上锁加密，使程序和系统更加难以仿制。

在市场方面，AT89C51 单片机系列受到了来自 PIC 单片机阵营的强烈挑战，其致命缺陷是不支持 ISP 功能，有谁愿意在开发过程中不停地把芯片在电路板和烧录器之间来回倒换呢？

AT89S51 系列就是在这样的背景下产生的，采用 0.35μm 工艺、支持 ISP、支持到 33MHz 工作频率，性能提高而价格较 AT89C51 更便宜，使其竞争力增强，继续演绎着 MCS-51 的传奇。

AT89S51/52/53 的主要差别是片内 RAM 和 Flash 存储器的大小及计数器的数量，它们分别加入到 AT89 系列单片机的低、中、高家族中。现在，AT89C51 已经停产，AT89S51 成为 AT89

系列应用最多的芯片。

总之，AT89 系列单片机与 MCS-51 系列单片机相比，前者和后者具有兼容性，但前者的性能价格比等指标更为优越。

（4）其他 MCS-51 系列兼容单片机

① Philips 公司推出的支持 ISP 的 80C51 系列单片机型号有两百多个，包括 P89Cxx/ P89Vxx 等众多类型，都为 CMOS 型工艺的单片机，与 MCS-51 系列单片机完全兼容，但增加了程序存储器 Flash ROM、数据存储器 EEPROM、可编程计数器阵列 PCA、I/O 接口的高速输入输出、串行扩展总线 I^2C BUS、ADC、PWM、I/O 口驱动器、程序监视定时器 WDT（Watch Dog Timer）等功能的扩展。Philips 公司以其在嵌入式应用方面的巨大优势，为 MCS-51 系列单片机迅速发展到微控制器做出了重要的贡献。

② 华邦公司推出的 W78C 和 W78E 系列单片机，与 MCS-51 系列单片机相兼容，但增加了程序存储器 Flash ROM、数据存储器 EEPROM、可编程计数器阵列 PCA、I/O 接口的高速输入/输出、串行扩展总线 I^2C BUS、ADC、PWM、I/O 口驱动器、程序监视定时器 WDT 等功能的扩展。华邦公司生产的单片机还具有价格低廉，工作频率高（40MHz）等特点。

③ Dallas 公司推出的 Dallas HSM 系列单片机，产品主要有 DS80C、DS83C 和 DS87C 系列等。此产品除了与 MCS-51 系列单片机相兼容外，还具有高速结构（1 个机器周期只有四个 Clock，工作频率范围为 0～33MHz）、更大容量的内部存储器（内部 ROM 有 16KB）、两个 UART、13 个中断源、程序监视器 WDT 等功能。

④ LG 公司推出的 GMS90C、GMS97C 和 GMS90L、GMS97L 系列单片机。此产品与 MCS-51 系列单片机相兼容。

以上 Philips、Dallas、Atmel、华邦、LG 等大公司生产的系列单片机与 Intel 公司的 MCS-51 系列单片机具有良好的兼容性，包括指令兼容、总线兼容和引脚兼容。但各个厂家发展了许多功能不同、类型不一的单片机，给用户提供了广泛的选择空间，其良好的兼容性保证了选择的灵活性。

1.4 计算机运算基础知识

1.4.1 数制

数制是人们利用符号来计数的科学方法。数制有很多种，在计算机的使用上常使用二进制、八进制、十进制和十六进制。二进制数字信息易于通过物理电路实现，而计算机是以数字电路为基础的，因此只能识别和处理二进制数字信息；同时，采用二进制，资料存储、传送和处理简单可靠；运算规则简单，使逻辑电路的设计、分析、综合很方便，也使计算器具有逻辑性。二进制信息是计算机唯一能理解的信息。

（1）数制的基数与位权

数制所使用的数码的个数称为基数 R(Radix)，如二进制中用到的两个数码 0 和 1。

数制中每一位所具有的值称为位权 W(Weight)，如十进制数 21 中的 2，其位权为固定值 $10=10^1$。

① 十进制：日常生活中人们最常用的数制　十进制的基为"十"，即它所使用的数码为 0 到 9 共十个数字。十进制中，每个（位）数字的值都是以该个（位）数字乘以基数的幂次来表示，通常将基数的幂次称为权，即以 10 为底的 0 幂、1 幂、2 幂等。

② 二进制：计算机使用的数制　二进制的基为"二"，使用的数码为 0、1，共二个。二进

制各位的权是以 2 为底的幂。在计算机中，1 个二进制数称为位(Bit)信息，4 位二进制数称为半个字节；8 位二进制数称为一个字节(Byte)；16 位二进制数称为一个字(Word)。

③ 八进制：适用于位数为 3 的倍数的计算机系统　八进制的基为"八"，使用的数码为 0～7，共 8 个。二进制各位的权是以 8 为底的幂。

④ 十六进制：对二进制的紧凑表达，便于记忆和书写　十六进制的基为"十六"，即其数码共有 16 个：0～9 及 A、B、C、D、E、F。其中 A～F 相当于十进制数的 10～15。十六进制的权是以 16 为底的幂。

注意：为了区别以上四种数制，在数的后面加写英文字母来区别，B(Binary)、Q(Octal)、D(Decimal)、H(Hexadecimal) 分别表示为二进制数、八进制数、十进制数、十六进制数，只不过十进制的 D 常常是省略的，同时若十六进制数是字母打头，则前面需加一个 '0'，如 "0A5H" 就是十六进制的数 "A5H"。

(2) 数制的转换

① 各种进制数转换成十进制数　各种进制数转换成十进制数的方法是将各进制按权展开法，再利用十进制运算法则求和，即可得到该数对应的十进制数。

【例 1-1】　将数 1101.101B，246.12Q，2C07.AH 转换为十进制数。

解　$1101.101B = 1 \times 2^3 + 1 \times 2^2 + 0 \times 2^1 + 1 \times 2^0 + 1 \times 2^{-1} + 0 \times 2^{-2} + 1 \times 2^{-3}$

$$= 8 + 4 + 1 + 0.5 + 0.125 = 13.625$$

$$246.12Q = 2 \times 8^2 + 4 \times 8^1 + 6 \times 8^0 + 1 \times 8^{-1} + 2 \times 8^{-2}$$

$$= 128 + 32 + 6 + 0.125 + 0.03125 = 166.15625$$

$$2C07.AH = 2 \times 16^3 + 12 \times 16^2 + 0 \times 16^1 + 7 \times 16^0 + 10 \times 16^{-1}$$

$$= 8192 + 3072 + 7 + 0.625 = 11271.625$$

② 十进制数转换为二、八、十六进制数　以二进制为例，任意十进制数 N 转换成二进制数，需将整数部分和小数部分分开，采用不同方法分别进行转换，然后用小数点将这两部分连接起来。

整数部分：除 2（基）逆向取余法；小数部分：乘 2（基）正向取整法。

【例 1-2】　将 215.75 转换为等值的二进制数。

解　对整数部分转换　　　　　　　　　　　对小数部分转换

2	215	余数				积	整数
2	107	…… 1	← 最低位		$0.75 \times 2 = 1.25$	……	1　← 最高位
2	53	…… 1			$0.25 \times 2 = 0.5$	……	0
2	26	…… 1			$0.5 \times 2 = 1.0$	……	1　← 最低位
2	13	…… 0			即$(0.75)_{10} = (0.101)_2$		
2	6	…… 1					
2	3	…… 0					
2	1	…… 1					
	0	…… 1	← 最高位				

即　　　　　　　　　　　　　　　　$(215)_{10} = (11010111)_2$

所以　　　　　　　　　　　　　　$(215.75)_{10} = (11010111.101)_2$

③ 二进制数与八进制、十六进制数之间的相互转换　二进制数与八进制数之间的相互转换方法："1 变 3"、"3 变 1"，即 1 位八进制数转换为 3 位二进制数。

二进制数与十六进制数之间的相互转换方法："1 变 4"、"4 变 1"，1 位十六进制数转换为 4 位二进制数。

【例 1-3】　将 1101000101011.001111B 转换成十六进制数。

解　根据"合 4 为 1"的原则，可将该二进制数书写为

  0001　　1010　　0010　　1011　　.　　0011　　1100

   1　　 A　　 2　　 B　　.　　 3　　 C

  其结果为 1101000101011.001111B =1A2B.3CH。

（3）二进制运算

① 二进制数的算术运算　二进制数不仅物理上容易实现，而且算术运算也比较简单，其加、减法遵循"逢 2 进 1"、"借 1 当 2"的原则；二进制除法的运算过程类似于十进制除法的运算过程；二进制数除法是二进制数乘法的逆运算，在没有除法指令的微型计算机中，常采用比较、相减、余数左移相结合的方法进行编程来实现除法运算。由于 MCS-51 系列单片机指令系统中包含有加、减、乘、除指令，因此给用户编程带来了许多方便，同时也提高了机器的运算效率。

② 二进制数的逻辑运算　在 MCS-51 系列单片机指令系统中，与二进制数相关的逻辑运算重要有 4 种：

a. "与"运算(AND)，运算符为•或∧，运算的规则为

  $0 \cdot 0 = 0$,　　　$0 \cdot 1 = 1 \cdot 0 = 0$,　　　　　$1 \cdot 1 = 1$

b. "或"运算(OR)，运算符为＋或∨，运算的规则为

  $0+0=0$,　　　　$0+1=1+0=1$,　　　　　$1+1=1$

c. "非"运算(NOT)，变量 A 的"非"运算记作 $\overline{A}$，运算的规则为

  $\overline{1} = 0$,　　　$\overline{0} = 1$

d. "异或"运算(XOR)，运算符为 ⊕，运算的规则为

  $0 \oplus 0 = 0$,　　　　$0 \oplus 1 = 1 \oplus 0 = 1$,　　　　　$1 \oplus 1 = 0$

1.4.2　码制

计算机是以数字电路为基础的，十进制的 10 种状态不易用电路来实现。相反，数字电路中的信号只有高电平和低电平两个取值，通常用 1 表示高电平，用 0 表示低电平，正好与二进制数中"0"和"1" 相对应，且与逻辑代数的"真"和"假"也相对应，运算规则简单。所以，计算机内部的各种信息都是用二进制的不同编码形式存储的，常用的编码有补码、BCD 码、ASCII 码等。对带符号数而言，有原码、反码、补码之分，计算机内一般使用补码表达有符号数。

（1）有符号数的表示方法——原码、反码、补码

计算机在数的运算中，不可避免地会遇到正数和负数，那么正负符号如何表示呢？由于计算机只能识别 0 和 1，故可以将一个二进制数的最高位 MSB 用作符号位来表示该数的正负，若用 8 位表示一个数，则 D7 位为符号位，D0 位为最低位，若用 16 位表示一个数，则 D15 位为符号位。符号位用"0"表示正，用"1"表示负，连同原有的二进制数真实值，在计算机中称为机器数（符号+真值）。

计算机中表示机器数常用 3 种方法：原码、反码、补码。

① 原码　当正数的符号位用 0 表示，负数的符号位用 1 表示，数值部分用真值的绝对值来表示的二进制机器数称为原码，用 $[X]_原$ 表示，例如

| 正数 | $X = +1001100B$ | $[X]_原 = 01001100B$ |

0	1001100

| 负数 | $X = -1001100B$ | $[X]_原 = 11001100B$ |

1	1001100

在计算机中使用原码需要注意，由于$[+0]_原=00000000B$，而$[-0]_原=10000000B$，所以数 0 的原码不唯一；8 位二进制原码能表示的范围是$-127\sim+127$；原码简单易懂，但是计算时需要先判断符号，并考虑两数真值的大小，使得运算时间增长，控制线路复杂。为了提高运算速度、精简计算机结构，故引入补码概念，使正、负数的加、减法运算统一为单一的加法运算。

② 补码与反码　任何有"模"的计量器，均可化减法为加法运算。"模"是指一个计量系统的计数量程或此系统所能表示的最大数，它会自然被丢掉。如时钟的"模"为 12。以时钟为例，设当前时钟指向 11 点，而准确时间为 7 点，调整时间的方法有两种，一种是时钟倒拨 4 小时，即 11- 4=7；另一种是时钟正拨 8 小时，即 11+8=12+7=7。由此可见，在以 12 为模的系统中，加 8 和减 4 的效果是一样的，即$-4=+8$（mod 12 自然丢掉），+8 是-4 在模为 12 时的补数，减 4 与加 8 的效果是一样的。

在微机中，凡是带符号数一律用补码表示，当然，运算的结果也是补码。

补码在计算机中，对于正数，符号位为"0"，数值部分保持不变；对于负数来说，除了在符号位上表示"1"外，其数值部分的各位都取它原码相反的数码，然后在最低位加"1"，即通过"对原码变反再加 1"的方法，可以求得其补码。而对原码取反而得到的就是该数的反码，一个正数的反码，等于该数的原码；一个负数的反码，等于该负数的原码符号位不变（即为 1），数值位按位求反（即 0 变 1，1 变 0）。

下面是两个 8 位二进制数及其在计算机中的反码和补码表示。

| 正数 | $X = +1001100B$ | $[X]_补= [X]_反=01001100B$ |

| 负数 | $X = -1001100B$ | $[X]_补=[X]_反+1=10110011+1=10110100B$ |

对比原码和补码表达，可以发现：正数的原码、反码、补码就是该数本身。

8 位二进制码的范围，原码为$-127\sim+127$共 255 个数，补码为$-128\sim+127$共 256 个数；

几个特殊十进制数的 8 位二进制补码为，$[+0]_补= [-0]_补=00000000B$，$[-1]_补=11111111B$，$[-127]_补=10000001B$，$[-128]_补=10000000B$。

③ 补码的运算与溢出

a. 补码的运算规则

$$[X + Y]_补=[X]_补+[Y]_补$$

$$[X - Y]_补=[X]_补+[-Y]_补$$

$$[[X]_补]_补=[X]_原$$

【例 1-4】　$X= +37$，$Y= +51$，求 $Y-X$？

解　$[X]_补 = 00100101B$，$[Y]_补 = 00110011B$，$[-X]_补 = 11011011B$

$[Y-X]_补 = [Y]_补+[-X]_补 = 00110011+11011011 = 1 \ 00001110$　　（模 2^8 自然丢失）

则　$Y-X = (00001110)_2 = +14$

b. 溢出的判别：补码的运算结果超出规定字长的机器数的取值范围，称为溢出(Overflow)。为判断溢出，引进两个符号：C_S 和 C_P。

C_S：若符号位发生进位，则 $C_S=1$；否则 $C_S=0$。

C_P：若最高数值位发生进位，则 $C_P=1$；否则 $C_P=0$。

设微型机的字长为 n，则两个带符号位的数的绝对值都应小于 2^n-1。因而只有当两数同为正或同为负时，并且和的绝对值又大于 2^n-1 时，才会发生溢出。

两个正数相加，若符号位无进位 C_S=0，而数值部分之和大于 2^n-1，则数值部分必有进位 C_P=1，这样$[C_S\,C_P]$=[0 1]的溢出称"正溢出"，结果出错。

两个负数相加，若数值部分绝对值之和大于 2^n-1，则数值部分补码之和必小于 2^n-1，C_P=0，而符号位肯定有进位 C_S=1，这样$[C_S\,C_P]$=[1 0]的溢出称"负溢出"，结果也出错。

对计算机而言，补码的引入使带符号数的运算都按加法处理。如果 C_S 和 C_P 的值相等，则表示运算结果正确，没有溢出，运算结果的正与负由符号位决定；如果 C_S 和 C_P 的值不等，则表示运算结果不正确，发生了溢出现象。在计算机中，就常用"异或"电路来判别有无溢出发生，即 $C_S \oplus C_P = 1$ 表示有溢出发生，否则无溢出发生。

【例1-5】 若计算机中两个字节单元内容为：X=11000000B=192，Y=10000001B=129，则计算机进行加法运算

$$
\begin{array}{r}
1100\ 0000 \quad (-64) \\
+ \quad 1000\ 0001 \quad (-127) \\
\hline
1\quad 0100\ 0001 \quad (+65) \\
\end{array}
$$

$$C_S\qquad C_P$$

当视此加法运算为无符号数运算时，此式=192+129=321（>255），结果中最高位的"1"为进位，代表 256。

当视此加法运算为有符号数补码运算时，此式= (−64) + (−127) = +65，此时 C_S=1，C_P=0，$C_S \oplus C_P = 1$ 即可知结果发生溢出出错，属于"负溢出"；最高位的"1"是两符号相加的结果。溢出的原因是结果(−64) + (−127) = −191 超出了 8 位二进制所能表示的补码（即−128～+ 127），导致结果错误。

（2）BCD 码（Binary Coded Decimal）

二进制数以其物理易实现和运算简单的优点在计算机中得到了广泛应用，但人们日常习惯最熟悉的还是十进制。为了既满足人们的习惯，又能让计算机接受，便引入了 BCD 码。BCD 码是一种具有十进制权的二进制编码，它是一种既能为计算机所接受，又基本上符合人们十进制数运算习惯的二进制编码。BCD 码的种类较多，常用的有 8421 码、2421 码、余 3 码和格雷码等，其中最为常用的是 8421BCD 编码，见表 1-4。BCD 码有压缩和非压缩两种储存形式，压缩的 BCD 码是用半个字节存放 1 位十进制数，一个字节存放 2 位十进制数。例如，十进制 58 的压缩 BCD 码为 01011000B。而非压缩的 BCD 码则以一个字节存放 1 位十进制数。例如，十进制 6 的非压缩 BCD 码为 00000110B。

表 1-4　8421BCD 码

十进制数	8421BCD 码	十进制数	8421BCD 码
0	0000	5	0101
1	0001	6	0110
2	0010	7	0111
3	0011	8	1000
4	0100	9	1001

若想让计算机直接用十进制的规律进行运算，则将数据用 BCD 码来存储和运算即可。但是 8421BCD 码可表示数的范围为 0000～1111（即十进制的 0～15），而十进制数为 0000～1001（即 0～9）。所以，在运算时必须注意，如果某组 4 位二进制相加之和大于 1001B(9)或者有进位，则需要对该组进行加 0110B(6)修正。

【例1-6】 用 BCD 码完成 92+89 的运算。

解   92 = (10010010)_{BCD}，89= (10001001)_{BCD}

$$
\begin{array}{r}
1001\ \ 0010 \\
+\quad 1000\ \ 1001 \\
\hline
1\ \ 0001\ \ 1011 \\
+\quad 0110\ \ 0110 \\
\hline
1\ \ 1000\ \ 0001
\end{array}
$$

有进位 大于 9

得：(1 1000 0001)_{BCD}=181。可见经过十进制调整后，BCD 码运算就可以得到正确的结果。MCS-51 系列单片机指令系统提供一条专供 BCD 十进制调整的指令。

（3）ASCII 码（American Standard Code for Information Interchange）

ASCII 码是"美国信息交换标准代码"的简称，诞生于 1963 年，是一种比较完整的字符编码，现已成为国际通用的标准编码，广泛用于微型计算机与外设的通信。它是用七位二进制数码来表示的，七位二进制数码共有 128 种组合状态，包括图形字符 96 个和控制字符 32 个。第 8 位通常作为奇偶校验位，帮助验证数据传输的正确性。所谓奇校验，就是在 D7 位添加 0 或 1，使得被传送的字符代码含奇数个 1；所谓偶校验，就是在 D7 位添加 0 或 1，使得被传送的字符代码含偶数个 1。ASCII 编码见附录 A。

（4）汉字信息编码

西文处理系统的交换码和机内码均为 ASCII，1981 年 5 月年我国颁布国标 GB2312-80，制定了汉字交换码也称为国标交换码（简称国标码），在国标码中，用两个七位二进制数编码表示一个汉字（最高位为 0）。

在计算机中，汉字信息也采用二进制的数字化信息编码，主要有三种：输入码、机内码和输出码。

① 用于输入汉字的编码：输入码（外码） 计算机上输入汉字的方法很多，如键盘编码输入、语音输入、手写输入、扫描输入等，其中键盘编码输入是最容易实现和最常用的一种汉字输入方法。为了让用户能直接使用英文键盘输入汉字，于是就有了输入汉字时使用的汉字输入码，它一般由键盘上的字母或数字组成，代表某个汉字或某些汉字、词组或句子。汉字输入方案大致可分 4 种类型，即区位码（数字码）、音码、形码、音形码。

② 用于储存汉字的编码：机内码（内码） 由于汉字输入码的编码方案多种多样，同一个汉字如果采用的编码方案不一样，其输入码就有可能不一样。为了将汉字的各种输入码在计算机内部统一起来，就引进了汉字的机内码。汉字机内码由国标码演化而来，把表示国标码的两个字节的最高位分别加"1"，就变成汉字机内码。

③ 用于输出汉字的编码：输出码（字型码） 存储在计算机内的汉字在屏幕上显示或在打印机上打印出来时，必须以汉字字形输出。用点阵方式来构造汉字字型，然后存储在计算机内，构成汉字字模库。汉字的输出码实际上是汉字的字型码，它是由汉字的字模信息所组成的。汉字的内码是用数字代码来表示汉字，字型码是汉字字形的数字化信息。随着汉字字形点阵和格式的不同，汉字字形码也不同。常用的一个汉字的字形点阵有 16×16 点阵（占 32 个字节，如图 1-8）、24×24 点阵（占 72 个字节）、48×48 点阵（占 288 个字节）等。

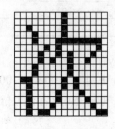

图 1-8   汉字点阵

由此可见，一个汉字信息在被存储时，仅占用两个字节，而被显示时，调用其字库中的字型信息，却要占用很多字节。当使用 LCD 作为单片机人机显示界面时，就需要掌握汉字输出编码的方法。

1.4.3 定点数与浮点数

除了整数以外，还有小数要表达，为了表示小数，计算机中采用的方法是设法实现对小数点位置的表达，一般的表达方式为：定点表示法和浮点表示法。而在计算机处理中也包含两个内容：如何表达；如何运算。

（1）定点表示法

在计算机中，如果将小数点的位置固定不变，称为定点表示法。这个固定的位置是事先约定好的，不必用符号表示。用定点法表示的实数叫做定点数。通常，定点表示采用以下两种方法。

① 定点整数表示法　小数点固定在最低数值位之后，机器中能表示的所有数都是整数，这种方法称之为定点整数表示法。其格式如下

符号位	数　值　位

当用 n 位表示数 N 时，左侧第一位为符号位，$n-1$ 位为数值位，则 N 的范围是

$$-2^{n-1} \leqslant N \leqslant 2^{n-1} - 1$$

② 定点小数表示法　小数点固定在最高数值位之前，机器中能表示的所有数即为纯小数，这种方法称之为定点小数表示法。其格式与定点整数表示法一样，但是假定的小数点"."在符号位和数值位之间。当用 n 位表示数 N 时，左侧第一位为符号位，$n-1$ 位为数值位，则 N 的范围是

$$-(1-2^{1-n}) \leqslant N \leqslant 1-2^{1-n}$$

定点表示法表示的数是在有限范围内的，当超出最大或最小绝对值表达外围时，就需要增加数值位的位数，以提高表示范围或精度，当位数过多时必然带来使用的不便和资源的浪费，这时浮点表示法就可能被采用。

（2）浮点表示法

浮点表示法指小数点位置并不是固定不变的，而是可以改变的。用浮点法表示的实数，叫做浮点数。任意一个二进制数 N 可以表示成如下形式

$$N = \pm M \cdot 2^{\pm E}$$

M：尾数，是纯二进制小数，表示 N 的全部有效位，尾数 M 前面的符号称作数符，表示数的正、负。

E：阶码，它前面的符号称为阶符，指明尾数小数点向右或向左浮动的方向，而阶码 E 指明尾数小数点移动的位数，所以阶符和阶码表明了数值 N 小数点的位置。

设阶码 E 的位数为 m 位，尾数 M 的位数为 n 位，则浮点数 N 的取值范围为

$$2^{-n} \cdot 2^{-(2^m-1)} \leqslant |N| \leqslant (1-2^{-n}) \cdot 2^{(2^m-1)}$$

例如，用 16 位表示的浮点原码数，当 $m=7$，$n=7$ 时，它所能表示的最大绝对值为

$$|N|_{max} = (1-2^{-n}) \cdot 2^{(2^m-1)} = (1-2^{-7}) \cdot 2^{(2^7-1)} \approx 2^{127}$$

而如果用定点整数表示，同样占用 16 位，表示范围为[-32768，32767]。

它所能表示的除 0 以外的最小绝对值为

$$|N|_{min} = 2^{-n} \cdot 2^{-(2^m-1)} = 2^{-7} \cdot 2^{-(2^7-1)} = 2^{-134}$$

而如果用定点小数表示，同样占用 16 位，它所能表示的除 0 以外的最小绝对值为 2^{-15}。

可见，浮点表示法虽然复杂一些，但是其数值表示范围很大，是在更广泛的科学计算中必然使用的表示方式，通用微机的处理器 MPU 都在硬件上支持这种表示法的运算，而单片机由

于对运算的要求并不高，一般不设浮点运算的部件。

本 章 小 结

① 微型计算机由硬件系统和软件系统两大部分组成。硬件主要是由 CPU、存储器、I/O 接口和 I/O 设备组成，采用总线结构形式。软件包括系统软件和应用软件两大类。单片机是控制用微机中的一个重要成员，它非常适合嵌入到实用的机器设备中，作为实现嵌入式控制目的的低成本解决方案之首选。

② 单片机是将 CPU、RAM、ROM、基本输入/输出接口电路、定时器/计数器和中断系统等部件组制作在一块大规模集成电路芯片上。单片机应用系统是由单片机、接口电路及外设等硬件电路和软件构成。

③ 已经被称为微控制器的单片机是一个庞大的家族，它们的发展与微处理器一同起步，却有着不同的发展方向，MCS-51 系列及其兼容的 8 位单片机，以其极高的性价比、不断拓展的功能、丰富的应用资源，在市场上占据着最大的份额，是学习嵌入式控制器的首选。

④ 计算机的功能是对信息进行获得、处理、运算、存储、输出等，计算机处理的信息时二进制数字信息，所有的信息必须以某种码制的形式被计算机接受。数制和码制是学习计算机的基础知识。

延伸阅读的关键字

计算机结构与组成　摩尔定律　可编程控制器　嵌入式系统　存储器类型　微处理器的发展

你的关键字：

部分半导体厂商的 8 位 MCS-51 兼容 MCU 产品网络地址资源

Atmel:	http://www.atmel.com/products/8051/default.asp
NXP(Philips):	http://www.cn.nxp.com/#/ps/ps=[i=45995]|pp=[t=pfp,i=45995]
MAXIM(Dallas):	http://www.maxim-ic.com/products/microcontrollers/
Freescale (Motorola):	http://www.freescale.com.cn/Products/8BitMCU.asp
Infineon (Siemens):	http://www.infineon.com/cms/cn/product/index.html

---

习 题 与 思 考 题

1-1　计算机的组成包括什么？控制用计算机有哪些种类？

1-2　微计算机技术有哪两大分支？它们各自侧重在哪些领域发展？

1-3　什么是单片机、单片机系统、单片机应用系统？什么是嵌入式系统？

1-4　单片机型计算机与通用微机相比，两者在结构上有什么异同？

1-5　单片机有哪些应用特点？主要在哪些领域应用？

1-6　单片机有哪些特点？比较 8031、8051、8751 芯片的异同之处。

1-7　请叙述具有低功耗特性的 CHMOS 型工艺类单片机芯片的优越之处。

1-8　为什么说 AT89S51 单片机是 MCS-51 系列的兼容机？AT89S51 单片机有何优点？ISP 和 IAP 的含义是什么？

1-9　分析单片机的发展和主要的 51 兼容单片机制造商产品特点。

1-10　请进行市场调查，了解当前主要 MCS-51 兼容单片机产品类型、市场价格及其主要特点。

1-11　在计算机内部为什么要采用二进制？十六进制、十进制在学习计算机技术中起到什么作用？各进制之间是如何转换的？

1-12　求 74，156，0.1，0.456 的二进制数；将 10.101B 转换为十进制；将 110101.011B 转换为十六进制数；将 0A5B.6CH 转换为二进制数。

1-13　原码、反码、补码三者之间如何换算？如何判断有符号数运算结果是否发生溢出，是"正溢出"还是"负溢出"？

1-14　分别写出+28 和−28，+101 和−101 的原码、反码与补码。

1-15　什么是 BCD 码？求 69.25 的 8421BCD 码。

1-16　汉字的输入码、机内码和输出码指的是什么？

1-17　定点数和浮点数的表达各有什么特点？表达范围和数据位数有什么关系？

第 2 章　51 系列单片机基本结构

内容提要

　① 了解 51 内核单片机的体系结构；

　② 掌握 51 单片机引脚的功能定义；（重点）

　③ 掌握 51 系列单片机的复位电路、时钟电路及指令时序；

　④ 掌握 51 系列单片机的存储空间结构及 SFR；（重点）

　⑤ 了解 AT89 系列单片机的增强功能。

学习难点

　① 51 单片机引脚的功能；

　② 51 系列单片机并行口结构；

　③ 单片机的 RAM 分布、ROM 结构及地址形成；

　④ 单片机的工作时序。

2.1　51 系列单片机的逻辑结构与引脚信号

对于掌握计算机工作原理，学习单片机应用系统设计而言，熟悉并掌握单片机的硬件结构是十分重要的。

MCS-51 系列单片机分为 51 和 52 两大子系列，每一个系列中又包含 803x、805x、875x、809x 等不同类型产品，本章除非特别指出，都将以 51 基本型，即含有 4K 片内 ROM 的 80C51 为对象进行介绍，其内容适用于采用 CHMOS 工艺制造的各类型 MCS-51 兼容单片机。

2.1.1　51 单片机的内部结构与功能部件

MCS-51 系列单片机是一种高性能的 8 位单片机，其内部结构框图如图 2-1 所示。分析图 2-1，可以将 MCS-51 系列单片机按功能部件划分 8 大组成部分，图 2-2 为按功能划分的 51 系列单片机内部结构简化框图，这 8 大组成如下。

　① 一个微处理器(CPU)：8 位。

　② 程序存储器：4KB（52 系列为 8KB），寻址能力 64KB，可以片外扩展获得。

　③ 数据存储器：128B（52 系列为 256B），寻址能力 64KB，可以片外扩展获得。

　④ SFR：18 个特殊功能寄存器（52 系列为 21 个）。

　⑤ 并行输入/输出接口：4 个 8 为并行 I/O 口，32 根口线。

　⑥ 串行口：1 个全双工异步串行 I/O 口。

　⑦ 计数器系统：2 个 16 位定时/计数器（52 系列为 3 个）。

　⑧ 中断系统：5 个中断源，2 个优先级（52 系列为 6 或 7 个）。

2.1.2　51 单片机的封装与引脚

首先，感性地认识一下单片机，图 2-3 是两种常见的单片机封装形式。

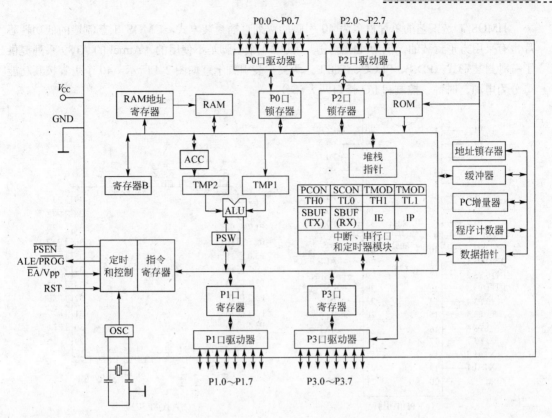

图 2-1　MCS-51 系列单片机的内部结构框图

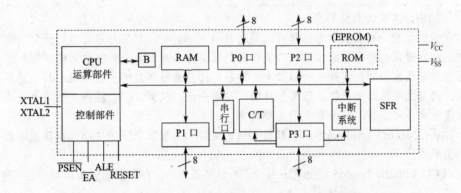

图 2-2　MCS-51 系列单片机的内部结构简化框图

（a）PDIP 封装的 AT89S51

（b）插在芯片座上的 PLCC 封装

图 2-3　常见的单片机封装形式

　　HMOS 制造工艺的单片机多为 40 引脚的双列直插封装方式，CMOS 工艺制造的低功耗芯片也有采用方形封装的，但为 44 个引脚，其中 4 个引脚是不使用的。Atmel 的 AT89 系列提供了三种封装形式：PDIP、PLCC、TQFP。两类封装引脚示意如图 2-4 所示。40 个引脚按其功能可分为电源、时钟、控制和 I/O 接口四大部分。

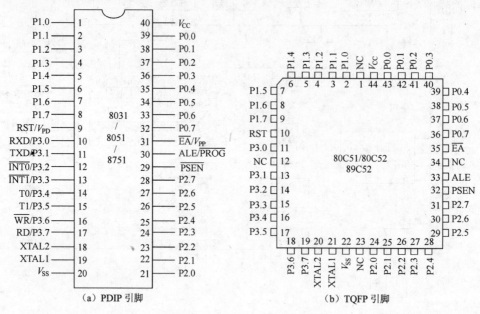

图 2-4　PDIP 与 TQFP 引脚

> **小知识**：芯片的封装形式
>
> 　　所谓封装就是指安装半导体集成电路芯片所用的外壳，封装起着安放、固定、密封、保护芯片和增强电热性能的作用，而且还是沟通芯片内部世界与外部电路的桥梁。芯片上的接点用导线连接到封装外壳的引脚上，这些引脚又通过印制板上的导线与其他器件建立连接。封装主要有四大功能，即信号分配、功率分配、包装保护、散热。半导体集成电路的封装形式多种多样，其中常见的主要如下。
>
> 　　DIP（Dual In - line Package）：双列直插式封装，60 引脚以下的中小规模集成电路封装的主要形式。
>
> 　　PLCC（Plastic Leaded Chip Carrier）：外形呈正方形，四周都有管脚，适合用 SMT 表面安装。
>
> 　　PQFP（Plastic Quad Flat Package）：四侧引脚扁平封装，芯片引脚间距离小、管脚细，适合大规模或超大规模集成电路 SMT 表面安装，其引脚数一般都在 100 以上。根据封装本体厚度分为 QFP（2.0~3.6mm 厚）、LQFP（1.4mm 厚）和 TQFP（1.0mm 厚）三种。
>
> 　　SOP（Small Out-line Package）：也称 SOIC（small out-line integrated circuit），派生类型众多，适合于 40 引脚以下中小规模集成电路 SMT 的封装。

（1）电源引脚（2 根）

V_{CC}（40 脚）芯片主电源，外接+5V；GND（20 脚）：电源地线。

（2）时钟引脚（2 根）

XTAL1（19 脚）：接外部石英晶体的一端。是片内振荡器的反相放大器的输入端，当采用外部时钟时，对于 HMOS 单片机，该引脚接地；对于 CHMOS 单片机，该引脚作为外部振荡信号的输入端，参见 2.3 节介绍。

XTAL2（18 脚）：接外部石英晶体的另一端。是片内振荡器的反相放大器的输出端。当采用外部时钟时，对于 HMOS 单片机，该引脚作为外部振荡信号的输入端；对于 CHMOS 芯片，该引脚悬空不接。

（3）控制引脚（4 根）

① ALE/$\overline{\text{PROG}}$（30 脚）：地址锁存控制信号/编程脉冲输入端　在扩展系统时，ALE (Address Latch Enable) 用于控制把 P0 口输出的低 8 位地址锁存起来，以实现低 8 位地址和数据的分离，P0 口作为数据地址复用口线。当访问单片机外部程序或数据存储器或外接 I/O 口时，ALE 输出脉冲的下降沿用于低 8 位地址的锁存信号；即使不访问单片机外部程序存储器、外部数据存储器或外接 I/O 口时，ALE 端仍以晶体振荡器频率(f_{osc})的 1/6 输出正脉冲信号，因此可作为外部时钟或外部定时信号使用。但应注意，此时不能访问单片机外部程序、数据存储器或外设 I/O 接口，因为在这些访问中 ALE 脉冲会跳空一次。ALE 端可以驱动 8 个 TTL 负载。

对于 EEPROM 型单片机（89C51）或 EPROM 型单片机（87C51），在 EEPROM 或 EPROM 编程期间，该引脚用来输入一个编程脉冲（PROG）。

② $\overline{\text{PSEN}}$（29 脚）：片外程序存储器读选通有效信号　在 CPU 向片外程序存储器读取指令和常数时，每个机器周期 $\overline{\text{PSEN}}$ (Program Store Enable) 两次低电平有效。但在此期间，每当访问外部数据存储器或 I/O 接口时，该 $\overline{\text{PSEN}}$ 两次低电平有效信号将不出现。$\overline{\text{PSEN}}$ 端可以驱动 8 个 TTL 负载。

③ $\overline{\text{EA}}$/V_{PP}（31 脚）：访问程序存储器控制信号/编程电源输入端　当该引脚 $\overline{\text{EA}}$ (External Access Enable) 信号为低电平时，只访问片外程序存储器，不管片内是否有程序存储器；当该引脚为高电平时，单片机访问片内的程序存储器。当 PC（程序计数器）值超出 4K 地址时，自动转到片外程序存储器 1000H 开始顺序读取指令。

对于 EEPROM 型单片机（89C51）或 EPROM 型单片机（87C51），在 EEPROM 或 EPROM 编程期间，该引脚用于施加一个+12V 或21V 的电源。

④ RST/V_{PD}（9 脚）：复位/掉电保护信号输入端　当振荡器运行时，在该引脚加上一个 2 个机器周期以上的高电平信号，就能使单片机回到初始状态，即进行复位。

掉电期间，该引脚可接上备用电源（V_{PD}）以保持内部 RAM 的数据。

（4）4 个 8 位准双向并行 I/O 接口引脚（32 根）

MCS-51 单片机提供 4 组并行 I/O 接口，P0、P1、P2、P3，每组 8 位，有相应的 8 条接口线，可以作为基本数据传输使用，这是每个口都具备的第一功能，支持按照字节以及单独按每一位进行访问。但每组接口的结构各不相同，因此在功能和用途上有一定差别。

① P0 口（39～32 脚）：8 位漏极开路的三态双向输入/输出口，包括 P0.0～P0.7。具备第二功能，即扩展片外存储器及扩展 I/O 时，作为低 8 位地址总线和 8 位数据总线的分时复用接口。

② P1 口（1～8 脚）：8 位带有内部上拉电阻的准双向输入/输出口，包括 P1.0～P1.7。51 基本型的 P1 口无第二功能，而各种改进型，还有其他功能定义，如 AT89S51 定义了在 Flash 编程和校验期间，P1.5～P1.7 接收低 8 位地址字节信息，AT89S52 定义，P1.0 和 P1.2 分别作定时器/计数器 2 的外部计数输入（P1.0/T2）和定时器/计数器 2 的触发输入（P1.1/T2EX）。

③ P2 口（21～28 脚）：8 位带有内部上拉电阻的准双向输入/输出口，包括 P2.0～P2.7。具备第二功能，即扩展片外存储器及扩展 I/O 时，作为高 8 位地址总线接口。AT89S51 还定义了在 Flash 编程和校验期间，P2 口也接收高 8 位地址字节信息和一些控制信号。

④ P3 口（10~17 脚）：8 位带有内部上拉电阻的准双向输入/输出口，包括 P3.0~P3.7。P3口的每一个引脚端口都兼有第二功能，详见表 2-1。

表 2-1　P3 口第二功能定义

引　　脚	第　二　功　能	功　能　说　明
P3.0	RXD	串行数据接收端
P3.1	TXD	串行数据发送端
P3.2	$\overline{\text{INT0}}$	外部中断 0 请求输入端，低电平有效
P3.3	$\overline{\text{INT1}}$	外部中断 1 请求输入端，低电平有效
P3.4	T0	计数器 0 外部输入端，下降沿有效
P3.5	T1	计数器 1 外部输入端，下降沿有效
P3.6	$\overline{\text{WR}}$	外部数据存储器写，低电平有效
P3.7	$\overline{\text{RD}}$	外部数据存储器读，低电平有效

综上所述，MCS-51 系列单片机引脚可归纳为两点。

① 单片机功能多但引脚少，I/O 口不仅作为基本输入输出口线，许多引脚还有第二功能。

② 单片机内部使用总线，对外也呈现三总线形式，由 P0 提供 8 位数据总线，P2、P0 提供 16 位地址总线，所以有 64K 寻址能力，由 ALE、$\overline{\text{PSEN}}$、$\overline{\text{EA}}$、RST 及 P3.2~P3.7 共 10 个引脚组成控制总线，关于三总线的概念，将在第 6 章介绍。

图 2-5 为 MCS-51 单片机引脚逻辑示意图。

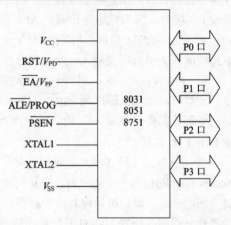

图 2-5　MCS-51 单片机引脚逻辑示意

2.2　单片机的微处理器

单片机的中央处理器(CPU)是其内部的核心部件，它决定了单片机的主要功能特性。MCS-51 系统的 CPU 由两大部分构成：运算部件、控制部件。

2.2.1　运算部件

MCS-51 单片机运算部件的功能是进行算术运算和逻辑运算，也可以对单字节、半字节（4位）等数据进行操作，它的数据总线宽度是 8 位，算术逻辑单元 ALU 能处理 8 位二进制数或代码，故称为 8 位机。运算部件包括算术逻辑单元 ALU、布尔处理器、累加器 A、寄存器 B、暂存器和程序状态字 PSW 等许多部件。

ALU (Arithmetic Logical Unit)是运算部件的核心，不仅能完成 8 位二进制数的加（带进位加）、减（带借位减）、乘、除、加 1、减 1 及 BCD 加法的十进制调整等算术运算，还能对 8 位变量进行逻辑"与"、"或"、"异或"、求补、循环移位、清零等逻辑运算，并具有数据传送，程序转移等功能。两个暂存器 TMP1、TMP2 对用户透明，主要用来为加法器和布尔处理器暂存两个 8 位二进制操作数。

布尔处理（即位处理）是 MCS-51 单片机 ALU 所具有的一种功能。单片机指令系统中的布尔指令集（17 条位操作指令），存储器中的位地址空间，以及借用程序状态标志寄存器 PSW 中的进位标志 CY 作为位操作"累加器",构成了单片机内的布尔处理机。它可以对直接寻址的位 (Bit)变量进行处理,完成置位、清零、取反、测试转移以及逻辑与、或等位操作。

2.2.2 控制部件

控制部件是单片机的神经中枢,是控制单片机整个系统各种操作的部件,它包括时钟发生器、定时和控制电路、复位电路、指令寄存器、译码器以及信息传送控制等部件。它先以主振频率为基准控制 CPU 的时序,读指令、对指令进行译码,然后发出各种控制信号完成一系列定时控制的微操作,用来协调单片机内部各功能部件之间的数据传送、数据运算等操作,并对外发出地址锁存 ALE、外部程序存储器选通 $\overline{PSEN}$,以及通过 P3.6 和 P3.7 发出数据存储器读 $\overline{RD}$、写 $\overline{WR}$ 等控制信号,并且接收处理外接的复位和外部程序存储器访问控制 $\overline{EA}$ 信号。

2.2.3 与 CPU 有关的专用寄存器组

专用寄存器组,又称为特殊功能寄存器(Special Function Registers,SFR),是计算机中一类与硬件工作密切相关、有专门用途的特殊存储单元,是任何一台计算机的 CPU 都不可缺少的组成部分。这里先介绍与 CPU 有关的特殊功能寄存器,包括累加器 A、通用寄存器 B、程序状态字 PSW 寄存器,堆栈指针 SP、数据指针 DPTR,以及至关重要的寄存器——程序计数器 PC。

（1）程序计数器 PC（Program Counter）

程序计数器又可称为程序指针,是 MCS-51 系列单片机三大指针中的一个(另外两个是 DPTR 和 SP),它是一个极其重要而又特殊的指针,是计算机能够按部就班地执行程序的关键,不能被随意改动,因此 PC 没有被安排在专用寄存器组中,而是单独存在于单片机的逻辑结构中。

PC 是一个 16 位计数器,其内容为单片机将要执行的指令机器码所在存储单元的地址。在控制器的作用下,PC 具有自动加 1 的功能,从而实现程序的顺序执行。由于 PC 的重要性,因此被设计为不可寻址,即用户无法对它直接进行读写操作,只能通过转移、调用、返回等指令及中断改变其内容,以实现程序的转移,当单片机系统被复位时,PC 被清零。16 位的 PC 可寻址范围为 64KB,即地址空间为 0000～0FFFFH。

（2）累加器 ACC 或 A (Accumulator)

累加器 ACC 是 8 位寄存器,是最常用的专用寄存器,功能强,地位重要。它既可存放操作数,又可存放运算的中间结果。MCS-51 系列单片机中许多指令的操作数来自累加器 ACC。累加器非常繁忙,是单片机执行程序的瓶颈,制约了单片机工作效率的提高,现在已经有些单片机用寄存器阵列来代替累加器 ACC。

（3）寄存器 B (General Register)

寄存器 B 是 8 位寄存器,主要用于乘、除运算。乘法运算时,B 中存放乘数,乘法操作后,高 8 位结果存于 B 寄存器中。除法运算时,B 中存放除数,除法操作后,余数存于寄存器 B 中。寄存器 B 也可作为一般的寄存器用。

（4）程序状态字 PSW (Program Status Word)

程序状态字是 8 位寄存器,反映当前 CPU 的工作情况,用于指示程序运行状态信息。其中有些位是根据程序执行结果由硬件自动设置的,而有些位可由用户通过指令方法设定。PSW 中各标志位名称及定义如下。

位序	PSW.7	PSW.6	PSW.5	PSW.4	PSW.3	PSW.2	PSW.1	PSW.0
位标志	CY	AC	F0	RS1	RS0	OV	—	P

① CY(Carry bit) 进（借）位标志位,也是位处理器布尔运算的位累加器 C。在加减运算

中，若操作结果的最高位有进位或有借位时，CY 由硬件自动置 1，否则清 "0"。在位操作中，CY 作为位累加器 C 使用，参与进行位传送、位与、位或等位操作。另外某些控制转移类指令也会影响 CY 位状态（第 3 章讨论）。

② AC (Auxiliary Carry) 辅助进（借）位标志位，应用 BCD 码运算。在加减运算中，当操作结果的低四位向高四位进位或借位时此标志位由硬件自动置 1，否则清 "0"。

③ F0 用户标志位，由用户通过软件设定，用以控制程序转向。

④ RS1，RS0 寄存器组选择位。在片内 RAM 中有一个区域被命名为工作寄存器区，包含 4 组同样的 8 个寄存器，名称依次为 R0~R7，CPU 同一时刻只能指定其中的一组被激活使用。寄存器组选择位用于设定当前工作寄存器组的组号，其对应关系如表 2-2 所示。

表 2-2 寄存器组选择位设置

RS1	RS0	寄存器组	R0~R7 地址
0	0	组 0	00~07H
0	1	组 1	08~0FH
1	0	组 2	10~17H
1	1	组 3	18~1FH

RS1，RS0 的状态由软件设置，被选中寄存器组即为当前工作寄存器组。

⑤ OV (Overflow flag) 溢出标志位。在带符号数（补码数）的加减运算中，OV=1 表示加减运算的结果超出了累加器 A 的八位符号数表示范围（−128~+127），产生溢出，因此运算结果是错误的。OV=0，表示结果未超出 A 的符号数表示范围，运算结果正确。乘法时，OV=1，表示结果大于 255，结果分别存在 A，B 寄存器中。OV=0，表示结果未超出 255，结果只存在 A 中。除法时，OV=1，表示除数为 0。OV=0，表示除数不为 0。

⑥ P (Parity flag) 奇偶标志位。表示累加器 A 中数的奇偶性，在每个指令周期由硬件根据 A 的内容的奇偶性对 P 自动置位或复位。P=1，表示 A 中内容有奇数个 1。

（5）数据指针 DPTR (Data Pointer)

数据指针 DPTR 为 16 位寄存器，它是 MCS-51 SFR 中唯一的一个 16 位寄存器。DPTR 通常在访问外部数据存储器时作为地址指针使用，寻址范围为 64KB。编程时，既可按 16 位寄存器使用，也可作为两个 8 位寄存器分开使用。DPH 为 DPTR 的高八位寄存器，DPL 为 DPTR 的低八位寄存器。

（6）堆栈指针 SP (Stack Pointer)

SP 为 8 位寄存器，永远指示栈顶单元地址。

所谓堆栈，是一种数据结构，它只允许在其一端进行数据删除和数据插入操作的线性表。数据写入堆栈叫入栈（PUSH），数据读出堆栈叫出栈（POP）。堆栈的最大特点是 "后进先出" 的数据操作原则。

① 堆栈的功用是保护断点和保护现场。因为计算机无论是执行中断程序还是子程序，最终要返回主程序，在转去执行中断或子程序时，要把主程序的断点保护起来，以便能正确的返回。同时，在执行中断或子程序时，可能要用到一些寄存器，需把这些寄存器的内容保护起来，即保护现场。

② MCS-51 系列单片机的堆栈默认设置在内部 RAM 的 07H 处，首个入栈元素将存储于 08H 单元。

③ 由于 SP 的内容就是堆栈 "栈顶" 的存储单元地址，因此可以用改变 SP 内容的方法来

设置堆栈的初始位置。当系统复位后，SP 的内容为 07H，但往往程序中会在主程序的第一条指令就将其重置为（SP）=60H，以便保证工作寄存器区的完整，在设计应用中可以被正常使用。

2.3　单片机的时钟与复位

计算机在执行指令时，通常将一条指令分解为若干基本的微操作，这些微操作所对应的脉冲时钟信号在时间上的先后次序称为计算机的时序。MCS-51 系列单片机工作时序信号由单片机的时钟电路产生。单片机就像是一个复杂的同步时序电路，应在时钟信号控制下严格地按时序进行工作，所以上电时必须复位以保证各部件工作的统一。

在执行指令时，CPU 首先要到程序存储器中取出需要执行的指令操作码，然后进行译码，并有时序电路产生一系列控制信号，控制相关的数字电路去完成指令所规定的操作内容。CPU 发出的时序信号有两类，一类是控制内部功能部件的，用户无需了解；另一类是与片外存储器及 I/O 操作有关的控制时序，这部分时序的分析，对于分析、设计硬件接口电路非常重要，需要适当研究。

2.3.1　时钟电路

MCS-51 单片机的时钟定时控制功能由片内时钟电路和振荡器实现，根据硬件电路实现方法的不同，通常有两种电路形式：内部振荡方式和外部振荡方式。

（1）内部时钟信号的产生

MCS-51 系列单片机芯片内部有一个高增益反相放大器，输入端为 XTAL1，输出端为 XTAL2，一般在 XTAL1 与 XTAL2 之间接石英晶体振荡器和微调电容，从而构成一个稳定的自激振荡器，就是单片机的内部时钟电路，如图 2-6（a）所示。时钟电路产生的振荡脉冲经过二分频以后，才成为单片机的时钟信号。晶振的频率范围是 1.2～12MHz，典型值取 6 MHz、12 MHz、11.0592 MHz。电容 C_1 和 C_2 为微调电容，可起频率稳定、微调作用，一般石英晶体取值在 30pF ±10pF 之间，陶瓷谐振器取值在 40pF ±10 pF 之间。

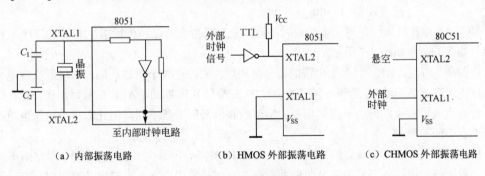

（a）内部振荡电路　　　　（b）HMOS 外部振荡电路　　　　（c）CHMOS 外部振荡电路

图 2-6　时钟振荡电路

（2）外部时钟信号的产生

由多个单片机组成的系统中，为了保持同步，往往需要统一的时钟信号，可采用外部时钟信号引入的方法，外接信号应是高电平持续时间大于 20ns 的方波，且脉冲频率应低于 12 MHz。对于 HMOS 的单片机（如 8051）外部时钟信号由 XTAL2 引入，如图 2-6(b)；对于 CHMOS 的单片机（如 80C51、AT89S51），外部时钟由 XTAL1 引入，如图 2-6(c)。

2.3.2　CPU 时序

MCS-51 单片机的时序定时单位从小到大依次为：时钟周期、状态周期、机器周期和指令周期。

① 振荡周期　指振荡源的周期，又称晶振周期，为单片机提供定时信号，是计算机内部数字电路工作的时间基准。晶振周期定义称为节拍，用 P 表示。

② 状态周期　状态周期用 S 表示，也称为时钟周期。晶振脉冲经过二分频后，就是单片机的时钟周期。一个状态包含两个节拍，前半周期对应的节拍称为节拍 P_1，后半周期对应的节拍称为节拍 P_2，P_1 与 P_2 组成一个状态周期。在状态周期的前半周期 P_1 有效时，通常完成算术逻辑操作；在后半周期 P_2 有效时，一般进行内部寄存器之间的传输。需要注意地是，在 MCS-51 系列单片机中，采用集中指令系统，它的时钟周期和晶振周期有着不同的含义，而在有些采用精简指令系统的单片机中，时钟周期和晶振周期是相同的。状态周期是指令被分解为微操作而执行的时间单位。

③ 机器周期　MCS-51 单片机采用定时控制方式，它有固定的机器周期。一个机器周期包含 6 个状态周期，用 S_1, S_2, …, S_6 表示；共 12 个节拍，依次可表示为 S_1P_1, S_1P_2, S_2P_1, S_2P_2, …, S_6P_1, S_6P_2。当晶振脉冲频率为 12MHz 时，一个机器周期为 1μs；当晶振脉冲频率为 6 MHz 时，一个机器周期为 2μs。机器周期是指令执行的时间单位。

④ 指令周期　执行一条指令所占用的全部时间，它以机器周期为单位，指令周期是最大的时序定时单位。指令的执行速度与指令所包含的机器周期有关，机器周期数越少的指令其执行的速度越快。包含一个机器周期的指令称为单周期指令，包含两个机器周期的指令称为双周期指令等。MCS-51 系列单片机除乘法、除法指令是 4 周期指令外，其余都是单周期指令和双周期指令。若用 12 MHz 晶振，则单周期指令和双周期指令的指令周期时间分别为 1μs 和 2μs，乘法和除法指令为 4μs。

例如，外接晶振为 12 MHz 时，　MCS-51 单片机的 4 个时间周期的具体值为

振荡周期=1/12μs

状态周期=1/6μs

机器周期=1μs

指令周期=1～4μs

MCS-51 单片机执行任何一条指令时都可以分为取指令阶段和执行指令阶段，CPU 取指令和执行指令的时序如图 2-7 所示。

由图 2-7 可见，ALE 引脚上出现的信号是周期性的，在每个机器周期内出现两次高电平。第一次出现在 S_1P_2 和 S_2P_1 间，第二次出现在 S_4P_2 和 S_5P_1 期间。ALE 信号每出现一次，CPU 就进行一次取指操作，但由于不同指令的字节数和机器周期数不同，因此取指令操作也随指令不同而有小的差异。

按照指令字节数和机器周期数，MCS-51 的 111 条指令可分为 6 类，分别是：单字节单周期指令、单字节双周期指令、单字节四周期指令、双字节单周期指令、双字节双周期指令、三字节双周期指令，其中 64 条为单周期指令，45 条为双周期指令，仅有乘(MUL)、除(DIV)两条指令的执行时间是 4 个机器周期。可以参见附录 B。

图 2-7（a）、(b) 所示分别给出了单字节单周期和双字节单周期指令的时序。单周期指令的执行始于 S_1P_2，这时操作码被锁存到指令寄存器内。若是双字节，则在同一机器周期的 S_4 读第二字节。若是单字节指令，则在 S_4 仍有读操作，但被读入的字节无效，且程序计数器 PC 并不增量。

图 2-7（c）给出了单字节双周期指令的时序，两个机器周期内进行 4 次读操作码操作。因为是单字节指令，所以，后三次读操作都是无效的。

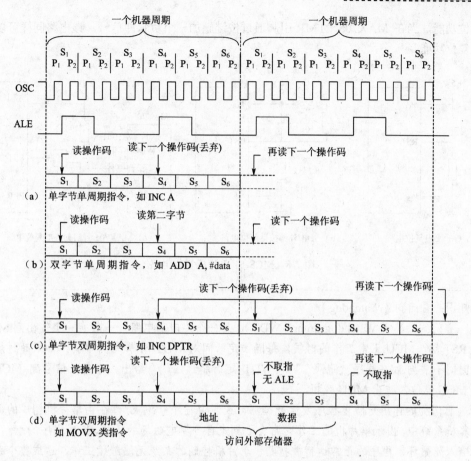

图 2-7　MCS-51 单片机 CPU 取指令、执行指令的时序

2.3.3　复位状态与复位电路

单片机复位是使 CPU 和系统中的其他功能部件都处在一个确定的初始状态，并从该状态开始工作，例如复位后 PC=0000H，使单片机从第一个单元取指令。复位不影响片内 RAM 存放的内容，而 ALE、$\overline{\text{PSEN}}$ 在复位期间将输出高电平。无论是在单片机刚开始接上电源时，还是断电后或者发生故障后都要复位，所以必须清楚 MCS-51 型单片机复位的条件、复位电路和复位后的状态。

（1）复位电路

MCS-51 单片机的复位条件是，当时钟电路工作以后，在 RST/V_{PD} 端持续给出 2 个机器周期的高电平就可以完成复位操作。复位分为上电复位和外部复位两种方式。

上电自动复位是通过外部复位电路的电容充电来实现的，该电路通过电容充电在 RST 引脚上加了一个高电平，高电平的持续时间取决于 RC 电路的参数。由于单片机上电后到振荡电路稳定工作需要大约 10ms，所以一般复位正脉冲宽度安装大于 10ms 设计，上电自动复位电路如图 2-8（a）所示。

图 2-8（b）为外部按键复位电路。该电路除具有上电复位功能外，若要复位，只需按中的 RESET 键，此时电源 V_{CC} 经电阻 R_1、R_2 分压，在 RESET 端产生一个复位高电平。

图 2-8（c）为看门狗（Watchdog）外部复位电路。虽然 80C51 等 CMOS 工艺 MCS-51 单片机内部有看门狗电路，但某些情况下也需要外接功能更强的专用看门狗芯片，实现诸如电源监控、温度监控、软件故障等复位操作。图中 MAX705 与 80C51 的连接可以实现上电复位、看门狗监

视复位功能，当在 MAX705 的 $\overline{MR}$ 引脚通过按键施加一个负脉冲信号，该电路同样可以实现按键复位功能。

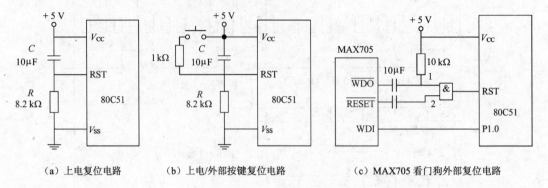

（a）上电复位电路　　　（b）上电/外部按键复位电路　　　（c）MAX705 看门狗外部复位电路

图 2-8　MCS-51 单片机复位电路

小知识：看门狗（Watchdog）

看门狗，又叫 Watchdog timer（WDT），是一个定时器电路，一般有一个输出到 MCU 的 RST 端，MCU 正常工作的时候，每隔一定时间对 WDT 清零,称为喂狗。如果超过规定的时间不喂狗,如在程序"跑飞"时，WDT 定时超过，就会给出一个复位信号到 MCU，使 MCU 复位，防止 MCU 死机。

看门狗的作用是防止程序发生死循环，或者说程序"跑飞"。在由单片机构成的微型计算机系统中，由于单片机的工作常常会受到来自外界电磁场的干扰，造成程序的"跑飞"，而陷入死循环，程序的正常运行被打断，单片机控制的系统无法继续工作，造成整个系统的陷入停滞状态，发生不可预料的后果，所以出于对单片机运行状态进行实时监测的考虑，便产生了专门用于监测单片机程序运行状态的看门狗电路。

（2）复位状态

复位功能是把程序计数器 PC 初始化为 0000H，使 CPU 能够从 0000H 单元开始执行程序；复位操作同时使 SFR 寄存器回到初始化状态。了解常用特殊功能寄存器复位后的状态，对于掌握单片机操作，设计应用程序中的初始化编程，都有非常重要的意义。

MCS-51 单片机主要特殊功能寄存器复位的状态如表 2-3 所示。其中除以下几个特殊内容及未定义的位以外，其他寄存器内容都被设为 0。

PC=0000H：表明单片机复位后程序将从 0000H 地址单元开始执行。

SP=07H：表明堆栈指针指向片内 RAM 07H 单元，第一个入栈数据将写入 08H 单元中。

P0~P3 口全为 1（0FFH）：表明各个端口复位后都做好了输入准备。

SBUF：串行口缓冲寄存器为不确定状态。

表 2-3　主要特殊功能寄存器复位状态

寄　存　器	复 位 状 态	寄　存　器	复 位 状 态
PC	0000H	TH1	00H
ACC	00H	P0～P3	FFH
PSW	00H	IP	xx000000B
SP	07H	IE	0xx00000B

续表

寄存器	复位状态	寄存器	复位状态
DPTR	0000H	TMOD	00H
TCON	00H	SCON	00H
TL0	00H	SBUF	不定
TH0	00H	PCON	0xxx0000B
TL1	00H	注：表中 x 表示未定义位，限制访问。	

2.3.4 CHMOS 单片机的低功耗工作方式

采用 CHMOS 制造工艺的单片机不仅本身功耗低，更提供了两种低功耗工作方式：空闲模式和掉电模式。在程序不需要运行时就要采用低功耗方式，以求得对电源最小的能量消耗，这在以电池供电的系统设计中，如便携式、手提式、移动式或野外作业仪器设备中，是非常重要的设计要求之一。CMOS 单片机正常工作时消耗 10～20mA 电流，空闲方式工作时消耗 1.75 mA 电流，掉电方式工作时消耗 5～50 μA 电流，它的空闲方式和掉电方式都是由特殊功能寄存器 PCON（Power Control）中相应的位来控制，PCON 称为电源控制寄存器，低功耗方式的控制电路如图 2-9 所示。

PCON 为 8 位寄存器，主要用于控制单片机工作于低功耗方式。MCS-51 系列单片机的低功耗方式有待机方式和掉电保护方式两种。待机方式和掉电保护方式都由专用寄存器 PCON 的有关位来控制。PCON 寄存器不可位寻址，只能字节寻址。其各位名称及功能如下。

位 序	D7	D6	D5	D4	D3	D2	D1	D0
位符号	SMOD	—	—	—	GF1	GF0	PD	IDL

SMOD：波特率倍增位，在串行通信中使用。

GF0，GF1：通用标志位，供用户使用。

PD：掉电保护位，（PD）=1，进入掉电保护方式。

IDL：待机方式位，（IDL）=1，进入待机方式。

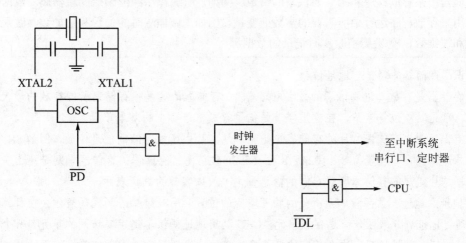

图 2-9　低功耗方式的控制电路

（1）空闲模式（Idel Mode）

又称等待模式、待机模式。

用指令使 PCON 寄存器的 IDL 位置 1，则 80C51 进入待机模式。时钟电路仍然运行，并向中断系统、I/O 接口和定时/计数器提供时钟，但不向 CPU 提供时钟，所以 CPU 不能工作。在待机方式下，CPU 内部状态维持（PC、ACC、PSW、SP），片内 RAM 和端口状态也保持不变，所有中断、外部电路仍然有效，可采取中断方法退出空闲模式。在单片机响应中断时，IDL 位被硬件自动清"0"而终止空闲模式。当执行完中断服务程序发回主程序时，执行原先设置 IDL 位指令后面的那条指令。用户可以利用 GF1、GF2 作为标志，区分中断是在正常工作是发生的，还是在空闲模式下发生的。另一种退出空闲方式的方法是使用硬件复位，需要注意的是，这种情况下，CPU 是去执行原先设置 IDL 位指令后面的那条指令，而不是从 0000H 这个初始地址开始执行指令代码。

（2）掉电模式（Power-down Mode）

又称停机模式。

用指令使 PCON 寄存器的 PD 位置 1，则 80C51 进入掉电模式。在掉电模式下，内部振荡电路停止工作，因此所有内部功能部件都会停止工作，只有内部 RAM 和 SFR 区域内容保留，而 ALE 和 $\overline{\text{PSEN}}$ 均为低电平，所有 I/O 引脚保持进入掉电模式前的状态。退出掉电模式只能采用硬件复位，而复位会初始化 SFR，使其内容回复到上电时的状态，但内部 RAM 内容仍然保留。在掉电期间，V_{CC} 源可以下降到 2V。

2.4　存储器组织和存储空间

微型计算机的存储器包括主存储器和外存储器。外存储器（外存）主要指各种大容量的磁盘存储器、光盘存储器等。主存储器（内存）是指能与 CPU 直接进行数据交换的半导体存储器。存储器是计算机中不可缺少的重要部件，主存储器从使用类型上通常分为程序存储器和数据存储器。与传统的微型计算机不同，嵌入式计算机多采用将程序存储器和数据存储器分开的管理方式，各自有自己的寻址系统、控制信号和功能，即在存储器组织方法上采用哈佛结构。程序存储器用来存放程序和始终要保留的常数。例如，所编程序经汇编后的机器码。数据存储器通常用来存放程序运行中所需要的常数或变量。例如，做加法时的加数和被加数、做乘法时的乘数和被乘数、模/数转换时实时记录的数据等。

> **小知识**：存储器的容量与地址位数
>
> 　　存储器是存放二进制信息的数字电路器件，存储器的容量指存储器所能存放的最大字节数，可见其单位是字节，在这里字节是衡量存放信息多少的基本单元。
>
> 　　**存储容量**：存储器芯片的存储容量是指一块芯片中所能存储的信息位数，例如 8K × 8 位的芯片，其存储容量为 $8 \times 1024 \times 8$ 位=65536 位信息。存储体的存储容量则是指由多块存储器芯片组成的存储体所能存储的信息量，一般以字节的数量表示。
>
> 　　**地址**：地址表示存储单元所处的物理空间的位置，用一组二进制代码表示。在计算机中，通过地址划分来区分信息存放单元，CPU 利用地址码信息锁定要访问的单元，一个存储单元对应一个地址码，这个锁定的功能是依赖地址线实现的。由于计算机使用的是二进制，且计算机内的信号仅有两种形式，每根地址线上的状态即为一位二进制信息，那么很容易就可以了解到地址位数与存储容量的关系：一根地址信号线最多可以区分 2 个 Byte，2 根可确定 4 个 Byte，8 根可确定 2^8=256B，16 根可确定 2^{16}=64KB，其中 $1K=2^{10}$=1024。

2.4.1　存储器分类

MCS-51 单片机存储器空间结构如图 2-10 所示，从图中可见，以单片机寻址空间分布可将存储器分为：程序存储器、内部数据存储器和外部数据存储器三大部分。

① 片内外统一寻址的 64KB 程序存储器空间，地址范围为 0000H～FFFFH。

② 64KB 的片外数据存储器空间，地址范围也为 0000H～FFFFH。

③ 51 子系列的片内数据存储器 RAM 只有 128B，地址范围为 00H～7FH；52 子系列的片内数据存储器 RAM 为 256B，地址范围为 00H～FFH。

从存储器类型上可分为：程序存储器和数据存储器。

从物理结构上可分为：片内、片外程序存储器（8031 和 8032 没有片内程序存储器）与片内、片外数据存储器 4 个部分。

从功能上可分为：程序存储器、内部数据存储器、特殊功能寄存器、位地址空间和外部数据存储器 5 个部分。

MCS-51 系列各芯片的存储器在结构上有些区别，但区别不大，从应用设计的角度可分为如下几种情况：片内有程序存储器和片内无程序存储器、片内有数据存储器且存储单元够用和片内有数据存储器且存储单元不够用。

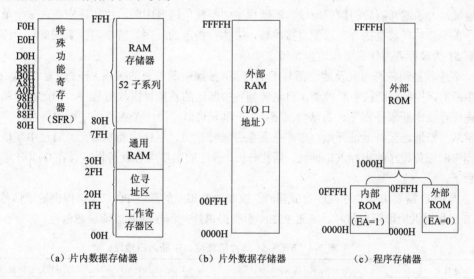

图 2-10　MCS-51 单片机存储器空间结构

2.4.2　程序存储器

（1）编址与访问

计算机的工作是按照事先编制好的程序命令一条条循序执行的，MCS-51 单片机的程序存储器用于存放编好的程序指令代码序列和表格常数，在程序计数器 PC 的指引下逐条取出程序指令代码由 CPU 执行，这个过程是在控制器控制下自动完成的，PC 每取出指令的一个字节，其内容自动加 1，指向下一个字节地址并准备提取指令信息；对表格常数的访问，用户可以通过 MOVC 指令来实现。

80C51 片内有 4KB 的 ROM，87C51 片内有 4KB 的 EPROM，编址为 0000H～0FFFH；80C52 和 87C52 片内有 8KB 的 ROM 或 EPROM，编址为 0000H~1FFFH；80C31 片内无程序存储器，使用时必须在片外扩展程序存储器芯片，编址为 0000H~FFFFH。

MCS-51 的片外最多能扩展 64KB 程序存储器，片内外的 ROM 是统一编址的。引脚 $\overline{\text{EA}}$ 端保持高电平时，80C51 的程序计数器 PC 在 0000H～0FFFH 地址范围内（即前 4KB 地址）执行片内 ROM 中的程序，当 PC 在 1000H～FFFFH 地址范围内时，自动执行片外程序存储器中的程序；$\overline{EA}$ 保持低电平时，只能寻址外部程序存储器，片外存储器可以从 0000H 开始编址。因此设计硬件电路系统时，一定要注意对 $\overline{EA}$ 引脚的设定。

（2）程序入口地址

应用时，程序存储器的容量由用户根据需要扩展，而程序地址空间原则上也可由用户任意安排。但是 MCS-51 程序存储器有一些单元具有特殊功能，使用时应予以注意。

前面提到过，PC 是不可以寻址到的，由控制器负责 PC 内容的变化，用户无法对它直接进行读写操作，只能借助控制转移类指令来改变程序执行的顺序，也提到过在单片机被复位时，PC 会被直接修改为 0000H。此外，还有一类情况，PC 的内容也是会被直接修改，那就是当系统响应中断的时候。这两类事件合在一起就是表 2-4 的内容，即 MCS-51 单片机在复位和中断这两种情况下，PC 内容会被修改成相应的特殊 ROM 单元地址，该地址称为入口地址，而对每类事件的处理，51 系统都预留了相应的地址空间。

表 2-4 中第一组特殊单元的地址为 0000H～0002H。系统复位后，（PC）=0000H，单片机从 0000H 单元开始取第一条指令执行程序，所以在编程时，第一条指令必须安排存放在这个入口地址。为了避开随后的预留地址，即便程序中不使用这些中断，往往还应在这三个单元中存放一条无条件转移类指令，以便直接跳转，去执行指定的程序。待学习了第三章后，读者就会理解 51 的设计者为什么要在这里预留 3 个单元了。

表中其他组特殊单元及地址都与中断有关，按照中断号 n 的关系 $8n+3$ 设置。一旦 CPU 响应中断后，控制器会按中断种类，自动转到各中断区的首地址区执行程序，因此在中断地址区中理应存放中断服务程序。通常情况下，8 个单元难以存下一个完整的中断服务程序，因此也通常从中断地址区首地址开始存放一条无条件转移指令，以便中断响应后，通过中断地址区再转到中断服务程序的实际入口地址。据此分析，程序的实质内容就可以安排在 0030H 单元地址之后了。

当 CPU 需要访问片外程序存储器时，控制器要相应的通过 P0、P2 口提供地址信号，通过 ALE 引脚提供地址锁存信号、通过 $\overline{PSEN}$ 引脚提供片外程序存储器读选通信号。

表 2-4   MCS-51 单片机复位、中断入口地址

中断号 n	事件名称	入口地址	占用地址空间范围
	复位	0000H	0000H～0002H
0	外部中断（IE0）	0003H	0003H～000AH
1	定时/计数器溢出中断（TF0）	000BH	000BH～0012H
2	外部中断 1（IE1）	0013H	0013H～001AH
3	定时/计数器 1 溢出中断（TF1）	001BH	001BH～0022H
4	串行中断（串行发送 TI ＋ 串行接收 RI）	0023H	0023H～002AH
5	定时/计数器 2 中断（TF2 ＋ EXF2）（52 子系列）	002BH	002BH～0032H

2.4.3   内部数据存储器

MCS-51 单片机的数据存储器在物理上和逻辑上都分为两个地址空间，一个内部数据存储区和一个外部数据存储区，见图 2-10，它们是用于存放执行的中间结果和过程数据的。51 子系列的片内数据存储器 RAM 只有 128B，地址范围为 00H～7FH；52 子系列的片内数据存储器 RAM 为 256B，地址范围为 00H～FFH。MCS-51 的数据存储器均可读写，部分单元还可以位寻址。在片内 RAM 地址范围内，还包括 SFR 区域，地址范围为 80H～FFH。

（1）内部数据存储器（RAM 分区）

内部数据存储器的低 128 单元（00H～7FH）是真正的 RAM 存储器，80C51 内部数据存储器 RAM 块，分为工作寄存器区、位寻址区和数据缓冲区 3 个部分，再加一个堆栈结构区。

① 工作寄存器区（00H~1FH） 内部 RAM 块的 00H～1FH 区，共分 4 组寄存器，每组 8 个寄存单元，每个单元 8 位，每组的 8 个寄存单元都以 R0～R7 作为寄存单元的编号。工作寄存器常用于存放操作数及中间结果，由于它们的功能及使用不作预先规定，因此也称为通用寄存器。

工作寄存器区 0 组：地址 00H～07H，R0～R7。
工作寄存器区 1 组：地址 08H～0FH，R0～R7。
工作寄存器区 2 组：地址 10H～17H，R0～R7。
工作寄存器区 3 组：地址 18H～1FH，R0～R7。

在任一时刻，CPU 只能使用四组寄存器中的一组寄存器，并把正在使用的那组寄存器称之为当前寄存器组。到底是哪一组，由程序状态字寄存器 PSW 中的 RS1、RS0 的状态组合来决定。

工作寄存器为 CPU 提供了就近存储数据的功能，有利于提高单片机的运算速度。此外，众多的指令使用到工作寄存器，使用工作寄存器能提高程序编制的灵活性，因此在单片机的应用编程中应充分地利用这些寄存器，以简化程序设计，提高程序运行速度。

② 位寻址区（20H~2FH） MCS-51 单片机提供两个位寻址区，内部 RAM 的 20H~2FH 是第一个区域，共 16 个单元，计 16×8=128 位，位地址为 00H~7FH。位寻址区既可作为一般的 RAM 区进行字节操作，也可把每 1 位都当作软件触发器，由程序直接进行位处理，通常可以把各种程序状态标志，位控制变量存于位寻址区内。表 2-5 列出了位寻址区的位地址。

③ 用户 RAM 区（30H~7FH） 在内部 RAM 的 128 个单元中，通用寄存器占了 32 个单元，位寻址区占了 16 个单元，剩下 80 个单元，这就是供用户使用的一般 RAM 区，其单元地址为 30H～7FH。MCS-52 子系列片内 RAM 有 256 个单元，前两个的单元数与地址都和 MCS-51 子系列一致，用户 RAM 区从 30H～FFH，共 208 个单元。对用户 RAM 区的使用没有任何规定和限制，但在实际使用中，常需在 RAM 区设置堆栈。这在编程中使用 RAM 单元时应特别注意，不要和堆栈区单元冲突。

④ 堆栈区 在 2.2.3 节已经介绍了有关堆栈和堆栈指针 SP 的概念了，那么堆栈究竟存放在哪里呢？堆栈实际上是内部 RAM 的一部分，堆栈的具体位置由堆栈指针 SP 确定，SP 用于存放堆栈的栈底地址（在初始化时）和栈顶地址。当系统复位后，SP 的初始内容为 07H，这就是栈底的地址，如果程序在初始化中 MCS-51 系列单片机的堆栈是向上生长型的，如图 2-11 所示，执行的操作如下。

进栈操作，先将 SP 加 1，再向 SP 指向的地址写入数据。

出栈操作，先从 SP 指向的地址读出数据，后将 SP 减 1。

由于 SP 的内容就是堆栈"栈顶"的存储单元地址，因此堆栈初始时就会从 07H 这个内部 RAM 地址开始向上生长，而第一个入栈的数据将存在 08H，为防止与 1 组及以后的工作寄存器冲突，堆栈一般需要重新设置在内部 RAM 的 30H~7FH 单元之间的闲置区域，这就是为什么一般会在主程序的第一条指令就将其重置为（SP）=60H。

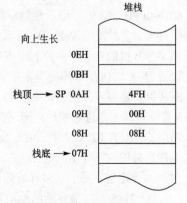

图 2-11 堆栈结构

表 2-5 位寻址区的位地址

单元地址	位			地		址		
	MSB							LSB
2FH	7FH	7EH	7DH	7CH	7BH	7AH	79H	78H
2EH	77H	76H	75H	74H	73H	72H	71H	70H
2DH	6FH	6EH	6DH	6CH	6BH	6AH	69H	68H
2CH	67H	66H	65H	64H	63H	62H	61H	60H
2BH	5FH	5EH	5DH	5CH	5BH	5AH	59H	58H
2AH	57H	56H	55H	54H	53H	52H	51H	50H
29H	4FH	4EH	4DH	4CH	4BH	4AH	49H	48H
28H	47H	46H	45H	44H	43H	42H	41H	40H
27H	3FH	3EH	3DH	3CH	3BH	3AH	39H	38H
26H	37H	36H	35H	34H	33H	32H	31H	30H
25H	2FH	2EH	2DH	2CH	2BH	2AH	29H	28H
24H	27H	26H	25H	24H	23H	22H	21H	20H
23H	1FH	1EH	1DH	1CH	1BH	1AH	19H	18H
22H	17H	16H	15H	14H	13H	12H	11H	10H
21H	0FH	0EH	0DH	0CH	0BH	0AH	09H	08H
20H	07H	06H	05H	04H	03H	02H	01H	00H

最初，堆栈是为了子程序调用和返回而设计的，执行调用指令（LCALL、ACALL）时，CPU 自动把断点地址压入堆栈；执行返回指令 RET 时，自动从堆栈中弹出断点地址。由于堆栈操作简单，程序员也经常用堆栈暂存中间结果或数据，只是使用时需要注意堆栈先进后出的特点。另外，在子程序调用时，CPU 会根据设计的程序，利用堆栈进行保护现场和恢复现场。

堆栈使用方式有两种：一种是自动方式，在调用子程序或中断时，返回地址自动进栈。程序返回时，断点再自动弹回 PC。这种方式无需用户操作；另一种是指令方式。进栈指令是 PUSH，出栈指令是 POP，例如现场保护是进栈操作，现场恢复是出栈操作。

（2）特殊功能寄存器（SFR）

51 系列单片机内部 RAM 高 128 单元地址是供给专用寄存器使用的，单元地址为 80H~0FFH。SFR 专用于控制、管理单片机内算术逻辑部件、并行 I/O 口锁存器、串行口数据缓冲器、定时器/计数器、中断系统等硬件功能模块的工作，因此也称之为专用寄存器区，其实质是单片机的状态字和控制字寄存器。51 子系列共有 18 个专用寄存器，外加一个特殊的程序计数器 PC。18 个专用寄存器中有 3 个双字节寄存器，共占用 21 个字节，都属于内部 RAM 的 SFR 区，是可寻址的。其中的 11 个 SFR、共 83 个位还具有位寻址功能，它们的字节地址能被 8 整除，即十六进制的地址码尾数为 0 或 8。52 子系列中有 12 个 SFR、共 93 个位具有位寻址功能（增加了 T2CON 字节的 8 位及 BD、AD 两个位）。这些可位寻址的 SFR 区域构成 MCS-51 单片机提供的第二个位寻址区。表 2-6 为 51 子系列 21 个特殊功能寄存器一览。

对专用寄存器的字节寻址问题作如下几点说明。

① 21 个可字节寻址的专用寄存器不连续地分散在内部 RAM 高 128 单元之中，尽管还余有许多空闲地址，但用户并不能使用，访问将得到不确定的随机数，这些空闲地址是为后续改

进型号预留的,如各类增强型 51 单片机需要增加的 SFR 字节就安排在这里。

② 程序计数器 PC 不占据 RAM 单元,它在物理上是独立的,不属于内部 RAM 的 SFR 区,因此是不可寻址的寄存器。

③ 对专用寄存器只能使用直接的寻址方式,书写时既可使用寄存器符号,也可使用寄存器单元地址。如果是 52 子系列,其相应增加的 128B 的 RAM 与 SFR 使用同样的地址空间,但访问方式只能用寄存器间接寻址。关于"寻址方式"的内容详见第 3 章的介绍。

（3）位寻址空间

在 51 子系列和 52 子系列的内部 RAM 中分别有 211 和 221 个可寻址位,由两部分组成,

表 2-6　51 子系列特殊功能寄存器一览

SFR	地　址	MSB			位地址/位定义				LSB
B	**F0H**	F7	F6	F5	F4	F3	F2	F1	F0
ACC	**E0H**	E7	E6	E5	E4	E3	E2	E1	E0
PSW	**D0H**	D7	D6	D5	D4	D3	D2	D1	D0
		CY	AC	F0	RS1	RS0	OV	F1	P
IP	**B8H**	BF	BE	BD	BC	BB	BA	B9	B8
		—	—	—	PS	PT1	PX1	PT0	PX0
P3	**B0H**	B7	B6	B5	B4	B3	B2	B1	B0
		P3.7	P3.6	P3.5	P3.4	P3.3	P3.2	P3.1	P3.0
IE	**A8H**	AF	AE	AD	AC	AB	AA	A9	A8
		EA	—	—	ES	ET1	EX1	ET0	EX0
P2	**A0H**	A7	A6	A5	A4	A3	A2	A1	A0
		P2.7	P2.6	P2.5	P2.4	P2.3	P2.2	P2.1	P2.0
SBUF	99H								
SCON	**98H**	9F	9E	9D	9C	9B	9A	99	98
		SM0	SM1	SM2	REN	TB8	RB8	TI	RI
P1	**90H**	97	96	95	94	93	92	91	90
		P1.7	P1.6	P1.5	P1.4	P1.3	P1.2	P1.1	P1.0
TH1	8DH								
TH0	8CH								
TL1	8BH								
TL0	8AH								
TMOD	89H	GATE	C/T	M1	M0	GATE	C/T	M1	M0
TCON	**88H**	8F	8E	8D	8C	8B	8A	89	88
		TF1	TR1	TF0	TR0	IE1	IT1	IE0	IT0
PCON	87H	SMOD	—	—	—	GF1	GF0	PD	IDL
DPH	83H								
DPL	82H								
SP	81H								
P0	**80H**	87	86	85	84	83	82	81	80
		P0.7	P0.6	P0.5	P0.4	P0.3	P0.2	P0.1	P0.0

注:表中黑体标明的特殊功能寄存器,即单元地址可被 8 整除的 SFR,支持位寻址。

它们是内部 RAM 的第一位寻址区域，位空间共 128 位，以及处于特殊功能寄存器的第二位寻址区域，位空间共有 83 位（51 子系列）或 93 位（52 子系列），这些位都具有专门的定义和用途。

位寻址空间、布尔指令、布尔累加器 CY 和在一起就是 MCS-51 系列单片机的布尔处理机，构成一个完整的 1 位计算机，在开关决策、逻辑仿真、实时控制等方面非常有用。

2.4.4　外部数据存储器

外部数据存储器一般由静态 RAM 芯片组成。扩展存储器容量的大小，由用户根据需要而定。MCS-51 单片机访问外部数据存储器可用数据指针寄存器 DPTR、寄存器间接寻址等方式进行寻址，由于 DPTR 为 16 位，可寻址的范围可达 64 KB，所以扩展外部数据存储器的最大容量是 64 KB。当 CPU 需要访问片外数据存储器时，控制器要相应的通过 P0、P2 口提供 16 位或低 8 位地址信号，通过 ALE 引脚提供地址锁存信号、并由 $\overline{RD}$、$\overline{WR}$ 引脚发出读、写控制信号，共同完成访问操作。

有一点需要注意，MCS-51 单片机片外如果通过并行总线扩展了 I/O 口，数据区将与扩展的 I/O 端口统一编址，这时所有经并行扩展的 I/O 端口均占用外部数据存储器的地址空间，因此在设计时要注意外部数据存储器的地址划分问题，避免地址冲突。虽然统一编址方式会挤占外部数据存储器的地址空间，但带来的好处是，在访问并行扩展 I/O 口时，可以采用与访问外部数据存储器相同的指令、时序和硬件电路。

2.4.5　外部存储器的访问

单片机通过外部三总线来访问外部存储器，可以分为两类情况：访问外部程序存储器和访问外部数据存储器。其工作过程可用 CPU 操作时序来说明。

（1）访问外部程序存储器时序

控制信号有 ALE 和 $\overline{PSEN}$，P0 与 P2 口用作 16 位地址线，P0 口作 8 位数据线（传送指令代码）。操作时序如图 2-12 所示。访问外部程序存储器的操作过程如下。

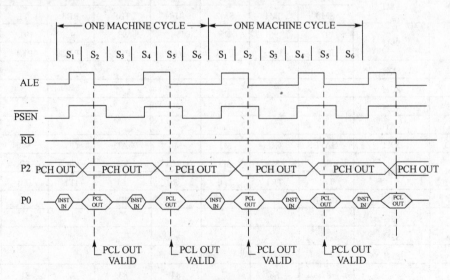

图 2-12　访问外部程序存储器的时序

① 在 S_1P_2 时刻产生 ALE 信号。

② 由 P0、P2 口送出 16 位地址，由于 P0 口送出的低 8 位地址只保持到 S_2P_2，利用 ALE 的下降沿信号将 P0 口送出的低 8 位地址信号锁存到地址锁存器中，而 P2 口送出的高 8 位地址在整个读指令的过程中都有效，因此不需要对其进行锁存，从 S_2P_2 起，ALE 信号失效。

③ 从 S_3P_1 开始，$\overline{PSEN}$ 开始有效，对外部程序存储器进行读操作，将选中的单元中的指令代码从 P0 口读入，S_4P_2 时刻，$\overline{PSEN}$ 失效。

④ 从 S_4P_2 后开始第二次读入，过程与第一次相似。

（2）访问外部数据存储器时序

对外部数据存储器的访问是通过执行 MOVX 指令来实现的，MOVX 指令是一种单字节双周期指令，从取指令到执行需要 2 个机器周期的时间。访问外部数据存储器的时序，分为读时序和写时序两种。控制信号用到 ALE、$\overline{RD}$、$\overline{WR}$，P0、P2 口作 16 位地址线，P0 口作 8 位数据线。读和写两种操作过程是基本相同的，唯一的不同之处是，读时序用到的是 $\overline{RD}$ 信号，写时序用到的是 $\overline{WR}$ 信号。下面以读时序为例进行介绍，其相应的操作时序如图 2-13 所示。访问外部数据存储器的操作过程如下。

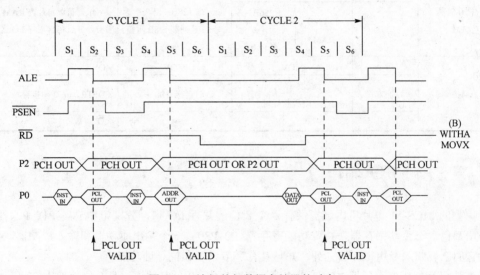

图 2-13 访问外部数据存储器的时序

① 从第 1 次 ALE 有效到第 2 次 ALE 开始有效期间，P0 口送出外部 ROM 单元的低 8 位地址，P2 口送出外部 ROM 单元的高 8 位地址，并在 $\overline{PSEN}$ 有效期间，读入外部 ROM 单元中的指令代码。

② 在第 2 次 ALE 有效后，P0 口送出外部 RAM 单元的低 8 位地址，P2 口送出外部 RAM 单元高 8 位地址。

③ 在第 2 个机器周期，第 1 次 ALE 信号不再出现，此时 $\overline{PSEN}$ 也失效，并在第 2 个机器周期的 S_1P_1 时，$\overline{RD}$ 信号开始有效，从 P0 口读入选中 RAM 单元中的内容。

2.4.6 单片机存储器空间的访问规则

MCS-51 单片机有多种类型的存储区域，系统设计了不同的访问规则对其分别进行访问，特别是由于 51 单片机的存储器划分中，存在五对地址逻辑分配冲突。

① 程序存储器和数据存储器的 64K 地址空间。

② 片内程序存储器与片外扩展的程序存储器地址重叠区域。

③ 片内数据存储器与片外扩展的数据存储器地址重叠区域。

④ 52 系统片内数据存储器高 128B 与 SFR 地址重叠区域。

⑤ 位地址与相应的字节地址共用地址号。

而 MCS-51 单片机系统又是支持对它们进行存取及访问的，通过总结单片机存储器访问的特点。表 2-7 说明了 51 系列单片机对以上前 4 对重叠区域的访问控制方式，也可以通过表 2-7 来进一步了解单片机存储器空间的访问规则。其中提及的寻址方式和指令将在第 3 章中详细介绍。第五对共用地址编号的问题，51 系列单片机也是通过访问控制指令来解决。

表 2-7　MCS-51 单片机存储器访问控制

		片　内			片　外
程序存储器（ROM）	类型	31/32	51	52	共 64K，连续编址
	容量	0 KB	4 KB	8 KB	
访问控制（PC）	指令	MOVC			MOVC
	信号	$\overline{EA}=1$			$\overline{EA}=0$　$\overline{PSEN}=0$
数据存储器（RAM）	类型	51、52	52		
	容量	低 128B RAM	256B RAM 高 128B	高 128B：SFR（与 52 系列高 128B 重叠）	共 64K，可以与片内 RAM 地址重叠，并且包含用户 I/O 区域
访问控制	指令	MOV	MOV		MOVX
	寻址方式	直接寻址、@Ri 间接寻址	直接寻址		@DPTR、@Ri 间接寻址
	信号	—	—		$\overline{RD}$、$\overline{WR}$

2.5　并行 I/O 端口

典型的 MCS-51 单片机内部提供有 4 个 8 位的并行 I/O 口，分别记作 P0、P1、P2、P3。每个口都包含一个端锁存器（特殊功能寄存器 P0~P3）、一个输出驱动器和输入缓冲器。实际上，它们已被归入专用寄存器之列，并且具有字节寻址和位寻址功能。

在访问片外扩展存储器时，低 8 位地址和数据由 P0 分时传送，高 8 位地址由 P2 口传送。在无片外扩展存储器的系统中，这 4 个口的每一位均可作为双向的 I/O 端口使用，既可作为 8 位并行接口同时操作，又可独立用作输入线或输出线。

MCS-51 单片机的 4 个 I/O 口都是 8 位准双向口，这些口在结构和特性上基本相同，但又各具特点，以下对其分别作以介绍。

2.5.1　P0 口的结构和功能

P0 口是一个三态双向口，有两种不同的功能：当单片机系统有片外并行扩展存储器、I/O 需要时，作为地址/数据分时复用口，借助 ALE 信号，通过地址锁存器件将地址、数据信号分离，形成 8 位地址总线第 8 位和 8 位数据总线；需要进行数据传输时，可作为通用 I/O 接口。P0 口的输出级每位具有驱动 8 个 LSTTL 负载的能力，即输出电流不小于 800μA。

（1）P0 口的结构

P0 口有 8 条端口线，命名为 P0.0~P0.7，其中 P0.0 为低位，P0.7 为高位，其位结构组成原理如图 2-14 所示。P0 口由 8 个这样的电路组成，其中包括以下几种。

① 锁存器（D 触发器）起输出锁存作用，8 个锁存器构成了特殊功能寄存器 P0。

② 场效应管（FET）V1、V2 构成推拉式输出驱动电路，提高带负载能力。

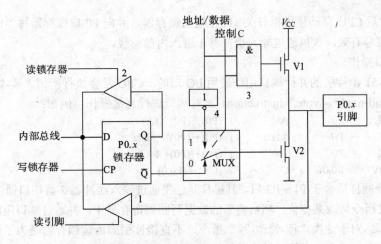

图 2-14 P0 口的位结构组成原理

③ 模拟转换开关 MUX、与门、非门构成输出控制电路。

④ 两个三态缓冲器分别控制读引脚和读锁存器，作为输入缓冲用途。

（2）P0 口作通用 I/O 使用

对于有内部 ROM 的单片机，当片外不需要进行并行总线扩展时，P0 口也可以作为通用 I/O 接口使用。此时，在 CPU 向端口输出数据时，对应的控制信号 C 为 0，与门 3 输出为 0，转换开关 MUX 把输出级与锁存器端接通，同时因与门 3 输出为 0 使 V1 截止，输出级 V2 是漏极开路的 OD（Open-Drain）门电路。根据数据传输方向可分为两种。

① 数据输出 数据呈现在内部数据总线 D 端后，写锁存器脉冲加在锁存器 CP 端，数据即被取反并经 $\overline{Q}$ 输出到的 V2 栅极。当需要输出逻辑"0"时，V2 导通，引脚 P0.x 呈现低电平"0"；当需要输出逻辑"1"时，V2 截止，而且漏极开路，引脚 P0.x"悬空"，成为高阻态，不能正常地输出高电平了，所以这种情况下必须外接上拉电阻，才可以使信号"1"正常输出，这一点请特别注意。

② 数据输入 P0 口作为通用 I/O 使用时是一准双向口，即当作为 I/O 口输入时，必须使电路中的锁存器写入高电平"1"，使场效应管 V2 截止，以避免锁存器为"0"状态时，$\overline{Q}$ 的"1"信号打开 V2，将 P0.x 状态始终钳制为"0"，致使输入的逻辑"1"信号无法读入。当 V1 与 V2 均为截止状态时，引脚信息就可以在读引脚信号的控制下，经由被打开的三态门 1 出现在内部数据总线上了。

（3）P0 口作地址/数据总线使用

在实际应用中，P0 口绝大多数情况下都是作为单片机系统的地址/数据线使用，此时电路要比通用 I/O 口应用时简单。作为地址/数据分时复用总线时，根据数据传输方向，可分为两种情况。

① 从 P0 口输出地址低 8 位或输出数据到数据总线 当需从 P0 口输出地址或数据信号时，内部控制信号 C 为高电平 1，开放与门 3，同时使转换开关 MUX 把反向器 4 的输出端与 V2 接通，这时输出驱动电路由于上、下两个 FET 处于反相，形成推拉式电路结构，不仅可以输出内部地址/数据的逻辑信号到引脚 P0.x，还可以使驱动负载能力大为提高。P0 口输出地址低 8 位（A0～A7）的信息来自数据指针的 DPL 或者寄存器间接寻址的 Ri 等（见第 3 章）。

② 从 P0 口输入数据总线上的数据 当 CPU 执行输入数据指令时，P0 口首先输出地址低

8位信号，然后 CPU 自动使模拟开关 MUX 拨向锁存器，并向 P0 口锁存器写"1"，关断 V2，同时读引脚信号有效，数据通过输入缓冲器1进入内部总线。

（4）端口操作

当 MCS-51 单片机的并行端口用作通用 I/O 口时，CPU 常会执行所谓"读-修改-写"类输入指令（"Read-modify-write" Instructions），对端口进行直接操作，例如：

ANL	P0,	A	; (P0)←(P0)∧(A)
ORL	P0,	#data	; (P0)←(P0)∨ data
INC	P0		; (P0)←(P0)+ 1
MOV	P0.0,	C	; (CY)←(P0.0)

这类指令同样适合于 P1～P3 口，其操作是：先通过输入缓冲器2将端口锁存器 Q 端数据读入，再通过指令修改某些位，然后将新的数据写回到寄存器中，并通过端口电路经由口锁存器输出到引脚。对于这类"读-修改-写"指令，不直接读引脚而读锁存器是为了避免可能出现的错误，因为在端口已处于输出状态的情况下，如果端口的负载恰是一个晶体管的基极，导通了的 PN 结会把端口引脚的高电平拉低，这样直接读引脚就会把本来的"1"误读为"0"；但若从锁存器 Q 端读，就能避免这样的错误，得到正确的数据，所以 51 系统采用了"读锁存器-写引脚"的方式进行端口指令操作。

小知识：锁存器、缓冲器、寄存器

锁存：指把信号暂存以维持某种电平状态。

锁存器：用来实现信号锁存功能的器件。D 触发器就是典型的锁存器逻辑电路。

缓冲器：用于匹配、隔离不同性质电路的逻辑器件。主要作用是避免低速外设长期占用总线的问题。缓冲器多伴有三态门输出控制功能。

寄存器：寄存器是计算机系统可以访问到的特殊存储对象，用来存放信息以供操作，它们往往与计算机硬件某些组件的信息密切相关。

在计算机系统中，锁存器和缓冲器常指硬件电路，寄存器则多指有地址的被访问存储单元。

2.5.2　P1 口的结构和功能

（1）P1 口作通用 I/O 端口使用

P1 口是一个有内部上拉电阻的准双向口，其位结构组成原理如图 2-15 所示。因为 80C51 的 P1 口通常是作为通用 I/O 口使用的，所以在电路结构上与 P0 口有一些不同。首先它不再需要多路转接电路 MUX；其次是电路的内部已经提供了一个很大的上拉电阻（约 100～330kΩ），与场效应管共同组成输出驱动电路。

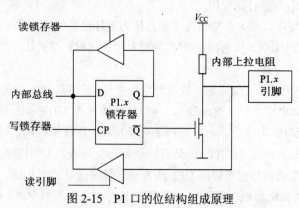

图 2-15　P1 口的位结构组成原理

输出时，如将"0"写入锁存器，场效应管导通，输出线为低电平，即输出为"0"；如将"1"写入锁存器，场效应管截止，高电平逻辑"1"可经由内部上拉电阻输出。因此，P1 口作为输出口使用时，已经能向外提供"拉"电流负载，无需再外接上拉电阻，只不过单片机的并口主要是输出电平信号，因其数百千欧的上拉电阻，驱动能力很弱（μA 级），甚至不能直接推动一个发光二极管（LED），因发光二极管正常工作电流为 5～10mA。这样的设计是为了保护单片机本身不至于因有过高的功率损耗而影响的本身的控制工能，毕竟运算与控制才是它的首要工作。

输入时，必须先将"1"写入口锁存器，使场效应管截止，可见 P1 口是一个标准的准双向口。该口线由内部上拉电阻提拉成高电平，同时也能被外部输入源拉成低电平，即当外部输入"1"时该口线为高电平，而输入"0"时，该口线为低电平，引脚信息经由读引脚控制的缓冲器进入内部数据总线，这就是"灌"电流。P1 口可被任何 TTL 电路和 MOS 电路驱动，由于具有内部上拉电阻，P1 口也可以直接被集电极开路和漏极开路电路驱动，不必外加上拉电阻。P1 口能驱动 4 个 LSTTL 负载。与输出能力相比，单片机的并行口"灌"电流的能力显得更强一些，最大可以达到 10mA，但是整个端口的总电流不能超过 24mA。

> **小知识：** 拉电流和灌电流
>
> 　　拉电流和灌电流是衡量电路输出驱动能力的参数，这种说法一般用在数字电路中。由于数字电路的输出只有高、低（0，1）两种电平值，高电平输出时，一般是对负载提供电流，其提供电流的数值叫"拉电流"；低电平输出时，一般是要吸收负载的电流，其吸收电流的数值叫"灌电流"。

（2）P1 口其他功能

P1 口在 EPROM 编程和验证程序时，还可以用作输入低 8 位地址；在 52 子系列中 P1.0 和 P1.1 是多功能的，P1.0 可作定时器/计数器 2 的外部计数触发输入端 T2，P1.1 可作定时器/计数器 2 的外部控制输入端 T2EX。

2.5.3　P2 口的结构和功能

P2 口也是一个准双向口，它有两种使用功能：通用 I/O 口、地址总线高 8 位。

P2 口在不需要进行外部 ROM、RAM 等扩展时，P2 口作通用 I/O 端口使用，是一个准双向口，此时转换开关 MUX 倒向左边，锁存器 Q 输出端经过反相器 1 与输出级接通，引脚可接 I/O 设备，其输入输出工作原理与 P1 口完全相同。

当系统进行外部 ROM、RAM 等扩展时，P2 口作系统扩展的地址总线口使用，在 CPU 的控制下，转换开关 MUX 倒向右边，接通内部地址总线，输出高 8 位地址 A8～A15，这些地址信息来源于程序计数器指针的 PCH、数据指针的 DPH 等，与 P0 口第二功能输出的低 8 位地址相配合，共同访问外部程序或数据存储器（64KB）。P2 口能驱动 4 个 LSTTL 负载。

P2 口的位结构组成原理图如图 2-16 所示，引脚上拉电阻同 P1 口。在结构上，P2 口比 P1 口多一个输出控制部分。

2.5.4　P3 口的结构和功能

P3 口是一个多用途的端口，也是一个准双向口，作为第一功能使用时，其功能同 P1 口。P3 口的位结构组成原理图如图 2-17 所示。

当作第二功能使用时，每一位功能定义如表 2-17 所示。P3 口的第二功能实际上就是系统具有控制功能的控制线。此时相应的口线锁存器由内部硬件自动置"1"，与非门 3 的输出由第二功能输出线的状态确定，从而 P3 口线的状态取决于第二功能输出线的电平。在 P3 口的引脚信号输入通道中有两个三态缓冲器，第二功能的输入信号取自缓冲器 4 的输出端，缓冲器 1 仍是第一功能的读引脚信号缓冲器。P3 口能驱动 4 个 LSTTL 负载。

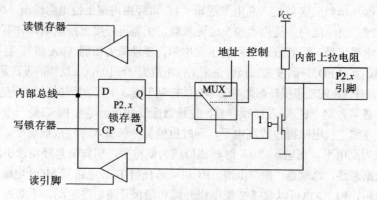

图 2-16　P2 口的位结构组成原理

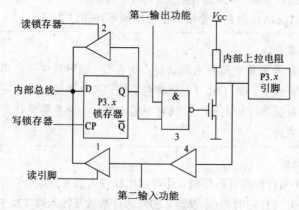

图 2-17　P3 口的位结构组成原理

2.6　AT89S52 的增强功能

AT89S52 是一个低功耗、高性能的 CMOS 8 位单片机，片内含 8K Bytes 的 ISP 可反复擦写 1000 次的 Flash 只读程序存储器，器件采用 Atmel 公司的高密度、非易失性存储技术制造，与工业 80C51 产品指令和引脚完全兼容，芯片内集成了通用 8 位中央处理器和 ISP Flash 存储单元，既允许程序存储器在系统可编程，也可以使用常规编程器编程。该芯片具有 PDIP、TQFP 和 PLCC 三种封装形式。

AT89S52 具有如下功能特点。

- 兼容 MCS-51 指令系统
- 8K 可反复擦写 ISP Flash ROM
- 32 个双向 I/O 口
- 4.5～5.5V 工作电压
- 3 个 16 位可编程定时/计数器
- 时钟频率 0～33MHz
- 全双工 UART 串行中断口线
- 256×8bit 内部 RAM

- 2 个外部中断源
- 低功耗空闲和省电模式
- 中断唤醒省电模式
- 3 级加密位
- 看门狗（WDT）电路
- 软件设置空闲和省电功能
- 灵活的 ISP 字节和分页编程
- 双 DPTR 数据寄存器指针

与标准 MCS-51 单片机相比较，AT89S52 具有的增强功能如下。

（1）时钟频率 0～33MHz

80C51 时钟频率仅 0～16MHz。

（2）8KB Flash ROM

片上集成 8KB Flash ROM，有 1000 次擦写周期寿命，支持 ISP。

（3）256 个字节的内部 RAM

与其他 51 增强型单片机一样，AT89S52 增加了高 128 个字节的内部 RAM，地址空间与 SFR 共用，采用寻址方式进行区别，当访问高 128 个字节的内部 RAM 时，采用寄存器间接寻址方式。

（4）定时器/计数器 T2

与其他 51 增强型单片机一样，AT89S52 增加了一个可中断的 16 位定时器/计数器 T2，T2 比其他两个定时/计数器功能更强，集定时、计数、捕获功能为一体。在 SFR 中有 8 个与其有关的专用寄存器：2 个原有的 TH、TL 寄存器；2 个原有的 IP 寄存器、IE 寄存器，但是各增加了 1 位，ET2（IE 寄存器）、EP2（IP 寄存器）两个中断控制位；2 个增设的与 T2 工作控制相关的 T2CON 和 T2MOD 两个寄存器；2 个捕捉寄存器 RACP2L、RACP2H。除了作为基本的 16 位定时/计数器使用外，T2 还具有 3 种不同的工作方式：捕获方式、自动常数重装方式、波特率发生器方式。其中捕获方式常用于精确测量输入信号的变化情况，如脉宽检测、信号间隔等；自动常数重装方式可以设定 T2 为加 1 或减 1 计数方式。

（5）P1 口管脚复用功能（见表 2-8）

表 2-8　AT89S52 P1 口管脚复用功能

端 口 引 脚	复 用 功 能
P1.0	T2（定时器/计算器 2 的外部输入端）
P1.1	T2EX（定时器/计算器 2 的外部触发端和双向控制）
P1.5	MOSI（用于在线编程）
P1.6	MISO（用于在线编程）
P1.7	SCK（用于在线编程）

（6）双数据指针寄存器 DPTR

为了更有利于访问内部和外部数据存储器，系统提供了两路 16 位数据指针寄存器，双数据指针的使用，使得在数据块搬移操作时能节省大量的时间。为此在 SFR 中增设 DP1L（84H）、DP1H（85H），与之对应的原数据指针命名为 DP0L（82H）、DP0H（83H）。两个数据指针的选择，通过增设的 AUXR1（Auxiliary Register 1）中 DPS 位来设定。

辅助寄存器 AUXR（Auxiliary Register）

位 序	D7	D6	D5	D4	D3	D2	D1	D0
位符号	—	—	—	WDIDLE	DISRTO	—	—	DISALE

SFR 中增设辅助寄存器 AUXR，地址 8EH，各标志位含义如下。

DISALE：ALE 使能标志位，置"1"时，ALE 只有在执行 MOVX 或 MOVC 指令时激活，以 $f_{osc}/6$ 的频率输出，从而降低系统功耗和电磁干扰。

DISRTO：复位输出标志位，清"0"时，允许 WDT 定时结束，Reset 输出高电平；

WDIDLE：空闲模式下 WDT 使能标志位，置"1"时，在空闲模式下停止 WDT 计数。

（7）看门狗定时器 WDT（Watchdog Timer）

AT89S52 内建了看门狗定时器电路，可以通过软件控制系统复位。WDT 由 13 位计数器和特殊功能寄存器中的看门狗定时器复位存储器（WDTRST）构成。WDT 在默认情况下无法工作，为了激活 WDT，户用必须往 WDTRST 寄存器（地址：0A6H）中依次写入 1EH 和 0E1H。当 WDT 激活后，在晶振正常工作的情况下，WDT 内容在每个机器周期都会加 1，其计时周期依赖于外部时钟频率，除了复位（硬件复位或 WDT 溢出复位），没有办法停止 WDT 的工作，当 WDT 溢出时，它将可以驱动 RST 引脚一个高电平输出，对系统复位。

（8）ISP 编程

AT89S52 除了支持通过并行 I/O 方式进行对内部 Flash ROM 进行编程外，还支持利用 SPI 串行口进行 ISP 编程方式，串行口线有 P1.5~P1.7 第二功能提供。ISP 是 AT89S52 比较与 AT89C52 最重要的一个区别，这极大地方便了程序下载操作。

本 章 小 结

① MCS-51 系列单片机内部结构包括微处理器、程序存储器 ROM、数据存储器 RAM、特殊功能寄存器 SFR、并行 I/O 接口、定时器/计数器、中断系统、串行口 8 个主要组成部分。

② MCS-51 系列单片机功能多但引脚少，I/O 口不仅作为基本输入输出口线，许多引脚还有第二功能。

③ 时序就是 CPU 在执行指令时所需控制信号的时间顺序，其单位有振荡周期、时钟周期、机器周期和指令周期。时钟信号产生方式有内部振荡方式和外部时钟方式两种。

④ 复位是单片机的初始化操作，复位操作对 PC 和部分特殊功能寄存器有影响，但对内部 RAM 没有影响。

⑤ 程序存储器 ROM 和数据存储器 RAM 是各自独立的，各有各的寻址系统、控制信号和功能。在物理结构上可分为片内数据存储器、片内程序存储器、片外数据存储器和片外程序存储器 4 个存储空间

⑥ MCS-51 系列单片机有 P0～P3 四个 8 位准双向的并行 I/O 端口，每个端口各有 8 条 I/O 口线，每条 I/O 口线都能独立地用作输入或输出。

⑦ AT89S52 是增强型的 MCS-51 单片机，在工程应用中经常使用。

延伸阅读的关键字

单片机结构组成　　CPU 的结构和功能 时钟与时序　　看门狗

存储器的分类　　　寄存器与锁存器

漏极开路　　　　OC 门/OD 门　　　上拉电阻　　　AT89S52　　　单片机选型

你的关键字：

习题与思考题

2-1　MCS-51 单片机芯片包含哪些主要逻辑部件？主要功能是什么？

2-2　简述 MCS-51 单片机的 40 个引脚及其功能。

2-3　MCS-51 单片机的 P3 口第二功能有哪些？

2-4　叙述 MCS-51 单片机的引脚 $\overline{\text{EA}}$、ALE、$\overline{\text{PSEN}}$ 的作用。在使用 8031 单片机时这些引脚应如何处理？

2-5 MCS-51 单片机提供了哪些寄存器作为指针使用？功能是什么？

2-6 简述程序状态字 PSW 中各位的意义。

2-7 MCS-51 单片机的布尔处理机包括什么？

2-8 绘制 MCS-51 单片机存储器空间结构图，注明不同区域的地址范围。对于地址冲突的部分，单片机采用了什么方法加以区分？请逐一说明。

2-9 MCS-51 内部 RAM 的 256 单元主要划分为哪些部分？地址范围如何？各部分主要功能是什么？

2-10 简述 MCS-51 单片机的位处理存储器空间分布。内部 RAM 中包含哪些位寻址单元？

2-11 什么是堆栈？堆栈有什么功能？MCS-51 的堆栈可以设在什么区域？在程序设计时，为什么要对 SP 重新赋值？

2-12 MCS-51 系列单片机的特殊功能寄存器有多少？16 位的有哪几个？SPF 的功能是什么？

2-13 简述 51 系列单片机地址编号重叠区域有哪些。系统又是采用什么方式进行区分以便分别进行访问的？

2-14 简述状态周期、机器周期、指令周期以及它们之间的关系。当晶振频率为 12MHz 时，一个机器周期为几个微秒？执行一条最长的指令需几个微秒？

2-15 如何使 MCS-51 单片机复位？方式有几种？单片机复位后初始状态如何？

2-16 请叙述程序计数器 PC 的作用。单片机复位后 PC 的值为多少？单片机运行出错或进入死循环时，应如何摆脱困境？

2-17 MCS-51 单片机的四个并行 I/O 口在使用上有哪些分工和特点？试比较各口的特点。

2-18 AT89S52 有哪些新增功能？

第 3 章 51 单片机指令系统

内容提要

① 了解 51 单片机汇编语言指令的格式;

② 掌握 51 单片机指令的 7 种寻址方式及其寻址范围;（重点）

③ 掌握 51 单片机的指令系统五种类型 111 条指令的功能及用途。（重点）

学习难点

① 51 单片机指令的 7 种寻址方式及其寻址范围;

② MOV、MOVC 和 MOVX 指令的区别;

③ LJMP、AJMP 和 SJMP 跳转范围;

④ 各种指令的功能。

3.1　51 单片机指令系统概述

　　计算机是高度自动化的机器。当计算机处理和解决实际问题时，它能按照存放在存储器中的程序完成一系列具有特定功能的操作。计算机所能理解执行的每一种操作，称为一条指令。计算机能够完成的操作有很多，相应的计算机就有很多具有特定功能的指令。

　　计算机所有指令的集合称为计算机指令系统。每种计算机都有自己独特的指令系统，单片机也不例外。一种计算机指令系统设计的好坏，往往标志着该计算机功能的强弱和使用的灵活性。指令系统是计算机开发和生产厂商定义设计的。很多半导体厂商都推出了自己的单片机，不同的单片机它们的指令系统不一定相同，或不完全相同。MCS-51 系列单片机指令系统共有111 条不同的指令，具有节省存储空间、执行速度快、功能强的特点。

3.1.1　指令的语言形式

　　计算机在运行过程中所处理的都是电平信号。对计算机而言一条指令就是一组电平，或者就是一组二进制数。这一组电平输入能使计算机在一定时间段内产生人们预先规定的动作。

　　计算机指令可以用三种不同语言形式来表示：机器语言、汇编语言、高级语言。

　　① 机器语言　计算机能直接识别的只能是一组组电平信号，因此，可以采用 0 和 1 的编码来表示指令。这种以二进制代码来描述指令功能的语言，称为机器语言。指令的二进制编码，也称为二进制机器码。为了便于书写和阅读，机器码常采用十六进制的形式来表示。显然，机器语言对于计算机程序设计人员来说难以理解、记忆、识别和使用;程序设计效率极低，极易出现错误;出现错误后因为难于辨读也不易查找错误。所以程序设计人员基本上都不会直接使用机器语言来编写计算机程序。

　　② 汇编语言　为了便于程序设计人员编写和阅读程序,采用易于阅读和辨认的指令符号来代替机器码,这些符号称为助记符。这种用助记符形式表示的计算机指令就是汇编语言。助记符号通常都使用易于理解的英文单词和字母来表示。用汇编语言编写程序，每条指令的功能一目了然，给程序的编写、阅读和修改带来极大的方便，并且程序占用的内存小、执行速度快。

但是汇编语言与计算机的类型有关，不同机器完成同样功能的汇编指令有可能不相同。在用它编程的时候，必须熟悉机器的指令系统、寻址方式和硬件配置，编写的程序也只适用于某一系列的计算机，程序通用性不强，不易移植。

③ 高级语言 为了克服汇编语言的缺点，高级语言相继出现，如 C、FORTRAIN 等。高级语言是一种面向问题或过程的语言，与机器的硬件无关。程序设计人员编程时不必仔细了解所用计算机的具体性能和指令系统，程序设计效率大大提高。高级语言具有直观、易懂、通用性强的特点。

> **小知识：目标程序和源程序**
>
> 计算机编程时可以使用的语言有机器语言、汇编语言及高级语言。用机器语言编写的程序称为目标程序。用汇编语言编写的程序称为汇编语言源程序。用高级语言编写的程序也称为源程序。但是计算机唯一能够直接识别的是二进制代码表示的目标程序。计算机并不能直接执行汇编语言或高级语言编写的源程序，这些源程序都必须通过汇编器或编译器"翻译"成为二进制机器码，生成目标程序方能执行。

3.1.2 51 系列单片机指令的格式

（1）机器语言指令格式

指令由操作码和操作数两部分组成，操作数可以是要被操作的数据本身（立即数），也可以是数据所在单元的地址或寄存器。受计算机字长的限制，一条指令通常可以分成几段存放和处理。MCS-51 系列单片机是 8 位微处理机，以 8 位二进制数（一个字节）为基础，有单字节、双字节和三字节三种指令格式，见表 3-1。

表 3-1 机器指令与指令代码

代 码 字 节	指 令 代 码	汇 编 指 令	指 令 周 期
单字节	84	DIV AB	四周期
单字节	A3	INC DPTR	双周期
双字节	74 10	MOV A, #10H	单周期
三字节	B4 40 rel	CJNE A, #40H, LOOP	双周期

（2）汇编语言指令格式

MCS-51 系列单片机汇编语言格指令格式一般最多包括 5 个区段，如下所示。

[标号：] 操作码 [目的操作数] [，源操作数] [；注释]

LOOP: ADD   A,   #10H   ; (A) ←(A)+10H

5 个区段之间要用特定的分隔符分开：标号与操作码之间用"："隔开；操作码与操作数之间用一个或多个空格隔开；如果操作数有两个以上，则在操作数之间要用"，"隔开（乘法指令和除法指令除外）；操作数与注释之间用"；"隔开。

[ ] 表示可选项，根据指令功能和使用要求确定是否包含该项。

各区段的主要内容如下。

标号：该条指令所存放的地址。用户在程序设计时一般采用符号来表示。这些符号必须符合使用规定：以字母开头，后跟 1~8 个字母或数字。

操作码：英文缩写的指令助记符。该项表明指令所完成的功能。任何一条指令都必须有这一项。

目的操作数：提供指令的一个操作对象，表示该操作结果存放单元的地址。

源操作数：源地址或立即数，表示操作对象或数据来自何处。

注释：增加程序的可读性。它不汇编存入计算机，只出现在源程序中。

例如

　　　　　　　MOV　　　　A，　　　　　R1　　　　　;把工作寄存器 R1 中的数据送入 A 累加器

如果这条指令存放在程序存储器 0100H 单元中，用户在设计过程中可以在其他指令中用符号 SUB1 来表示程序存储器 0100H 单元，这时这条指令行可以书写为

　　　SUB1：　MOV　　　A，　　　　　R1　　　　　　;把工作寄存器 R1 中的数据送入 A 累加器

在程序设计中一般仅在程序块的起始指令、程序的跳转目标指令中给出标号。

汇编语言指令容易理解、便于记忆，因此在后续的章节中，指令及程序都采用汇编语言介绍。每条指令的机器码可查附录 B。

（3）MCS-51 系列单片机指令分类

MCS-51 共有 111 条指令，除了可以从指令的字节数分类外，还可从其他角度来分类。

从指令功能角度，可以分为 5 类：数据传送类指令（共 29 条），算数运算类指令（共 24 条），逻辑运算及移位类指令（共 24 条），布尔变量操作类指令（共 17 条），控制转移类指令（共 17 条）。按指令的执行时间可分为三类：单周期指令（65 条），双周期指令（44 条），四周期指令（2 条）。

（4）MCS-51 系列单片机指令常用符号

单片机指令介绍中，常常用到很多符号。这些符号有特定的含义。MCS-51 系列单片机指令常用到以下符号。

Rn：　　　当前工作寄存器 R0~R7 中的一个。

@Ri：　　表示寄存器间接寻址，常常作间接寻址的地址指针。Ri 代表 R0 或 R1 寄存器。

Direct：　表示内部数据存储器单元的地址，包括片内 RAM 低 128 字节和特殊功能寄存器（SFR，11 个）。其中特殊功能寄存器既可使用它的物理地址，也可直接使用它的名字。

#data：　 表示 8 位立即数，即 8 位常数，取值范围为#00H~#0FFH。

#data16：表示 16 位立即数，即 16 位常数，取值范围为#0000H~#0FFFFH。

addr16：　表示 16 位地址。

addr11：　表示 11 位地址。

rel：　　　8 位用补码形式表示的地址偏移量，取值范围为-128~+127。

bit：　　　表示内部 RAM 和 SFR 中的具有位寻址功能的位地址。SFR 中的位地址可以直接出现在指令中，为了阅读方便，往往也可用 SFR 的名字和所在的数位表示。

　　　　　　如：PSW 中奇偶校验位，可写成 D0H，也可写成 PSW.0 的形式出现在指令中。

@：　　　　表示间接寻址寄存器或基址寄存器的前缀符号。

$：　　　　表示当前指令的地址。

（X）：　　表示 X 中的内容。

（（X））：表示由 X 寻址的单元中的内容，即（X）作地址，该地址的内容用（（X））表示。

/：　　　　表示对该位操作数取反，但不影响该位的原值。

→：　　　　表示指令操作流程，指示数据传输方向。

3.1.3　寻址方式

（1）概念

计算机指令中一般都有需要操作的数据。计算机在执行指令的时候需要知道如何获得该数

据。如何产生操作数或操作数的地址就称为寻址。指令的寻址方式就是如何获得操作数的方法。

计算机指令系统提供的寻址方式越多，计算机的功能越强，灵活性越强。寻址方式的多样性和灵活性是衡量计算机性能的一项重要指标。

（2）MCS-51 单片机七种寻址方式

① 寄存器寻址（Register Addressing）　寄存器寻址方式中，操作数存放在指令给出的寄存器单元中。一般来说系统提供的寄存器单元由于其结构和位置的特点，其存取数据的速度比较快。如

```
    MOV    A,       R0           ; 将 R0 中的内容传送给 A。A、R0 都是寄存器寻址
    INC         DPTR             ; 将 DPTR 中的内容加 1。DPTR 是寄存器寻址
```

MCS-51 单片机指令系统寄存器寻址方式中，可寻址的单元包括当前工作寄存器组中的 R0～R7、部分特殊功能寄存器如 A、B、DPTR 等，位处理器 CY 也可作为寄存器寻址。同时要注意对于寄存器寻址，指令中一般不需要直接给出这些单元的地址，而是操作码中隐含了这样的信息，所以这样的指令占用的字节数也较少。

② 直接寻址（Direct Addressing）　指令中直接给出存放操作数的单元地址（8 位）。这种寻址方式的寻址空间限于内部 RAM，包含以下两个部分。

a. 片内 RAM 的低 128 个字节（00H～7FH）。例如 MOV　A，78H

这条指令的功能是将内部 RAM 78H 单元中的内容传送给累加器 A。其中，78H 是直接寻址，表示内部 RAM 78H 单元。

```
    ORL    A,       5EH
```

这条指令的功能是将累加器 A 中的内容和内部 RAM 5EH 单元中的内容进行或运算，结果放入累加器 A 中。其中，5EH 是直接寻址，表示内部 RAM 5EH 单元

b. 特殊功能寄存器 SFR（Special Functional Register）。这是访问 SFR 的唯一方法。指令中可以直接给出地址，也可用给出特殊功能寄存器符来表示。例如

```
    MOV    TCON,        A    或
    MOV    88H,         A
```

特殊功能寄存器 TCON 的地址是 88H。这两条指令是同一条指令，表示将累加器 A 中的内容传送到特殊功能寄存器 TCON 中。

```
    MOV    A,          SBUF   或   MOV   A,99H
```

特殊功能寄存器 SBUF 的地址是 99H。这两条指令是同一条指令，表示将特殊功能寄存器 SBUF 中的内容传送到累加器 A 中。

③ 寄存器间接寻址（Register Indirect Addressing）　用寄存器存放操作数的地址，即用寄存器作为地址指针。为了与寄存器寻址方式相区别，在寄存器前面加上@。可以用作地址指针的寄存器有 R0、R1 和 DPTR，指令中分别用@Ri 和 @DPTR 来表示。这种寻址方式可用于访问片内 RAM 和片外 RAM。但是特别注意的是不能采用这种方式访问 SFR，SFR 只能采用直接寻址方式来访问。

• 片内 RAM。51 系列单片机低 128 个字节地址 00H～7FH，用 R0 或 R1 作间接寄存器。

例如：要将累加器 A 中的内容传送到片内 RAM 25H 单元中，可以采用下面这条指令。

```
    MOV    @R0,   A      ; (R0)= 25H，(A) = 10H，执行后((R0))←(A)
```

该指令执行过程如图 3-1 所示。

• 片外 RAM。访问片外 RAM 的唯一方法就是寄存器间接寻址。注意指令操作码要改为 MOVX。

访问片外 RAM 第一页 256 个单元 RAM 时，可用 8 位的 R0 或 R1 寄存器作间接寄存器。

实际上是默认高 8 位地址为 00H。例如

  MOVX A, @Ri ; (i = 0 或 1)

将片外 RAM 由 Ri 指针指定的单元的
内容传送到累加器 A 中。

  MOVX @Ri, A ; (i = 0 或 1)

将累加器 A 中的内容传送到片外
RAM 由 Ri 指针指定的单元中。

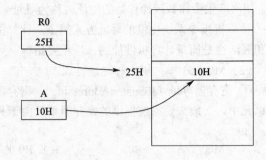

若需要访问片外 RAM 其他页面，可
以先把高 8 位送 P2 口，再用 R0 或 R1 寄
存器作低 8 位地址指针也可访问整个 64K
片外 RAM。

图 3-1 寄存器间接寻址 MOV @R0，A 执行过程

访问整个 64KB 片外 RAM，可用 16 位的 DPTR 寄存器作间接寄存器。

  MOVX A, @DPTR

这条指令的功能是将由地址指针 DPTR 指定的片外 RAM 某个单元中的内容传送到累加器
A 中。

④ 立即寻址（Immediate Addressing） 在指令中直接给出的操作数称为立即数。在指令操
作码的后面紧跟一个和或二个字节的操作数。在指令中，立即数用 # DATA 或 #DATA16 表示。
例如

  MOV DPTR, #2476H   ;2476H→(DPTR)

  MOV A, #3AH   ; 3AH→(A)

这两条指令中#2476H、# 3AH 都是要传送的立即数。而

  MOV A, 3AH   ;(3AH)→(A)

这条指令中的 3AH 表示的是内部 RAM 中 3AH 单元的地址。

⑤ 变址寻址（Index Addressing） 以 DPTR 或 PC 寄存器作基址寄存器，用累加器 A 作
变址寄存器，以它们的内容相加形成要访问的程序存储器某个单元的地址。这个单元中存放要
传送的字节数据。这种寻址方式用于查表指令。变址寻址方式有以下特点。

- 只能对程序存储器寻址。
- 只有两条指令：MOVC A, @A+DPTR 和 MOVC A, @A+PC。
- 这两条指令是一字节指令。

⑥ 相对寻址（Relative Addressing） 相对寻址是将程序计数器 PC 的当前值与指令中给出
的偏移量相加，就构成实际操作数的地址的寻址方法。相对寻址用于程序的相对转移指令中，
所以访问的是程序存储器。指令中给出了转移目标地址相对于程序计数器 PC 当前值的偏移量。
偏移量用一字节补码形式表示，相对转移范围为−128～+127。

PC 的当前值是指转移指令所在单元的地址加上转移指令的字节数。其中转移指令长度一般
为 2～3 字节。例如

1000H SJMP 08H

这条指令的功能是无条件跳转。该指令的地址是 1000H，指令长度为 2 个字节，所以 PC
的当前值为 1000H+2=1002H。

该指令中给出了相对偏移量为 08H，则转移的目的地址为 1002H+08H=100AH。

这条指令相对寻址过程如图 3-2 所示。

对于任何一个相对寻址的指令，转移条件满足时，其转移的地址为

目的地址 = 指令源地址 +转移指令字节数（2/3）+ 偏移量

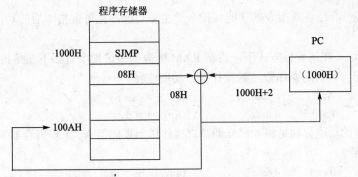

图 3-2　相对寻址 SJMP　08H 执行过程

⑦ 位寻址（Bit Addressing）　直接对数据位的操作称为位寻址。位寻址只能对有位地址的单元作位寻址操作。例如

　　ANL　　C，30H　　；将进位位 CY 与位地址为 30H 的逻辑位进行"与"操作

　　SETB　　10H　　　；将 10H 位置 1

位寻址的寻址范围如下。

内部 RAM 中的可位寻址区：字节单元地址 20H～2FH16 个单元的 128 位，位地址为 00H～7FH。

可位寻址的特殊功能寄存器中的可寻址位：可位寻址的寄存器有 B、ACC、PSW、IP、P3、IE、P2、SCON、P1、TCON、P0 共 11 个，有可寻址位 83 位。

特殊功能寄存器中寻址位在指令中有四种表示方法。

直接使用位地址，如 80H、88H 等；位名称，如 SM0、PT1、F0 等；字节地址加位，如 0D0H.5；特殊功能寄存器符号加位，如 PSW.5。

3.2 数据传送类指令

数据传送类指令功能是将一个单元中的数据传送到另一个单元中。它是 51 系列单片机指令系统中使用最多的一类指令。数据传送类指令一般执行的时候将目标操作数改为源操作数，而源操作数不变。若要求在进行数据传送时，不丢失目的操作数，则可以用交换型传送指令。

值得注意的是数据传送类指令不影响进位标志位 CY、半进位标志位 AC 和溢出标志位 OV。但是当这类指令改变了累加器 A 的值时，由累加器 A 的值来确定奇偶标志位 P 的状态。

数据传送类指令按照其操作方式，又可分为 3 类：数据传送、数据交换和堆栈操作。共有 8 种助记符：MOV、MOVX、MOVC、XCH、XCHD、SWAP、PUSH 及 POP。

3.2.1　数据传送指令

（1）片内 RAM[片内 RAM 低 128 字节和特殊功能寄存器（SFR）]

片内 RAM 包括片内 RAM 低 128 字节和特殊功能寄存器（SFR），其中特殊功能寄存器只占用 80H～FFH 中的 21 个字节。片内 RAM 区数据传送操作是单片机应用是使用最多的操作，可用的指令数也最多。片内 RAM 间的数据传送关系如图 3-3 所示。下面按照源操作

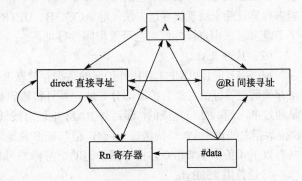

图 3-3　片内数据存储器数据传送关系

数的寻址方式逐一介绍各条指令的功能（指令的主要功能参见每条指令后的功能注释，以下类同不再说明）。

① 立即寻址　在该寻址方式下，内部 RAM 区数据传送指令有如下 5 条指令。

操作码助记符　目的操作数，源操作数；功能注释

MOV　　A,　　　# data　　　；(A) ← # data

MOV　　Rn,　　　# data　　　；(Rn) ← # data

这两条指令的功能分别是将 8 位立即数直接传送到累加器 A、工作寄存器 Rn，内部数据区 RAM 的各个位置。

MOV　　direct,　　# data　　　；(direct) ← # data

这条指令的功能分别是将 8 位立即数直接送到内部数据区 RAM 的各个位置。

MOV　　@Ri,　　# data　　　；((Ri)) ← # data

这条指令的功能分别是将 8 位立即数送到片内 RAM 低 128 字节区域。注意在这条指令中目的操作数间接寻址的区域是片内 RAM 低 128 字节。

MOV　　DPTR,　　# data16　　；(DPTR) ← # data16

这是 51 单片机中唯一的一个 16 位数据传送指令，其功能是将 16 位的立即数直接装入数据指针 DPTR 中。

② 寄存器寻址　在该寻址方式下，内部 RAM 区数据传送指令有以下 5 条。

MOV　　direct,　　A　　　；(direct) ←(A)

MOV　　@Ri,　　　A　　　；((Ri)) ←(A)

MOV　　Rn,　　　A　　　；(Rn) ←(A)

MOV　　A,　　　　Rn　　　；(A) ←(Rn)

MOV　　direct,　　Rn　　　；(direct) ←(Rn)

这组指令的功能是把累加器 A 的内容传送到内部数据区 RAM 的各个单元，或者把指定工作寄存器 R0～R7 中的内容传送到累加器 A 或 direct 所指定的片内 RAM 的单元去。

③ 直接寻址　在该寻址方式下，内部 RAM 区数据传送指令有如下 4 条指令。

MOV　　A,　　direct　　　；(A) ←(direct)

MOV　　Rn,　　direct　　　；(Rn) ←(direct)

MOV　　@Ri,　　direct　　　；((Ri)) ←(direct)

MOV　　direct2,　direct1　　；(direct2) ←(direct1)

这组指令将直接地址所指定的内部 RAM 单元内容传送到累加器 A 或者寄存器 Rn 中，并能实现内部数据寄存器 RAM 之间的直接数据传递而不需要通过累加器 A 或者工作寄存器来间接传送，从而提高了数据传送的效率。

以上指令中 @Ri 间接寻址的区域是片内数据存储器低 128 字节的用法，而 direct 操作数直接寻址的区域是片内 RAM 包括片内 RAM 低 128 字节和特殊功能寄存器（SFR），所以特殊功能寄存器只能采用直接寻址方法（除 ACC、B、DPTR 可用寄存器寻址以外），而片内 RAM128 字节既可以采用直接寻址，也可采用间接寻址。

（2）片外 RAM

MCS-51 单片机 CPU 对片外扩展的数据存储器 RAM 或 I/O 口进行数据传送时，必须采用寄存器间接寻址的方法对扩展部分寻址，并且传输的数据必须通过累加器 A。一般数据的传送是通过 P0 口和 P2 口完成的，即片外 RAM 地址总线低 8 位由 P0 口送出，高 8 位由 P2 口送出，8 位数据总线也由 P0 口传送（双向），但与低 8 位地址总线是分时传送的。这类数据传送指令共有以下 4 条单字节指令，指令操作码助记符标志为 MOVX。

寻址范围 256Byte

MOVX　　　A,　　　　　　@Ri

MOVX   @Ri,   A

寻址范围 64KByte

MOVX   A,   @DPTR

MOVX   @DPTR,   A

设(DPTR)=2000H，(A)=30H，执行下面这条指令

MOVX   @DPTR,   A

执行的过程如图 3-4 所示。

执行的结果是（2000H）=30H

（3）程序存储器

程序存储器向累加器 A 传送数据指令，又称查表指令。它采用变址寻址方式，把程序存储器（ROM 或 EPROM）中存放的表格数据读出，传送到累加器 A。共有如下两条单字节指令，指令操作码助记符为 MOVC。

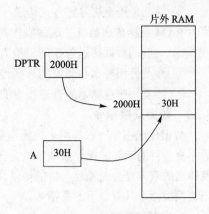

图 3-4　片外数据存储器数据传送

MOVC   A,   @A+DPTR

MOVC   A,   @A+PC

例如，若(A)=08H，(DPTR)=0200H，则执行指令 MOVC A，@ A+DPTR 后则 (A)=(0208H)=10H，执行过程如图 3-5 所示。

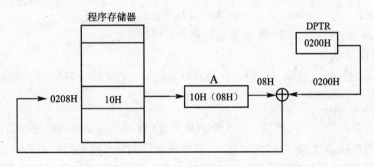

图 3-5　MOVC A，@A+DPTR 执行过程

例如，指令 MOVC A，@A+PC 存放在程序存储器 0200H 单元中，若执行这条指令时 (A)=07H，则这条指令执行后(A)=(0208H)=10H。注意由于这条指令为单字节指令，所以 PC 的当前值为 0201H。执行过程如图 3-6 所示。

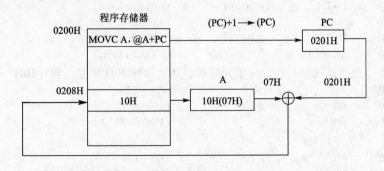

图 3-6　MOVC A，@A+PC 执行过程

数据传送指令在使用中要注意以下几点。

① 除非使用直接寻址方式传送，否则工作寄存器之间不能直接打交道；片外 RAM 不能与片内 RAM 直接传送数据。这些操作都需要通过 A 累加器作为中转。

② 一般的数据传送指令助记符为 MOV。

③ 涉及外部数据存储器的数据传送指令的助记符为 MOVX（MOVe eXternal）。

④ 涉及程序存储器的查表指令的助记符为 MOVC（MOVe Code）。

3.2.2　数据交换指令

数据传送指令一般都用来将操作数自源地址传送到目的地址，指令执行后，源地址的操作数不变，目的地址的操作数则修改为源地址的操作数。而数据交换指令其数据作双向传送，涉及传送的双方互为源地址、目的地址，指令执行后各方的操作数都修改为另一方的操作数。数据交换类指令共有如下 5 条指令。

- 字节交换指令

XCH	A，Rn	；工作寄存器内容与 ACC 内容交换
XCH	A，direct	；片内 RAM/SFR 内容与 ACC 内容交换
XCH	A，@Ri	；地址在 Ri 中的片内 RAM 内容与 ACC 内容交换

这组指令的功能是累加器 A 的内容可以和内部 RAM 中的任何一个单元内容进行交换

- 低半字节交换指令

XCHD	A，@Ri	；片内 RAM 的低 4 位与 ACC 的低 4 位数据交换

- 累加器 ACC 低 4 位与高 4 位交换

SWAP	A	；ACC 的低 4 位与高 4 位数据交换

数据交换指令的特点：累加器 A 是这些指令的操作数之一。

3.2.3　堆栈操作指令

堆栈操作有进栈和出栈操，常用于保存和恢复现场。该类指令共有如下两条。

PUSH	direct
POP	direct

PUSH 指令是指数据压入堆栈，用于保护片内 RAM 单元或特殊功能寄存器 SFR 的内容。它的操作是先把堆栈指针 SP 中的内容加 1，使堆栈指针指向栈顶上的一个空单元，再把直接寻址单元的内容压入 SP 所指的单元内，形成新的栈顶。但是直接寻址单元的内容不变。

POP 指令是把堆栈栈顶的数据弹出到直接寻址指定的单元中去，用以恢复片内 RAM 单元或特殊功能寄存器 SFR 的内容。数据弹出完成后 SP 单元中的内容减 1，形成新的栈顶。

3.2.4　数据传送类指令应用分析

【例 3-1】　把外部数据存储单元 3000H 中的数据送到 5000H 单元中，设（3000H）=10H。

MOV	DPTR，	#3000H	；（DPTR）=3000H
MOVX	A，	@DPTR	；（A）=10H
MOV	DPTR，	#5000H	；5000H→（DPTR）
MOVX	@DPTR，A		；（5000H）=10H

【例 3-2】　把内部 RAM 中 50H 单元的数据送到片外 20H 单元，设（50H）=10H。

MOV	A，	50H	；（A）=10H
MOV	R0，	#20H	；（R0）=20H
MOVX	@R0，	A	；（20H）=10H

【例 3-3】　分析下面程序。

1000H	MOV A，	#10H	；10H→（A）
1002H	MOVC	A，@A+PC	；（PC）+1→（PC），（PC）=1003H，
			；（A+PC）=（10H+1003H）→（A）
	…		
1010H	02H		

```
1011H          04H
1012H          06H
1013H          08H
```

程序执行结果：(A)=08H

用 MOVC　A，@A+PC 指令需注意两点。

① 指令中的 PC 是执行完本条指令后的 PC 值，即 PC 等于本条指令地址加 1。

② A 是修正值，它等于查表指令和欲查数据相间隔字节数。A 的范围是 0～255，该指令只能查找本指令后的 256B 范围内的表格，故称为近程查表。

【例 3-4】 分析下面程序。

```
1000H    MOV     A,        # 01H          ; 01H→(A)
1002H    MOV     DPTR,     # 6000H        ; 6000H→(DPTR)
1005H    MOVC    A,        @A+DPTR        ; (A+DPTR)=(01H+6000H)=(6001H)→(A)
...
6001H    0AH
6002H    0BH
6003H    0CH
6004H    0DH
```

程序执行结果：(A)=0AH，查表指令将 6001H 单元中的数据传送到累加器 A 中。

用 MOVC A，@A+DPTR 指令查表特点：A，DPTR 都可以改变，因此可在整个 64KB 范围内查表，故称为远程查表。

【例 3-5】 设（R0）=30H，(30H)=4AH，(A)=28H，分析下面每条指令执行的结果。

```
执行    XCH     A, @R0          ; 结果为(A)=4AH, (30H)=28H
执行    XCHD    A, @R0          ; 结果为(A)=2AH, (30H)=48H
执行    SWAP    A               ; 结果为(A)=82H
```

【例 3-6】 进入中断服务程序时，通常需要保护现场，把 ACC、PSW、DPTR 等寄存器内容压栈保护，若 SP=38H。保护现场程序如下。

```
PUSH    ACC     ; ACC 直接寻址
PUSH    PSW
PUSH    DPH
PUSH    DPL
```

执行这 4 条指令后，SP=3CH。

在出中断服务程序返回主程序之前，还要恢复现场，要注意堆栈先进后出的特点，出栈次序要相反。恢复现场的程序如下。

```
POP    DPL
POP    DPH
POP    PSW
POP    ACC
```

3.3 算术运算类指令

算术运算类指令共有 24 条，可分为加法、带进位加法、带借位减法、加 1 减 1，乘除及十进制调整指令共 6 组。它主要完成加、减、乘、除四则运算，以及增量、减量和二-十进制调整操作，对 8 位无符号数可进行直接运算；借助溢出标志，可对带符号数进行 2 的补码运算；借助进位标志，可进行多字节加减运算，也可以对压缩 BCD 码（即单字节中存放两位 BCD 码）进行运算。

算术运算类指令运算的结果影响进位标志位 CY、半进位标志 AC、溢出标志 OV。加法运算影响 CY、AC、OV，乘除运算只影响 CY、OV。只有加 1 减 1 不影响这种 3 标志。奇偶标志 P 要由累加器 A 的值来确定。除了个别算术运算类指令中介绍对标志位的影响外，其他算术运算类指令对标志位的影响不再介绍，若有兴趣，可查阅相关资料。

3.3.1 算术运算类指令

（1）加法指令

加法指令共有如下 4 条指令，操作数助记符为 ADD。

```
ADD   A，  # data      ；(A) ←(A)+# data
ADD   A，direct        ；(A) ←(A)+(direct)
ADD   A，@Ri           ；(A) ←(A)+((Ri))
ADD   A，Rn            ；(A) ←(A)+(Rn)
```

这 4 条指令是将累加器 A 可以和内部 RAM 的任何一个单元的内容进行相加，也可以和一个 8 位立即数相加，相加结果存放在 A 中。无论是哪一条加法指令，参加运算的都是两个 8 位二进制数。对用户来说，这些 8 位数可当作无符号数（0～255），也可以当作带符号数（-128～+127），即补码数。但计算机在作加法运算时，总按以下规定进行。

① 在求和时，总是把操作数直接相加，而无需任何变换。

② 在确定相加后进位标志 CY 的值时，总是把两个操作数作为无符号数直接相加而得出进位 CY 值。因此若是两个带符号数相加，CY 没有意义。

③ 在确定相加后溢出标志 OV 的值时，计算机总是把操作数当作带符号数来对待。

④ 加法指令还会影响半进位标志和奇偶标志 P 和半进位标志 AC。

（2）带进位加法指令

带进位加法指令有如下 4 条指令，其助记符为 ADDC。

```
ADDC   A，     # data      ；(A) ←(A)+(CY)+# data
ADDC   A，     direct      ；(A) ←(A)+(CY)+(direct)
ADDC   A，     @Ri         ；(A) ←(A)+(CY)+((Ri))
ADDC   A，     Rn          ；(A) ←(A)+(CY)+(Rn)
```

这 4 条指令是把源操作数所指的内容连同进位标志位 CY 的内容和累加器 A 内容进行相加，相加结果存放在 A 中。这里的 CY 是指该指令开始执行时的进位标志位。这四条指令多用于多字节的加法运算中。

（3）带借位减法

带借位减法指令有如下 4 条指令，其助记符为 SUBB。

```
SUBB   A，     # data      ；(A) ←(A)-(CY)-# data
SUBB   A，     direct      ；(A) ←(A)-(CY)-(direct)
SUBB   A，     @Ri         ；(A) ←(A)-(CY)-((Ri))
SUBB   A，     Rn          ；(A) ←(A)-(CY)-(Rn)
```

这组指令的功能是将累加器 A 中的内容减去源操作数所指的内容和进位标志位 CY 的值，运算结果存放在累加器 A 中。由于减法指令只有带借位减法指令，因此，若要进行不带借位位的减法操作，需先清借位位，即置 CY=0。清 CY 有专门的指令，它属于位操作类指令，指令为

```
CLR    C          ；(CY) ← 0
```

（4）加 1、减 1 指令

加 1 指令共有如下 5 条指令，助记符为 INC。

```
INC    A          ；(A) ←(A)+1
INC    direct     ；(direct) ←(direct)+1
INC    @Ri        ；((Ri)) ←((Ri))+1
```

```
INC      Rn          ；(Rn) ←(Rn)+1
INC      DPTR        ；(DPTR) ←(DPTR)+1
```

减 1 指令有如下 4 条指令，助记符为 DEC。

```
DEC      A           ；(A) ←(A)−1
DEC      direct      ；(direct) ←(direct) −1
DEC      @Ri         ；((Ri)) ←((Ri)) −1
DEC      Rn          ；(Rn) ←(Rn) −1
```

加 1、减 1 指令的功能分别是将操作数所指定的内容加 1、减 1。注意加 1、减 1 指令执行后不影响标志位 CY、AC、OV。只有当操作数为累加器 A 时，加 1、减 1 指令才影响奇偶标志位 P。

加 1、减 1 指令中若 direct 直接寻址的是端口 P0～P3 时，具有"读-修改-写"的功能。

加 1 指令中，若原单元内容为 FFH，加 1 后为 00H，有进位。

减 1 指令中若原单元内容为 00H，则减 1 后为 FFH，有借位。

（5）乘、除法指令

乘、除法指令都是单字节 4 周期指令，是 MCS-51 单片机中执行周期最长的两条指令。

① 乘法指令

$$MUL \quad AB \quad ；(B)←((A)×(B))_{15～8}, \quad (A)←((A)×(B))_{7～0}, \quad (CY)←0$$

乘法指令的功能是把累加器 A 和寄存器 B 中的两个 8 位无符号数相乘，将乘积 16 位数中的低 8 位存放在 A 中，高 8 位存放在 B 中。若乘积大于 FFH（255），则溢出标志 OV 置 1，否则 OV 清 0。乘法指令执行后进位标志 CY 总是清零，即 CY=0。另外，乘法指令本身只能进行两个 8 位数的乘法运算，要进行多字节乘法还需编写相应的程序。

② 除法指令

$$DIV \quad AB \quad ；(A)←(A)÷(B)之商, (B)←(A)÷(B)之余数, (CY)←0, (OV)←0$$

除法指令的功能是把累加器 A 中的 8 位无符号整数除以寄存器 B 中的 8 位无符号整数，所得商存于累加器 A 中，余数存于寄存器 B 中，进位标志 CY 和溢出标志 OV 均被清零。若除数 B 中的内容为 0 时，除法运算没有意义，结果为不定值，此时溢出标志 OV 被置为 1，即 OV=1，而 CY 仍为 0。

（6）十进制调整指令

```
DA       A
```

若 $(A)_{3～0}>9$ 或（AC）=1，则 $(A)_{3～0}←(A)_{3～0}+06H$。

若 $(A)_{7～4}>9$ 或(CY)=1，则 $(A)7～4←(A)_{7～4}+06H$。

十进制调整指令是一条对二-十进制的加法进行调整的指令。两个压缩 BCD 码按二进制相加，必须经过本条指令调整后才能得到正确的压缩 BCD 码和数，实现十进制的加法运算。由于指令要利用 AC、CY 等标志才能起到正确的调整作用，因此它必须跟在加法 ADD、ADDC 指令后面方可使用。

3.3.2　算术运算类指令应用分析

【例 3-7】 设(A)=49H，（R0）=6BH。执行下面指令后累加器 A 的内容是多少？各标志位的状态如何？

```
ADD      A, R0       ；(A) ←(A)+(R0)
计算机进行加法运算              0100 1001     （49H）
                        +     0110 1011     （6BH）
                            0 1011 0100     （B4H）
                            C_S C_P   AC
```

结果为：

(A)=B4H，OV =C_S⊕C_P=1，CY= C_S = 0，AC=1，P=0。

【例 3-8】 判断 INC R0 和 INC @R0 两条指令结果，比较两者的区别。设 R0=30H，（30H）=00H。

执行　INC　　R0　　　　；（R0）+1=30H+1→（R0），结果（R0）=31H

执行　INC　　@R0　　　；（（R0））+1=（30H）+1→（（R0）），结果（30H）=01H，R0 中内容不变，仍为 30H

【例 3-9】 分析下面的程序的功能。

```
MOV        A,       #05H
ADD        A,       #08H
DA         A
```

这段程序是完成两个十进制数 5BCD 码和 8 的 BCD 码的相加；相加完成后必须用 DA 调整指令，才能保证结果的正确。本段程序执行的结果为：(A)=13H，即为 13 的 BCD 码。

注意：DA A 指令只适用两个压缩 BCD 码 ADD 或 ADDC 加法指令后，不适用于减法。

3.4　逻辑运算类指令

逻辑运算及移位指令共有 24 条，其中逻辑指令有"与"、"或"、"异或"、累加器 A 清零和求反 20 条，移位指令 4 条。

3.4.1　逻辑运算类指令

（1）逻辑"与"运算指令

逻辑"与"运算指令共有如下 6 条，其助记符为 ANL。

```
ANL        direct,   A          ; (direct) ←(direct)∧(A)
ANL        direct,   # data     ; (direct) ←(direct)∧# data
ANL        A,        # data     ; (A) ←(A)∧# data
ANL        A,        direct     ; (A) ←(A)∧(direct)
ANL        A,        @Ri        ; (A) ←(A)∧((Ri))
ANL        A,        Rn         ; (A) ←(A)∧(Rn)
```

逻辑"与"运算指令是将两个指定的操作数按位进行逻辑"与"的操作，操作的结果存放在目的操作数中。逻辑"与"运算指令常用在屏蔽字节中某些位。若屏蔽某位，则用"0"和该位相与，否则，用"1"和该位相与。

（2）逻辑"或"运算指令

逻辑"或"运算指令共有如下 6 条指令，其助记符为 ORL。

```
ORL        direct,   A          ; (direct) ←(direct)∨(A)
ORL        direct,   # data     ; (direct) ←(direct)∨# data
ORL        A,        # data     ; (A) ←(A)∨# data
ORL        A,        direct     ; (A) ←(A)∨(direct)
ORL        A,        Ri         ; (A) ←(A)∨((Ri ))
ORL        A,        Rn         ; (A) ←(A)∨(Rn)
```

逻辑"或"指令将两个指定的操作数按位进行逻辑"或"操作。操作结果存放在目的操作数中。它常用来使字节中某些位置"1"，欲保留（不变）的位用"0"与该位相或，而欲置位的位则用"1"与该位相或。

（3）逻辑"异或"运算指令

"异或"运算是当两个操作数不一致时结果为 1，两个操作数一致时结果为 0。这种运算也是按位进行，共有如下 6 条指令，其助记符为 XRL。

```
XRL    direct,    A          ;（direct）←（direct）⊕（A）
XRL    direct,    # data     ;（direct）←（direct）⊕# data
XRL    A,         # data     ;（A）←（A）⊕# data
XRL    A,         direct     ;（A）←（A）⊕（direct）
XRL    A,         @Ri        ;（A）←（A）⊕（（Ri））
XRL    A,         Rn         ;（A）←（A）⊕（Rn）
```

逻辑"异或"指令常用来对字节中某些位进行取反操作，欲某位取反则该位与"1"相异或；欲某位保留则该位与"0"相异或。还可利用异或指令对某单元自身异或，以实现清零操作。

以上逻辑"与"、"或"、"异或"各 6 条指令有如下共同特点。

① 逻辑"与" ANL、"或" ORL、"异或" XRL 运算指令除逻辑操作功能不同外，三者的寻址方式相同，指令字节数相同，机器周期数相同。

② ANL、ORL、XRL 的前两条指令的目的操作数均为直接地址方式，可很方便地对内部 RAM 的 00H～FFH 任一单元或特殊功能寄存器的指定位进行清零、置位、取反、保持等逻辑操作。

③ ANL、ORL、XRL 的后 4 条指令，其逻辑运算的目的操作数均在累加器 A 中，且逻辑运算结果保存在 A 中。

（4）累加器 A 清零与取反指令

```
CLR    A    ;（A）← 00H
CPL    A    ;（A）←（Ā）
```

（5）循环移位指令（4 条）

循环移位指令的功能是将累加器 A 中内容循环移位或者和进位位一起移位，如图 3-7 所示。

```
RL     A    ;（An+1）←（An），（A0）←（A7）
RR     A    ;（An+1）←（An），（CY）←（A7），（A0）←（CY）
RLC    A    ;（An）←（An+1），（A7）←（A0）
RRC    A    ;（An）←（An+1），（CY）←（A0），（A7）←（CY）
```

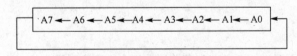

（a）循环左移指令示意：RL　A

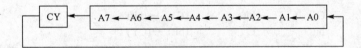

（b）带进位的循环左移指令示意：RLC　A

图 3-7　循环移位指令示意

3.4.2　逻辑运算类指令应用分析

【例 3-10】　设(A)=F6H，（30H）=0FH。执行

```
ANL    A,    30H
```

请分析执行这条指令后的结果。

11110110 （F6H）∧ 00001111 （0FH）= 00000110 （06H）

结果：（A=06H），30H 内容不变，即（30H）=0FH。

【例 3-11】　(A)=01H，(CY)=1 时，若执行一次：RRC　A

结果为：(A)=10000000B (CY)=1

(A)=01H，(CY)=1 时，若执行一次：RLC A

结果为：(A)=00000011B (CY)=0

【例 3-12】 若(A)=C0H，（R0）=3FH，（3F）=0FH，执行指令：

    ORL A，@R0

结果为：(A)=0CFH。

【例 3-13】 分析下面程序，假设(A)=B5H=10110101B，（P1）=6AH=01101010B。

```
ANL    A,     #00011111B    ；屏蔽 A 的高 3 位
ANL    P1,    #11100000B    ；保留 P1 的高 3 位
ORL    P1,    A             ；使 P14～0 按 A4～0 置位
```

这段程序是根据累加器 A 中 4～0 位的状态，用逻辑与、或指令控制 P1 口 4～0 位的状态；P1 口的高 3 位保持不变。执行程序后的结果为：(A)=15H=00010101B，(P1)=75H=01110101B。

3.5 位操作类指令

位操作又称为布尔变量操作，它是以位（bit）作为单位来进行运算和操作的。MCS-51 系列单片机内设置了一个位处理器（布尔处理机），它有自己的累加器（借用进位标志 CY），自己的存储器（即位寻址区中的各位），也有完成位操作的运算器等。

这一组指令的操作对象是内部 RAM 中的位寻址区，即 20H～2FH 中连续的 128 位（位地址 00H～7FH），以及特殊功能寄存器 SFR 中可进行位寻址的各位。在该类指令中位地址的表示方法主要有以下 4 种（均以程序状态字寄存器 PSW 的第五位 F0 为例说明）。

① 直接位地址表示方式：如 D5H。

② 点操作符表示方式：如 PSW.5，即 PSW 的第五位。

③ 位名称表示方法：如 F0。

④ 用户定义名表示方式：如用户定义用 FLG 这一名称（位符号地址）来代替 F0，则直接用 FLG。

3.5.1 位操作类指令

（1）位传送指令

位传送指令有如下互逆的两条双字节单周期指令，可实现进位位 CY 与某直接寻址位 bit 间内容的传送。

```
MOV    C,      bit       ；(CY) ←(bit)
MOV    bit,    C         ；(bit) ←(CY)
```

上述指令中：bit 为直接寻址位，C 为进位标志 CY 的简写。第 1 条指令是把 bit 中的一位二进制数送位累加器 CY 中，不影响其余标志。第 2 条指令是将 C 中的内容传送给指定位。由于两个寻址位之间没有直接的传送指令，常用上述两条指令并通过 C 作为中间媒介来进行可寻址位间的传送。

（2）位置位指令

对进位标志 CY 以及位地址所规定的各位都可以进行置位或清零操作，共有如下 4 条指令。

```
CLR     bit            ；(bit) ←0
CLR     C              ；(CY) ←0
SETB    bit            ；(bit) ←1
SETB    C              ；(CY) ←1
```

前两条指令为位清零指令，后两条指令为位置 1 指令。当第 1、3 条指令的直接寻址位为某端口的某位时，指令执行时具有"读-修改-写"功能。

（3）位逻辑运算指令

位逻辑指令包含对为进行与、或、非逻辑运算操作，共有如下 6 条指令。

```
ANL     C,      bit      ; C←(C) ∧(bit)
ANL     C,      /bit     ; C←(C) ∧(bit̄)
ORL     C,      bit      ; C←(C) ∨(bit)
ORL     C,      /bit     ; C←(C) ∨(bit̄)
CPL     C                ; C←(C̄)
CPL     bit              ; (bit)←(bit̄)
```

注意：/bit 表示对 bit 位取反后再参与逻辑运算，但是并不改变原 bit 位的内容。

小知识：字节操作数与位操作数的区分

51 单片机内部数据存储器 RAM 的 128 个字节单元，其地址与内部 128 个位存储区的地址表示相同，都是 00H ~ 7FH。字节操作数与位操作数的区分方法如下。

① 对于传送类指令，位传送类指令中有一个操作数必须是 C。

② 对于清 "0" 指令，51 单片机的指令系统中，字节清 "0" 指令只有一条： CLR A。其余都是位清 "0" 指令。

3.5.2　位操作类指令应用分析

【例 3-14】　将内部 RAM 中 20H 单元的第 7 位（位地址为 07H）的内容，送入 P1 口的 P1.0 中。程序如下。

```
MOV     C,      07H      ; (CY) ←(07H)
MOV     P1.0,   C        ; (P1.0) ←(CY)
```

当（20H）=A3H，(P1)=11111110B 时，执行上述指令后修改了 P1 口第 0 位，即(CY)=1，(P1)=11111111B。

注意：没有 MOV bit，bit 这样的指令，必须将 C 作为数据传送的中转。

【例 3-15】　用位操作指令编程完成下列逻辑运算：P1.5=ACC.0 ∨（B.0∨P1.2） ∧P1.3
程序如下。

```
MOV     C ,     B.0      ; (B.0)→(C)
ORL     C ,     P1.2     ; (C)∨(P1.2)→(C)
ANL     C ,     ACC.0    ; (C)∨(ACC.0)→(C)
ORL     C ,     P1.3     ; (C)∧(P1.3)→(C)
MOV     P1.5,   C        ; (C)→(P1.5)
```

【例 3-16】　将 P1 口的 P1.7 置位，并清进位位。程序如下。

```
SETB    P1.7             ; (P1.7) ← 1
CLR     C                ; (CY) ← 0
```

当(P1)=00001111B 时，执行完上述指令后，(P1)=10001111B，(CY)=0。

3.6　控制转移类指令

控制转移类指令共计 23 条，可分为无条件转移指令、子程序调用及返回指令、条件转移指令和空操作指令。有了丰富的控制转移类指令，就能很方便地实现程序的向前、向后跳转，并根据条件分支运行、循环运行、调用子程序等。这类指令用到的助记符有：AJMP、LJMP、SJMP、JMP、ACALL、LCALL、RET、RETI、JZ、JNZ、CJNE、DJNZ、JC、JNC、JB、JNB、JBC、NOP 等。

3.6.1   控制转移类指令

（1）无条件转移指令

无条件转移指令有如下 4 条指令，它们提供了不同的转移范围和寻址方式。

LJMP	add16	; add16→(PC)
AJMP	add11	; add11→(PC)$_{0~10}$
SJMP	rel	; (PC)+2+rel→(PC)
JMP	@A+DPTR	; (A)+(DPTR)→(PC)

① 长转移指令 LJMP 跳转指令无条件跳转到 add16 地址，可在 64KB 范围内转移。

② SJMP 称为短转移指令，双字节，指令的操作数是相对地址 rel。由于 rel 是带符号的偏移量，所以程序可以无条件向前或向后转移，转移的范围是在 SJMP 指令所在地址 PC 值（源地址）加该指令字节数 2 的基础上，以-128～+127 为偏移量（256 个单元）的范围内实现相对短转移，即：目的地址=源地址+2+rel。

③ AJMP 称为绝对转移指令，双字节指令。它的机器代码是由 11 位直接地址 addr11 和指令特有操作码 00001，按下列分布组成的。

A10	A9	A8	0	0	0	0	1
A7	A6	A5	A4	A3	A2	A1	A0

该指令执行后，程序转移的目的地址确定方法如下。

由 AJMP 指令所在位置的地址 PC 值加上该指令字节数 2，构成当前 PC 值。取当前 PC 值的高 5 位与指令中提供的 11 位直接地址形成调制的目的地址如下。

PC15	PC14	PC13	PC12	PC11	a10	a9	a8	a7	a6	a5	a4	a3	a2	a1	a0

由于 11 位地址的范围是 00000000000～11111111111，即 2 KB 范围，而目标地址的高 5 位是由 PC 当前值固定的，所以程序可转移的位置只能是和 PC 当前值在同一 2KB 页面的范围之内。本指令转移可以向前也可以向后，取决于指令码及指令地址，指令执行后不影响状态标志位。

④ JMP 称为间接长转移指令。它是以数据指针 DPTR 的内容为基址，以累加器 A 的内容为相对偏移量，在 64 KB 范围内可无条件转移的单字节指令。该指令的特点是转移地址可以在程序运行中加以改变。

（2）子程序调用及返回指令

在主程序中，有时需要反复执行某段程序，通常把这段程序设计成子程序，用一条子程序调用指令，将程序转向子程序的入口地址。

子程序调用指令与转移指令的主要区别在于：子程序调用指令执行后，程序转移到子程序的入口地址去执行；当子程序执行完毕后，子程序结尾处安排一条子程序返回指令，使子程序自动返回到原来程序中断的位置继续往下执行。因此，子程序调用指令执行的时候还须将程序中断位置的地址保存起来，而子程序返回指令又能使原中断点位置地址得以恢复。一般中断位置地址是放在堆栈中进行保存的。

① 绝对调用指令（双字节）

ACALL	addr11	; PC ← PC+2
		; SP ←(SP)+1, (SP)←(PC)$_{7~0}$
		; SP ←(SP)+1, (SP)←(PC)$_{15~8}$
		; PC$_{10~0}$←addr11

这是一条 2 KB 范围内的子程序调用指令，其指令格式如下。

A10	A9	A8	**1**	**0**	**0**	**0**	**1**
A7	A6	A5	A4	A3	A2	A1	A0

执行该指令时，先将（PC）+2 以获得下一条指令的地址；然后将这个 16 位地址压入堆栈（PCL 内容先进栈，PCH 内容后进栈），SP 的内容加 2；最后把 PC 的高 5 位 PC15～PC11 与指令中提供的 11 位地址 addr11 相连接（PC15～PC11，A10～A0），形成子程序的入口地址并送入 PC，使程序转向子程序执行。因此，所用的子程序的入口地址必须与 ACALL 下面一条指令的第一个字节在同一个 2 KB 区域的存储器区内。

② 长调用指令（三字节）

LCALL　　　　addr16　　；PC ← PC+3
　　　　　　　　　　；SP ←(SP)+1，(SP)←$(PC)_{7\sim0}$
　　　　　　　　　　；SP ←(SP)+1，(SP)←$(PC)_{15\sim8}$
　　　　　　　　　　；$PC_{10\sim0}$←$addr_{10\sim0}$

这条指令无条件调用程序存储器中位于地址 addr16 的子程序。执行该指令时，先将 PC+3 以获得下一条指令的首地址，并把它压入堆栈（先低字节后高字节），SP 内容加 2，然后将 16 位地址放入 PC 中，转去执行以该地址为入口的程序。LCALL 指令可以调用 64 KB 范围内任何地方的子程序。指令执行后不影响任何标志。

③ 子程序返回指令

RET　　　　　　　　　　　；$(PC)_{15\sim8}$ ←((SP))，SP ←(SP)−1
　　　　　　　　　　　　；$(PC)_{7\sim0}$ ←((SP))，SP ←(SP)−1

这条指令的功能是：恢复断点，将调用子程序时压入堆栈的下一条指令的首地址取出送入 PC，使程序返回主程序继续执行。因此，在编写子程序时，子程序的最后必须安排一条子程序返回指令 RET。

④ 中断返回指令

RETI　　　　　　　　　　；$(PC)_{15\sim8}$ ←((SP))，SP ←(SP)−1
　　　　　　　　　　　　；$(PC)_{7\sim0}$ ←((SP))，SP ←(SP)−1

这条指令的功能与 RET 指令相似，也从堆栈中弹出子程序返回地址送还给 PC，使程序从中断点开始继续执行主程序；与 RET 指令不同的是它还要清除 MCS-51 单片机中断响应时所置位的优先级状态触发器，使得已申请的同级或低级中断申请可以响应。因此，在编写中断子程序时，中断子程序的最后必须安排一条中断子程序返回指令 RETI。

这两条返回指令在弹出断点地址后，堆栈指针 SP 的值将减 2。

（3）条件转移指令

条件转移指令是当某种条件满足时，程序转移执行；条件不满足时，程序仍按原来顺序继续执行其后续的指令。条件转移的条件可以是上一条指令或者更前一条指令的执行结果（常体现在标志位上），也可以是条件转移指令本身包含的某种运算结果。

① 累加器 A 判零转移指令　这类指令是根据累加器 A 中的内容是否为零来确定是否跳转到目的地址。累加器 A 判零转移指令共有 2 条。

JZ　　　　rel　　　　；若(A)=0，则(PC) ←(PC)+2+rel
　　　　　　　　　　；若(A)≠0，则(PC) ←(PC)+2
JNZ　　　rel　　　　；若(A)≠0，则(PC) ←(PC)+2+rel，
　　　　　　　　　　；若(A)=0，则(PC) ←(PC)+2

② 比较转移指令　这组指令是先对两个规定的操作数进行比较,根据比较的结果来决定是

否转移到目的地址。4 条比较转移指令如下。

CJNE	A,	# data,	rel
CJNE	A,	direct,	rel
CJNE	@Ri,	# data,	rel
CJNE	Rn,	# data,	rel

以上 4 条指令的差别仅在于操作数的寻址方式不同，均完成以下操作。

若目的操作数=源操作数，则（PC）←（PC）+3。

若目的操作数>源操作数，则（PC）←（PC）+3+rel，CY=0。

若目的操作数<源操作数，则（PC）←（PC）+3+rel，CY=1。

③ 减 1 条件转移指令（循环转移指令）

DJNZ	direct,	rel	; (direct)←(direct)−1
			; 若(direct)=0，则(PC)←(PC)+3
			; 否则，(PC)←(PC)+3+rel
DJNZ	Rn，rel		; (Rn)←(Rn)−1 ，D8～DF　rel
			; 若(Rn)=0，则(PC)←(PC)+2
			; 否则，(PC)←(PC)+2+rel

这组指令是把减 1 功能和条件转移结合在一起的一组指令。程序每执行一次该指令，就把第一操作数减 1，并且结果保存在第一操作数中，然后判断该操作数是否为零。若不为零，则转移到规定的地址单元，否则顺序执行。转移的目标地址是在以 PC 当前值为中心的-128～+127 的范围内。如果第一操作数原为 00H，则执行该组指令后，结果为 FFH，但不影响任何状态标志。

④ 位条件转移指令　位条件转移指令是以进位标志 CY 或者位地址 bit 的内容作为是否转移的条件，共有 5 条指令。

- 以 CY 内容为条件的双字节双周期转换指令。

JC	rel	; 若(CY)=1，则(PC)←(PC)+2+rel 转移
		; 否则，(PC)←(PC)+2 顺序执行
JNC	rel	; 若(CY)=0，则(PC)←(PC)+2+rel 转移
		; 否则，(PC)←(PC)+2 顺序执行

这两条指令常和比较条件转移指令 CJNE 一起使用，先由 CJNE 指令判别两个操作数是否相等，若相等就顺序执行；若不相等 CJNE 指令依据两个操作数的大小置位或清零 CY。因此可以使用 JC 或 JNC 指令根据 CY 的值决定如何进一步分支，从而形成三分支的控制模式。

- 以位地址内容为条件的三字节双周期转移指令。

JB	bit,	rel	; 若(bit)=1，则(PC)←(PC)+3+rel 转移
			; 否则，(PC)=(PC)+3 顺序执行
JNB	bit,	rel	; 若(bit)=0，则(PC)←(PC)+3+rel 转移
			; 否则，(PC)←(PC)+3 顺序执行
JBC	bit,	rel	; 若(bit)=1，则(PC)←(PC)+3+rel，(bit)←0
			; 否则，(PC)←(PC)+3 顺序执行

上述指令测试直接寻址位，若位变量为 1（第 1、3 条指令）或位变量为 0（第 2 条指令），则程序转向目的地址去执行，否则顺序执行下条指令。

该类指令测试位变量时，不影响任何标志。前两条指令执行后也不影响原位变量值。只有第 3 条指令执行后对该位变量清零，该指令直接寻址位若是某个端口的一位时，具有"读-修改-写"功能。

（4）空操作指令

NOP		; PC←PC+1

这是一条单字节指令。执行时不作任何操作，不影响任何标志，仅将程序计数器 PC 的内容加 1，使 CPU 指向下一条指令继续执行程序。但执行一次该指令需要一个机器周期，所以常在程序中加上几条 NOP 指令用于设计延时程序，拼凑精确延时时间或产生程序等待等。

3.6.2 控制转移类指令应用分析

【例 3-17】 比较下面这两段程序的区别。

```
LJMP        9100H              LCALL     9100H
MOV  A,     #00H               MOV   A,        #00H
…           …                  …              …
```

第一段程序执行到 LJMP 9100H 这条指令后将无条件跳转到 9100H，执行 9100H 单元中的指令。跳转完成后并不一定执行其后续的指令。

第二段程序执行到 LCALL 9100H 这条指令时首先将存放 MOV A,#00H 这条指令的单元地址入栈，然后无条件跳转到 9100H，调用一段子程序。子程序完成返回时单片机将会把上述入栈的地址送入 PC 中，因此子程序完成后将执行 MOV A,#00H 这条指令。

【例 3-18】 阅读下面程序。

```
1000H   MOV  R0, #10H
1002H   SJMP  04H
…
1007H      …
1008H      …
```

计算机在执行 SJMP 04H 指令后，程序计数器 PC 的值。

SJMP 04H 存放在 1002H、1003H 单元中，则执行 SJMP 04H 指令的过程中 PC 的当前值为

1002H+2=1004H

所以执行这条指令后跳转的目标地址为

1004H +rel=1004H+04H=1008H

即执行这条指令后程序计数器 PC 的值为 1008H。因此，计算机将无条件跳转到 1008H 地址执行程序。

【例 3-19】 将外部数据 RAM 的一个数据块传送到内部数据 RAM，两者的首址分别为 DATA1 和 DATA2，遇到传送的数据为零时停止。

外部 RAM 与内部 RAM 的数据传送必须通过累加器 A 作为过渡；是否要继续传送或者传送终止可以利用 JZ 判零条件转移指令来判别。完成数据传送的参考程序如下。

```
         MOV R0,    #DATA1        ;外部数据块首址送 R0
         MOV R1,    #DATA2        ;内部数据块首址送 R1
LOOP:    MOVX   A,    @R0         ;取外部 RAM 数据入 A
HERE:    JZ     HERE              ;数据为零则终止传送
         MOV    @R1,    A         ;数据传送至内部 RAM 单元
         INC    R0                ;修改地址指针，指向下一数据地址
         INC    R1
         SJMP   LOOP              ;循环取数
```

【例 3-20】 当 P1 口输入为 50H 时，才能完成后续的任务。否则一直等待。这样的问题可以采用 CJNE 指令来完成。参考程序如下。

```
         MOV A,    #50H           ;立即数 50H 送 A
WAIT:    CJNE   A, P1, WAIT       ;(P1)≠50H，则等待
         …                        ;(P1)=50H 时执行的任务
```

本 章 小 结

① 本章的内容是关于计算机语言中的汇编语言,首先讲述 MCS-51 单片机支持的七种寻址方式:寄存器寻址、立即数寻址、直接寻址、寄存器间接寻址、变址寻址、相对寻址、位寻址。要注意区分不同寻址方式的区别,特别是要区分寄存器寻址和寄存器间接寻址、直接寻址和立即寻址。每一种寻址方式都有相应的寻址空间:寄存器寻址可以访问工作寄存器 R0~R7、A、B、DPTR;直接寻址可以访问内部 RAM 低 128B 和特殊功能寄存器(SFR);寄存器间接寻址可以访问片内 RAM 低 128B 和片外 RAM 64KB;变址寻址可以访问程序存储器。变址寻址一般用于查表指令中,用来查找存放在程序存储器中的常数表格。

② MCS-51 单片机具有功能强大的指令系统,根据功能可分为:数据传送类指令、算术运算类指令、逻辑运算和移位操作指令、控制转移类指令和位操作指令。

③ 数据传送指令是 51 系统中最活跃的一类指令;控制指令是程序设计结构控制的重要指令,它的特点是修改 PC 的内容,51 单片机也正是通过修改 PC 的内容来控制程序流程的;算术运算指令中,加、减、乘、除指令要影响 PSW 中的标志位 CY、AC、OV。乘、除运算只能通过累加器 A 和 B 寄存器进行;位操作指令又称为布尔操作指令,是单片机布尔处理机的重要组成。

④ LCALL 与 ACALL、LJMP 与 AJMP,它们的转移范围不同,主要表现在指令中出现的目标地址位数,LCALL、LJMP 的操作数给出 16 位目标地址,可以在 64K 存储空间中任意调用或跳转,而 ACALL、AJMP 仅提供目标地址的低 11 位,高 5 位地址不变,因此只能在当前 2K 存储页面内实现跳转。

⑤ 指令的学习是软件设计的基础,对指令的熟悉和掌握,只有通过大量的编程练习,才能实现。

延伸阅读的关键字

　　计算机语言　寻址方式　间接寻址　页面存储管理

你的关键字:

习题与思考题

3-1　简述 80C51 单片机的寻址方式。

3-2　简述 MCS-51 单片机指令系统的特点。

3-3　MCS-51 单片机指令系统中访问外部数据存储器和程序存储器可以用哪些指令来实现?举例说明。

3-4　查指令表,写出下列两条指令的机器码,并比较机器码中操作数排列次序的特点。

```
MOV    5FH, 20H
MOV    5FH, #20H
```

3-5　阅读下面程序,分析这段程序执行后 SP、A、B 中的内容。

```
MOV    SP,  #27H
MOV    A,   #15H
MOV    B,   #40H
PUSH   ACC
PUSH   B
POP    ACC
```

```
        POP     B
```

3-6　设内部 RAM 中 20H 单元的内容为 30H，写出当执行下列程序段后寄存器 A，R0 和内部 RAM 中 20H、51H、52H 单元的内容为何值。

```
        MOV     A，20H
        MOV     R0，A
        MOV     A，#FFH
        MOV     @R0，A
        MOV     A，#25H
        MOV     51H，A
        MOV     52H，#70H
```

3-7　设堆栈指针 SP 中的内容为 60H，内部 RAM 中 30H 和 31H 单元的内容分别为 24H 和 10H，执行下列程序段后，61H、62H、30H、31H、DPTR 及 SP 中的内容将有何变化。

```
        PUSH    30H
        PUSH    31H
        POP     DPL
        POP     DPH
        MOV     30H，#00H
        MOV     31H，#0FFH
```

3-8　设(A)=01010101B，（R5）=10101010B，分别写出执行下述指令后的结果。

```
        ANL     A，R5
        ORL     A，R5
```

3-9　设指令 SJMP rel=7EH，并假设该指令存放在 2114H 和 2115H 单元中。当该条指令执行后，程序将跳转到何地址？

3-10　简述转移指令 AJMP addr11，SJMP rel，LJMP addr16 及 JMP @A+DPTR 的应用特点。

3-11　RET 与 RETI 指令各有什么作用？它们的区别在哪里？

3-12　试阅读下面的程序，指出该程序结束后累加器 ACC 和寄存器 TH0 的值，并说明该程序完成了怎样的功能。

```
        ORG     2000H
        MOV     SP，     #60H
        MOV     A，      #10H
        MOV     TH0，    #20H
        PUSH    ACC
        PUSH    TH0
        POP     ACC
        POP     TH0
        END
```

3-13　已知（R0）=4BH，(A)=84H，片内 RAM（4BH）=7FH，（40）=20H，阅读并分析程序。

```
        MOV     A，      @R0
        MOV     @R0，    40H
        MOV     40H，    A
        MOV     R0，     #35H
```

问执行程序后，R0=＿＿＿＿　A=＿＿＿＿＿　4BH=＿＿＿＿＿　40H=＿＿＿＿。

第4章 汇编语言程序设计

内容提要
① 单片机汇编语言程序设计的基本概念；
② 伪指令的格式、功能和使用方法；
③ 掌握顺序结构、分支结构和循环结构程序设计的方法；（重点）
④ 掌握常用汇编语言程序设计步骤和方法；（重点）
⑤ 学习常用功能子程序。

学习难点
① 伪指令的应用；
② 单片机汇编语言程序的三种基本结构形式；
③ 子程序设计方法；
④ 功能子程序设计。

4.1 汇编语言程序设计概述

程序设计就是按照给定的任务要求，编写出完整的计算机程序。要完成同样的任务，使用的方法或程序并不是唯一的。因此，程序设计的质量将直接影响到计算机系统的工作效率、运行可靠性。

学习计算机的工作原理、开发底层软件都需要了解汇编语言程序设计。用汇编语言设计的程序称为汇编语言源程序，它是汇编语言指令的有序集合。汇编语言程序设计的基础是对应的汇编语言指令集，同时还与硬件组成、系统功能等密切相关。因此对设计者有较高的要求，需要设计者全面了解和掌握应用系统的功能要求、硬件结构、指令系统以及有关的算法等。

本章重点介绍汇编语言程序结构以及如何利用汇编语言指令进行程序设计的方法。

4.1.1 设计汇编语言程序的方法

（1）汇编语言程序设计步骤

经过对具体的单片机应用系统分析，在进行了总体方案论证、硬件组成设计基本定型的基础上，即可着手应用软件系统的设计。使用汇编语言设计一个程序大致上可分为以下几个步骤。

① 分析任务，明确要求 解决问题之前，首先要明确所要解决的问题和要达到的目的、技术指标等，对于有些被控系统，还需要构造数学模型，以期得到最优控制方案。

② 确定算法 即解决问题、实现某一功能的具体方法；根据实际问题的要求、给出的条件及特点，找出规律性，最后确定所采用的计算公式和计算方法，这就是一般所说的算法；任何一个实际功能性的问题，总可以转化成由计算机进行处理和实现的问题，这是一个抽象化的过程，算法是进行程序设计的依据，它决定着程序的正确性和程序指令的运用。

③ 绘制程序流程图 用图解来描述和说明解题步骤。程序流程图是解题步骤及其算法进一步具体化，是程序设计的重要依据，它直观清晰地体现了程序的设计思路；通过流程图，将问题的解决固定化、准确化，使得对问题及解决方案的描述科学化。流程图是用预先约定的各种

图形、流程线及必要的文字符号构成的，用以表示数据处理的步骤、描述逻辑控制结构以及数据流程的示意图，标准的流程图符号如图 4-1 所示。绘制梯形图时，首先画出简单的功能流程图粗框图再对功能流程图进行扩充和具体化 即对存储器、标志位等单元做具体的分配和说明，然后把功能图上的每一个粗框图转化为具体的存储器或地址单元，从而绘制出详细的程序流程图，即细框图。

④ 地址分配　分配内存工作单元，确定程序与数据区的存放地址。

⑤ 编写源程序　根据总体设计要求，按照流程图设计的程序结构、算法、流向，选择合适的指令，对流程图中每一框内的要求，编制出一个有序的指令流，这个工作就

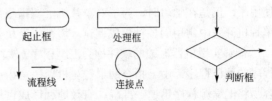

图 4-1　常用的流程图符号

是编程，得到的程序称为应用系统源程序；汇编编程技巧性强，需要大量的实践、总结丰富的功能子程序，这是一个实践积累的过程。

⑥ 程序优化　程序优化的目的在于缩短程序的长度，加快运算速度和节省存储单元。如恰当地使用循环程序和子程序结构，通过改进算法和正确使用指令来节省工作单元及减少程序执行的时间。

⑦ 上机调试、修改和最后确定源程序　只有通过上机调试并得出正确结果的程序，才能认为是正确的程序。对于单片机来说，没有自开发的功能，需要使用仿真器或利用仿真软件进行仿真调试，修改源程序中的错误，直至正确为止。

⑧ 编写程序说明文件　程序说明文件是对程序设计工作总结和说明的技术文件，是系统正确使用，日后的维护、扩展必不可少的文件，主要内容有程序设计任务书、流程图、系统资源分配表、程序清单及注释、调试记录等。

（2）汇编语言程序评价标准

设计汇编语言程序，在完成系统要求的设计功能之后，可以从以下几个方面来评价其设计质量的优劣。

① 程序执行时间　程序执行时间短，响应及时，则系统的实时性好。

② 存储器占用量　尽量少的占用程序存储器，指令精简，算法逻辑精简，这样既可以提高执行速度和效率，又可以避免不必要的存储器扩展设计。

③ 逻辑性与可读性　程序层次清晰，逻辑性强，同时在变量、标号的命名和使用上，在注释的运用上，增加可读性，便于分析、扩展、移植。

④ 可扩展性　结构化程序设计，对不同功能进行相应的封装，采用子程序完成功能模块，增强程序的适应性。

⑤ 可靠性　系统设计考虑周全，并进行必要的抗干扰设计，提高运行可靠性。

（3）汇编源程序的汇编与调试

用符号来表示指令和地址的语言就称作符号语言，又称作汇编语言。与机器语言一样，它也是一种面向机器的语言，是人们为了容易辨认、阅读和记忆，对机器语言进行了符号化的替代，汇编语言中还引入了符号地址和标号等增强程序的可读性。由于计算机只能识别二进制代码的指令，即机器语言程序，那么采用 MCS-51 指令集所编写的汇编语言源程序，还必须经过从汇编源程序到机器语言目标程序的"翻译"，才能被单片机运行，这种翻译的过程被称为汇编。

完成汇编工作有两种途径：人工汇编、机器汇编。

① 人工汇编　对于量小、简单的程序，程序员可以经过查指令系统表，将汇编源程序逐条

翻译成机器代码，完成手工汇编，再从单片机开发装置的键盘上输入目标程序进行调试、运行，这种人工方式繁琐且易出错，翻译中要求一丝不苟，认真细致。

② 机器汇编　对于量大、较复杂的程序，翻译过程可采用第三方的计算机系统软件汇编程序完成并生成目标代码，即机器汇编，再由下载写入系统或手工录入的方式将目标程序送入单片机。机器汇编的优点在于准确、快速，不会出偶然性错误。实际使用中人工汇编几乎不再被使用了，仅是在学习时，为了对单片机汇编指令系统有更好的了解，才有必要了解它，目前在单片机开发中常用的各种集成调试环境都支持机器汇编，使用非常方便。

能够实现机器汇编的软件称为汇编程序（软件）。汇编程序是将汇编源程序转变为相应目标程序的翻译程序。由于指令助记符与机器语言指令是一一对应的等价关系，所以汇编程序能很容易将汇编源程序迅速、准确、有效地翻译成目标程序。正因为这一对应关系，亦可以将目标程序变回汇编语言程序，这就是反汇编。

一个汇编源程序从录入到调试的过程可以分为三大步。

① 编辑源程序　可以使用任意的 ASCII 文件编辑软件建立，内容符合汇编语言规范并能实现设计任务要求的功能，一般要求扩展名为 ASM 或 A51。

② 汇编　这是编译过程，将汇编程序翻译成机器码，生成 HEX 文件；机器汇编软件都可以在汇编的同时指出存在的语法、逻辑错误，用户根据提示修正源程序中的此类错误。

③ 调试程序　当汇编无误后，即可进入调试阶段，对程序进行功能性调试；调试工作一般借助开发系统进行仿真调试。

以上三步操作在应用软件中已经被集成在一个环境下，这就是所谓的集成调试环境（Integrated Develop Environment，IDE），如附录 C 中介绍的 Keil 软件包的集成调试环境 μVision2。一个软件编写好即能运行成功的可能性是非常小的，必须对程序进行严格、全面的调试和验证，所以以上 3 步是要不断重复进行的。

（4）使用汇编语言的意义

① 高级语言的编译程序大多是用汇编语言编写。

② 汇编语言的运行效率高，提高了计算机的效率，这在实时控制应用中特别重要。

③ 对专用程序、重复使用频率高的程序应该用汇编语言编写，更加有利于提高效率。

④ 采用汇编语言可以充分发挥机器的专有特性。

⑤ 硬件成本低和软件投资少。

⑥ 搞通汇编语言，有助于理解和评价高级语言。

4.1.2　伪指令

MCS-51 单片机的 111 条汇编指令中，未涉及到变量、常量和数组的定义，也未涉及到存储空间分配的定义，为了解决这些与汇编有关的问题，MCS-51 单片机提供了伪指令。伪指令用来向汇编程序提供有关如何完成汇编的控制命令信息，一旦汇编结束，伪指令的使命就完成，因此伪指令不是真正的指令，没有对应的机器码，在汇编时不产生供 CPU 直接执行的机器码（即目标程序）。不同的汇编软件，伪指令的符号和含义可能有所不同，但其中一些常用的伪指令是相同或相近的，Intel MCS-51 汇编程序最常用的伪指令有以下几条。

（1）汇编起始伪指令：ORG（Origin）

　　　　形式：　　ORG　　Addr16

　　　　作用：指明此语句后面的程序或数据块存放区的首地址。

　　　　在一个程序中可以根据情况多次使用。它放在一段源程序（主程序、子程序）或数据块的前面，Addr16 是 16 位的地址值，指出在该伪指令后的程序段或数据块的汇编地址，即生成的机器指令起始存储器存放地址。

如	ORG	2000H	首地址为 2000H
	ORG	100	首地址为 0064H
	ORG	BEGIN	在使用前要给 BEGIN 赋值

（2）字节定义：DB（Define Byte）

形式：   [标号：]   DB   字节数据表

作用：把字节数据表中的数值或字符的 ASCII 码存入从标号开始的连续存储单元中。

字节数据表中数据为单字节数据，也可以为一个表达式，或用逗号分开的字节串，也可以为是引号内字符串的 ASCII 码。

如	ORG	1800H	
FIRST：	DB	56H，0A3H	;（1800H）=56H、（1801H）=0A3H
WORD：	DB	−3，5*2	;（1802H）=FDH、（1803H）=0AH
STR：	DB	'TIME'	; TIME 的 ASCII 码 54H、49H、4DH 和 45H 存放
			; 在 1804H、1805H、1806H 和 1807H 单元中

（3）字定义：DW（Define Word））

形式：   [标号：] DW   字数据表

作用：把 16 位数表字数据表中的数值或字符的 ASCII 码存入从标号开始的连续存储单元中，主要用于定义地址。

一个 16 位数要占两个单元的存储器，其中高 8 位存入低地址单元，低 8 位存入高地址单元。

如	ORG	2000H	
ADDR：	DW	56A3H	; 56H、A3H 分别存放在 2000H 和 2001H 单元
	DW	'AB'	; 41H、42H 分别存放在 2002H 和 2003H 单元
又如	ORG	1000H	
TAB：	DW	1234H，0ABH，10	

汇编后，（1000H）= 12H、（1001H）= 34H，（1002H）= 00H、（1003H）= ABH，（1004H）= 00H、（1005H）= 0AH。

DB、DW 伪指令都只对程序存储器起作用，不能用来对数据存储器的内容进行赋值或进行其他初始化的工作。

（4）存储空间定义：DS（Define Storage）

形式：   [标号：]   DS   表达式

作用：由标号所指定的地址单元开始，保留表达式值个存储单元作为备用的空间，以供源程序在运行中使用。

如	ORG	1000H	
BUF：	DS	50	; 从 1000H 开始，预留 50 个(1000H~1031H)存储字节
TAB：	DB	22H	; 22H 存放在 1032H 单元

（5）符号定义：EQU（Equate）

形式：符号名   EQU   表达符号

作用：将表达式的值或特定的某个汇编符号定义为一个指定的符号名，赋值后在程序中不能改变。

只能定义单字节数据，并且必须遵循先定义后使用的原则，因此该语句通常放在源程序的开头部分。表达符号可以是变量、其他符号名、表达式。

如　FIRST　EQU　20H　　　　；给符号地址赋值为 20H

　　FIRST　EQU　SECOND　；SECOND 与 FIRST 等值，可在使用中互换

（6）位定义：BIT

形式：　字符名　BIT　　位地址

作用：给字符名赋以 8 位位地址，有助于位地址符号化。该地址可以是直接地址，也可以是符号地址或位名。

如　FLG　BIT　PSW.5　；用户标志位 F0 定义为 FLG

　　ST_B　BIT　02H　　；位寻址空间 02H 定义为 ST_B

（7）汇编结束伪指令：END

形式：　[标号：]　END　表达式

作用：结束汇编，汇编程序遇到 END 伪指令后即结束汇编，处于 END 之后的程序，汇编程序不予以处理。若没有 END 语句，汇编将报错。

如：　　ORG　　2000H

START：MOV　A，　　　# 00H

　　　　…

　　　　END　　START　　　　　；表示标号 START 开始的程序段结束

（8）数据赋值伪指令：DATA

格式：　符号名　DATA　表达式

作用：将表达式的值赋给指定的符号名。

只能定义单字节数据，但可以先使用后定义，因此用它定义数据可以放在程序末尾进行数据定义。

如　　PORT0　DATA　80H　　；符号名 PORT0 定义为 80H

　　　MOV　A，　　　#LEN

　　　…

　　　LEN　DATA　10

尽管 LEN 的引用在定义之前，但汇编语言系统仍可以知道 A 的值是 0AH。

DATA 伪指令与 EQU 比较类似，但有些差别。

① 用 DATA 定义的标识符可以先使用后定义，而 EQU 定义的必须先定义后使用。

② 用 EQU 可以把一个汇编符号赋给字符名，而 DATA 只能把数据赋给字符名。

③ DATA 可以把一个可求值表达式赋给字符名。

4.1.3　汇编语言程序的结构

（1）程序设计的基本结构

用汇编语言进行程序设计的方法和用高级语言进行程序设计相类似。程序的设计、编写和测试都采用一种规定的组织形式进行，这样可使编制的程序结构清晰，易于读懂，易于调试和修改。按照结构性质，程序设计有结构化程序设计与非结构化程序设计之分。相对大型应用系统，单片机应用软件结构要简单一些，并且更关心运行效率，顾及存储容量等问题，因此设计中主要采用结构化程序设计方法。

如图 4-2 所示，结构化程序由 3 种基本结构程序构成：顺序结构、分支(条件选择)结构和循环结构。每一个结构只有一个入口和一个出口，3 种结构的任意组合和嵌套就构成了结构化的程序。

① 顺序结构　顺序结构是按照语句实现的先后次序执行一系列的操作，它没有分支、循环

和转移，直到全部指令执行完毕为止。

② 分支结构（选择结构） 分支结构根据不同情况做出判断和选择，以便执行不同的程序段。分支的意思是在两个或多个不同的操作中选择其中的一个。分为双分支结构和多分支结构。

③ 循环结构 循环结构是重复执行一系列操作，直到某个条件出现为止。循环实际上是分支结构的一种扩展，循环是否继续是依靠条件判断语句来完成的。循环结构又可以分为当型循环和直到型循环，见图 4-2（c、d）。

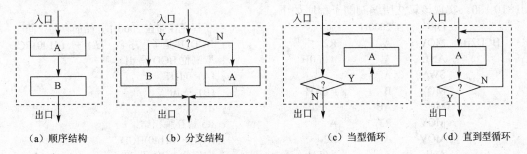

（a）顺序结构   （b）分支结构   （c）当型循环   （d）直到型循环

图 4-2 程序 3 种基本结构

由以上 3 种基本结构顺序组成的算法结构，可以解决任何复杂的问题。由基本结构所构成的算法属于结构化的算法。虽然在 3 种基本结构的操作框 A 或 B 中，可能是一些简单操作，也可能还嵌套另一个基本结构，但是不存在无规律的转移，只在该基本结构内才存在分支和向前或向后的跳转。

（2）总体结构

一个完整的单片机程序由多个功能模块组成，包括 3 种类型：主程序、功能子程序、中断子程序。

主程序是应用程序的骨架，负责整个软件体系的监控、组织、协同等，始终周而复始地不停运行，集中调度各个功能子模块，所以"死循环"是主程序的一个特点。主程序一般由顺序结构构成，首先执行的是硬件、软件资源的初始化，随后进入到各功能模块的管理、调度"死循环"中，这些功能模块常以子程序的形式被主程序循环查询，条件满足则被调用执行。

功能子程序是一种能完成某一特定任务的程序段。由于程序设计中，常会遇到一些通用问题，使得在很多地方要执行同样的任务，而程序并不规则，不能使用循环结构来实现，这时就可以设计通用子程序。编制子程序更符合结构化要求，并能提高代码使用率，节省程序存储空间。子程序可以被主程序和其他子程序调用，它的资源要为所有调用程序共享，因此，子程序在结构上具有独立性和通用性，

中断服务子程序是计算机系统为中断事件设计的服务代码，解决当发生中断事件时应当进行的处理任务，它是一类特殊的子程序，根据中断条件由 CPU 硬件来调用。

4.2 顺序程序设计

顺序结构程序是一种最简单、最基本的程序（也称为简单程序），它是一种无分支的直线形程序，按照程序编写的顺序依次执行。顺序结构的程序一般用来处理比较简单的算术或逻辑问题，如某一个需要解决的问题可以分解成若干个简单的操作步骤，并且可以由这些操作按一定的顺序，构成一种解决问题的算法。顺序结构的执行过程是按照程序存储器 PC 自动加 1 的顺序

执行，主要用数据传递类指令和数据运算类指令来实现。顺序结构程序往往是分支程序和循环程序的组成部分。

【例 4-1】 设计将单字节压缩 BCD 码转换成二进制码的子程序。

一个字节有 8 位，可以用来存放两个 BCD 码数据，这就是 BCD 压缩码。以 R2 为入口、出口，设两个 BCD 码 d1d0 表示的两位十进制数通过 R2 传入 BCD2B 子程序，R2 高 4 位存十位数据 d1，R2 低 4 位存个位数据 d0，那么要把其转换成纯二进制码的算法为：（d1d0）BCD = d1×10 +d0。实现该算法所编制的子程序如下。

```
        ORG     2000H                   ; 子程序存储在 2000H 开始的存储空间
BCD2B:  MOV     A,      R2              ; BCD2B 是子程序名，(A) ← (d1d0)BCD
        ANL     A,      # 0F0H          ; 取高位 BCD 码 d1
        SWAP    A                       ; (A)=0d1H
        MOV     B,      # 0AH           ; (B) ←10
        MUL     AB                      ; d1×10
        MOV     R3,     A               ; R3 暂存乘积结果
        MOV     A,      R2              ; (A) ← (d1d0)BCD
        ANL     A,      # 0FH           ; 取低位 BCD 码 d0
        ADD     A,      R3              ; d1×10+d0
        MOV     R2,     A               ; 保存转换结果，通过 R2 传出
        RET                             ; 子程序返回
```

思考： 一个 8 位二进制数怎样转换为压缩 BCD 码？需要几个字节存储？

【例 4-2】 设计双字节加法子程序。

参数存放：被加数的高字节放在 30H 中，低字节放在 31H 中；加数的高字节放在 32H，低字节放在 33H 中。加法结果的高字节放在 34H 中，低字节放在 35H 中。

MCS-51 指令系统中的加法指令有两个，都是对字节对象操作，所以双字节，乃至多字节加法运算应该首先从最低 8 位开始相加，然后依次按 8 位逐级考虑高位字节，同时考虑进位的状态。

```
        ORG     1000H
ADD2B:  CLR     C                       ; CY 复位，准备最低 8 位相加
        MOV     A,      31H             ; 取被加数的低字节
        ADD     A,      33H             ; 低字节加
        MOV     35H,    A               ; 保存和数低字节于 35H 单元
        MOV     A,      30H             ; 取被加数的高字节
        ADDC    A,      32H             ; 高字节加
        MOV     34H,    A               ; 保存和数高字节于 34H 单元
        RET
```

思考： 如果是多字节相加，还有什么更好的算法来解决吗？

【例 4-3】 编写给定 16 位二进制数求补码的程序。

二进制数求补码的算法是"变反加 1"，求反可用 CPL 指令实现；加 1 时应注意，加 1 只能加在低 8 位的最低位上。因为现在是 16 位数，有两个字节，因此要考虑进位问题，即低 8 位取反加 1，高 8 位取反后应加上低 8 位加 1 时可能产生的进位，还要注意这里的加 1 不能用 INC 指令，因为 INC 指令不影响 CY 标志。完整程序如下。

```
        ORG     0000H
        LJMP    MAIN
        ORG     0030H
MAIN:   CLR     C                       ; CY 复位，准备最低 8 位相加
        MOV     A,      R0              ; 低 8 位送 A
```

```
        CPL     A                       ;取反
        ADD     A,      #01H            ;加1
        MOV     R2,     A               ;存结果
        MOV     A,      R1              ;高8位送A
        CPL     A                       ;取反
        ADDC    A,      #00H            ;加进位
        MOV     R3,     A               ;存结果
HERE:   SJMP    HERE                    ;原地等待，也可以用$代替标号HERE
        END
```

4.3 分支程序设计

顺序结构程序设计是最基本的程序设计技术。在很多实际问题中，需要根据不同的情况进行不同的处理。这种思想体现在程序设计中，就是根据变量的不同条件而转到不同的程序段去执行，这就构成了分支程序，也称为选择程序。分支结构就是利用条件转移指令，使程序在执行某一指令后，根据所给的条件是否满足来改变程序的流向。分支程序的结构有两种，如图 4-3 所示。

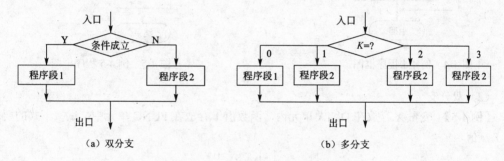

图 4-3 分支程序结构类型

图 4-3（a）双分支结构，使用条件转移指令来实现分支，当给出的条件成立时，执行程序段 A，否则执行程序段 B，如果只有一个分支有程序段，这种结构就称为单分支结构。

图 4-3（b）多分支结构，使用散转指令 JMP 来实现多分支转移，它首先将分支程序按序号的值来实现分支转移。

分支程序的特点是改变程序的执行顺序，跳过一些指令，去执行另外一些指令。应注意：对每一个分支都要单独编写一段程序，每一分支的开始地址赋给一个标号。

在编写分支程序时，关键是如何判断分支的条件。在 MCS-51 系列单片机中可以直接用来判断分支条件的指令并不多，只有累加器为零（或不为零）、比较条件转移指令 CJNE 等，MCS-51 单片机还提供了位条件转移指令，如 JC，JB 等。把这些指令结合在一起使用，就可以完成各种各样的条件判断。分支程序设计的技巧，就在于正确而巧妙地使用这些指令。

（1）单分支

【例 4-4】 编写求单字节有符号数的二进制补码。

在例 4-3 中，要求对给定的数不加分析的"变反加 1"，而本例则不同，题意要求对有符号数求补码，根据补码知识，首先必须判断这个单字节数是不是负数，再做处理。程序框图如图 4-4 所示，程序如下。

```
          ORG     1000H
CMPT:     JNB     ACC.7,   RETURN      ;（A）>0，不需转换
          MOV     C,       ACC.7       ;符号位保存
          CPL     A                    ;（A）求反，加1
          ADD     A,       #1          ;
          MOV     ACC.7,   C           ;存符号位
RETURN:   RET
```

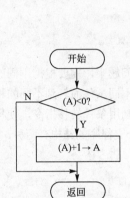

图 4-4　例 4-4 程序框图

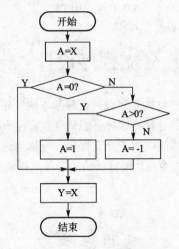

图 4-5　例 4-5 程序框图

（2）双分支

【例 4-5】　变量 X 存放在 DATA 单元内，函数值 Y 存放在 FUNC 单元中，试按下式的要求给 Y 赋值。

$$Y=\begin{cases} 1, & X>0 \\ 0, & X=0 \\ -1, & X<0 \end{cases}$$

取出 X 后先做取值范围的判断，用累加器 A 状态转移指令判断 X 是否为 0，用位状态转移指令判断 X 是大于 0 还是小于 0。程序流程图如图 4-5 所示。

```
          ORG     0000H
BR:       MOVA,   DATA                 ;取出 X 送 A
          JZ      COMP                 ;若 X=0 则转移到 COMP
          JNB     ACC.7,   POSI        ;若 X>0 则转移到 POSI
          MOV     A,       #0FFH       ;若 X<0 则 A=-1
          SJMP    COMP                 ;转分支结构出口
POSI:     MOV     A,       #01H        ;X>0 时 A=1
COMP:     MOV     FUNC,    A           ;存函数 Y 值
          SJMP    $
          END
```

（3）多分支

多分支常应用于散转程序。它是根据某种输入或运算结果，分别转向各个处理程序。 在 MCS-51 单片机中，散转指令为 JMP @A+DPTR，它按照程序运行时决定的地址执行间接转移指令。

【例 4-6】　在累加器 A 中存放一个 0～7 的数据，由该数据控制程序转向 8 个子程序中的一个。

```
            ORG     1000H
START:  ANL     A,          # 07H              ; 屏蔽高 5 位
        MOV     B,          # 3                ; LJMP 为 3 字节
        MUL     AB
        MOV     DPTR,       # BRNH
        JMP     @A+DPTR
BRNH:   LJMP    PROC1                          ; PROC1 是第一子程序名
        LJMP    PROC2
        LJMP    PROC3
        LJMP    PROC4
        LJMP    PROC5
        LJMP    PROC6
        LJMP    PROC7
        LJMP    PROC8
```

4.4　循环程序设计

在解决实际问题时，往往会遇到同样的一组操作需要重复多次的情况，这时应采用循环结构，以简化程序，缩短程序的长度及节省存储空间。循环结构实际上也是一种分支程序结构，所不同的是分支结构的分支都是向下转移，而循环结构则有一个分支是向上转移，重复执行某一循环体。使用循环程序进行设计的优点是可以大大缩短程序长度，使程序所占的存储单元数量少，使程序结构紧凑和可读性变好。在单片机的程序设计中，循环程序是最常用的程序结构形式。

循环程序一般由 4 部分组成。

① 循环初始化　用于完成循环前的准备工作，如循环控制计数初值的设置、地址指针的起始地址的设置、为变量预置初值等。

② 循环处理　循环程序结构的核心部分，完成实际的处理工作，是需反复循环执行的部分，故又称循环体。

③ 循环控制　在重复执行循环体的过程中，不断修改循环控制变量，直到符合结束条件，就结束循环程序的执行。循环结束控制方法分为循环计数控制法和条件控制法。

④ 循环结束　对循环程序执行的结果进行分析、处理和存放。

一般第一部分和第四部分只执行一次，而第二部分和第三部分则需要重复执行多次，所以第二和第三部分程序的质量对整个程序有决定性影响，为提高整个程序的执行速度，就应着重减少第二和第三部分程序段的执行时间。

如果在循环程序的循环体中不再包含循环程序，即为单重循环程序。如果在循环体中还包含有循环程序，那么这种现象就称为循环嵌套，这样的程序就称为二重循环程序或三重以至多重循环程序。在多重循环程序中，只允许外重循环嵌套内重循环程序，而不允许循环体互相交叉，也不允许从循环程序外部跳入循环程序内部。

汇编语言程序设计中典型的循环程序类型有两种：计数循环和条件循环，分别相当于高级语言中的循环语句 Repeat-Until 和 While-Do。

图 4-6（a）结构是计数循环类型，适用于循环次数已知的情况。特点是"先执行后判断"，一进入循环，先执行循环处理部分，然后根据循环次数判断是否结束循环。

图 4-6（b）结构是条件循环类型，适用于循环次数未知的情况。其特点是"先判断后执行"，将循环控制部分放在循环的入口处，先根据循环控制条件判断是否结束循环，若不结束，则执

行循环操作；若结束，则退出循环。

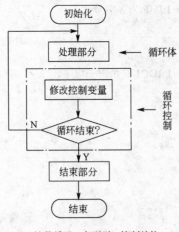
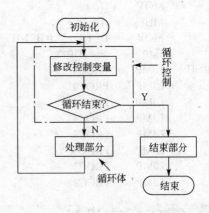

（a）计数循环（直到型）控制结构　　　（b）条件循环（当型）控制结构

图 4-6　循环程序结构类型

（1）计数循环

MCS-51 的指令系统提供了功能极强的计数循环控制指令：DJNZ，特点是"减 1 计数，回 0 结束"。

【例 4-7】　单重循环设计：对一块 32 个单元的数据缓冲区（30H～4FH）清零。

这是对片内 RAM 低 128 个字节中用户 RAM 的操作，为了使用循环，考虑用指针指向待访问的 RAM，通过修改指针并循环 32 次来逐一清零目标区域。子程序如下。

```
        ORG     1000H
CLRBUF: MOV     R0,     #30H        ;指针初始化，指向首地址
        MOV     R7,     #20H        ;置循环变量
        CLR     A
LOOP:   MOV     @R0,    A
        INC     R0
        DJNZ    R7,     LOOP
        RET
```

【例 4-8】　多重循环设计：50ms 软件延时子程序。

每条指令的执行都是以机器周期为单位的，当软件系统需要延时的时候，最简单的方法就是使用软件延时。假设使用 12MHz 的晶振，则一个机器周期为 1μs，DJNZ 指令周期为 2μs，可以利用 CPU 执行时间进行延时。50ms 软件延时子程序如下。

```
        ORG     1000H
DELAY:  MOV     R7,     #200        ;1μs，外循环变量初值，设定 200 次
DEL_1:  MOV     R6,     #123        ;1μs，内循环变量初值，设定 123 次
        NOP                         ;1μs，增加内循环执行时间
DEL_2:  DJNZ    R6,     DEL_2       ;2μs，内循环变量修改，判断，内循环体
        DJNZ    R7,     DEL_1       ;2μs，外循环变量修改，判断，
        RET
```

执行时间计算：[（123×2+1+1）+2]×200+1=250×200μs+1=50.001ms

当需要更长时间的软件延时时，可以通过再增加嵌套来实现。

（2）条件循环

【例 4-9】 设计一个数据传送子程序，在代码段中，以 CSTR 单元开始连续存放一个以 NULL（ASCII 码 0）为结束标志的字符串，将其传送到以 STR 开始的内部 RAM 中。

```
            ORG     1000H
STR         EQU     30H
MCSTR:  MOV     R0,     # STR
            MOV     DPTR,   # CSTR
MCSTR1: CLR     A
            MOVC    A,      @A+DPTR
            JZ      MCSTR2
            MOV     @R0,    A               ; 内部 RAM
            INC     R0
            INC     DPTR
            SJMP    MCSTR1
MCSTR2: RET
CSTR:   DB      'HELLO', 0
```

下面来介绍一个单片机学习必做的实验程序——走马灯。通过对这个程序及其各种变形延伸的练习，学习单片机的结构、指令，掌握编程、调试等的基本方法。

【例 4-10】 在如图 4-7 所示单片机控制的双向走马灯系统中，设计程序控制 P2 口连接的 8 只 LED 轮流点亮，要求当 P1.0=1 时，从 P2.7 到 P2.0 依次点亮 LED（右移动）；当 P1.0=0 时，则按相反方向移动。

完整程序如下。

```
SW          BIT     P1.0                    ; 循环条件位定义
            ORG     0000H
            LJMP    START
            ORG     0030H
START:  MOV     R1,     # 8
            MOV     C,      SW
            JC      RIGHT
LEFT:   MOV     A,      # 7FH               ; 左移初值，点亮 D2
LOOP1:  MOV     P2,     A
            ACALL   DELAY
            RL      A
            MOV     C,      SW
            JC      START
            DJNZ    R1,     LOOP1
            SJMP    NEXT
RIGHT:  MOV     A,      # 0FEH              ; 移初值，点亮 D9
LOOP2:  MOV     P2,     A
            ACALL   DELAY
            RR      A
            MOV     C,      SW
            JNC     START
            DJNZ    R1,     LOOP2
NEXT:   SJMP    START
DELAY:  ...                                 ; 软件延时程序参考例 4-8
            END
```

以图 4-7 的电路为基础，可以变化出不同的练习内容，请读者逐渐增加控制要求，进行更复杂软硬件情况下的仿真调试练习。

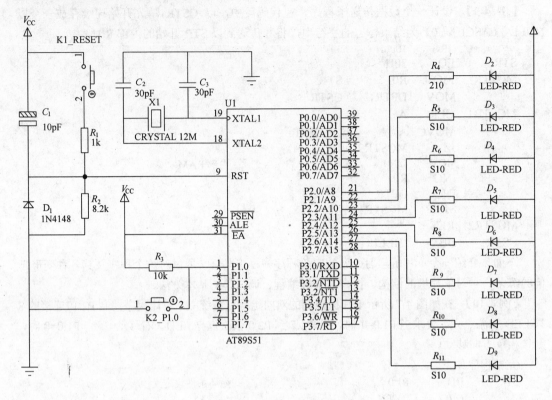

图 4-7 双向走马灯控制原理图

4.5 子程序设计

在用汇编语言编程时，应考虑恰当地使用子程序，使整个程序的结构清楚，便于阅读和理解。使用子程序还可以减少源程序和目标程序的长度。在多次调用同样的程序段时，采用子程序设计，就不必每次重复书写同样的指令序列了。当然从程序的执行来看，每调用一次子程序，都要附加保护断点、进栈和出栈等操作，增加程序的执行时间。但一般来说，付出这些代价总是值得的。

（1）子程序概念

在一个较长的程序中，如果有若干多次重复出现的指令组，虽然可能其中有些操作数或操作地址不同，但是可以把程序中经常使用的、重复的指令组设计成可供其他程序使用的独立程序段，这样的程序段就称为子程序，或被调用程序。使用这种子程序的程序就称为其主程序，或调用程序。

（2）使用子程序需要解决的问题

① 主程序怎样调用子程序　汇编语言提供 LCALL、ACALL 两条指令，保存当前 PC 值，即保存断点，并转向被调用子程序入口地址。

② 主程序怎样把必要的数据信息传送给子程序，子程序又如何回送信息给主程序　这就是参数传递问题，在汇编程序设计中，参数传递一般可采用以下方法。

● 传递数据：将数据通过工作寄存器 R0～R7 或累加器来传送。即主程序和子程序在交接处，上述寄存器和累加器存储的是同一参数。

●　传送地址：数据存放在数据寄存器中，参数传递时只通过 R0、R1、DPTR 传递数据所存放的地址。

●　通过堆栈传递参数：在调用之前，先把要传送的参数压入堆栈，进入子程序之后，再将压入堆栈的参数弹出到工作寄存器或者其他内存单元。

通过位地址传送参数：位地址都可以被直接访问，子程序使用位地址来传递位信息。

即解决方法就是在进入子程序时，将需要保护的数据推入堆栈，而空出这些数据所占用的工作单元，供在子程序中使用。在返回调用程序之前，则将推入堆栈的数据弹出到原有的工作单元，恢复其原来的状态，使调用程序可以继续往下执行。由于堆栈操作是"先入后出"，因此，先压入堆栈的参数应该后弹出，才能保证恢复原来的状态。

③　子程序中保护和恢复主程序现场问题

在进入汇编子程序时，对于那些不需要进行传递的参数，包括内存单元的内容、工作寄存器的内容，以及各个标志的状态等，都不应因调用子程序而改变。因此，凡是可能被子程序改变的主程序数据内容，都需要保护。主程序转入子程序后，保护主程序的信息不会在运行子程序时丢失的过程称为保护现场。从子程序返回时，将保存在堆栈中的主程序的信息还原的过程称为恢复现场。现场的保护与恢复应视具体情况而定。保护现场通常在进入子程序的开始时，由堆栈完成。如

```
PUSH  PSW
PUSH  ACC
…
```

恢复现场通常在从子程序返回之前将堆栈中保存的内容弹回各自的寄存器。如

```
…
POP   ACC
POP   PSW
```

④　子程序执行完后如何正确返回主程序

RET 指令恢复调用时保护的 PC 值，即恢复断点，以保证正确返回主程序继续执行。

（3）子程序结构

①　必须具有标号首地址，即要给所编写的子程序起个名字。

②　根据需要设置入口参数和出口参数。

③　根据需要用堆栈操作保护和恢复现场。

④　子程序的结尾必须是一条返回主程序指令 RET。

（4）子程序嵌套

主程序与子程序的概念是相对的。一个子程序是可以多次被调用的，而结构不会被破坏。在子程序中也可以调用其他子程序，如果子程序执行的过程中，还要再次调用其他的子程序，这种现象就称为多重转子或子程序嵌套，子程序嵌套示意图见图 4-8。

（5）编写子程序时应注意的问题

①　简要说明子程序的功能、入口参数、出口参数、占用资源。

②　子程序的第一条指令必须有标号，以明确子程序的入口地址。

③　主程序调用子程序用 LCALL、ACALL 指令进行，返回使用 RET。

④　为增强子程序的通用性，应尽量避免使用具体的内存单元。

⑤　在子程序的内部有转移指令时，最好使用相对转移指令。

⑥ 在使用子程序时，要注意现场的保护，在退出时要恢复现场。

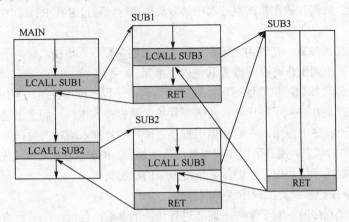

图 4-8 子程序嵌套示意图

（6）子程序库

把一些常用的标准子程序驻留在 ROM 或外存中，构成子程序库供用户调用。丰富的子程序会给用户带来极大的方便，这就相当于积木，用这些积木模块可以组合成各种不同的程序，完成各种不同的功能。子程序越多，使用就越方便，编程就越省时间。在使用这些子程序时，只要用一条调用指令就行了。本章的许多例题都是以子程序的形式出现的，在许多书籍、网站中都可以获得大量的功能子程序，资源非常丰富，这就是 MCS-51 流行的主要原因之一。

【例 4-11】将 HEX 单元存放的两个十六进制数分别转换成 ASCII 码，并存入 ASC 和 ASC+ 1 单元。

这是个十六进制转 ASCII 码的码制转换子程序，这里将用到的转换方法是查表法。由于伪指令 DB 在汇编后，使字节以 ASCII 码形式存放，所以采用查表子程序的方式来实现十六进制数到 ASCII 码的转换。

程序名称：HASC

参数传递：堆栈

完整程序如下。

```
        ORG    0000H
        LJMP   MAIN
        ORG    0030H
MAIN:   PUSH   HEX              ; 保护源数据
        ACALL  HASC             ; 调查表转换子程序
        POP    ASC              ; 低 4 位转换值保存
        MOV    A,     HEX       ; 十六进制数送 A
        SWAP   A                ; 高 4 位低 4 位交换
        PUSH   A                ; 第 2 个十六进制数入栈
        ACALL  HASC             ; 调查表转换子程序
        POP    ASC+1            ; 高 4 位转换值保存
        SJMP   $                ; 源程序结束，原地等待
        ORG    0080H
HASC:   DEC    SP
        DEC    SP               ; 修改 SP 到参数位置
        POP    A                ; 弹出十六进制数到 A
        ANL    A,     #0FH      ; 取 A 低 4 位
```

```
         ADD      A,       # 07H           ; 为查表进行地址调整
         MOV C    A,       @A+PC           ; 查表转换
         PUSH     A                        ; 转换结果入栈
         INC      SP
         INC      SP                       ; 恢复返回地址
         RET
ASCTAB:  DB       "0, 1, 2, 3, 4, 5, 6, 7"
         DB       "8, 9, A, B, C, D, E, F"
         END
```

（7）中断子程序

中断子程序通常被称为中断服务程序，对它的调用由单片机自身产生，最后通过执行 RETI 指令返回，中断子程序的实例将在第 5 章中介绍，下面给出通用的、含有一个外部中断子程序的、包括中断初始化在内的完整程序结构体。

```
         ORG      0000H
         LJMP     START               ; 转向主程序
         ORG      0003H               ; 或者其他中断入口地址
         LJMP     SUBINT0             ; 转向中断子程序 0
         ORG      0030H
START:   MOV      SP, #60H
         CLR      PX0                 ; 外中断 0 定为低优先级
         SETB     IT0                 ; 边沿触发
         SETB     EA                  ; 开中断
         SETB     EX0                 ; 允许外中断 0 中断
         …
MAIN:    …
         ORG      0100H               ; 中断子程序 0 入口地址
SUBINT0：PUSH     …                   ; 现场保护
         …                           ; 中断服务内容
         POP      …                   ; 现场恢复
         RETI
         END
```

4.6　程序设计举例

（1）码制转换子程序设计

在单片机应用程序的设计中，经常涉及各种码制的转换问题。在单片机系统内部进行数据计算和存储时，经常采用二进制码，具有运算方便、存储量小的特点。在输入/输出中，数字信息，按照人们的习惯常采用代表十进制数的 BCD 码（用 4 位二进制数表示的十进制数）表示；文本信息，常采用 ASCII 码，这时就需要用到二进制码与 BCD 码及 ASCII 码的相互转换。例4-1 已经介绍了 BCD 转二进制、例 4-11 介绍了一种十六进制数到 ASCII 码的转换程序，下面对比介绍其他转换子程序。

【例 4-12】　设计一位十六进制数到 ASCII 码的转换子程序。

方法一：十六进制数在计算机中就是以二进制形式存放的，它是二进制数的书写表达。分析 ASCII 编码表，可知转换方法为：1 位十六进制数小于 10，则加上 30H；若大于 10（或等于10），则加上 37H。

程序名称：HASC1。

入口参数：R2（高4位为0000，低4位为0000～1111的一个十六进制数0～F）。

出口参数：R2（转换后的ASCII码）。

程序如下。

```
        ORG     1000H
HASC1:  MOV     A,      R2          ；十六进制数送A
        ADD     A,      #0F6H       ；(A)+(-10)补
        MOV     A,      R2          ；恢复十六进制数
        JNC     AD30H               ；若(A)<10  则转AD30H
        ADD     A,      #07H        ；(A)≥10  则先加07H
AD30H:  ADD     A,      #30H        ；(A)+30H
        MOV     R2,     A           ；ASCII码存R2
        RET
```

方法二：观察ASCII编码表还可以发现，0H～9H对应的ASCII为30H～39H，从BCD码的角度看，两者相差30，同样0AH～0FH，对应的ASCII为41H～46H，从BCD码的角度看，两者相差31，用BCD码表示出来就是31。程序名称HASC2，入口、出口参数同方法一，程序如下。

```
        ORG     1000H
HASC2:  MOV     A,      R2
        ADD     A,      #90H
        DA      A                   ；(A)>9时起作用，将高4位清零
        ADDC    A,      #40H        ；(A)>9时，CY中的"1"被加上
        DA      A                   ；(A)≤9时起作用，将高4位清零
        MOV     R2,     A           ；ASCII码存R2
        RET
```

【**例4-13**】　设计ASCII码到十六进制数的转换子程序。

若为0～9的ASCII码，则减去30H；若为A～F的ASCII码，则减去37H，便可得到相应的十六进制数0～F。程序名称ASCH1，入口、出口参数：R2。

```
        ORG     1000H
ASCH1:  MOV     A,      R2          ；ASCII码值送A
        ADD     A,      #0D0H       ；(A)+(-30H)补
        MOV     R2,     A           ；R2暂存减结果
        ADD     A,      #0F6H       ；A+(-10)补
        JNC     RET1                ；若(A)<10 转RET1
        MOV     A,      R2          ；若(A)≥10 则(R2)送A
        ADD     A,      #0F9H       ；(A)+(-07H)补
        MOV     R2,     A           ；十六进制数存R2
RET1:   RET
```

【**例4-14**】　将R0指向的内部RAM单元中存放的压缩BCD码十进制数拆开并变成相应的ASCII码，分别存放到R1加1指向的和R1指向的单元中。

首先必须将两个数拆分开，然后再拼装成2个ASCII码。数字与ASCII码之间的关系是高4位为0011H，低4位即为该数字的8421码。题目要求如图4-9所示。

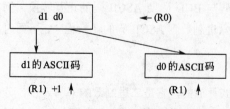

图4-9　例4-14分析

程序名称：BCDASC。

入口参数：R0，指向源数据BCD码。

出口参数：R1，指向转换结果的高位。

```
            ORG     1000H
BCDASC:  MOV     A,      # 30H
            XCHD    A,      @R0         ; A 的低 4 位与 30H 单元的低 4 位交换
            MOV     @R1,    A           ; A 中的数值为低位的 ASCII 码
            INC     R1
            MOV     A,      @R0
            SWAP    A                   ; 将高位数据换到低位
            ORL     A,      # 30H       ; 与 30H 拼装成 ASCII 码，得到高位
            MOV     @R1,    A
            RET
```

注意：R0 指向的原始数据在这段程序执行后会被更改，如果需要保留原始数据，需要引入暂存单元来保护。

（2）运算类子程序设计

例 4-2 已经介绍了双字节加法，下面介绍多字节减法、双字节乘法的子程序实例。

【例 4-15】 设计多字节无符号数的减法子程序。

程序名称：MSUB。

入口参数：DATA1=被减数的低位地址，DATA2=减数的低位地址，N 字节相减。

出口参数：DATA2=差数低位地址。

```
            ORG     1000H
MSUB:    MOV     R0,     # DATA1      ; 置被减数
            MOV     R1,     #DATA2      ; 置减数
            MOV     R7,     # N         ; 置字节数
            CLR     C                   ; 清进位位
LOOP:    MOV     A,      @R0
            SUBB    A,      @R1         ; 求差
            MOV     @R1,    A           ; 存结果
            INC     R0                  ; 修改指针
            INC     R1
            DJNZ    R7,     LOOP        ; 循环判断
            RET
```

【例 4-16】 双字节无符号数的乘法子程序。

MCS-51 指令系统中只有单字节乘法指令，因此，双字节相乘需分解为 4 次单字节相乘。设双字节的无符号被乘数存放在 R3、R2 中，乘数存放在 R5、R4 中，R0 指向积的高位。算法与流程图如图 4-10 所示。

程序名称：MULTB。

入口参数：R3（高）R2（低）——被乘数；R5（高）R4（低）——乘数。

出口参数：（R0）是积的高位字节地址指针。

```
            ORG     1000H
MULTB:   MOV     R7,     # 04         ; 结果单元清 0
LOOP:    MOV     @R0,    # 00H
            DJNZ    R7,     LOOP
            MOV     A,      R2          ; 取被乘数低位字节
            MOV     B,      R4          ; 取乘数低位字节 R4
            MUL     AB                  ; R4×R2
            ACALL   RADD                ; 调用乘积相加子程序
            MOV     A,      R2          ; 取被乘数低位字节 R2
```

```
              MOV      B,       R5          ；取乘数高位字节 R5
              MULAB                         ；R5×R2
              DEC R0                        ；积字节指针减 1
              ACALL    RADD                 ；调用乘积相加子程序
              MOV      A,       R4
              MOV      B,       R3
              MULAB                         ；R4×R3
              DECR0
              DEC R0
              ACALL    RADD
              MOV      A,       R5
              MOV      B,       R3
              MULAB                         ；R5×R3
              DEC      R0
              ACALL    RADD
              DEC      R0
              RET
RADD:         ADD      A,       @R0         ；累加子程序
              MOV      @R0,     A
              MOV      A,       B
              INC      R0
              ADDC     A,       @R0
              MOV      @R0,     A
              INC      R0
              MOV      A,       @R0
              ADDC     A,       #00H        ；加进位
              MOV      @R0,     A
              RET
```

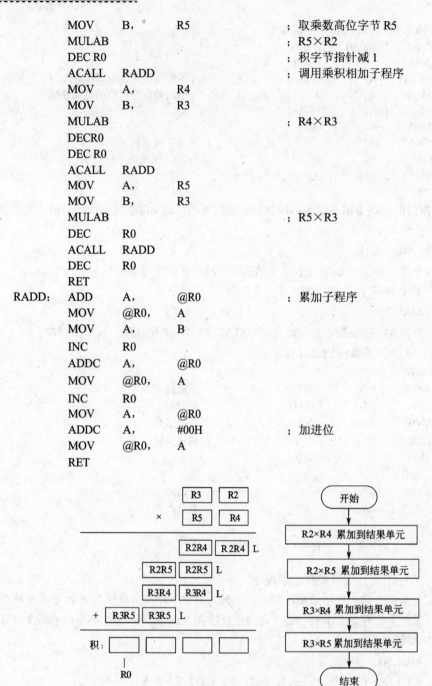

图 4-10　双字节无符号数乘法算法与流程图

（3）查表子程序

查表的方法，就是根据变量 x 与表格中存放的数据 y 之间存在的函数关系 $y = f(x)$，在表格中查找 y。查表程序可以实现数据补偿、修正、计算、转换等各种功能，具有程序简单、执行速度快等优点，是单片机中的常用程序类型，被广泛应用于 LED 显示器控制，打印机打印以及数据补偿、计算、转换等功能程序中。

所谓表格是指在程序中定义的一串有序的常数，如平方表、字型码、键码表等。因为程序

一般都是固化在程序存储器中，因此表格是预先定义在程序的数据区中，然后和程序一起固化在 ROM 中的一串常数。

查表程序的关键是表格的定义和寻找函数关系 $y = f(x)$ 实现查表。

从程序存储器中读数据时，只能先读到累加器 A 中，然后再送到题目要求的地方。单片机提供了两条专门用于查表操作的查表指令。

```
MOVC    A,      @A+DPTR        ；（A+DPTR）→A
MOVC    A,      @A+PC          ；PC+1→PC，(A+PC)→A
```

【例 4-17】　根据累加器 A 中的数 x（0～9 之间），查 x 的平方表 y。x 和 y 均为单字节数。

程序名称：SQUARE
入口、出口参数：A
方法一：使用 PC 指针

```
        ORG     1000H
SQUARE: ADD     A,      #01H        ；修正累加器 A 的值，修正值为查表指令距离
                                    ；表格首地址的字节，RET 占 1 个字节
        MOVC    A,      @A+PC
        RET
TABLE:  DB  0, 1, 4, 9, 16          ；定义 0~9 平方表
        DB  25, 36, 49, 64, 81
```

方法二：使用 DPTR 指针

```
        ORG     1000H
SQUARE: MOV     DPTR,   # TABLE     ；表首地址→DPTR（数据指针）
        MOVC    A,      @A+DPTR
        RET
TABLE:  DB  00H, 01H, 04H, 09H, 10H ；定义 0~9 平方表
        DB  19H, 24H, 31H, 40H, 51H
```

【例 4-18】　在一个以 MCS-51 为核心的温度控制器中，温度传感器放大电路输出的电压与温度为非线性关系，传感器输出的电压已由 A/D 转换为 10 位二进制数。根据测得的不同温度下的电压值数据，构成表 4-1，表中放温度值 y，x 为电压值数据。设测得的电压值 x 放入 R3、R2 中，根据电压值 x，查找对应的温度值 y，仍放入 R5、R4 中。本例的 x 和 y 均为双字节无符号数。

表 4-1　x 与表地址对应关系

表地址	# TAB	# TAB+1	# TAB+2	# TAB+3	# TAB+4	# TAB+5	…
存储内容	$y0$ 高位	$y0$ 低位	$y1$ 高位	$y1$ 低位	$y2$ 高位	$y2$ 低位	…
电压 x 值							…

程序名称：TLB。
入口参数：R2 R3。
出口参数：R5 R4。

```
        ORG     1000H
TLB:    MOV     DPTR,   # TAB       ；置表首地址
        MOV     A,      R2          ；×2，求 y(i) 在表中序号，即求偏移量
        CLR     C                   ；
        RLC     A                   ；
        MOV     R2,     A           ；
        XCH     A,      R3
```

```
        RLC     A
        MOV     R3,     A
        XCH     R2,     A           ；求 y（i）在表中地址
        ADD     A,      DPL         ；（R3 R2）+（DPTR）→（DPTR）
        MOV     DPL,    A
        MOV     A,      DPH
        ADDC    A,      R3
        MOV     DPH,    A
        CLR     A
        MOVC    A,      @A+DPTR     ；查第一字节
        MOV     R5,     A           ；第一字节存入 R5 中
        CLR     A
        INC     DPTR
        MOVC    A,      @A+DPTR     ；查第 2 字节
        MOV     R4,     A           ；第 2 字节存入 R4 中
        RET
TAB:    DW…                         ；温度值表
```

（4）散转程序设计

散转程序是一种并行分支程序。当某种输入或运算结果出现时，它会将主程序分别转向各个处理程序，以达到应用系统的要求。散转程序设计使用 JMP @A+DPTR 指令指向转移地址表，以累加器 A 的内容作为自变量，如果散转范围在 2KB 以内，转移表中使用 AJMP，目的地址 =(A)×2+表首地址；如果散转范围大于 2KB，转移表中使用 LJMP，目的地址=(A)×3+表首地址。

【例 4-19】 设计 128 路分支出口的转移程序。

程序名称：JMP128。

入口参数：(R2)=转移目标地址的序号 00H～7FH。

出口参数：转移到相应分支程序入口。

```
        ORG     1000H
JMP128: MOV     DPTR,   # TABL      ；转移指令表首址送    DPTR
        MOV     A,      R2
        RL      A                   ；(A) ← (R2)×2
        JMP     @A+DPTR
TABL:   AJMP    PRG00
        AJMP    PRG01;
        AJMP    PRG7F
PRG00:  …
        …
PRG7F:  …
```

以上程序中由于 AJMP 是双字节指令，因此采用 RL 指令使 (R2) 乘以 2，可保证移向正确的位置。值得注意的是每个分支的入口地址（PRG00～PRG7F）必须与其相应的 AJMP 指令在同一个 2 KB 存储区内。也就是说，分支入口地址的安排仍有一定的限制。如改用长转移 LJMP 指令，则分支入口可在 64 KB 范围内任意安排，但程序要作相应的修改

（5）查找与排序程序设计

【例 4-20】 从 50 个字节的无序表中查找一个关键字为"××"H 的数据字节。

这就要编制查找关键字子程序，在一组数据中查找某一确定的关键字。采用顺序检索，从第 1 项开始逐项顺序查找，判断所取数据是否与关键字相等。使用 PC 指针作为查表指针。

程序名称：FIND。

入口参数：R3，存放关键字"××"H 数据内容。

出口参数：DPTR，返回查找到的数据地址。

```
        ORG     1000H
FIND:   MOV     30H,    R3                  ; 关键字××H 送 30H 单元
        MOV     R1,     # 50                ; 查找次数送 R1
        MOV     A,      # 14H               ; 偏移量 20 送 A
        MOV     DPTR,   # TAB1              ; 表首地址送 DPTR
LOOP:   PUSH    ACC                         ; 保存偏移量
        MOVC    A,      @A+PC               ; 查表结果送 A
        CJNE    A,      30H,    LOOP1       ;（30H）不等于关键字则转 LOOP1
        MOV     R2,     DPH                 ; 已查到关键字，把该字的地址送 R2，R3
        MOV     R3,     DPL                 ;
DONE:   RET
LOOP1:  POP     ACC                         ; 恢复偏移量
        INC     A                           ; A+1→A
        INC     DPTR                        ; 修改数据指针 DPTR
        DJNZ    R1, LOOP                    ; R1≠0，未查完，继续查找
        MOV     R2,     # 00H              ; R1=0，清"0"R2 和 R3
        MOV     R3,     # 00H              ; 表中 50 个数已查完
        AJMP    DONE                        ; 从子程序返回
TAB1:   DB      …, …, …                     ; 50 个无序数据表
```

【例 4-21】 内部 RAM 有一无符号数据块，工作寄存器 R1 指向数据块的首地址，其长度存放在工作寄存器 R2 中，求出数据块中最大值，并存入累加器 A 中。

查找无符号数据块中的最大值。采用比较交换法求最大值。以累加器 A 作为存大数的单元，先使累加器 A 清零，然后把它和数据块中每个数逐一进行比较，只要累加器中的数比数据块中的某个数大就进行下一个数的比较，否则把数据块中的大数传送到 A 中，再进行下一个数的比较，直到 A 与数据块中的每个数都比较完，此时 A 中便可得到最大值。程序流程图如 4-11 所示。

程序名称：MAX。

入口参数：R1 指向数据块的首地址，数据块长度存放在工作寄存器 R2 中。

出口参数：最大值存放在累加器 A 中。

```
        ORG     1000H
MAX:    PUSH    PSW
        CLR     A                           ; 清 A 作为初始最大值
LP:     CLR     C                           ; 清进位位
        SUBB    A,      @R1                 ; 最大值减去数据块中的数
        JNC     NEXT                        ; 小于最大值，继续
        MOV     A,      @R1                 ; 大于最大值，则用此值作为最大值
        SJMP    NEXT1
NEXT:   ADD     A,      @R1                 ; 恢复原最大值
NEXT1:  INC     R1                          ; 修改地址指针
        DJNZ    R2,     LP
        POP     PSW
        RET
```

【例 4-22】 内部 RAM 有一无符号数据块，工作寄存器 R0 指向数据块的首地址，其长度存放在工作寄存器 R2 中，请将它们按照从大到小顺序排列。

排序程序一般采用冒泡排序法，又称两两比较法。从第一个数据逐个比较，每轮都把最大

一个数存到本轮比较的最后一个位置。使用设置互换标志的方法判定排序是否已完成，该标志的状态表示在一次冒泡中是否有互换进行，如果有数据互换，则排序还没完成。程序流程如图 4-12 所示。

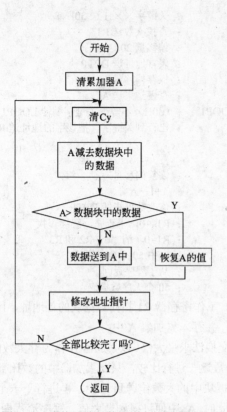

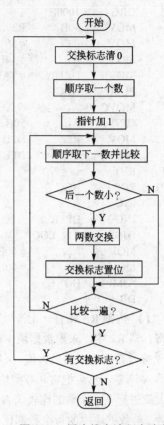

图 4-11　查找无符号数据块中的最大值流程　　　图 4-12　冒泡排序法程序流程

程序名称：SORT。

入口参数：R0 指向数据块的首地址，数据块长度存放在工作寄存器 R2 中。

出口参数：排序后数据仍存放在原来位置。

```
        ORG     1000H
SORT:   MOV     A,      R0
        MOV     R1,     A           ; 把 R0 暂存到 R1 中
        MOV     A,      R2
        MOV     R5,     A           ; 把 R2 暂存到 R5 中
BUBB1:  CLR     F0                  ; 用户标志位 F0 作为交换标志单元清 0
        DEC     R5                  ; 个数减 1
        MOV     A,      @R1
BUB1:   MOV     R3,     A           ; R3 暂存前一数据
        INC     R1
        CLR     C
        SUBB    A,      @R1         ; 相邻的两个数比较
        JC      BUB2                ; 前一个数小于或等于后一个数，转移到 BUB2
        JZ      BUB2
        SETB    F0                  ; 否则，切换标志置位
        MOV     A,      R3
```

```
        XCH      A,      @R1        ;两数交换
        DEC      R1
        XCH      A,      @R1        ;恢复 A 中的数据，继续下一个比较
        INC      R1
BUB2:   MOV      A,      @R1
        DJNZ     R5,     BUB1       ;没有比较完，转向 BUB1
        DEC      R2
        JB       F0,     SORT       ;如果没有交换发生，排序完成
        RET
```

本 章 小 结

① 汇编语言是面向机器的程序设计语言，对于 CPU 不同的单片机，其汇编语言一般是不同的。在进行汇编语言源程序设计时，必须严格遵循汇编语言的格式和语法规则。

② 汇编语言源程序是由汇编语句构成的。汇编语句可分为两大类：指令性语句和指示性语句。指令性语句一般由标号、操作码、操作数和注释四个字段组成；指示性语句也包括标号、操作码、操作数和注释四个字段，由伪指令组成，功能是为编译提供信息。

③ 汇编语言程序整体结构包括主程序、子程序和中断子程序三类，它们都是由顺序结构、循环结构、分支结构这三种基本结构构成，子程序还可以调用子程序。程序设计时采用结构化的程序设计方法，实际的应用程序一般都由一个主程序和多个子程序构成。程序设计的原则是尽可能使程序简短和缩短运行时间，设计的关键首先是根据实际问题和所选用的单片机的特点来合理地确定解决问题的算法，然后是将工作任务细分成易于理解和实现的小模块。

④ 程序设计是单片机开发最重要的工作，掌握程序设计的基本步骤和方法对于单片机的软件编写是至关重要的。汇编语言是偏向底层的语言，程序设计中宜参考、使用现有子程序库资源中的程序段，提高程序设计效率，减小程序漏洞，因此需要大量阅读、分析各类功能子程序，学习编写、组织自己的子程序库。

延伸阅读的关键字

汇编语言　仿真调试　Keil　Proteus　伪指令　算法　结构化程序设计　查表程序散转程序

你的关键字：

部分电子设计、仿真产品厂商网络地址资源

Altium:　　　　　　http://altium.com/

KEIL:　　　　　　　http://www.keil.com/

Proteus:　　　　　　http://www.labcenter.co.uk/index.cfm

习题与思考题

4-1　简述汇编语言程序设计步骤。

4-2　汇编源程序的汇编方法有哪两种？编程与调试的一般过程是什么？

4-3　什么是伪指令？阐述它们的功能和特点。

4-4　汇编语言程序的整体结构由哪些内容构成？程序的基本结构是什么？

4-5　查找资料，列出画程序流程图的各种图形符号，并说明用途。

4-6　单片机的分支结构程序指令有哪几条？

4-7　利用单片机来计算 12−5 =？，计算结果用 P2 口连接的 8 个 LED 显示出来，电路参看图 4-7，调试与仿真参考附录 C 的内容。

4-8　内部 RAM 的 20H 单元和 30H 单元各存放了一个 8 位有符号数，请比较这两个数的大小，比较结果显示到 P2.0。

4-9　将内部 RAM 30H 开始的 4 个单元中存放的四字节 16 进制数和内部 RAM 40H 单元开始的 4 个单元中存放的四字节 16 进制数相加，结果存放到 40H 开始的单元中。

4-10　内部 RAM 40~4FH 置初值 00~0FH，然后将 40~4FH 单元内容传到外部 RAM 的 4800~480FH 单元中；4800~480FH 传送到单片机内部 RAM 的 50~5FH。

4-11　编写延时 20ms 的软件延时子程序，要求可以通过入口参数 R4 调整延迟时间至 500ms。

4-12　参考图 4-7，设计控制程序，调试并仿真实现对 10 盏 LED 灯的彩灯控制，控制内容自拟。

4-13　分析下面程序的功能，并画出程序流程图。

```
          ORG     0000H
          MOV     R0,      #30H
          MOV     R1,      #40H
          MOV     R2,      #04H
          CLR     C
LOOP:     MOV     A,       @R0
          ADDC    A,       @R1
          MOV     @R1,     A
          INC     R0
          INC     R1
          DJNZ    R2,      LOOP
          SJMP    $
          END
```

4-14　将一个字节内的两个 BCD 码十进制数拆开并变成相应的 ASCII 码的程序段如下。

```
          MOV     R0,      #32H
          MOV     A,       @R0
          AND     A,       # 0FH
          ORL     A,       # 30H
          MOV     31H,     A
          MOV     A,       @R0
          SWAP    A
          AND     A,       # 0FH
          ORL     A,       # 30H
          MOV     32H,     A
```

分析上面程序段，给每一条指令加上注释，并说明 BCD 码和拆后的 ASCII 码各自存放在内部 RAM 的什么地方。

4-15　分析下面程序，已知 (20H) = 85H，(21H) = F9H，执行下面程序段后 30H 单元的内容是什么？

```
          MOV     30H,     20H
          ANL     30H,     #00011111B
          MOV     A,       21H
          SWAP    A
          RL      A
          ANL     A,       #111000000B
          ORL     30H,     A
          30H=_____
```

4-16　已知共阴极 8 段 LED 数码管的显示数字的字形码如下。

0　1　2　3　4　5　6　7　8　9　A　B　C　D　E　F

3FH　06H　5BH　4FH　66H　6DH　7DH　07H　7FH　6FH　77H　83H　C6H　A1H　86H　8EH

若累加器 A 中的内容为 00H～0FH 中的一个数，请利用查表指令得到相应字符的字形码。

4-17　按 R2 的内容(0、1、2、3)转向 4 个分支处理程序。4 个分支处理程序总长度小于 256 个字节。

4-18　设有 100 个有符号数，连续存放在外部 RAM 1000H 地址开始的区域，编程统计其中的正数、负数和 0 的个数，并分别存放在内部 RAM 的 20H、21H、22H 单元中。

4-19　设计数据检索子程序，在外部 RAM 的 0000H 开始的连续 100 个字节中查找字符 A。

4-20　设计数据排序子程序，编程实现把外部 RAM 的 1000H 开始的连续 100 个字节按升序排列。

4-21　数据块传送，将 RAM 从 30H 开始的连续 32 个单元的内容传递给片内 RAM 从 60H 开始的连续 32 个单元。

```
          ORG 1000H              INC  R0
          MOV R7, ____           INC  R1
          MOV R0, #30H           DJNZ R7, ____
          MOV R1, #60H           SJMP $
LOOP:     MOV A,@R0              END
          MOV ____, A
```

第 5 章　中断系统和定时器/计数器

内容提要
① 了解基本输入/输出传送方式；
② 掌握 51 单片机中断系统组成及功能；（重点）
③ 掌握 51 单片机的定时器/计数器的组成及功能；（重点）
④ 掌握中断程序设计方法，掌握定时器/计数器编程方法。（重点）

学习难点
① 51 单片机中断系统的响应过程；
② 51 单片机的定时器/计数器的工作方式；
③ 定时器/计数器混合应用。

5.1　输入/输出数据传送方式

　　CPU 和其他外设之间数据传送的方式通常有四种：无条件传送方式、查询传送方式、中断传送方式和 DMA（直接存储器存取传送方式）。其中无条件传送方式和查询传送方式属于程序控制传送方式，即由程序来控制 CPU 和外设之间的数据传送。

　　（1）无条件传送方式（又称同步传送方式）

　　无条件传送方式又称为同步传送方式。CPU 与输入/输出设备进行信息交换时，不必预先查询外设的状态，只要执行输入/输出指令，就可进行数据信息的输入/输出。无条件传送是最简单的数据传送方式，它所需的硬件和软件都很少，且硬件接口电路简单。无条件传送方式适用于外部控制过程的各种动作时间是已知的且是固定的场合。一些外围设备的信息变化缓慢，如开关、状态指示灯几分钟甚至几小时才改变一次状态，相对于高速运行的计算机而言，可以认为这些外围设备随时处于准备就绪状态。对于这类外围设备，可以采用无条件传送方式进行数据信息传送。

　　（2）查询传送方式（又称异步传送方式）

　　查询传送方式又称为异步传送方式。CPU 和外设之间的数据传送前，首先读取外设状态端口的信号，判断外设是否做好数据传送准备。只有在外设做好准备时，即状态信息满足条件时，才能通过数据端口进行数据传送，否则 CPU 只能循环等待或转入其他程序段。

　　查询传送方式中 CPU 要不断地等待查询外设，只有当外设做好准备时，才进行数据传送。而一般外设的速度远比 CPU 要慢得多，因此大大降低了 CPU 的利用率。

　　（3）中断传送方式（Interrupt）

　　中断传送方式是计算机最常用的数据传送方式。这种传送方式中，CPU 并不总是查询外设的状态。一般情况下，CPU 总是不断地执行其主程序，外设为数据传送做好准备后，向 CPU 发出中断请求信号。在 CPU 可以响应中断的条件下，CPU 暂时停止正在运行的程序，完成一次与外设之间的数据传送；数据传送完成后立即返回，继续执行原来的程序。

　　在中断传送方式中，CPU 不再需要反复询问外设状态，大大提高了 CPU 的工作效率。

（4）DMA 传送方式

高速度的外围设备与计算机间传送大批量数据时常采用存储器直接存取传送方式。例如，磁盘与内存之间交换数据就使用 DMA 传送方式。DMA 传送方式中 CPU 交出总线控制权，由 DMA 控制器进行控制。外设与内存利用总线直接交换数据，而不经过 CPU 中转，所以 DMA 方式传送数据的速度比中断方式更快。DMA 方式在微型计算机中很常见，但是 MCS-51 系统中不使用 DMA 数据传输方式。

5.2　51 单片机中断系统

5.2.1　中断及中断技术

（1）中断的概念

中断是通过硬件来改变 CPU 的运行方向。计算机在执行程序的过程中，当出现 CPU 以外的某种情况，由服务对象向 CPU 发出中断请求信号，要求 CPU 暂时中断当前程序的执行而转去执行相应的处理程序，待处理程序执行完毕后，再继续执行原来被中断的程序，这种程序在执行过程中由于外界的原因而被中间打断的情况称为"中断"。

在计算机中为了实现中断功能而配置的软件和硬件，称为中断系统。从中断的定义可以看出，计算机中断系统的处理过程包括中断请求、中断响应、中断处理和中断返回四个步骤。

在中断过程中，向 CPU 提出中断请求的源称为中断源。微型计算机一般允许有多个中断源。当几个中断源同时向 CPU 发出中断请求时，CPU 应优先响应最需紧急处理的中断请求。为此，需要规定各个中断源的优先级，使 CPU 在多个中断源同时发出中断请求时能找到优先级最高的中断源，响应它的中断请求。在优先级高的中断请求处理完了以后，再响应优先级低的中断请求。

当 CPU 正在处理一个优先级低的中断请求的时候，如果发生另一个优先级比它高的中断请求，CPU 能暂停正在处理的中断源处理程序，转去处理优先级高的中断请求。待处理完高优先级中断请求后，再回到原来正在处理的低级中断程序，这种高级中断源能中断低级中断源的中断处理称为中断嵌套。

中断技术是对上述整个中断过程的分析、研究和实现。采用了中断技术后的计算机可以解决 CPU 与外设之间速度匹配的问题，使计算机可以及时处理系统中许多随机的参数和信息，同时也提高了计算机处理故障与应变的能力。中断系统帮助 CPU 可以同时为多个外设服务，现场的参数、信息在需要处理时，可随时向 CPU 发出中断请求信号，以便及时得到响应和处理，实现实时控制，利用中断技术还可以处理设备故障、掉电等突发事件。

"中断"之后所执行的相应的处理程序通常称之为中断服务或中断处理子程序，原来正常运行的程序称为主程序。主程序被断开的位置（或地址）称为"断点"。引起中断的原因，或能发出中断申请的来源，称为"中断源"。中断源要求服务的请求称为"中断请求"（或中断申请）。

调用中断服务程序的过程类似于调用子程序，其区别在于调用子程序在程序中是事先安排好的；而何时调用中断服务程序事先却无法确定，因为"中断"的发生是由外部因素决定的，程序中无法事先安排调用指令，因此，调用中断服务程序的过程是由硬件自动完成的。

（2）中断的优点

① 分时操作　中断可以解决快速的 CPU 与慢速的外设之间的矛盾，使 CPU 和外设同时工作。CPU 在启动外设工作后继续执行主程序，同时外设也在工作，每当外设做完一件事就发出中断申请，请求 CPU 中断它正在执行的程序，转去执行中断服务程序（一般情况是处理输入/

输出数据），中断处理完之后，CPU 恢复执行主程序，外设也继续工作。这样，CPU 可启动多个外设同时工作，大大地提高了 CPU 的效率。

②　实时处理　在实时控制中，现场的各种参数、信息均随时间和现场而变化。这些外界变量可根据要求随时向 CPU 发出中断申请，请求 CPU 及时处理，如中断条件满足，CPU 马上就会响应，进行相应的处理，从而实现实时处理。

③　故障处理　针对难以预料的情况或故障，如掉电、存储出错、运算溢出等，可通过中断系统由故障源向 CPU 发出中断请求，再由 CPU 转到相应的故障处理程序进行处理。

5.2.2　51 系统的中断结构

（1）MCS-51 中断系统总体结构

MCS-51 中断系统的总体结构如图 5-1 所示，系统提供了 5 个中断源，每个中断源可两级程控屏蔽，每个中断源可设置为低或高两个优先级，实现二级中断嵌套。

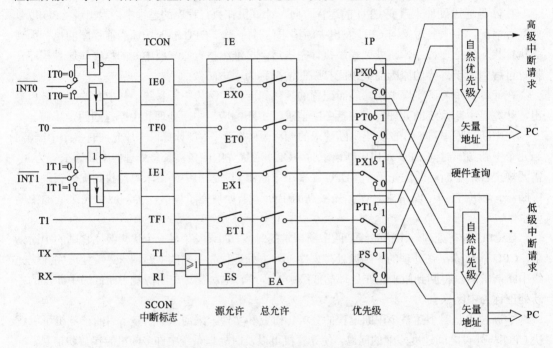

图 5-1　MCS-51 中断系统总体结构

从图中可以看到，与中断有关的寄存器有 4 个，分别为中断源寄存器 TCON 和 SCON、中断允许控制寄存器 IE 和中断优先级控制寄存器 IP。有中断源 5 个，其排列顺序由中断优先级控制寄存器 IP 和顺序查询逻辑电路共同决定，5 个中断源分别对应 5 个固定的中断入口地址。

（2）MCS-51 的中断请求源和中断请求标志

①　中断请求源　中断源就是引起中断的事件。每种计算机所允许的中断源的数目不一。MCS-51 中断系统中断源设置较为简单，共提供了 5 个中断源，分别如下。

$\overline{INT0}$：外中断 0，来自 P3.2 引脚上的外部中断请求。

$\overline{INT1}$：外中断 1，来自 P3.3 引脚上的外部中断请求。

TF0：片内定时器/计数器 T0 溢出中断请求，计数时外部计数脉冲由 P3.4 引脚输入。

TF1：片内定时器/计数器 T1 溢出中断请求，计数时外部计数脉冲由 P3.5 引脚输入。

TI 或 RI：片内串行口发送或接收一帧完成中断请求。

其中外部中断 0 和外部中断 1 各有两种触发方式：边沿触发方式和电平触发方式。下面以外部中断 0 为例介绍此两种触发方式的特点。

若外部中断 0 采用边沿触发方式，CPU 在每个机器周期的 S_5P_2 采样 P3.2 引脚的输入电平，如果在一个周期中采样到高电平，在下个周期中采样到低电平，则系统硬件自动向 CPU 请求中断。

若外部中断 0 采用电平触发方式，CPU 同样在每个机器周期 S_5P_2 采样 P3.2 引脚的输入电平，当 P3.2 引脚输入电平保持为低电平时，就会向 CPU 发出中断请求。

② 中断标志　每一个中断源都对应有一个中断请求标志位,这几个标志位设置在特殊功能寄存器 TCON 和 SCON 中。当这些中断源发出中断请求时，分别由 TCON 和 SCON 中的相应位锁存以标志某个中断源向 CPU 提出了中断请求。

- 定时器控制寄存器 TCON（Timer Control）。该寄存器用于保存外部中断请求以及定时器的计数溢出。寄存器地址 88H，位地址 88H～8FH。

位地址	8FH	8EH	8DH	8CH	8BH	8AH	89H	88H
位符号	TF1	TR1	TF0	TR0	IE1	IT1	IE0	IT0

这个寄存器既有定时器/计数器的控制功能，又有中断控制功能，其中与中断有关的控制位共 6 位：IE0 和 IE1 、IT0 和 IT1、TF0 和 TF1 。

IE0：外中断 0 中断请求标志。

如果外部中断 0 采用边沿触发方式，CPU 在每个机器周期的 S_5P_2 采样 P3.2 引脚的输入电平，当采集到的输入电平由 1 变 0 时，IE0 由硬件置位，表明外部中断 0 向 CPU 提出中断请求。当 CPU 响应中断时，由硬件复位 IE0。

如果外部中断 0 采用电平触发方式，CPU 在每个机器周期的 S_5P_2 采样 P3.2 引脚的输入电平。当 P3.2 引脚的输入电平为低电平，则直接触发外部中断 0，置位 IE0。为了保证 CPU 能够响应中断，在未响应前，P3.2 引脚的输入电平应一直保持低电平有效，直到该中断被响应。同时在中断返回前必须使电平变高，否则将会再次产生中断。

IE1：外中断 1 中断请求标志。其含义与 IE0 相同。

IT0：选择外部中断请求 0（$\overline{INT0}$）为边沿触发或电平触发方式的控制位。IT0=0，为电平触发方式，$\overline{INT0}$ 引脚位低电平时向 CPU 申请中断；IT0=1，为边沿触发方式，$\overline{INT0}$ 输入脚上的高到低的负跳变时向 CPU 申请中断。IT0 可由软件置"1"或清"0"。

IT1：选择外部中断请求 1（$\overline{INT1}$）为边沿触发方式或电平触发方式的控制位。

TF0：定时器/计数器 T0 的溢出中断标志位。当 T0 从初值开始加 1 计数到计数满产生溢出时，由硬件自动使 TF1 置"1"，向 CPU 申请中断。CPU 响应中断时由硬件自动复位 TF0 为"0"（查询方式也可软件复位 TF0）。

TF1：定时器/计数器 T1 的溢出中断标志位。

- 串行口控制寄存器 SCON（Serial Control）。SCON 为串行口控制寄存器，寄存器地址为 98H，各位的地址为 98H~9FH。SCON 的最低两位，锁存串行口的接收中断和发送中断标志，其格式如下。

位地址	9FH	9EH	9DH	9CH	9BH	9AH	99H	98H
位符号	SM0	SM1	SM2	REN	TB8	RB8	TI	RI

其中与中断标志有关的控制位共 2 位。

RI：串行口接收中断标志。在串行口方式 0 中，每当接收到第 8 位数据时，由硬件置位 RI；在其他方式中，当接收到停止位的中间位置时置位 RI。注意，当 CPU 转入串行口中断服务程序入口时不复位 RI，必须由用户用软件来使 RI 清 0。

TI：串行口发送中断标志。在方式 0 中，每当发送完 8 位数据时由硬件置位 TI；在其他方式中于停止位开始时置位。TI 也必须由软件来复位。

一般情况，以上 5 个中断源的中断请求标志是由中断机构硬件电路自动置位的，但也可以人为地通过指令（SETB BIT）对以上两个控制寄存器的中断标志位置位，即"软件代请中断"，这是单片机中断系统的一大特点。

（3）中断控制

每种计算机提供的中断源的个数不一。但是在使用时，并不是所有的中断源都要使用，而是根据具体的情况和要求选择中断源。计算机中通过中断源的允许与屏蔽来确定系统使用的中断源。当计算机中多个中断源都使用时，出现了中断竞争的问题，计算机中通过设置中断源的优先级来解决这个问题。

① MCS-51 中断允许和禁止　在 MCS-51 中断系统中，中断允许或禁止是由片内的中断允许寄存器 IE（Interrupt Enable）控制的。IE 的字节地址为 A8H，各位的地址为 0A8H~0AFH，功能如下。

位地址	0AFH	0AEH	0ADH	0ACH	0ABH	0AAH	0A9H	0A8H
位符号	EA	/	/	ES	ET1	EX1	ET0	EX0

其中与中断有关的控制位共 6 位。

EA：CPU 中断总允许标志。EA=0，CPU 禁止所有中断，即 CPU 屏蔽所有的中断请求；EA=1，CPU 开放中断。因此，要响应某个中断，则首先 EA=1。但每个中断源的中断请求是允许还是被禁止，还需由各自的允许位确定。

EX0：外部中断 0 中断允许位。EX0=1，允许外部中断 0 中断；EX0=0，禁止中断。

ET0：定时器/计数器 0（T0）的溢出中断允许位。ET0=1，允许 T0 中断；ET0=0，禁止 T0 中断。

EX1：外部中断 1 中断允许位。EX1=1，允许外部中断 1 中断；EX1=0，禁止外部中断 1 中断。

ET1：定时器/计数器 1（T1）的溢出中断允许位。ET1=1，允许 T1 中断；ET1=0，禁止 T1 中断。

ES：串行口中断允许位。ES=1，允许串行口中断；ES=0，禁止串行口中断。

可见，MCS-51 单片机通过中断允许控制寄存器对中断的允许（开放）实行两级控制。即以 EA 位作为总控制位，以各中断源的中断允许位作为分控制位。当总控制位为禁止时，关闭整个中断系统，不管分控制为状态如何，整个中断系统为禁止状态；当总控制位为允许时，开放中断系统，这时才能由各分控制位设置各自中断的允许与禁止。

当 MCS-51 系统复位后，IE 寄存器被清 0，因此中断系统处于禁止状态。单片机在中断响应后不会自动关闭中断，因此在转中断服务程序后，可以根据需要使用有关指令禁止中断，即以软件方式关闭中断。

② MCS-51 中断优先级控制　MCS-51 中断系统提供两个中断优先级，对于每一个中断请求源都可以编程为高优先级中断源或低优先级中断源，以便实现二级中断嵌套。MCS-51 中断

优先级是由片内的中断优先级寄存器 IP（Interrupt Priority）控制的。IP 的字节地址是 B8H，位地址为 0BFH～0B8H。寄存器的内容及位地址表示如下。

位地址	0BFH	0BEH	0BDH	0BCH	0BBH	0BAH	0B9H	0B8H
位符号	—	—	—	PS	PT1	PX1	PT0	PX0

PX0：外部中断 0 中断优先级控制位。PX0=1，外中断 1 定义为高优先级中断源；PX0=0，外中断 0 定义为低优先级中断源。

PT0：定时器/计数器 0（T0）中断优先级控制位。PT0=1，定时器/计数器 1 定义为高优先级中断源；PT0=0，定时器/计数器 1 定义为低优先级中断源。

PX1：外部中断 1 中断优先级控制位，功能同 PX0。

PT1：定时器/计数器 1 中断优先级控制位，功能同 PT0。

PS：串行口中断优先级控制位。PS=1，串行口定义为高优先级中断源；PS=0，串行口定义为低优先级中断源。

中断优先级控制寄存器 IP 中的各个控制位都可以用位操作指令或字节操作指令置位或复位，即通过编程实现。

单片机复位后 IP 中各位均为 0，各个中断源均为低优先级中断源。

③ 中断优先级结构　MCS-51 中断系统具有两级优先级，它们遵循下列两条基本规则。

● 低优先级中断源可被高优先级中断源所中断，而高优先级中断源不能被任何中断源所中断。

● 一个中断源（不管是高优先级或低优先级）一旦得到响应，与它同级的中断源不能再中断它。

为了实现上述两条规则，中断系统内部包含两个不可寻址的优先级状态触发器。其中一个用来指示某个高优先级的中断源正在得到服务，并阻止所有其他中断的响应；另一个触发器则指出某低优先级的中断源正得到服务，所有同级的中断都被阻止，但不阻止高优先级中断源。

当同时收到几个同一优先级的中断时，响应哪一个中断源取决于内部查询顺序。其排列优先级如下。

中断源	同级内的中断查询顺序
外部中断 0	最高
定时器/计数器 0 溢出中断	
外部中断 1	↓
定时器/计数器 1 溢出中断	
串行口中断	最低

5.2.3　51 系统的中断处理过程

（1）中断系统的功能

① 实现中断响应和中断返回　当 CPU 收到中断请求后，能根据具体情况决定是否响应中断，如果 CPU 没有更急、更重要的工作，则在执行完当前指令后，响应这一中断请求。CPU 中断响应过程如下。首先，将断点处的 PC 值（即下一条应执行指令的地址）推入堆栈保留下来，这称为保护断点，由硬件自动执行。然后，将有关的寄存器内容和标志位状态推入堆栈保留下来，这称为保护现场，由用户自己编程完成。保护断点和现场后即可执行中断服务程序，执行完毕，CPU 由中断服务程序返回主程序，中断返回过程如下。首先恢复原保留寄存器的内容和

标志位的状态，这称为恢复现场，由用户编程完成。然后，再加返回指令 RETI，RETI 指令的功能是恢复 PC 值，使 CPU 返回断点，这称为恢复断点。恢复现场和断点后，CPU 将继续执行原主程序，中断响应过程到此为止。中断响应过程如图 5-2 所示。

②　实现优先权排队　通常，系统中有多个中断源，当有多个中断源同时发出中断请求时，要求单片机能确定哪个中断更紧迫，以便首先响应。为此，单片机给每个中断源规定了优先级别，称为优先权。这样，当多个中断源同时发出中断请求时，优先权高的中断能先被响应，只有优先权高的中断处理结束后才能响应优先权低的中断。单片机按中断源优先权高低逐次响应的过程称优先权排队，这个过程可通过硬件电路来实现，亦可通过软件查询来实现。

③　实现中断嵌套　当 CPU 响应某一中断时，若有优先权高的中断源发出中断请求，则 CPU 能中断正在进行的中断服务程序，并保留这个程序的断点（类似于子程序嵌套），响应高级中断，高级中断处理结束以后，再继续进行被中断的中断服务程序，这个过程称为中断嵌套，其示意如图 5-3 所示。如果发出新的中断请求的中断源的优先权级别与正在处理的中断源同级或更低时，CPU 不会响应这个中断请求，直至正在处理的中断服务程序执行完以后才能去处理新的中断请求。

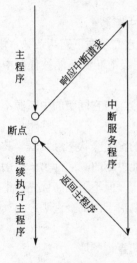

图 5-2　中断响应过程

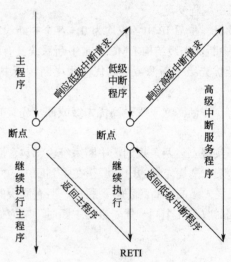

图 5-3　中断嵌套流程

（2）中断处理过程

中断处理过程可分为中断响应、中断处理和中断返回三个阶段。不同的计算机因其中断系统的硬件结构不同，因此，中断响应的方式也有所不同。这里，仅以 8051 单片机为例进行叙述。

①　中断响应　中断响应是 CPU 对中断源中断请求的响应，包括保护断点和将程序转向中断服务程序的入口地址（通常称矢量地址）。CPU 并非任何时刻都响应中断请求，而是在中断响应条件满足之后才会响应。

a. 中断响应条件。CPU 响应中断的条件如下。

● 有中断源发出中断请求。

● 中断总允许位 EA = 1。

● 申请中断的中断源允许。

满足以上基本条件，CPU 一般会响应中断，但若有下列任何一种情况存在，则中断响应会受到阻断。

- CPU 正在响应同级或高优先级的中断。
- 当前指令未执行完。
- 正在执行 RETI 中断返回指令或访问专用寄存器 IE 和 IP 的指令。

若存在上述任何一种情况，中断查询结果即被取消，CPU 不响应中断请求而在下一机器周期继续查询，否则，CPU 在下一机器周期响应中断。

CPU 在每个机器周期的 S_5P_2 期间查询每个中断源，并设置相应的标志位，在下一机器周期 S_6 期间按优先级顺序查询每个中断标志，如查询到某个中断标志为 1，将在再下一个机器周期 S_1 期间按优先级进行中断处理。

b. 中断响应过程。中断响应过程包括保护断点和将程序转向中断服务程序的入口地址。首先，中断系统通过硬件自动生成长调用指令 LACLL，该指令将自动把断点地址压入堆栈保护（不保护累加器 A、状态寄存器 PSW 和其他寄存器的内容）；然后，将对应的中断入口地址装入程序计数器 PC（由硬件自动执行），使程序转向该中断入口地址，执行中断服务程序。MCS-51 系列单片机各中断源的入口地址由硬件事先设定，分配如表 5-1 所示。

表 5-1　MCS-51 系列单片机中断源入口地址

中　断　源	入　口　地　址	中　断　源	入　口　地　址
外部中断 0	0003H	定时器 T1 中断	001BH
定时器 T0 中断	000BH	串行口中断	0023H
外部中断 1	0013H		

使用时，通常在这些中断入口地址处存放一条绝对跳转指令，使程序跳转到用户安排的中断服务程序的起始地址上去。

② 中断处理　中断处理就是执行中断服务程序。中断服务程序从中断入口地址开始执行，到返回指令"RETI"为止，一般包括两部分内容：一是保护现场，二是完成中断源请求的服务。

通常，主程序和中断服务程序都会用到累加器 A、状态寄存器 PSW 及其他一些寄存器，当 CPU 进入中断服务程序用到上述寄存器时，会破坏原来存储在寄存器中的内容，一旦中断返回，将会导致主程序的混乱，因此，在进入中断服务程序后，一般要先保护现场，然后，执行中断处理程序，在中断返回之前再恢复现场。

编写中断服务程序时还需注意以下几点。

a. 各中断源的中断入口地址之间只相隔 8 个字节，容纳不下普通的中断服务程序，因此，在中断入口地址单元通常存放一条无条件转移指令，可将中断服务程序转至存储器的其他任何空间。

b. 若要在执行当前中断程序时禁止其他更高优先级中断，需先用软件关闭 CPU 中断，或用软件禁止相应高优先级的中断，在中断返回前再开放中断。

c. 在保护和恢复现场时，为了不使现场数据遭到破坏或造成混乱，一般规定此时 CPU 不再响应新的中断请求。因此，在编写中断服务程序时，要注意在保护现场前关中断，在保护现场后若允许高优先级中断，则应开中断。同样，在恢复现场前也应先关中断，恢复之后再开中断。

③ 中断返回　中断返回是指中断服务完后，计算机返回原来断开的位置（即断点），继续执行原来的程序。中断返回由中断返回指令 RETI 来实现。该指令的功能是把断点地址从堆栈中弹出，送回到程序计数器 PC，此外，还通知中断系统已完成中断处理，并同时清除优先级状态触发器。特别要注意不能用"RET"指令代替"RETI"指令。

中断处理过程如图 5-4 所示。

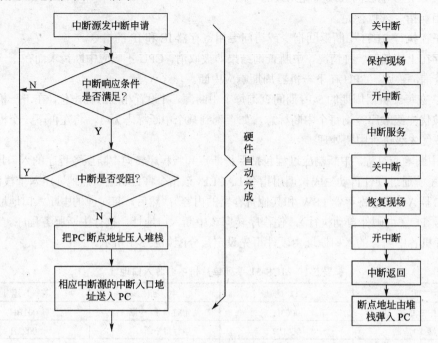

图 5-4　中断处理过程流程

（3）中断请求的撤除

CPU 响应中断请求后即进入中断服务程序，在中断返回前，应撤除该中断请求，否则，会重复引起中断而导致错误。MCS-51 各中断源中断请求撤销的方法各不相同，分别如下。

① 定时器中断请求的撤除　对于定时器 0 或 1 溢出中断，CPU 在响应中断后即由硬件自动清除其中断标志位 TF0 或 TF1，无需采取其他措施。

② 串行口中断请求的撤除　对于串行口中断，CPU 在响应中断后，硬件不能自动清除中断请求标志位 TI、RI，必须在中断服务程序中用软件将其清除。

③ 外部中断请求的撤除　外部中断可分为边沿触发型和电平触发型。

对于边沿触发的外部中断 0 或 1，CPU 在响应中断后由硬件自动清除其中断标志位 IE0 或 IE1，无需采取其他措施。

对于电平触发的外部中断，其中断请求撤除方法较复杂。因为对于电平触发外中断，CPU 在响应中断后，硬件不会自动清除其中断请求标志位 IE0 或 IE1，同时，也不能用软件将其清除，所以，在 CPU 响应中断后，应立即撤除 $\overline{INT0}$ 或 $\overline{INT1}$ 引脚上的低电平。否则，就会引起重复中断而导致错误。而 CPU 又不能控制 INT0 或 INT1 引脚的信号，因此，只有通过硬件，再配合相应软件才能解决这个问题。图 5-5 是可行方案之一。

由图 5-5 可知，外部中断请求信号不直接加在 $\overline{INT0}$ 或 INT1 引脚上，而是加在 D 触发器的 CLK 端。由于 D 端接地，当外部中断请求的正脉冲信号出现在 CLK 端时，Q 端输出为 0，$\overline{INT0}$ 或 $\overline{INT1}$ 为低，外部中断向单片机发出中断请求。利用 P1 口的 P1.0 作为应答线，当 CPU 响应中断后，可在中断服务程序中采用两条指令

```
ANL      P1,      # 0FEH
ORL      P1,      # 01H
```

来撤除外部中断请求。第一条指令使 P1.0 为 0，因 P1.0 与 D 触发器的异步置 1 端 SD 相连，Q

端输出为 1，从而撤除中断请求。第二条指令使 P1.0 变为 1，$\overline{Q} = 1$，Q 继续受 CLK 控制，即新的外部中断请求信号又能向单片机申请中断。第二条指令是必不可少的，否则，将无法再次形成新的外部中断。

（4）中断响应时间

中断响应时间是指从中断请求标志位置位到 CPU 开始执行中断服务程序的第一条指令所持续的时间。CPU 并非每时每刻对中断请求都予以响应，而且不同的中断请求其响应时间也是不同的，因此，中断响应时间形成的过程较为复杂。以外部中断为例，CPU 在每个机器周期的 S_5P_2 期间采样其输入引脚 $\overline{INT0}$ 或 $\overline{INT1}$ 端的电平，如

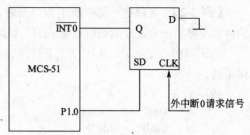

图 5-5　撤除外部中断请求的电路

果中断请求有效，则置位中断请求标志位 IE0 或 IE1，然后在下一个机器周期再对这些值进行查询，这就意味着中断请求信号的低电平至少应维持一个机器周期。这时，如果满足中断响应条件，则 CPU 响应中断请求，在下一个机器周期执行一条硬件长调用指令 "LACLL"，使程序转入中断矢量入口。该调用指令执行时间是两个机器周期，因此，外部中断响应时间至少需要 3 个机器周期，这是最短的中断响应时间。

若系统中只有一个中断源，则中断响应时间最多需要 8 个机器周期，因为如果中断查询时正在执行的指令是 RETI 指令或访问 IE 或 IE 的指令，这些指令都是 2 周期指令，并且正处在第一个周期，在最不利的情况下，此时必须再执行的指令是 MUL 或 DIV，它们是 4 个周期，再加上硬件 "LACLL" 的 2 个周期，这样共计 8 个机器周期。

如果中断请求不能满足前面所述的三个条件而被阻断，则中断响应时间将延长。例如一个同级或更高级的中断正在进行，则附加的等待时间取决于正在进行的中断服务程序的长度。

5.2.4　中断的编程和应用

MCS-51 中断系统在使用的时候，必须根据系统的功能要求对硬件进行相关专用寄存器设置，即中断系统的初始化。这种可以通过对修改寄存器，达到设置、改变工作方式的部件或器件，习惯上称之为可编程部件或可编程器件，而这样的设置往往需要在系统应用程序的最开始处进行，这就是硬件的初始化程序部分，简称初始化。

中断系统初始化是指用户对与中断相关的特殊功能寄存器，按照各控制位定义，进行赋值设定的软件程序。中断系统初始化步骤如下。

① 打开相应中断源的中断。

② 设定所用中断源的中断优先级。

③ 若为外部中断，则应规定低电平还是负边沿的中断触发方式。若是定时器/计数器中断，则需要设置定时器/计数器的工作方式、初始值，最后启动定时器/计数器。

【例 5-1】　请写出 $\overline{INT1}$ 为低电平触发、高优先级的中断系统初始化程序。

采用位操作指令

```
SETB    EA
SETB    EX₁                    ; 开 INT1 中断
SETB    PX₁                    ; 令 INT1 为高优先级
CLR     IT₁                    ; 令 INT1 为电平触发
```

采用字节型指令

```
MOV     IE,     #84H          ; 开 INT1 中断
ORL     IP,     #04H          ; 令为 INT1 高优先级
```

```
        ANL      TCON,    # 0FBH                    ；令为 INT1 电平触发
```

显然，采用位操作指令进行中断系统初始化是比较简单的，因为用户不必记住各控制位寄存器中的确切位置，各控制位名称是比较容易记忆的。

【例 5-2】 若规定外部中断 1 为边沿触发方式，低优先级，在中断服务程序中将寄存器 B 的内容左环移一位，B 的初值设为 01H。试编写主程序与中断服务程序。

为了举例方便起见，主程序处于暂停等待中断，在实际的单片机控制系统中一般是不会这样用的。

程序如下。

```
        ORG      0000H                         ；主程序
        LJMP     MAIN                          ；主程序转至 MAIN 处
        ORG      0013H                         ；中断服务程序
        LJMP     INT                           ；中断服务程序转至 INT 处
MAIN:   SETB     EA                            ；开中断
        SETB     EX1                           ；允许外中断 1 中断
        CLR      PX1                           ；设为低优先级
        SETB     IT1                           ；边沿触发
        MOV      B,       #01H                 ；设 B 的初值
HALT:   SJMP     HALT                          ；暂停等待中断
INT:    MOV      A,       B                    ；A←B
        RL       A                             ；左环移一位
        MOV      B,       A                    ；回送
        RETI                                   ；中断返回
        END
```

【例 5-3】 通过 P1.0～P1.7 控制发光二极管，输出两种节日灯，并利用外中断 P3.2，在两种状态之间切换。主程序中状态是亮 1 灯并左移循环；中断程序中的状态是以 1 秒间隔 8 灯依次亮起，再依次熄灭，循环 3 次后返回。

中断服务流程如图 5-6 所示。

程序如下。

```
        ORG      0000H
        LJMP     MAIN
        ORG      0003H                         ；中断入口
        LJMP     SERVER
        ORG      0025H
MAIN:   MOV      SP,      # 60H
        SETB     IT0                           ；设定下降沿有效
        SETB     EX0                           ；开中段
        SETB     EA
        MOV      IP,      # 01H
        MOV      A,       # 01H
LOOP:   MOV      P1,      A
        RL       A
        LCALL    DELAY
        AJMP     LOOP
```

中断服务程序如下。

```
        ORG      0200H
SERVER: PUSH     ACC
        CLR      A
        MOV      R0,      # 00H
```

```
LOOP1:   SETB    C
         RLC     A
         MOV     P1, A
         LCALL   DELAY
         JNB     ACC.7,   LOOP1
LOOP2:   CLR C
         RLC     A
         MOV     P1, A
         LCALL   DELAY
         JB      ACC.7,   LOOP2
         INC     R0
         CJNE    R0,      #03H,   LOOP1
         POP     ACC
         RETI
DELAY:   …                               ; 1s 延时
         END
```

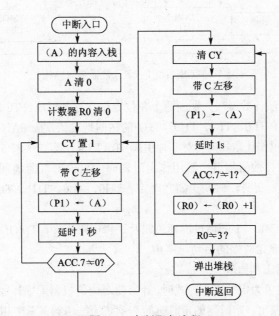

图 5-6　中断服务流程

5.3　定时器/计数器

MCS-51 单片机内部有两个 16 位可编程定时器/计数器，即定时器 T0 和定时器 T1（8052增加一个定时器 T2）。它们既可用作定时器方式，又可用作计数器方式，可编程设定 4 种不同的工作模式。

5.3.1　定时器/计数器结构

（1）定时器/计数器组成框图

MCS-51 单片机内部有两个 16 位的可编程定时器/计数器，称为定时器 0（T0）和定时器 1（T1），可编程选择其作为定时器用或作为计数器用。此外，工作方式、定时时间、计数值、启动、中断请求等都可以由程序设定，其逻辑结构如图 5-7 所示。

由图 5-7 可知，MCS-51 定时器/计数器由定时器 T0、定时器 T1、定时器方式寄存器 TMOD

和定时器控制寄存器 TCON 组成。

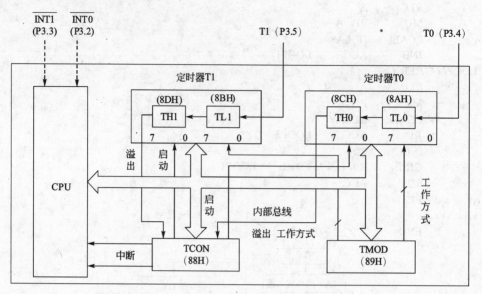

图 5-7　MCS-51 定时器/计数器逻辑结构

T0、T1 是 16 位加法计数器，分别由两个 8 位专用寄存器组成：T0 由 TH0 和 TL0 构成，T1 由 TH1 和 TL1 构成。TL0、TL1、TH0、TH1 的访问地址依次为 8AH~8DH，每个寄存器均可单独访问。T0 或 T1 用作计数器时，对芯片引脚 T0（P3.4）或 T1（P3.5）上输入的脉冲计数，每输入一个脉冲，加法计数器加 1；其用作定时器时，对内部机器周期脉冲计数，由于机器周期是定值，故计数值一定时，时间也随之确定。TH0、TL0、TH1、TL1 可根据需要由程序读写。

TMOD、TCON 与 T0、T1 间通过内部总线及逻辑电路连接，TMOD 用于设置定时器的工作方式，TCON 用于控制定时器的启动与停止。

（2）定时器/计数器工作原理

当定时器/计数器设置为定时工作方式时，计数器对内部机器周期计数，每过一个机器周期，计数器增 1，直至计满溢出。定时器的定时时间与系统的振荡频率紧密相关，因 MCS-51 单片机的一个机器周期由 12 个振荡脉冲组成，所以，计数频率 $f_c=f_{osc}/12$。如果单片机系统采用 12MHz 晶振，则计数周期为 $T=1\mu s$，这是最短的定时周期，适当选择定时器的初值可获取各种定时时间。

当定时器/计数器设置为计数工作方式时，计数器对来自输入引脚 T0（P3.4）和 T1（P3.5）的外部信号计数，外部脉冲的下降沿将触发计数。在每个机器周期的 S_5P_2 期间采样引脚输入电平，若前一个机器周期采样值为 1，后一个机器周期采样值为 0，则计数器加 1。新的计数值是在检测到输入引脚电平发生 1 到 0 的负跳变后，于下一个机器周期的 S_3P_1 期间装入计数器中的，可见，检测一个由 1 到 0 的负跳变需要两个机器周期，所以，最高检测频率为振荡频率的 1/24。计数器对外部输入信号的占空比没有特别的限制，但必须保证输入信号的高电平与低电平的持续时间在一个机器周期以上。

当设置了定时器的工作方式并启动定时器工作后，定时器就按被设定的工作方式独立工作，不再占用 CPU 的操作时间，只有在计数器计满溢出时才可能中断 CPU 当前的操作。关于定时器的中断将在下一节讨论。

（3）定时器/计数器的工作模式 TMOD (Timer Mode)

定时器/计数器 T0、T1 分别有四种工作模式,可通过工作方式寄存器 TMOD 来设定。TMOD 的字节地址是 89H,各位定义如下。

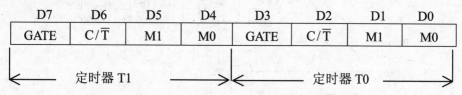

M1、M0：工作模式控制位,可构成四种工作模式,如表 5-2 所示。

表 5-2　M1、M0 四种工作模式

M1　M0	工 作 方 式	功 能 说 明
0　　0	方式 0	13 位计数器
0　　1	方式 1	16 位计数器
1　　0	方式 2	自动再装入 8 位计数器
1　　1	方式 3	定时器 0：分成两个 8 位计数器 定时器 1：停止计数

C/$\overline{\text{T}}$：功能选择位。C/$\overline{\text{T}}$ = 0 时,设置为定时器工作方式；C/$\overline{\text{T}}$ = 1 时,设置为计数器工作方式。

GATE：门控位。当 GATE=0 时,软件控制位 TR0 或 TR1 置 1 即可启动定时器；当 GATE=1 时,软件控制位 TR0 或 TR1 需置 1,同时还需 $\overline{\text{INT0}}$（P3.2）或 $\overline{\text{INT1}}$（P3.3）为高电平方可启动定时器,即允许外中断 $\overline{\text{INT0}}$、$\overline{\text{INT1}}$ 启动定时器。

TMOD 不能位寻址,只能用字节指令设置定时器工作方式,高 4 位定义 T1,低 4 位定义 T0。复位时,TMOD 所有位均置 0。

（4）定时器/计数器的控制寄存器 TCON

TCON 中的 6 位已经在 5.2.2 节中介绍了,与定时器/计数器有关的是高 4 位,用于控制定时器的启动、停止以及标明定时器的溢出和中断情况,含义如下。

TCON（88H）

位地址	8FH	8EH	8DH	8CH	8BH	8AH	89H	88H
位符号	TF1	TR1	TF0	TR0	IE1	IT1	IE1	IE0

TF1：定时器 1 溢出标志,T1 溢出时由硬件置 1,并申请中断,CPU 响应中断后,又由硬件清 0。TF1 也可由软件清 0。

TF0：定时器 0 溢出标志,功能与 TF1 相同。

TR1：定时器 1 运行控制位,可由软件置 1 或清 0 来启动或停止 T1。

TR0：定时器 0 运行控制位,功能与 TR1 相同。

5.3.2　定时器/计数器的工作方式

由前述内容可知,通过对 TMOD 寄存器中 M0、M1 位进行设置,可选择四种工作方式,下面逐一进行论述。

（1）方式 0

方式 0 构成一个 13 位定时器/计数器。图 5-8 是定时器 0 在方式 0 时的逻辑电路结构,定时器 1 的结构和操作与定时器 0 完全相同。

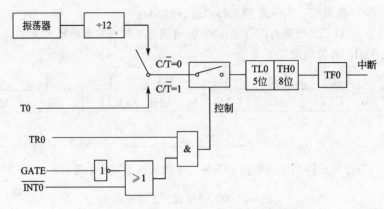

图 5-8　T0（或 T1）方式 0 时的逻辑电路结构

由图 5-8 可知：16 位加法计数器（TH0 和 TL0）只用了 13 位。其中，TH0 占高 8 位，TL0 占低 5 位（只用低 5 位，高 3 位未用）。当 TL0 低 5 位溢出时自动向 TH0 进位，而 TH0 溢出时向中断位 TF0 进位（硬件自动置位），并申请中断。

当 $C/\bar{T} = 0$ 时，多路开关连接 12 分频器输出，T0 对机器周期计数，此时，T0 为定时器。其定时时间为

$$（M-T0 初值）\times 时钟周期 \times 12 = （8192-T0 初值）\times 时钟周期 \times 12$$

当 $C/\bar{T} = 1$ 时，多路开关与 T0（P3.4）相连，外部计数脉冲由 T0 脚输入，当外部信号电平发生由 0 到 1 的负跳变时，计数器加 1，此时，T0 为计数器。

当 GATE = 0 时，或门被封锁，$\overline{INT0}$ 信号无效。或门输出常 1，打开与门，TR0 直接控制定时器 0 的启动和关闭。TR0 = 1，接通控制开关，定时器 0 从初值开始计数直至溢出。溢出时，16 位加法计数器为 0，TF0 置位，并申请中断。注意，如果需要循环计数，则定时器 T0 需重置初值。定时器使用中也可以不使用中断方式，而采用软件查询方式，查询到后，需用软件将 TF0 复位以示对事件的响应。TR0 = 0，则与门被封锁，控制开关被关断，停止计数。

当 GATE = 1 时，与门的输出由 $\overline{INT0}$ 的输入电平和 TR0 位的状态来确定。若 TR0 = 1 则与门打开，外部信号电平通过 $\overline{INT0}$ 引脚直接开启或关断定时器 T0，当 $\overline{INT0}$ 为高电平时，允许计数，否则停止计数；若 TR0 = 0，则与门被封锁，控制开关被关断，停止计数。这种方式下，由于使用了 $\overline{INT0}$ 引脚，系统的外部中断 0 就不能正常使用了。

（2）方式 1

定时器工作于方式 1 时，其逻辑结构如图 5-9 所示。

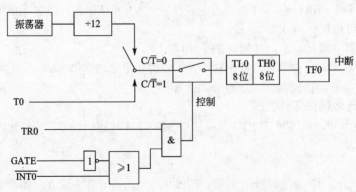

图 5-9　T0（或 T1）方式 1 时的逻辑结构

由图 5-9 可知,方式 1 构成一个 16 位定时器/计数器,其结构与操作几乎完全与方式 0 相同,唯一差别是二者计数位数不同。作定时器用时其定时时间为

（M−T0 初值）×时钟周期×12=（65536−T0 初值）×时钟周期×12

（3）方式 2

定时器/计数器工作于方式 2 时，其逻辑结构如图 5-10 所示。

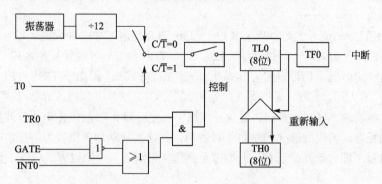

图 5-10　T0（或 T1）方式 2 时的逻辑结构

由图可知，方式 2 中 16 位加法计数器的 TH0 和 TL0 具有不同功能，其中，TL0 是 8 位计数器，TH0 是重置初值的 8 位缓冲器。

方式 0 和方式 1 用于循环计数在每次计满溢出后，计数器都复 0，要进行新一轮计数还须重置计数初值。这不仅导致编程麻烦，而且影响定时时间精度。方式 2 具有初值自动装入功能，避免了上述缺陷，适合用作较精确的定时脉冲信号发生器。其定时时间为

（M−T0 初值）×时钟周期×12=（256−T0 初值）×时钟周期×12

方式 2 中 16 位加法计数器被分割为两个，TL0 用作 8 位计数器，TH0 用以保持初值。在程序初始化时，TL0 和 TH0 由软件赋予相同的初值。一旦 TL0 计数溢出，TF0 将被置位，同时，TH0 中的初值装入 TL0，从而进入新一轮计数，如此重复循环不止。

（4）方式 3

定时器/计数器工作于方式 3 时，其逻辑结构如图 5-11 所示。

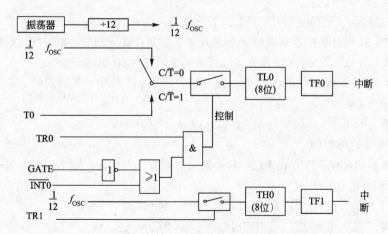

图 5-11　T0 方式 3 时的逻辑结构

由图 5-11 可知，方式 3 时，定时器 T0 被分解成两个独立的 8 位计数器 TL0 和 TH0。其中，

TL0 占用原 T0 的控制位、引脚和中断源，即 $C/\overline{T}$、GATE、TR0、TF0 和 T0（P3.4）引脚、$\overline{INT0}$（P3.2）引脚。除计数位数不同于方式 0、方式 1 外，其功能、操作与方式 0、方式 1 完全相同，可定时亦可计数。而 TH0 占用原定时器 T1 的控制位 TF1 和 TR1，同时还占用了 T1 的中断源，其启动和关闭仅受 TR1 置 1 或清 0 控制，TH0 只能对机器周期进行计数，因此，TH0 只能用作简单的内部定时，不能用作对外部脉冲进行计数，是定时器 T0 附加的一个 8 位定时器。二者的定时时间分别为

TL0：（M−TL0 初值）×时钟周期×12=（256−TL0 初值）×时钟周期×12

TH0：（M−TH0 初值）×时钟周期×12=（256−TH0 初值）×时钟周期×12

方式 3 时，定时器 1 仍可设置为方式 0、方式 1 或方式 2。但由于 TR1、TF1 及 T1 的中断源已被定时器 T0 占用，此时，定时器 T1 仅由控制位 $C/\overline{T}$ 切换其定时或计数功能，当计数器计满溢出时，只能将输出送往串行口。在这种情况下，定时器 1 一般用作串行口波特率发生器或不需要中断的场合。因定时器 T1 的 TR1 被占用，因此其启动和关闭较为特殊，当设置好工作方式时，定时器 1 即自动开始运行，若要停止操作，只需送入一个设置定时器 1 为方式 3 的方式字即可。

5.3.3 定时器/计数器的编程和应用

由于 MCS-51 单片机的定时/计数器是可编程的，并且经常工作在中断场合，因此在使用之前需要进行初始化。在编程时主要注意两点：第一能正确写入控制字；第二能进行计数初值的计算。

初始化步骤如下。

① 向 TMOD 写工作方式控制字。

② 向计数器 TL、TH 装入初值。

③ 置 TRx=1，启动计数。

④ 置 ETx=1，允许定时器/计数器中断（若需要时）。

⑤ 置 EA=1，CPU 开中断。

装载初值的计算：

当定时器/计数器工作于定时状态时，对机器周期进行计数，设单片机的晶振频率为 f_{osc}，则一个机器周期：$T_p = 12/f_{osc}$

若定时时间为 t，则对应的时间常数（计数次数）为：$T_c = t/T_p$

由于 MCS-51 单片机的定时器/计数器是加 1 计数器，计满回零，故对应定时时间 t 应装入的计数初值为：$X=2^n-T_c$（n 为工作方式选择所确定的定时器位数）。

【例 5-4】 若晶振频率为 6MHz，试计算 MCS-51 单片机定时/计数器的最小定时时间和最大定时时间。

晶振频率为 6MHz，则机器周期为：$T_p = 12/(6×10^{-6})=2\mu s$。

① 计算最小定时时间。

对于定时器的几种工作方式来说，最小定时时间都是一样的，即 $T_{min}=T_c \cdot T_p=1×2\mu s=2\mu s$

② 计算最大定时时间。

方式 0 时 T_c 最大值为 2^{13}，最大定时时间= 16.384ms。

方式 1 时 T_c 最大值为 2^{16}，最大定时时间= 131.072ms。

方式 2 时 T_c 最大值为 2^8，最大定时时间= 512μs。

【例 5-5】 若单片机的晶振频率为 6MHz，要求定时/计数器 T0 产生 100ms 的定时，试确定计数初值以及 TMOD 寄存器的内容。

当晶振频率为 6MHz 时，产生 100ms 的定时接近 MCS-51 单片机定时器定时最大值(131ms)，故只能采用方式 1(16 位定时器)，$T_p = 2\mu s$。

$T_c = t/T_p = 100ms/2\mu s = 50000$

计数初值 $X = 2^{16} - 50000 = 15536 = 3CB0H$

确定 TMOD：与 T1 有关位设为 "0"，T0 工作于方式 1，仅由软件控制

TMOD = 00000001B = 01H

【例 5-6】 设 T0 为工作模式 1，设置为定时时间为 2ms，每当 2ms 到，申请中断，在中断服务程序中将 P1.0 的内容取反送出，即在 P1.0 引脚产生 250Hz 的方波（假设晶振为 6MHz）。

下面先计算定时的 T0 初始值。

定时时间 $t = 2ms$；同例 5-5，得 $T_p = 2\mu s$

计数次数 $N = t/T_p = 1000$

对应的计数初值为 $2^{16} - 1000 = 64536 = FC18H$

编程如下。

```
            ORG     0000H
            AJMP    MAIN
            ORG     000BH
INT:        MOV     TL0,    # 18H        ；T0 中断服务程序
            MOV     TH0,    # 0FCH       ；送 2ms 计数初值
            CPL     P1.0                 ；输出取反
            RETI
MAIN:       MOV     SP,     # 63H        ；置堆栈指针
            MOV     TMOD,   # 01         ；T0 初始化
            MOV     TL0,    # 18H
            MOV     TH0,    # 0FCH；
            SETB    TR0                  ；启动 T0 计数
            SETB    ET0                  ；允许 T0 中断
            SETB    EA                   ；CPU 开中断
            SJMP    $
            END
```

【例 5-7】 试用定时器 1 方式 2 实现 1s 的延时。

因方式 2 是 8 位计数器，其最大定时时间为：$256 \times 1\mu s = 256\mu s$，为实现 1s 延时，可选择定时时间为 $250\mu s$，再循环 4000 次。定时时间选定后，可确定计数值为 250，则定时器 1 的初值为：$X = M - $ 计数值 $= 256 - 250 = 6 = 6H$。采用定时器 1 方式 2 工作，因此，TMOD = 20H。

可编得 1s 延时子程序如下。

```
DELAY:      MOV     R5,     # 28H        ；置 25ms 计数循环初值
            MOV     R6,     # 64H        ；置 250μs 计数循环初值
            MOV     TMOD,   # 20H        ；置定时器 1 为方式 2
            MOV     TH1,    # 06H        ；置定时器初值
            MOV     TL1,    # 06H
            SETB    TR1                  ；启动定时器
LP1:        JBC     TF1,    LP2          ；查询计数溢出
```

```
        SJMP    LP1                 ；无溢出则继续计数
LP2:    DJNZ    R6,     LP1         ；未到 25ms 继续循环
        MOV     R6,     #64H
        DJNZ    R5,     LP1         ；未到 1s 继续循环
        RET
```

本 章 小 结

① 中断是计算机系统一种非常有效地处理需要快速响应事件的输入输出处理机制。

② 中断及定时器/计数器的控制是通过特殊功能寄存器来实现，中断系统主要由定时器控制寄存器 TCON、串行口控制寄存器 SCON、中断允许寄存器 IE、中断优先级寄存器 IP 和硬件查询电路等组成。

③ 中断处理过程包括中断响应、中断处理和中断返回三个阶段。中断响应是在满足 CPU 的中断响应条件之后，CPU 对中断源中断请求的回答。由于设置了优先级，中断可实现两级中断嵌套。中断处理就是执行中断服务程序，包括保护现场、处理中断源的请求和恢复现场三部分内容。中断返回是指中断服务完成后，返回到原程序的断点，继续执行原来的程序；在返回前，要撤销中断请求，不同中断源中断请求的撤销方法不一样。

④ 中断程序设计包括中断初始化和中断服务程序设计，中断系统初始化的内容包括开放中断允许、确定中断源的优先级别和外部中断的触发方式；中断服务程序完成中断处理。

⑤ MCS-51 单片机定时/计数器有定时和计数两种功能，硬件核心是 16 位的计数器，当对引脚 Tx 外部信号计数时，为计数器，当对系统时钟的 12 分频计数时就是定时器。

⑥ 定时/计数器的初始化实际上就是对 TMOD、TH0(TH1)、TL0(TL1)、IE、TCON 专用寄存器中相关位的设置来实现，其中 IE、TCON 专用寄存器可进行位寻址。

延伸阅读的关键字

DMA　中断功能　　中断响应　　中断撤除　　中断嵌套　　定时方式　　时间常数
初始化
你的关键字：

习题与思考题

5-1　输入输出数据传送方式有几种？各有什么特点

5-2　什么是中断？什么叫中断嵌套？什么叫中断系统？中断系统的功能是什么？

5-3　MCS-51 单片机提供了几个中断源？有几级中断优先级？如何设定各中断源的优先级？

5-4　MCS-51 单片机同一级别同时存在多个中断申请时，CPU 按什么顺序响应（按自然优先级顺序写出各个中断源）

5-5　MCS-51 外部中断有几种触发方式？

5-6　外部中断源有电平触发和边沿触发两种触发方式，这两种触发方式所产生的中断过程有何不同？怎样设定？

5-7　MCS-51 系列单片机各中断标志是如何产生的，又如何撤销的？

5-8　MCS-51 系列单片机 CPU 响应中断时，每个中断源的中断入口地址分别是多少？中断入口地址与中断服务子程序入口地址有区别吗？

5-9　CPU 响应中断有哪些条件？在什么情况下中断响应会受阻？

5-10　简述 MCS-51 中断响应的过程。响应中断的最短和最长时间是多少？

5-11　试编写一段中断系统初始化的程序，允许外部中断 0、外部中断 1 和 T0 中断。其中，T0 中断为高优先级中断。

5-12　简述单片机定时/计数器应用时，初始化程序通常应完成的任务。

5-13　单片机定时/计数器溢出后会产生什么现象？系统会做出怎样的处理？

5-14　当 MCS-51 单片机的定时／计数器有哪几种工作方式？

5-15　MCS-51 中有几个定时/计数器？它们的计数范围在不同工作模式下是多少？

5-16　当 MCS-51 单片机的 f_{osc} 分别为 6MHz 和 12MHz 时，最大定时时长各为多少？

5-17　若 f_{osc}=6MHZ，要求 T1 定时 10ms，选择方式 0，装入时间初值后 T1 计数器自启动。如何计算时间初值？试编写定时器的初始化和启动程序。

5-18　要求从 P1.1 引脚输出频率为 1000MHz 的方波，晶振频率为 12MHz。试设计程序。

第6章 并行系统扩展技术

内容提要

① 单片机最小系统概念；（重点）

② 了解 51 单片机的三总线的组成和功能；

③ 掌握常用的扩展芯片；掌握编址技术；（重点）

④ 了解 51 单片机扩展 ROM 和 RAM 的方法；

⑤ 掌握 51 单片机扩展并行 I/O 接口的方法。（重点）

学习难点

① 80C31 最小系统组成；

② 地址译码关系图；

③ 译码电路设计；

④ 8255 应用。

6.1 并行扩展概述

MCS-51 系列单片机特点之一是系统结构紧凑、硬件设计简单灵活，可以在一些不太复杂的场合直接使用而不必添加更多的扩展外围芯片，系统设计非常简单方便，比如普通的智能仪器/仪表、小型测控系统、简易电子装置等。但是在更广泛的应用场合，仅靠单片机的内部资源是不能满足要求的，这时会存在三方面的问题。

① 存储器　当程序复杂、计算量较高而超过片内 RAM 容量时，有限的单片机内部的存储器容量不能满足设计需求。

② I/O 接口资源　当外部设备较多时，单片机原有的几个内部 I/O 接口资源会出现不足，特别是扩展外部并行总线后，实际并行端口就只有 P1 口是空闲的。

③ 功能部件　如果应用系统需要的特殊性功能单元在作为通用器件的单片机中未能提供，则需要借助专用功能芯片及组合电路实现具体的功能性需求。这个内容的讨论属于接口电路设计，但具有并行总线的功能芯片总是以 I/O 端口的形式被单片机访问，所以在扩展时，连接功能部件的设计是与 I/O 接口资源分析共同处理的。

这些情况下就需要在单片机芯片以外连接一些外围器件进行扩展，保证系统设计的完成，这些外围器件主要指的就是存储器芯片、I/O 接口芯片。系统扩展是单片机应用系统硬件设计中最常遇到的问题。单片机系统的扩展方法有两大类，这是由通信的两类基本方式决定的，本章将涉及并行扩展技术，第 7 章将涉及串行扩展技术。

需要特别指出的是，并行扩展技术作为计算机领域一种重要的技术手段，仍在被广泛使用，例如在计算机主板上，但是技术手段已经大为改进，芯片的集成度大为提高，本章是从计算机原理学习的角度介绍的，目的是引领入门，掌握扩展的基本概念，为进一步学习打下基础。实际工程应用中，在 MCS-51 上面去做复杂的并行扩展是没有必要的，例如，存储器、I/O 端口和 A/D、D/A 等功能性扩展，因为设计者如今完全可以直接在众多不同档次的、最大程度符合系统设计要求的单片机中选择，如带有大存储容量的单片机、集成 A/D、D/A 的单片机、I/O 端口更多的单片机等，以减小系统的扩展，提高系统的集成度，提升可靠性，这也就是单片机的 SoC 发展方向。即便是必须扩展诸如键盘、显示、时钟控制、传感器 IC 等功能器件时，现在的设计中都倾向于使用第 7 章介绍的串行总线扩展技术，请读者注意工程实际应用中的这个趋势。

6.1.1　最小应用系统

单片机系统的扩展是以基本的最小系统为基础的，每一个单片机系统的硬件设计都是以最小应用系统为出发点的，故应首先熟悉最小应用系统的结构。

实际上，内部带有程序存储器的 80C51 或 87C51 单片机本身就是一个最简单的最小应用系统，许多实际应用系统就是用这种成本低和体积小的单片结构实现了高性能的控制。对于目前国内较多采用的内部无程序存储器的芯片 80C31 来说，则要用外接程序存储器的方法才能构成一个最小应用系统。

最小应用系统，是指能维持单片机运行的最简单配置的系统。这种系统成本低廉、结构简单，常用来构成简单的控制系统，如开关状态的输入/输出控制等。对于片内有 ROM/EPROM 的单片机（非 803X 系列），添加晶振、复位电路和电源即构成最小应用系统。对于片内无 ROM/EPROM 的单片机（如 8031 等），其最小系统除了外部配置晶振、复位电路和电源外，还应当外接 EPROM 或 EEPROM 作为程序存储器用。最小应用系统的功能取决于单片机芯片的技术水平。

（1）片内有程序存储器的最小应用系统

片内集成程序存储器的如 80C51/87C51/89C51 等单片机，其本身通过添加必需的电路，即可构成一片最小系统，这些电路就是时钟电路和复位电路，同时 $\overline{EA}$ 接高电平，ALE、$\overline{PSEN}$ 信号不用，系统就可以工作，如图 6-1 所示，该系统的特点如下。

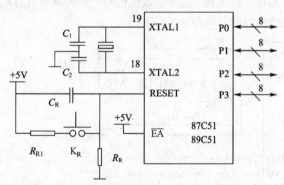

图 6-1　MCS-51 单片机 ROM 型最小应用系统

① 系统所有 I/O 线供用户使用：P0、P1、P2、P3 四个口都可以作为 I/O 口使用。

② 内部存储器的容量有限，只有 128 B 的数据存储器和 4 KB 的程序存储器。

③ $\overline{EA}$ 接高电平，ALE、$\overline{PSEN}$ 不用。

④ 在此基础上的应用系统进一步开发具有特殊性，由于应用系统的 P0 口、P2 口是单片机预留的外部总线，需要作为数据、地址总线，故在应用中，需要特别注意这两个端口的信号特点，当使用 P0 口、P2 口作为用户 I/O 端口后，避免再使用它们作为总线扩展。

（2）片内无程序存储器的最小应用系统

片内无程序存储器的芯片构成最小应用系统时，必须在片外扩展程序存储器。由于一般用作程序存储器的 EPROM 芯片不能锁存地址，故扩展时还应再添加 1 个锁存器实现地址锁存，这就构成一个 3 片最小系统，以 80C31 为例的最小系统如图 6-2 所示。该图中地址锁存器常使用型号为 74LS373，用于锁存低 8 位地址，程序存储器是 16KB 的 EPROM 27128，要求地址线 14 根（A0～A13），它由 P0 和 P2.0～P2.5 组成。

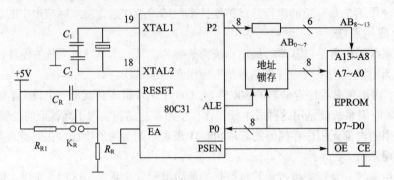

图 6-2　MCS-51 单片机无 ROM 型最小应用系统

80C31 芯片本身的连接除 $\overline{EA}$ 必须接地、表明选择外部存储器外，其他与 80C51/87C51 最小应用系统一样，也必须有复位及时钟电路。

地址锁存器的锁存信号来自 ALE，当 ALE 下降沿到来后锁存地址低 8 位。当程序存储器的取指信号 $\overline{PSEN}$ 低电平期间，EPROM 把数据送到 P0 口以供 80C31 读入。由于程序存储器芯片只有一片，故其片选 $\overline{CE}$ 线直接接地。

6.1.2　并行总线

MCS-51 系列单片机最常见的扩展方法是构成外部并行总线，所有的外部并行芯片都通过这三组总线进行扩展，与单片机连接，这个总线结构与一般的微型计算机三总线结构是一致的。MCS-51 单片机片外总线接口信号如图 6-3 所示。

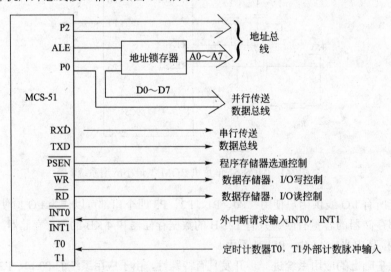

图 6-3　MCS-51 总线接口信号

MCS-51 系列单片机片外引脚可以构成三总线结构，即地址总线 AB、数据总线 DB 和控制总线 CB。

① 地址总线 AB（Address Bus）　由 P0 口提供低 8 位 A0～A7，P2 口提供高 8 位 A8～

A15。地址总线宽度为 16 位，故可寻址范围为 $2^{16}=64KB$。

由于 P0 口还要作数据总线口，只能分时用作地址线，故 P0 口输出的低 8 位地址数据必须用锁存器锁存。锁存器的锁存控制信号为引脚 ALE 输出的控制信号，在 ALE 的下降沿将 P0 口输出的地址数据锁存。

P2 口具有输出锁存的功能，能保留地址信息，故不需外加锁存器。P0、P2 口在系统扩展中用作地址线后便不能作为一般 I/O 口使用。

② 数据总线 DB（Data Bus） 由 P0 口提供。

P0 口是双向、输入三态控制的 8 位通道口。所有单片机与外部交换的数据、指令、信息，除少数可直接通过 P1 口外，全部通过 P0 口传送。数据总线要连到多个连接的外围芯片上，而在同一时间里只能够有一个是有效的数据传送通道。哪个芯片的数据通道有效则由地址线控制各个芯片的片选线来选择。

③ 控制总线 CB（Control Bus） 包括片外系统扩展用控制线和片外信号对单片机的控制线。系统扩展用控制线有 $\overline{WR}$、$\overline{RD}$、$\overline{PSEN}$、ALE 和 $\overline{EA}$ 等。

$\overline{RD}$、$\overline{WR}$：用于片外数据存储器（RAM）的读/写控制。当执行片外数据存储器操作指令 MOVX 时，这两个控制信号自动生成。

$\overline{PSEN}$：片外程序存储器取指信号。用于片外程序存储器如 EPROM 的读控制。

ALE：地址锁存信号，用以实现对低 8 位地址的锁存。通常，ALE 在 P0 口输出地址期间用下降沿控制锁存器来锁存地址数据。

$\overline{EA}$：用于选择片内或片外程序存储器。当 $\overline{EA}=0$ 时，只访问外部程序存储器，不论片内有无程序存储器。对于内部有 ROM 的单片机，$\overline{EA}=1$ 时，可以使程序从内部 ROM 开始执行，当 PC 值超出内部 ROM 的容量时，会自动转向外部程序存储器空间。

6.2 并行扩展原理

MCS-51 单片机并行扩展的原理，简单地说就是基于并行三总线，利用具有并行接口的扩展器件（芯片），合理的配置存储空间，以构成单片机应用系统。

6.2.1 并行扩展内容与方法

MCS-51 单片机系统的扩展一般有以下几方面的内容。

① 外部程序存储器的扩展。

② 外部数据存储器的扩展。

③ 输入/输出接口的扩展。

④ 管理功能器件的扩展（如定时/计数器、键盘/显示器、中断优先编码器等）。

系统扩展的基本方法如下。

① 使用 TTL 中小规模集成电路进行扩展。

② 采用 Intel MCS-80/85 微处理器外围芯片来扩展。

③ 采用其他通用标准芯片扩展。

④ 为扩展芯片分配存储空间。

⑤ 按照电气特性将扩展芯片与 3 总线连接。

6.2.2 基本扩展芯片简介

（1）8D 锁存器 74LS373

74LS373 是一种带输出三态门的 8D 锁存器，表 6-1 是其功能表，其内部结构及作为地址锁存器应用的示意图如图 6-4 所示。从表 6-1 中可见，G 端的下降沿后，输入端的数据被锁存。应用中只要将 ALE 信号连接到此，并保持输出控制端 $\overline{\text{OE}}$ 如图 6-4 所示接地，三态门将一直打开，这样就可以将 P0 口的低 8 位地址信息保持住，并在输出端形成地址总线的低 8 位。

表 6-1　74LS373 功能表

$\overline{\text{OE}}$	G	功　能
0	1	取数　$iQ = iD$
0	0	保持　iQ 不变
1	X	输出高阻

常用的锁存器还有 74LS273、74LS573、Intel 8282 和 Intel 8283 等。

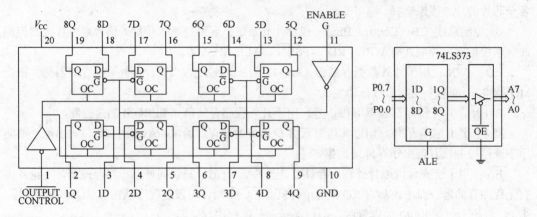

图 6-4　74LS373 内部结构与地址锁存器应用

（2）8D 锁存器 74LS273

74LS273 是一种带有清除端的 8D 触发器，只有在清除端保持高电平时，才具有锁存功能，引脚与状态表如图 6-5 所示。74LS273 在系统扩展中常作为简单输出接口扩展使用。

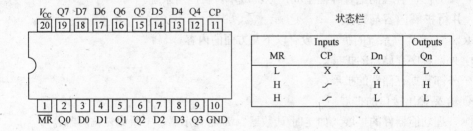

图 6-5　74LS273 引脚与状态表

（3）总线驱动器 74LS244，74LS245

总线驱动器 74LS244 和 74LS245 经常用作三态数据缓冲器，74LS244 为单向三态数据缓冲器，而 74LS245 为双向三态数据缓冲器。74LS244 的内部有 8 个三态驱动器，分成两组，分别由控制端 $\overline{\text{1G}}$ 和 $\overline{\text{2G}}$ 控制；74LS245 的内部有 16 个三态驱动器，分成两组。在控制端 $\overline{\text{G}}$ 有效时，由 DIR 端控制驱动方向。74LS244 和 74LS245 的结构如图 6-6 所示。

单向传输的 72LS244 可用作 8 位地址总线驱动器，也可作为简单数据输出扩展接口；双向传输的 72LS245 可用作 8 位数据总线驱动器。

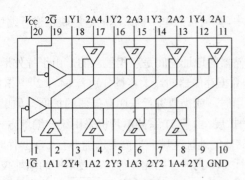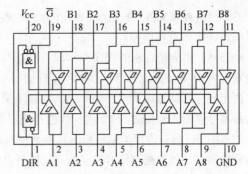

图 6-6　74LS244（左）与 74LS245（右）的结构

（4）译码器 74LS138、74LS139

74LS138 和 74LS139 是常用的地址译码器芯片，其引脚如图 6-7 所示。

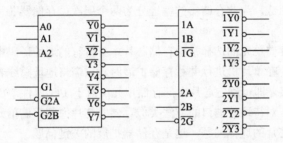

图 6-7　74LS138（左）与 74LS139（右）引脚

74LS138 是 3-8 译码器，即对 3 个输入信号进行译码，得到 8 个输出状态。其中 G1、$\overline{G2A}$、$\overline{G2B}$ 为使能端，用于引入控制信号。只有当 G1 为"1"且 $\overline{G2A}$、$\overline{G2B}$ 均为"0"时，译码器才能进行译码输出。否则译码器的 8 个输出端全为高阻状态。译码输入端与输出端之间的译码关系如表 6-2 所示。

74LS139 跟 74LS138 类似，区别在于 139 内部是 2 个独立的 2-4 译码器，引脚 1～7 是第一组，引脚 9～15 是第二组，译码输入端与输出端之间的译码关系如表 6-3。

表 6-2　74LS138 真值表

输		入				输 出
G1	$\overline{G2B}$	$\overline{G2A}$	C	B	A	
1	0	0	0	0	0	$\overline{Y0}$ =0，其余为 1
1	0	0	0	0	1	$\overline{Y1}$ =0，其余为 1
1	0	0	0	1	0	$\overline{Y2}$ =0，其余为 1
1	0	0	0	1	1	$\overline{Y3}$ =0，其余为 1
1	0	0	1	0	0	$\overline{Y4}$ =0，其余为 1
1	0	0	1	0	1	$\overline{Y5}$ =0，其余为 1
1	0	0	1	1	0	$\overline{Y6}$ =0，其余为 1
1	0	0	1	1	1	$\overline{Y7}$ =0，其余为 1
其他状态			X	X	X	全部为 1

表 6-3　74LS139 真值表

输		入	输		出	
$\overline{G}$	B	A	$\overline{Y3}$	$\overline{Y2}$	$\overline{Y1}$	$\overline{Y0}$
1	X	X	1	1	1	1
0	0	0	1	1	1	0
0	0	1	1	1	0	1
0	1	0	1	0	1	1
0	1	1	0	1	1	1

6.2.3　并行扩展编址技术

MCS-51 系列单片机对并行扩展系统的资源也采用地址管理方法，所有的资源都被安排给相应的地址并能被 CPU 唯一访问到, 在并行扩展中, 如何按照单片机系统的地址映像进行编址, 是系统设计中的重要内容。

MCS-51 系列单片机的程序存储器与数据存储器的地址空间是互相独立的, 由于片外地址总线宽度为 16 位, 因此它可扩展的程序存储器和数据存储器的最大容量分别有 64 (2^{16}) KB。当片内无程序存储器或片内程序存储器容量不够用时, 就需要进行程序存储器的扩展; 如果片内的数据存储器不够用时, 则需进行数据存储器的扩展; 由于 51 系列单片机采用统一编址方式, 并行扩展的 I/O 端口占用的地址属于片外数据存储器的地址区域, 当需要增加并行 I/O 器件时, 就需要按照对片外数据存储器扩展的方法进行并行 I/O 扩展。因此并行扩展技术中的编址技术问题, 统一为存储器扩展问题。其中对程序存储器类芯片访问的控制信号 $\overline{PSEN}$ 与此类芯片的输出允许端 $\overline{OE}$ 连接, 对数据存储器类芯片访问的控制信号 $\overline{RD}$、$\overline{WR}$ 分别与此类芯片的输出允许端 $\overline{OE}$ 和写控制端 $\overline{WE}$ 连接。

存储器扩展的核心问题是存储器的编址问题。所谓编址就是给存储单元分配地址。由于存储器通常由多片芯片组成, 为此存储器的编址分为两个层次: 存储器芯片的选择和存储器芯片内部存储单元的选择。

存储器芯片内部存储单元的选择是由存储芯片本身带有的地址译码电路实现的。对于存储器类芯片, 方法简单, 在单片机进行并行存储扩展时, 只需将地址总线若干位与存储芯片本身的片上地址线对应连接, 即可确定芯片内部存储单元; 对于 I/O 器件, 需要根据 I/O 扩展芯片的特点进行端口选择, 对待这些端口的方法类似存储器芯片内部存储单元选择。至此, 接下来的任务就是如何解决芯片的选择问题, 这是存储器扩展的关键问题。

（1）存储器芯片的选择方法

① 线选法 所谓线选法, 就是直接以系统的地址作为存储芯片的片选信号, 为此只需把高位地址线与存储芯片的片选信号直接连接即可。特点是简单明了, 不需增加另外电路。缺点是存储空间不连续。适用于小规模单片机系统的存储器扩展。

② 译码法 所谓译码法就是使用译码器对系统的高位地址进行译码, 以其译码输出作为存储芯片的片选信号。这是一种最常用的存储器编址方法, 能有效地利用空间, 特点是存储空间连续, 适用于大容量多芯片存储器扩展。常用的译码芯片有 74LS138 和 74LS139 等, 它们的 CMOS 型芯片分别是 74HC138 和 74HC139。

译码法又分为完全译码和部分译码两种。

• 完全译码: 使用了全部地址线进行地址译码, 使得地址与存储单元一一对应, 即每个存储单元占用的地址是唯一的。

• 部分译码: 地址译码仅使用了部分地址线, 而其他地址线未参加地址译码, 这样会造成地址与存储单元不是一一对应的, 而是 1 个存储单元占用了几个地址。若有 1 根地址线不接, 一个单元会占用 2 (2^1) 个地址; 2 根地址线不接, 一个单元占用 4 (2^2) 个地址; 3 根地址线不接, 则占用 8 (2^3) 个地址, 依此类推。

根据译码法对译码器的使用方法, 还可以分为以下两种。

• 译码器级连: 当组成存储器的芯片较多, 不能用线选法片选, 又没有大位数译码器时, 可采用多个小位数译码器级连的方式进行译码片选。

• 译码法与线选法混合使用: 译码法与线选法的混合使用时, 凡用于译码的地址线就不应再用于线选; 反之, 已用于线选的地址线就不应再用于译码器的译码输入信号。

（2）地址译码关系图

并行扩展中地址的关键是规划、明晰扩展芯片的地址范围, 而某个扩展器件上的单元或端口被选中主要由两个因素决定：一个是芯片选择位 $\overline{CE}$ 必须为低电平，另一个是芯片本身的地址线与单片机地址线的连接。在扩展电路分析或设计地址译码器电路时，采用地址译码关系图，来研究并行扩展中的地址分配问题，将会带来很大的方便。

所谓地址译码关系图，就是一种用简单的符号来表示全部地址译码关系的示意图，其格式形如

A15	A14	A13	A12	A11	A10	A9	A8	A7	A6	A5	A4	A3	A2	A1	A0
•	•	1	0	X	X	X	X	X	X	X	X	X	X	X	X

A15～A0 代表 16 位地址，在地址译码关系图中可以有三种符号来表达地址线上的状态，也就是地址信息。

"•"：表示该位地址没有参加对象的译码，该位地址线与对象器件无连接。

"0"、"1"：表示芯片选择状态，即对象器件被选中时的有效地址状态，对应芯片选择地址线。当采用完全译码器译码时，连接到译码器的地址线。

"X"：片上地址选择，是片内译码，取决于对象器件的需要。

地址译码关系图涵盖了以下信息。

什么译码方式："•"的存在，说明为部分译码，否则为全译码。

地址冗余数量："•"反映片外译码线数量"n"，地址冗余为 2^n 个。地址冗余指同一个单元，有多少个可用地址与之对应。

芯片存储单元容量："X"反映出片内译码线数量"m"，芯片容量为 2^m Byte。

全部地址范围：全部"X"为"0"到全部"X"为"1"，就是对象器件的全部片上地址，与芯片地址结合，就可以得到系统完全的地址划分。

【例 6-1】 某存储器地址分析后，绘制的地址译码关系图如下，那么这是什么译码方式？地址冗余有多少？芯片的容量和地址范围是什么？片外译码线有几根？

A15	A14	A13	A12	A11	A10	A9	A8	A7	A6	A5	A4	A3	A2	A1	A0
•	0	1	0	0	X	X	X	X	X	X	X	X	X	X	X

有 1 个 "•"（A15 不接），表示为部分译码，$n=1$，则每个单元占用 2 个地址。片内译码线有 11 根（A10～A0），$m=11$，芯片容量为 2^{11} Byte，片外译码线有 4 根。其所占用的地址范围如下。

当 A15 为 0 时，所占用地址为 0010000000000000～0010011111111111，即 2000H～27FFH。

当 A15 为 1 时，所占用地址为 1010000000000000～1010011111111111，即 A000H～A7FFH。

共占用了两组地址，这两组地址在使用中同样有效。

6.3 程序存储器的扩展

程序存储器是用于存放程序代码的，也用于存放常数，寻址空间为 64KB。当片内 ROM 不够使用时，需扩展程序存储器。由于单片机应用系统往往是一种专用系统，其程序在实际应用中通常是固定不变的，所以用作程序存储器的器件是 ROM 类器件。

6.3.1 常用程序存储器芯片

单片机程序存储器一般采用 64KB 字节以下 EPROM\EEPROM\Flash ROM 等类型的芯片。常用的芯片主要有 Intel 公司、Atmel 公司等生产的如 27 系列、28 系列、29 系列 ROM 类只读存储器。

（1）常用的 EPROM 芯片

扩展程序存储器常用的芯片是 EPROM（Erasable Programmable Read Only Memory）型（紫外线可擦除型），Intel 公司生产的 27 系列包括 2716（2K×8）、2732（4K×8）、2764（8K×8）、27128（16K×8）、27256（32K×8）、27512（64K×8）等，其中高位数字 27 表示该芯片是 EPROM，XXX 数字能被 8 整除，表明存储器容量位元（bit）数量，单位 Kbit，如 2732（32/8=4KB）表示 4KB 存储容量的 EPROM。常用 EPROM 芯片引脚和封装如图 6-8 所示。引脚功能如下。

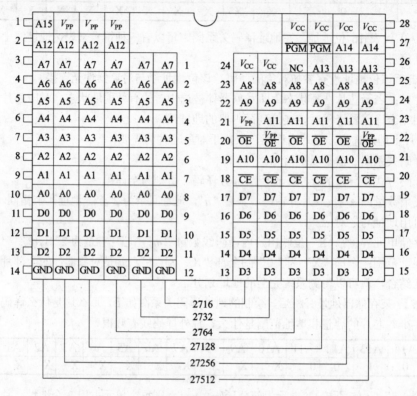

图 6-8　常用 EPROM 芯片引脚和封装

A0～A15：地址线引脚。数目决定存储容量。

D7～D0：数据线引脚。

$\overline{CE}$：片选输入端。

$\overline{OE}$：输出允许控制端。

$\overline{PGM}$：编程时，加编程脉冲的输入端。

V_{PP}：编程时，编程电压（+12V 或+25V）输入端。

V_{CC}、GND：芯片的工作电源，+5V。

NC：无用端。

（2）典型的 EEPROM 芯片

EEPROM 是电可擦除只读存储器，既可像 RAM 那样可读可写，又具有 ROM 在掉电后仍可长期保持所存储的数据，因此，它被广泛用作单片机的程序存储器和速度要求低的数据存储器。EEPROM 作为程序存储器使用时，CPU 读取 EEPROM 数据同读取一般 EPROM 操作相同；但 EEPROM 的写入时间较长，必须用软件或硬件来检测写入周期。

Intel 公司生产的 28 系列 EEPROM 型号命名类似 27 系列，如 2816（2K×8）、28C256（32K×

8），Atmel 公司的产品命名更直接，后两位就是存储容量 KB，如 AT28C16（16K）、AT28C64（64K）等，以及 AT28C010（1M）、AT28C040（4M）等大容量 EEPROM。EEPROM 特点如下。

① 单一的+5V 电源供电，用+5 V 电可擦除可写入。

② 使用次数为 1 万次，信息保存时间为 10 年。

③ 读出时间为纳秒级，写入时间较慢，为毫秒级。

2817A 是在 2816 基础上进行工艺改进了的 EEPROM，利用硬件引脚 RDY/$\overline{\text{BUSY}}$ 来检测写操作是否完成，擦/写操作时无需外加编程电源和写入脉冲，类似静态 RAM 的写操作一样，使用更方便可靠。2817A 芯片引脚和封装如图 6-9 所示。

（3）典型的 Flash ROM 芯片

Flash ROM，常被称为快闪 ROM，是一种更快速的电擦除式存储器，它是在 EPROM 工艺的基础上增添了芯片整体电擦除和可再编程功能。Flash ROM 又分为 NOR 型与 NAND 型，NOR 型闪存更像有独立的地址线和数据线，比较适合频繁随机读写的场合，通常用于存储程序代码并直接在闪存内运行；而 NAND 型地址线和数据线是共用的 I/O 线，主要用来存储资料，如闪存盘。单片机这样的嵌入式系统中可以选用 NOR 型 Flash ROM。Flash ROM 型号很多，常用的有 29 系列和 28F 系列。29 系列有 29C256（32K×8）、29C512（64K×8）、29C010（128K×8）、29C020（256K×8）、29040（512K×8）等，28F 系列有 28F512（64K×8）、28F010（128K×8）、28F020（256K×8）、28F040（512K×8）等。主要性能特点如下。

① 电可擦除、可改写、数据保持时间长。

② 可重复擦写/编程大于 1 万次。

③ 有些芯片具有在系统可编程 ISP 功能。

④ 读出时间为纳秒级，写入和擦除时间为毫秒级。

⑤ 低功耗、单一电源供电、价格低、可靠性高，性能比 EEPROM 优越。

Flash ROM 29C256 芯片引脚和封装如图 6-10 所示。

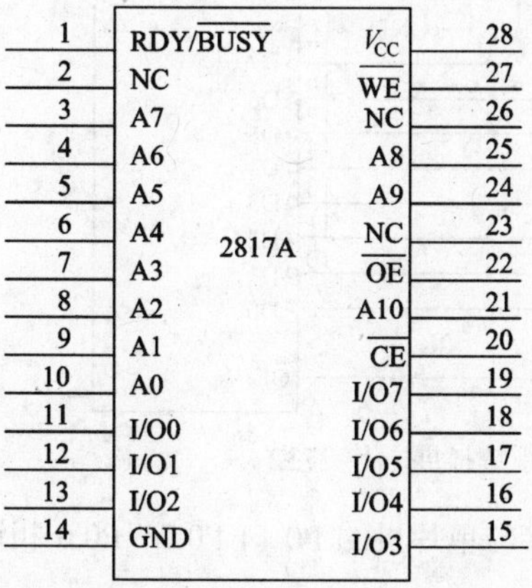

图 6-9　EEPROM 2817A 引脚图

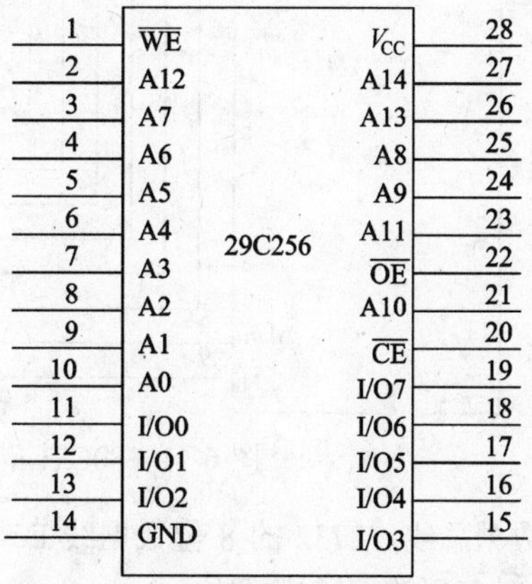

2817A 引脚（左列 1~14）：RDY/$\overline{\text{BUSY}}$、NC、A7、A6、A5、A4、A3、A2、A1、A0、I/O0、I/O1、I/O2、GND

2817A 引脚（右列 28~15）：V_{CC}、$\overline{\text{WE}}$、NC、A8、A9、NC、$\overline{\text{OE}}$、A10、$\overline{\text{CE}}$、I/O7、I/O6、I/O5、I/O4、I/O3

图 6-10　Flash ROM 29C256 引脚图

29C256 引脚（左列 1~14）：$\overline{\text{WE}}$、A12、A7、A6、A5、A4、A3、A2、A1、A0、I/O0、I/O1、I/O2、GND

29C256 引脚（右列 28~15）：V_{CC}、A14、A13、A8、A9、A11、$\overline{\text{OE}}$、A10、$\overline{\text{CE}}$、I/O7、I/O6、I/O5、I/O4、I/O3

6.3.2 程序存储器扩展举例

程序存储器的扩展问题实际上就是研究程序存储器与单片机的连线问题，也就是如何根据地址要求，将程序存储器芯片管脚与单片机三总线的连接的问题，具体内容如下。

① 数据总线　存储器芯片的 8 位数据线 D7～D0 连接到单片机片外数据总线，也就是与单片机的 P0 口的 P0.7～P0.0 连接。

② 地址总线　根据芯片容量和地址要求，进行地址译码分析并得到地址译码关系图，程序

存储器的容量决定了片上地址线的根数，尽量和低位地址线连接，即地址译码关系图中"X"尽量靠右设计，其次设计芯片选择地址线。

③ 控制总线　常用的有两根控制线。程序存储器的读允许信号$\overline{OE}$与单片机的读选通信号$\overline{PSEN}$相连；程序存储器片选线$\overline{CE}$的接法决定了程序存储器的地址范围，当只采用一片程序存储器芯片时，可以直接接地，当扩展芯片很少时，可以采用线选法，直接连接空闲地址线，当扩展芯片较多时，需要使用译码器译码法来选中，接译码器的输出。

下面分3种情况，以27系列EPROM为例说明程序存储器的扩展方法。

（1）不用片外译码的单片程序存储器扩展

在单片机系统设计时，如果某个程序存储器可以被一直选中，则最简单的连接就是用片外译码，而直接将芯片的$\overline{CE}$接地，典型的应用就是在由80C31单片机组成的系统中。

【例6-2】　在8031单片机上用2732 EPROM芯片扩展程序存储器构成最小系统。

80C31单片机构成的最小系统结构如图6-2所示，具体使用2732作为EPROM，就需要将2732按3总线的要求连接，其连接的关键在于地址译码。硬件连接线路如图6-11所示。

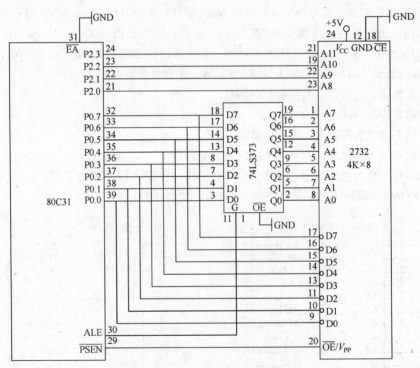

图6-11　80C31单片机最小系统扩展一片2732

① 数据总线　2732的8位数据线D7～D0直接与单片机的P0口P0.7～P0.0相连。P0口是一个分时复用的地址/数据线。

② 地址总线　单片机扩展片外存储器时，地址线是由P0和P2口提供的。因为没有片外译码，所以只需要考虑片上地址线的连接方法，由于一般所采用的芯片其字节数均超过256个单元，也就是说片内地址线超过8条，故地址译码的核心问题是高8位地址线的连接。2732容量4KB，有12根地址线，除了使用低8位A7～A0，还需要使用高8位地址线中的4位，按照地址译码原则，尽量用低位地址线的原则，这里使用A11～A8，而其余4位A15～A12空闲。低8位A70～A通过锁存器74LS373与P0口连接，高4位A11～A8直接与P2口的P2.3～P2.0连接，P2口本身有锁存功能。注意，锁存器的锁存使能端G必须和单片机的ALE管脚相连。

③ 控制总线 因为最小系统只需要扩展一个芯片，就是 2732，所以 2732 的片选信号端 $\overline{CE}$ 直接接地，处于一直选中状态；最后连接程序存储器读选通扩展信号 $\overline{PSEN}$ 到 2732 输出允许端 $\overline{OE}$ 。

④ 扩展程序存储器地址范围的确定 作出地址译码关系图，确定 2732 片上起始和结束单元的地址如下。

	A15	A14	A13	A12	A11	A10	A9	A8	A7	A6	A5	A4	A3	A2	A1	A0
起始	•	•	•	•	0	0	0	0	0	0	0	0	0	0	0	0
结束	•	•	•	•	1	1	1	1	1	1	1	1	1	1	1	1

因为 A15～A12 这 4 位空闲，所以这时是部分译码，地址冗余为 $2^4=16$，供 16 组地址与 2732 的 4KB 单元对应（即 1 个单元将有 16 个地址号），本例中扩展的 2732 的地址范围最小一组是 0000H～0FFFH（空闲的引脚取 0），共 4K 字节容量。

与 87C51/89S51 单片机最小系统比较，80C31 最小系统电路增加了片外存储器和地址锁存器，而两者功能相同，所以在单片机应用系统硬件设计中应注意，尽量减少芯片使用个数，使得电路结构简单，提高可靠性，这也是 89C51 比 80C31 使用更加广泛的原因之一。

（2）采用译码法的单片程序存储器扩展

译码法的特点就是使用地址译码器对空闲地址线进行译码，结果作为芯片的选择信号。

【例 6-3】 仍以 80C31 单片机为例，采用译码法扩展一片 2764 EPROM 存储器。

硬件电路如图 6-12 所示。

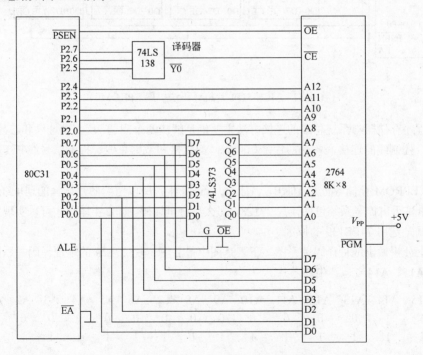

图 6-12 单片机扩展 2764 EPROM 电路

① 确定片上地址线 2764 EPROM 芯片容量是 8KB，需要 13 根地址线，即 A12～A0。

② 芯片地址译码 选用 74LS138 作为译码器，对空闲的 3 根地址线 A13、A14、A15 进行译码，输出 $\overline{Y0}$ 接 2764 $\overline{CE}$ 端。

③ 地址范围的确定 作出地址译码关系图，因为 $\overline{Y0}$ 输出有效的条件是 74LS138 译码器 A、

B、C=0，所以 A13、A14、A15=0，然后确定 2764 片上起始和结束单元的地址如下。

	A15	A14	A13	A12	A11	A10	A9	A8	A7	A6	A5	A4	A3	A2	A1	A0
起始	0	0	0	0	0	0	0	0	0	0	0	0	0	0	0	0
结束	0	0	0	1	1	1	1	1	1	1	1	1	1	1	1	1

可见所有地址线参加了译码，这时是全译码，没有地址冗余，本例中扩展的 2764 的地址范围是 0000H～1FFFH，共 8K 字节容量。

（3）采用译码法的多片程序存储器扩展

【例 6-4】 图 6-13 是对 MCS-51 单片机扩展 4 片 27128 EPROM 存储器的电路图，分析电路特点。

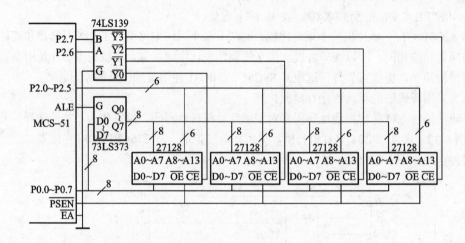

图 6-13　MCS-51 单片机译码法扩展 EPROM

多片程序存储器与系统总线的连接方法主要仍是解决两个问题：片上地址线和芯片选择线。而数据线、控制线的连接，各个芯片是相同的，都直接和数据总线、控制信号线 $\overline{PSEN}$ 对应连接即可。

27128 EPROM 存储容量是 16KB，片上地址线 14 根，所以留给芯片选择的地址线就只有 2 根了，图中显示出扩展系统包括 4 片 27128，那么只有全译码，即 2-4 译码才可以实现对它们的选择，这就是选用 74LS139 的原因。

据以上分析做出地址译码关系图，下表是图中最右侧一片 27128 的地址译码关系图，其中芯片选择 A15、A14=1，选中该芯片。

	A15	A14	A13	A12	A11	A10	A9	A8	A7	A6	A5	A4	A3	A2	A1	A0
起始	1	1	0	0	0	0	0	0	0	0	0	0	0	0	0	0
结束	1	1	1	1	1	1	1	1	1	1	1	1	1	1	1	1

自左至右 4 个 27128 的地址范围分别是 0000H～3FFFH、4000H～7FFFH、8000H～DFFFH、C000H～FFFFH，共 64KB 容量可用。

（4）采用线选法的多片程序存储器扩展

【例 6-5】 图 6-14 是对 MCS-51 单片机扩展 3 片 2764 EPROM 存储器的电路图，分析电路特点。

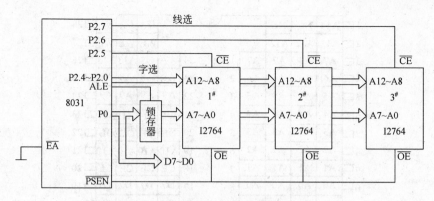

图 6-14 MCS-51 单片机线选法扩展 EPROM

使用 8KB 的 2764 芯片，将有 3 根空闲地址线，恰好作为这 3 个芯片的选择信号线，与译码法不同的是，此时这 3 根地址线同时只能有一个为低电平，才能保证有唯一的单元被选中，对应关系为：

		A15（P2.7）	A14（P2.6）	A13（P2.5）
1#	2764	1	1	0
2#	2764	1	0	1
3#	2764	0	1	1

填入地址译码关系图即可以分析得到每个 2764 的地址范围。自左至右 3 个 2764 的地址范围分别是 C000H～DFFFH、A000H～BFFFH、6000H～7FFFH，共 24K 字节容量可用。

比较本例与例 6-4 可以发现，线选法虽然电路设计简单，但即使使用了所有的地址线，还是存在地址不连续现象，所以线选法对地址资源是不能充分利用的。

6.4 数据存储器的扩展

RAM 是用来存放各种数据的，MCS-51 系列 8 位单片机内部有 128 字节 RAM 存储器，它们可以作为工作寄存器、堆栈、软件标志和数据缓冲器，CPU 对内部 RAM 具有丰富的操作指令。因此这个 RAM 是十分珍贵的资源，应合理地、充分地使用片内 RAM 存储器，发挥它的作用。但是，在诸如数据采集处理的应用系统中，仅仅片内的 RAM 存储器往往是不够的。在这种情况下，可以利用单片机的扩展功能，扩展外部数据存储器。MCS-51 单片机扩展片外数据存储器的地址线也是由 P0 口和 P2 口提供的，因此最大寻址范围为 64K 字节。

常用的外部数据存储器有静态 RAM（Static Random Access Memory，SRAM）和动态 RAM（Dynamic Random Access Memory，DRAM）两种。前者相对读写速度高，一般都是 8 位宽度，易于扩展，且大多数与相同容量的 EPROM 引脚兼容，有利于印刷板电路设计，使用方便；缺点是集成度低，成本高，功耗大；一般情况下，SRAM 用于仅需要小于 64KB 数据存储器的小系统。后者集成度高，成本低，功耗相对较低；缺点是需要增加一个刷新电路，附加另外的成本；DRAM 常用于需要比较大数据存储器的大系统中，如通用微机系统，在单片机系统中则很少使用。

6.4.1 常用数据存储器芯片

常用的 SRAM 有 6116（2KB×8）、6264（8KB×8）、62128（16KB×8）、62256（32KB×8）等芯片，双列直插，6116 为 24 引脚封装，6264、62128、62256 为 28 引脚封装。常用 SRAM 芯片引脚和封装如图 6-15 所示，引脚功能如下。

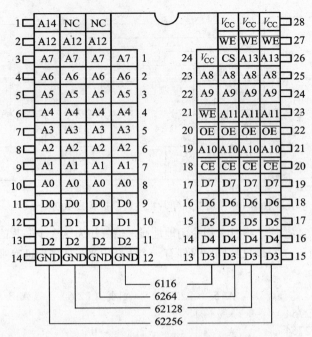

图 6-15　常用 SRAM 芯片引脚和封装

A0～A15：地址输入线。

D0～D7：双向三态数据总线，有时也用 I/O0～I/O7 表示。

$\overline{CE}$：片选线，低电平有效。对于 6264，它有两个片选，20 脚 $\overline{CE}$（也称 CE1）及 26 脚 CS（也称 CE2），选中该芯片条件必须是 $\overline{CE}$=0、CS=1，一般使用中 CS 直接接高电平，用 $\overline{CE}$ 作为实际的片选。

$\overline{OE}$：读选通线，低电平有效。

$\overline{WE}$：写选通线，低电平有效。

V_{CC}：电源线，接 +5V 电源。

NC：空。

GND：接地。

6.4.2　数据存储器扩展举例

数据存储器的扩展与程序存储器的扩展类似，不同之处主要在于控制信号的接法不一样，不用 $\overline{PSEN}$ 信号，而用 $\overline{WR}$ 和 $\overline{RD}$ 信号，且直接与数据存储器的 $\overline{WE}$ 端和 $\overline{OE}$ 端相连即可。

【例 6-6】　采用全译码法，对单片机进行一片 8K SRAM 的扩展。

使用 6264 作为扩展 SRAM 芯片。与程序存储器 2764 一样，6264 也为 8KB 存储容量，需要 13 根地址线，即 A12～A0。空闲 3 根地址线 A13、A14、A15，使用 74LS138 恰好可以实现全译码，本例以 74LS138 的 $\overline{Y1}$ 作为 6264 的片选信号接 $\overline{CE1}$，而 CE 直接接高电平，地址范围是 2000H～3FFFH，共 8K 字节容量。电路如图 6-16 所示。

比较本例与例 6-3，可以观察到程序存储器扩展与静态数据存储器扩展在电路连接上面的区别。

6.4.3　存储器综合扩展举例

【例 6-7】　分别采用线选法和译码法扩展 2 片 8KB 的 2764 和 2 片 8KB 的 6264 SRAM。

MCS-51 片外最大可以扩展连接 64KB 的存储器，并且程序存储器和数据存储器供用这个地址空间，由控制总线中的控制信号 $\overline{PSEN}$、$\overline{WR}$ 和 $\overline{RD}$ 区分对它们的存取，软件系统则提供不

同的指令对存储于其中的数据进行访问。因此在存储器综合扩展中，2764 与 6264 的片选信号
可以是相同的。

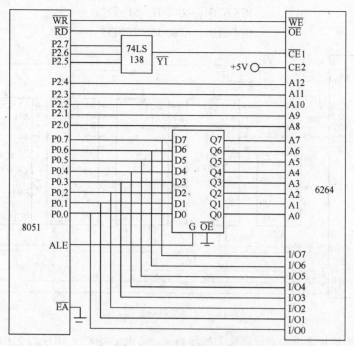

图 6-16 单片机扩展 6264 SRAM 电路

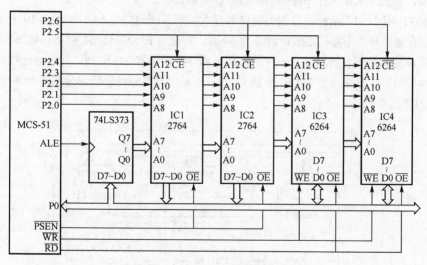

图 6-17 线选法综合扩展电路

　　线选法　图 6-17 是实现题设要求的线选法电路，IC2 和 IC4 使用同一根芯片选择地址线
P2.6，占用地址空间都为 2000H～3FFFH 共 8KB。同理 IC1、IC3 地址范围为 4000H～5FFFH
（P2.6=1、P2.5=0、P2.7=0）。P2.7 没有参加译码，所以地址冗余位 2。

　　译码法　图 6-18 是实现题设要求的译码法电路，其中 P2.7 连接到 74LS139 的 $\overline{G}$ 端，在工
作时必须为"0"，连同译码的 P2.6、P2.5，保证系统能够全译码。在这个电路中，4 个芯片各自
使用一个译码器输出，使得地址各自独立，可见译码法进行地址分配，各芯片地址空间是可以
设计为连续的。4 个芯片地址范围如下。

IC1 2764：0000 H～1FFFH
IC2 2764：2000 H～3FFFH
IC3 6264：4000 H～5FFFH
IC4 6264：6000 H～7FFFH

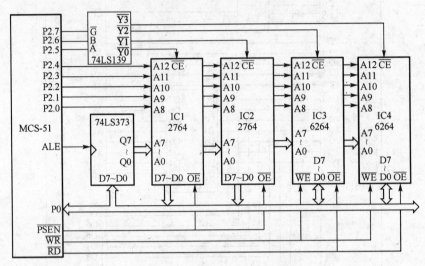

图 6-18　译码法综合扩展电路

【例6-8】　全地址范围的存储器最大扩展系统。分别扩展 8 片 8KB 的 2764 和 8 片 8KB 的 6264 SRAM，得到 64KB 的程序存储器和数据存储器。

现以 8031 为例，说明全地址范围的存储器最大扩展系统的构成方法，如图 6-19 所示。8031 的片外程序存储器和数据存储器的地址各为 64 K。若采用 EPROM2764 和 RAM6264 芯片，则各需 8 片才能构成全部有效地址。芯片的选择采用 3-8 译码器 74LS138，片外地址线只有 3 根（A15、A14、A13），分别接至 74LS138 的 C、B、A 端，其 8 路译码输出分别接至 8 个 2764 和 8 个 6264 的片选端 $\overline{CE1}$。

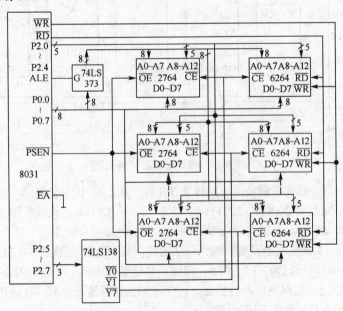

图 6-19　全地址译码综合扩展电路

6.5 并行 I/O 接口扩展

虽然单片机本身的 I/O 口能实现简单的 I/O 操作,但其功能毕竟十分有限。因为在单片机本身的 I/O 口电路中, 只有数据锁存和缓冲功能,而没有状态寄存和命令寄存功能,因此难以满足复杂的 I/O 操作要求。此外,虽然单片机有 4 个 8 位并行双向 I/O 口,但在实际应用中,P0、P2、P3 口往往用于外部总线扩展,不能用于 I/O 操作,仅有 P1 口一个 8 位并行口通常难以满足系统设计的需要。因此,需要对并行 I/O 进行扩展。

6.5.1 I/O 接口技术概述

（1）I/O 接口电路的功能

输入/输出（Input/Output, I/O）是指微处理器与外界交换信息,即通信。微处理器与外界的通信是通过输入/输出设备即外部设备进行的。

计算机常用的输入设备有键盘、鼠标、光笔、图像扫描仪、数字化仪、电传打字机、磁带机、磁盘机等。常用的输出设备有显示器、打印机、绘图仪、磁带机和磁盘机等。

当微处理器进行实时控制或进行数据处理时,都要与输入/输出设备进行数据的交换。数据在微处理器与输入/输出设备之间的交换过程,与微处理器与存储器之间的数据交换比较相似,包括发送地址信号、发送控制信号、读或写数据三个步骤。但是在实际操作中,外围设备要考虑的问题却非常复杂。这是由于一般外部设备具有以下特点。

① 外围设备的品种繁多,有机械式、电子式、机电式、磁电式以及光电式等。

② 外围设备所处理的信息也多种多样,有数字信号、模拟信号、开关信号、电压信号或电流信号等。信号类型与电平种类种类不一,既有数字电压信号,也有连续的电流信号或其他的模拟信号。而且信号电平的高低大小很不统一。

③ 从工作速度来看,有的速度很慢,有的速度很快,不同的外围设备处理信息的速度相差悬殊。

④ 微型计算机与不同的外围设备之间所传送信息的格式也是多种多样的。

上述特点使得在进行微型计算机系统的设计时,对输入/输出设备与微处理器的连接,不能采用类似于存储器那样的简单方法。一般来说,为实现 CPU 与种类繁多的外部设备进行数据交换,计算机的 CPU 与外设并不直接相连,而是需要通过 I/O 接口实现 CPU 与外设的连接。在数据的 I/O 传送中,接口电路主要具有以下功能。

① 锁存功能　接口电路用数据锁存器解决双方速度匹配问题。由于 CPU 的工作速度很快,数据在数据总线上停留时间很短,因此从总线上读取数据的输出接口电路,需设置数据锁存器,暂存所传送的数据,然后再传送给外设。例如,按键被按下时,按键的代码要送入 I/O 电路中的锁存器锁存,待计算机在合适的时候读取。

② 三态输出　由于计算机的数据总线是公共通道,因此挂在数据总线上的输入设备接口必须具有三态输出功能, 使得该外设地址没有被 CPU 选中时,与总线处于高阻隔离状态。否则各个不同 I/O 输入设备在随机同时发送数据时,会产生数据冲突。

③ 隔离作用　CPU 既可以与存储器交换数据,也可以与任一外设交换数据。但在任一时刻只能与其中的一个设备交换数据。

④ 变换作用　当外设的电平与计算机的要求不同时,需要接口电路进行电平转换。计算机输入输出的信息大多采用 TTL 电平,高电平 + 5V 代表"1",低电平 0V 代表"0"。如果外围设备的信息不是 TTL 电平,那么在这些外围设备与计算机连接时,I/O 接口电路要完成电平转换

的工作。

⑤ 速度协调　只有在外设准备就绪时，才能与 CPU 交换数据。这样既可避免出错，又可提高 CPU 的工作效率。外设准备就绪状态一般通过接口电路与计算机进行联系。因此，接口电路必须具有联络作用以协调速存取的度差异。

CPU 和外设之间通过 I/O 接口交换的信息包括数据信息、状态信息和控制信息。

① 数据信息　外设与计算机之间传送的数据信息包括数字量、模拟量、开关量等数据信号，包括通过输入设备送到计算机的输入数据，以及经过计算机处理加工后送到输出设备的结果数据。

② 状态信息　状态信息一般是指表示外设的状态信息，用来标志外设的工作状态与情况。比如输入设备数据准备好，输出设备忙、闲标志等，CPU 通过对它的查询来决定下一步的操作。

③ 控制信息　用于控制 I/O 设备的启动或停止等操作。CPU 对外设的控制信息或管理命令，如外设的启动和停止控制、输入或输出操作的指定、工作方式的选择、中断功能的允许和禁止等。

状态信息、控制信息都可以看作是一种输入/输出的数据，在微型计算机系统内部，都可以通过数据总线来传输，但它们与一般意义上的数据的性质并不相同，因而在 CPU 与外设的接口电路中，数据信息要保存在数据寄存器中，状态信息要保存在状态寄存器中，控制信息要保存在控制命令寄存器中。

（2）I/O 端口的编址方式

在计算机中，凡需进行读写操作的设备都存在着编址问题。具体来说，在计算机中有两种需要编址的器件：一种是存储器，另一种就是接口电路。

所谓 I/O 接口（Interface）是指微处理器或微型计算机与外部设备的连接部件，是 CPU 与外界进行信息交换时所必需的一组逻辑电路。

所谓 I/O 端口（Port）是指接口电路中的寄存器，在计算机系统中可以被寻址到，系统通过对端口的操作，实现接口电路的功能。接口电路中数据寄存器、状态寄存器、控制寄存器各自占一类端口，分别称为数据端口、状态端口和控制端口。

存储器是对存储单元进行编址，而接口电路则是对其中的端口进行编址。对端口编址是为 I/O 操作而进行的，因此也称为 I/O 编址。I/O 端口的编址有两种方式：独立编址方式和统一编址方式。

① 独立编址　I/O 端口地址与内存地址编排相互独立。独立编址的优点是指令码较短，译码电路比较简单，存储器同 I/O 端口的操作指令不同，程序比较清晰。独立编址方式的缺点是需要有专用的 I/O 指令，这些 I/O 指令的功能一般不如存储器访问指令那样丰富，程序设计的灵活性较差。

② 统一编址　把主存储器的一部分地址空间分给端口，把每一个端口作为一个存储单元。统一编址的优点：任何对存储器数据进行操作的指令都可用于 I/O 端口的数据操作，不需要专用的 I/O 指令，从而使系统编程比较灵活；I/O 端口的地址空间是内存空间的一部分，这样，I/O 端口的地址空间可大可小，从而使外设的数目几乎可以不受限制。统一编址方式的缺点：I/O 端口占用了内存空间的一部分，显然内存空间必然减少，影响了系统内存的容量；同时访问 I/O 端口同访问内存一样，由于访问内存时的地址长，指令的机器码也长，执行时间显然增加。

MCS-51 单片机使用统一编址方式，与外部数据存储器共用 64KB 空间，其实就是把端口看作外部 RAM 存储单元，使用同样的指令和控制电路对端口进行读写操作。

6.5.2 简单并行 I/O 扩展

所谓简单 I/O 口是指不能通过编程来改变其输入或输出性质的 I/O 接口。并行扩展方法就是采用通用 TTL、CMOS 锁存器和缓冲器等作为扩展芯片，按照"输入三态，输出锁存"与总线相连的原则，通过并行总线来实现扩展的一种方案。它具有电路简单、成本低、配置灵活等特点，因此，在单片机应用系统中经常被采用。

常用的芯片有 74LS273（8D 触发器）、74LS373（8D 锁存器）、74LS377（带使能的 8D 触发器）、74LS244（带三态 8 缓冲线驱动器）和 74LS245（8 双向总线收发器）等。

图 6-20 是常见的使用 74LS273 作为输出、74LS244 作为输入的简单 I/O 控制应用电路图，其中 74LS244 为 8 缓冲线驱动器（三态输出），$\overline{G1}$、$\overline{G2}$ 为低电平有效的使能端，当二者之一为高电平时，输出为三态。74LS273 为 8D 触发器，$\overline{CLR}$ 为低电平有效的清除端，当 $\overline{CLR}=0$ 时，输出全为 0 且与其他输入端无关；CP 端是时钟信号，当 CP 由低电平向高电平跳变时刻，即上升沿到来时，D 端输入数据传送到 Q 输出端。

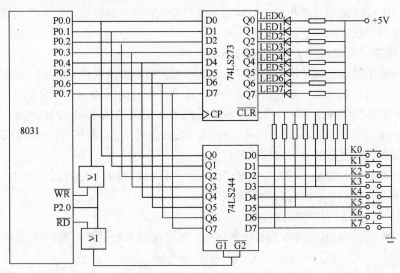

图 6-20 简单 I/O 扩展电路

P0 口作为双向 8 位数据线，既能从 74LS244 输入数据，又能从 74LS273 输出数据。

输入控制信号由 P2.0 和 $\overline{RD}$ 相"或"后形成。当二者都为 0 时，74LS 244 的控制端 $\overline{G}$ 有效，选通 74LS244，外部的信息输入到 P0 数据总线上。当与 74LS244 相连的按键都没有按下时，输入全为 1，若按下某键，则所在线输入为 0。

输出控制信号输入控制信号由 P2.0 和 $\overline{WR}$ 相"或"后形成。当二者都为 0 后，74LS273 的控制端有效，选通 74LS273，P0 上的数据锁存到 273 的输出端，控制发光二极管 LED，当某线输出为 0 时，相应的 LED 发光。

需要注意的是，74LS244 和 74LS273 被选中而传递数据时，地址条件是一样的，就是 P2.0 = 0，这说明两个问题。

① 两个芯片被访问时的端口地址相同。

② 这里使用的是线选法，因为只有一根地址线 P2.0 参与译码，所以地址冗余多达 2^{15} 个，如果其余各无关位都设为"0"，则这两个芯片的端口地址同为 0000H。

这种现象在使用中是不会出现地址冲突问题的，因为作为输入端口的 74LS244，系统由其读入数据，是"读"操作，P2.0 和 $\overline{RD}$ 相"或"选通；而 74LS273 作为输出端口，系统执行"写"

操作，P2.0 和 $\overline{WR}$ 相"或"选通。所以，进行简单并行 I/O 扩展得到输入/输出端口，相当于一个个片外数据存储单元。CPU 对 I/O 口的访问，用 MOVX 指令，以确定的地址来进行。图 6-20 电路中，获得开关状态，输出到 LED 的操作指令如下。

```
MOV    DPTR,    #0000H    ；使 DPTR 指向该 I/O 输出口
MOVX   A,       @DPTR     ；RD 配合，由 74LS244 读入开关状态
MOVX   @DPTR,   A         ；WR 配合，由 74LS273 输出到 LED
```

单片机扩展 I/O 接口时，还应注意单片机 I/O 口的驱动能力。MCS-51 单片机 P0 口的驱动能力相对大些，可带 8 个 LSTTL 负载，另外，ALE、$\overline{PSEN}$ 信号也允许带 8 个 LSTTL 负载。对一般的应用系统，可不必另加驱动电路。P1、P2 口和 P3 口的驱动能力相对较低，只能带 4 个 LSTTL 负载，要根据负载的多少，决定是否要增设驱动电路。总线驱动器可以选用 74LS245 进行双向驱动。

简单 I/O 口的扩展还可以使用移位寄存器芯片，如 COMS 器件 CD4094\CD4014 及 TTL 器件 74LS164\74LS165 通过单片机的串行口实现并行输入和输出的扩展，在第 7 章的例 7-1 中给出了扩展一个并行输出的例子。

6.5.3 可编程并行接口扩展方法——8255A

所谓可编程的接口芯片是指其功能可由微处理机的指令来加以改变的接口芯片，利用编程的方法，使一个接口芯片执行不同的接口功能。本节介绍最简单的一个可编程芯片——INTEL 8255A，虽然这个芯片 Intel 早已停产（市场可见 NEC、TOSHIBA 等的 8255 产品，但用量也已经比较小了），很少出现在实际的工程应用中了，但通过对它的学习，可以了解可编程芯片的使用方法，以便学习更复杂的可编程功能芯片。

8255A 和 MCS-51 相连，可以为外设提供 3 个 8 位的 I/O 端口，A 口、B 口和 C 口，三个端口的功能完全由对一个控制端口编程来决定。

（1）8255A 的内部结构和引脚排列

Intel 8255A 是一个 40 引脚双列直插的芯片，其内部结构和引脚如图 6-21 所示。

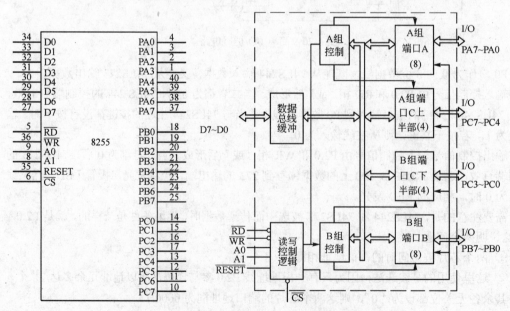

图 6-21　8255A 的内部结构和引脚

① 内部结构　8255A 可编程接口由以下 4 个逻辑结构组成。

- A 口、B 口和 C 口：A 口、B 口和 C 口均为 8 位 I/O 数据口，但结构上略有差别。A 口由一个 8 位的数据输出缓冲/锁存器和一个 8 位的数据输入缓冲/锁存器组成。B 口由一个 8 位的数据输出缓冲/锁存器和一个 8 位的数据输入缓冲器组成（无锁存，决定了 B 口不能工作在方式 2）。在使用上三个端口都可以和外设相连，分别传送外设的输入/输出数据或控制信息。
- A、B 组控制电路：这是两组根据 CPU 的命令字控制 8255A 工作方式的电路。A 组控制 A 口及 C 口的高 4 位，B 组控制 B 口及 C 口的低 4 位。
- 数据缓冲器：这是一个双向三态 8 位的驱动口，用于和单片机的数据总线相连，传送数据或控制信息。
- 读写控制逻辑：这部分电路接收 MCS-51 送来的读写命令和选口地址，用于控制对 8255 的读写。

② 引脚

- 数据线（8 条）：D0～D7 为数据总线，用于传送 CPU 和 8255A 之间的数据、命令和状态字。
- 控制线和寻址线（6 条）。

RESET：复位信号，输入高电平有效。一般和单片机的复位相连，复位后，8255A 所有内部寄存器清 0，所有口都为输入方式。

$\overline{RD}$ 和 $\overline{WR}$：读写信号线，输入，低电平有效。当 $\overline{RD}$ 为 0 时（ $\overline{WR}$ 必为 1），所选的 8255A 处于读状态，8255A 送出信息到 CPU。反之亦然。

- $\overline{CS}$：片选线，输入，低电平有效。

A_1、A_0：地址输入线。当 $\overline{CS}$=0 芯片被选中时，这两位的 4 种组合 00、01、10、11 分别用于选择 A、B、C 口和控制寄存器。

- I/O 口线（24 条）：PA0～PA7、PB0～PB7、PC0～PC7 为 32 条双向三态 I/O 总线，分别和 A、B、C 口相对应，用于 8255A 和外设之间传送数据。
- 电源线（2 条）：V_{CC} 为+5V，GND 为地线。

（2）8255A 的控制字

8255A 的三个端口具体工作在什么方式下，是通过 CPU 对控制口写入控制字端口来决定的。8255A 有两个占用同一端口的控制字：方式选择控制字和 C 口置/复位控制字。用户通过程序把这两个控制字送到 8255A 的控制寄存器（A1 A0 =11），这两个控制字以 D7 位来作为标志。

① 方式选择控制字（D7=1）　其格式和定义如图 6-22（a）所示。

【例 6-9】 设 8255A 控制字寄存器的地址为 00F3H，试编程使 A 口为方式 0 输出，B 口为方式 1 输入，PC4～PC7 为输出，PC0～PC3 为输入。

按题设要求，控制在为 10000111B，则其程序为

```
MOV        DPTR,        # 00F3H
MOV        A,           # 87H
MOVX       @DPTR,       A
```

② C 口置/复位控制字（D7=1）　其格式和定义如图 6-22（b）所示。C 口具有位操作功能，把一个置/复位控制字送入 8255A 的控制寄存器，就能将 C 口的某一位置 1 或清 0 而不影响其他位的状态。

【例 6-10】 仍设 8255A 控制字寄存器地址为 00F3H，下述程序可以将 PC3 置 1。

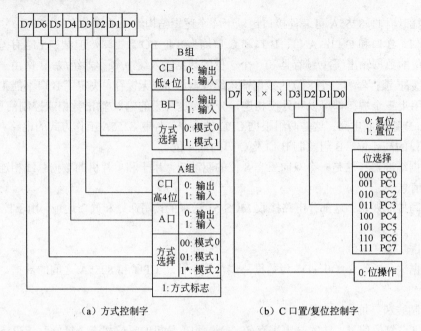

（a）方式控制字　　　　　　　　　（b）C口置/复位控制字

图 6-22　8255A 控制字的格式和定义

按位置位/复位控制字为 00000111B，设置 8255A 置位/复位控制字的程序段如下。

MOV　　　　　DPTR，　　　　　# 00F3H

MOV　　　　　A，　　　　　　　# 07H

MOVX　　　　@DPTR，　　　　　A

（3）8255A 的工作方式

8255A 有 3 种工作方式：方式 0、方式 1、方式 2。方式的选择是通过上述写控制字的方法来完成的。

① 方式 0（基本输入/输出方式）　A 口、B 口可以由程序设定为输入或输出，C 口的两个 4 位口中任何一个端口位都可以由程序设定为输入或输出，不需要选通信号。单片机可以对 8255A 进行 I/O 数据的无条件传送，作为输出口时，输出数据被锁存；作为输入口时，输入数据不锁存。这样，外设送往单片机的 INPUT 数据由 8255A 的数据缓冲器缓冲并连接至数据总线，单片机送往外设的 OUTPUT 数据由各端口锁存并输出给外设。

② 方式 1（选通输入/输出方式）　A 口和 B 口都可以独立的设置为方式 1，在这种方式下，8255A 的 A 口和 B 口通常用于传送和它们相连外设的 I/O 数据，C 口作为 A 口和 B 口的握手联络线，以实现中断方式传送 I/O 数据。在这种工作方式下，A、B、C 三个口分为两组。A 组包括 A 口和 C 口的高 4 位，A 口可由编程设定为输入口或输出口，C 口的高 4 位则用来作为 A 口输入/输出操作的控制和同步信号；B 组包括 B 口和 C 口的低 4 位，B 口可由编程设定为输入口或输出口，C 口的低 4 位则用来作为 B 口输入/输出操作的控制和同步信号。A 口和 B 口的输入数据或输出数据都被锁存。C 口作为联络线的各位分配见表 6-4。

在方式 1 下 A 口和 B 口的输入数据或输出数据都能被锁存。下面分别以 A 口和 B 口均为输入或均为输出方式工作为例，介绍在计算机系统中选通模式的工作特点。

a. 方式 1 输入。端口 A（或 B）被定义为方式 1 并行输入时，内部控制电路便自动提供两个状态触发器，中断允许触发器 INTE 和"输入数据缓冲器满"触发器 IBF，同时还借用原端口

C 引脚作为 IBF 的输出端、选通信号 $\overline{\text{STB}}$ 的输入端和中断请求 INTR 信号的输出端，定义如图 6-23（a）、（c）所示。

表 6-4　8255A C 口联络信号分配

C 口各位	方式 1		方式 2
	输入方式	输出方式	双向方式
PC0	INTRB	INTRB	由 B 口方式决定
PC1	IBFB	$\overline{\text{OBFB}}$	由 B 口方式决定
PC2	SETB	$\overline{\text{ACKA}}$	由 B 口方式决定
PC3	INTRA	INTR_B	INTRA
PC4	$\overline{\text{STBA}}$	I/O	$\overline{\text{STBA}}$
PC5	IBFA	I/O	IBFA
PC6	I/O	$\overline{\text{ACKA}}$	$\overline{\text{ACKA}}$
PC7	I/O	$\overline{\text{OBFA}}$	$\overline{\text{OBFA}}$

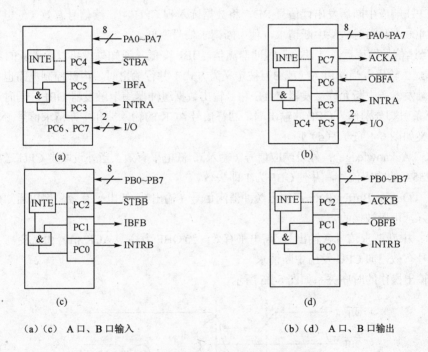

（a）（c）　A 口、B 口输入　　　　　　（b）（d）　A 口、B 口输出

图 6-23　8255A 方式 1 下接口信号定义

$\overline{\text{STB}}$（Strobe）：选通脉冲信号（输入），低电平有效。当外设送来 $\overline{\text{STB}}$ 信号时，输入的数据被装入 8255A 的输入锁存器中。

IBF（Input Buffer Full）：输入缓冲器满信号（输出），高电平有效。此信号有效时，表示已有一个有效的外设数据锁存于 8255A 的口锁存器中，尚未被 CPU 取走，暂不能向接口输入数据，它是一个状态信号。

INTR（Interrupt Request）：中断请求信号（输出），高电平有效。当 IBF 为高、$\overline{\text{STB}}$ 信号由低变高（后沿）时，该信号有效，向 CPU 发出中断请求。

数据输入操作的时序关系如图 6-24 所示。

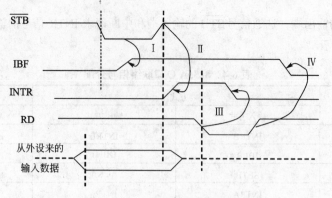

图 6-24　8255A 方式 1 下的输入时序

Ⅰ. 外设数据送到数据线上时，发出选通输入信号 $\overline{STB}$（≥500ns）锁存数据到输入寄存器。$\overline{STB}$ 信号变低后（≤300ns）使输入缓冲器满信号 IBF 变为高电平。

Ⅱ. $\overline{STB}$ 结束后，最多经过 300ns 时间向 CPU 发出中断请求信号（INTR 变高）。

Ⅲ. CPU 响应中断后发出读信号 $\overline{RD}$，将数据读入到 CPU 中，读信号有效（低电平）后，最多经过 400ns 时间就清除中断请求，使中断请求信号变低。

Ⅳ. 当读信号结束后，才使输入缓冲器满信号 IBF 变低，通知外设可以输入新的数据。

b. 方式 1 输出。当端口 A（或 B）被定义为方式 1 并行输出时，内部控制电路也相应提供两个状态触发器；中断允许触发器 INTE 和"输出数据缓冲器满"触发器 OBF，同时还借用端口 C 的三条引脚分别作为 $\overline{OBF}$ 的输出端、回答信号 $\overline{ACK}$ 的输入端和中断请求信号 INTR 的输入端，定义如图 6-4（b）、(d) 所示。

$\overline{ACK}$（Acknowledge）：外设响应信号（输入），低电平有效。当外设取走 CPU 送出的数据后，给 8255A 的响应信号，并使 $\overline{OBF}$ 为 1 即失效。

$\overline{OBF}$（Output Buffer Full）：输出缓冲器满信号（输出），低电平有效。用以通知外设数据已经准备好，可以被接收。

INTR：中断请求信号（输出），高电平有效。当 $\overline{OBF}$ 为高、$\overline{ACK}$ 信号由低变高（后沿）时，该信号有效，向 CPU 发出中断请求。

数据输出操作的时序关系如图 6-25 所示。

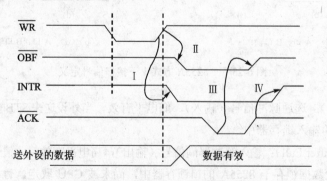

图 6-25　8255A 方式 1 下的输出时序

8255A 工作在方式 1 输出选通方式一般是采用中断方式。

Ⅰ. CPU 响应中断以后，向 8255A 输出数据，写信号 $\overline{WR}$ 出现；经过 850ns 写信号 $\overline{WR}$ 撤消，其上升沿撤消中断请求信号 INTR。

Ⅱ. $\overline{WR}$ 信号出现后，同时也使 $\overline{OBF}$ 信号变为有效的低电平，通知外设可以接收数据。

Ⅲ. 当外设收到数据后，便发出一个 $\overline{ACK}$ 信号，同时使 OBF 变为无效的高电平，表示数据已经取走，当前缓冲器空。

Ⅳ. $\overline{ACK}$ 信号结束时使 INTR 信号变为有效的高电平，向 CPU 发出中断请求信号，从而开始新的数据输出过程。

③ 方式 2（双向总线方式） 8255A 方式 2 是带联络信号的双向 I/O 端口使用，只有 A 口才能设定。实际上这是在方式 1 下，A 口输入/输出的结合。在方式 2 下，A 口为 8 位双向传输口，C 口的 PC7～PC3 用来作为输入/输出的同步控制信号。此时，B 口和 PC2~PC0 只能编程为方式 0 或方式 1 工作，而 C 口剩下的 3 条线可作为输入/输出线使用或用作 B 口方式 1 之下的控制线。接口信号定义如图 6-26，其控制信号 IBF、$\overline{STB}$、$\overline{ACK}$、$\overline{OBF}$、INTR 定义与方式 1 中所述相同。

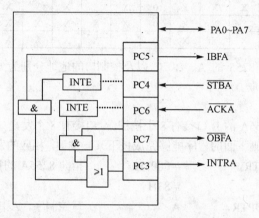

图 6-26　8255A 方式 2 下的接口信号定义

（4）8255A 与 MCS-51 的接口

8255A 和单片机的接口十分简单，只需要一个 8 位的地址锁存器即可。锁存器用来锁存 P0 口输出的低 8 位地址信息。图 6-27 为 8255A 扩展实例。

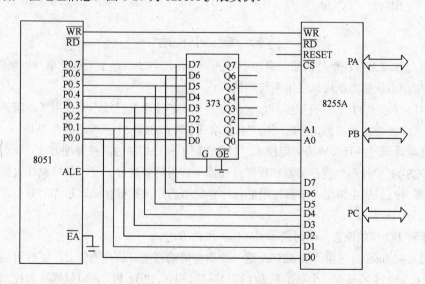

图 6-27　8051 和 8255A 的接口电路

① 连线说明

数据线：8255A 的 8 根数据线 D0～D7 直接和 P0 口一一对应相连就可以了。

控制线：8255A 的复位线 RESET 与 8051 的复位端相连，都接到 8051 的复位电路上（在图 6-23 中未画出）。8255A 的 $\overline{RD}$ 和 $\overline{WR}$ 与 8031 的 $\overline{RD}$ 和 $\overline{WR}$ 一一对应相连。

寻址线：8255A 的 $\overline{CS}$ 和 A1，A0 分别由 P0.7 和 P0.1、P0.0 经地址锁存器 74LS373 后提供。

I/O 口线：可以根据用户需要连接外部设备。

② 地址确定，如表 6-5 所示。

表 6-5　8255A 地址确定

P2.7	P2.6	P2.5	P2.4	P2.3	P2.2	P2.1	P2.0	P0.7	P0.6	P0.5	P0.4	P0.3	P0.2	P0.1	P0.0	地址	端口号
A15	A14	A13	A12	A11	A10	A9	A8	A7	A6	A5	A4	A3	A2	A1	A0		
X	X	X	X	X	X	X	X	0	X	X	X	X	X	0	0	0000H	A 口
X	X	X	X	X	X	X	X	0	X	X	X	X	X	1	0	0001H	B 口
X	X	X	X	X	X	X	X	0	X	X	X	X	X	0	1	0002H	C 口
X	X	X	X	X	X	X	X	0	X	X	X	X	X	1	1	0003H	控制

根据上述接法，所以 8255 的 A、B、C 以及控制口的地址分别为 0000H、0001H、0002H 和 0003H（假设无关位都取 0）。

③ 编程应用

【例 6-11】 如果在 8255A 的 B 口接有 8 个按键、A 口接有 8 个发光二极管，即类似于图 6-20 中按键和二极管的连接，则下面的程序能够完成按下某一按键，相应的发光二极管发光的功能。

```
        MOV    DPTR,     #0003H      ; 指向 8255A 的控制口
        MOV    A,        #83H
        MOV    @DPTR,    A           ; 写控制字，A 口输出，B 口输入
LOOP:   MOV    DPTR,     #0001H      ; 指向 8255A 的 B 口
        MOV    A,        @DPTR       ; 检测按键，将按键状态读入 A 累加器
        MOV    DPTR,     #0000H      ; 指向 8255A 的 A 口
        MOV    @DPTR,    A           ; 驱动 LED 发光
        SJMP   LOOP
```

本 章 小 结

① 并行扩展是解决单片机系统资源不足的一种传统方法，最小系统是单片机系统的基础，通过了解最小系统熟悉单片机应用系统的结构。

② 74LS 系列 TTL 芯片有很多种，大部分类型的芯片现在已经不太使用了，但是还有一些类型仍然在广泛使用，熟悉这些常用的 74LS 系列芯片，也是 51 系统设计的基础。

③ 地址译码时并行扩展的关键技术，本章介绍了并行扩展的两种寻址方式：线选法与译码法。在 MCS-51 单片机数据存储器和程序存储器不够用时要进行扩展。学习设计数据存储器和程序存储器并行扩展电路图，掌握常用的程序存储器芯片和数据存储器芯片的型号、功能和技术参数。

④ 了解 I/O 口的概念，学习简单 I/O 口扩展的方法。

⑤ 通过对 Intel 公司生产的 8255A 这一个典型可编程接口芯片的学习，了解可编程类芯片的使用技术。8255 内部有三个可编程 I/O 端口（端口 PA、PB、PC），可以通过对控制字端口的设定，灵活应用于控制系统。

延伸阅读的关键字

并行扩展　串行扩展　最小系统　　地址译码　　程序存储器的类型 静态 RAM
动态 RAM　接口电路　选通方式

你的关键字：

习题与思考题

6-1　简述什么是单片机的最小系统。画出 80C31 的最小系统原理结构图。

6-2　MCS-51 单片机的片外并行总线包括什么？叙述总线的构成。

6-3　说明两种存储器的译码选择方法及特点。

6-4　什么是全译码？什么是部分译码？各自的特点是什么？

6-5　只读存储器有哪些类型？EEPROM、Flash ROM 使用上与 RAM 有什么区别？

6-6　存储器容量和芯片地址线之间有什么关系？

6-7　试设计一个应用系统，画出由一片 80C32 CPU、一片 27128EPROM、一片 6264SRAM 组成的单片机系统，要求给出有关信号的连接以及各自的存储空间。

6-8　有某存储器的地址译码关系为

A15	A14	A13	A12	A11	A10	A9	A8	A7	A6	A5	A4	A3	A2	A1	A0
·	·	1	0	0	X	X	X	X	X	X	X	X	X	X	X

确定其地址范围，指出其存储容量、译码方式、地址冗余个数、片上及芯片选择地址线的根数。

6-9　已知某 80C31 系统采用 2764 控制存储存储器，$\overline{CE}$ 接 P2.5，地址冗余是多少，写出最小一组和最大一组地址范围。

6-10　当 80C51 单片机系统中数据存储器 RAM 地址和程序存储器 EPROM 地址重叠时，是否会发生数据冲突，为什么？

6-11　试用 Intel 2764，6116 为 8031 单片机设计一个存在储器系统，它具有 8K EPROM（地址由 0000H～1FFFH）和 16K 的程序、数据兼用的 RAM 存储器（地址为 2000H～5FFFH）。具体要求：画出该存储器系统的硬件连接图。

6-12　芯片 74LS244 能用作 8051 输出 I/O 口扩展吗？为什么？

6-13　编写程序并调试，实现图 6-20 中在 LED 上实时显示开关的状态。

6-14　8255 有几种工作方式，其特点是什么？

6-15　试编程对 8255 初始化，使其 A 口按方式 0 输入 B 口按方式 1 输出，C 口上半部按方式 0 输出，下半部按方式 1 输出。

第 7 章　串行通信及串行扩展技术

内容提要

① 了解通信的概念，了解串行通信方式；

② 了解 RS-232C 等串行通信的标准；

③ 掌握 51 串行口的结构、通信原理方法；（重点）

④ 了解串行扩展、应用方法；

⑤ 熟悉单片机串行通信方法和常用的内部串行通信总线标准。

学习难点

① 串行通信数据帧格式；

② RS-232C 等的接口标准及电气标准；

③ 51 串行口的通信方式设置及波特率设置方法；

④ 51 单片机间的通信和单片机与 PC 机的通信方法；

⑤ 内部串行通信总线标准。

7.1　串行通信概述

包括计算机在内需要进行数据交换的设备，在它们之间发生的数据交换称为通信。随着多微机系统的应用和微机网络的发展，计算机和外界的信息交换越来越显得重要。

通信分为并行通信与串行通信两种基本方式。

并行通信是指构成一组数据的各位同时进行传送，例如 8 位数据或 16 位数据并行传送。其特点是传输速度快，但当距离较远、位数又多时导致了通信线路复杂且成本高。并行通信适用于小于 30m 的近距离传输，实际应用中则多在主机与存储器、存储器与存储器等之间采用并行通信。

串行通信指的是二进制数据一位一位地依次传送，每一个数据位的传送占据一个固定的时间长度，故它所需传输线条数极少，特别是可以借助现有的电话网进行信息传送，因此，特别适用于远距离传送，也适用于分级、分层和分布式控制系统通信之中，但是在同等情况下，串行通信的速度相对并行通信是比较慢的。串行通信一般用于设备间通信，但随着内部串行总线技术的发展，在芯片间正越来越多地采用这一方式进行通信。

图 7-1（a）是单片机利用其并行口 P1 与外部设备并行通信的连接，图 7-1（b）是单片机利用其串行口与外部设备串行通信的连接。

由于计算机的 CPU 是对并行数据进行处理的，因此串行数据通信要解决两个关键技术问题：一个是数据传送，另一个是数据转换。所谓数据传送就是指数据以什么形式进行传送。所谓数据转换，一方面是指单片机在发送数据时，如何把并行数据转换为串行数据并进行发送；另一方面是指单片机在接收数据时，如何把接收到的串行数据还原并转化为并行数据。在串行通信中，由于信息在一个方向上传输，只占用一根通信线，因此这根通信线既作数据线又作联络线，也就是说要在一根传输线上既传输数据信息，又传输控制信息。串行通信的信息格式还有固定的要求。这些问题就需要由具体的通信方式和协议来实现。

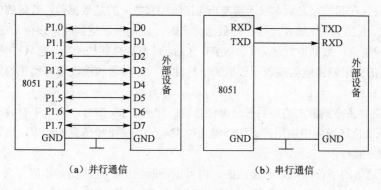

图 7-1 基本通信方式

7.1.1 串行通信的基本方式

按照串行数据的同步方式，串行通信可以分为同步通信和异步通信两类。异步通信是一种利用字符再同步技术的通信方式，同步通信是通过同步字符的识别来实现数据的发送和接收的。

（1）异步通信（Asynchronous Communication）

所谓异步就是指发送端和接收端使用的不是同一个时钟。异步串行通信通常以字符（或者字节）为单位组成字符帧（Character Frame）传送。字符帧由发送端一帧一帧地传送，接收端通过传输线一帧一帧地接收。在异步通信中，两个字符之间的传输间隔是任意的，所以，每个字符的前后都要用一些数位来作为分隔位。

发送端和接收端依靠字符帧格式来协调数据的发送和接收，字符帧以逻辑"0"作为起始位，以逻辑"1"作为帧结束的停止位。在通信线路空闲时，发送线为高电平，始终保持逻辑"1"，此时接收端不断检测线路状态，每当接收端检测到传输线上发送过来的低电平逻辑"0"时，就知道发送端已开始发送帧信息，每当接收端接收到字符帧中停止位时就知道一帧字符信息已发送完毕。

字符帧格式由四部分组成：起始位，数据位，奇偶校验位和停止位，如图 7-2 所示。下面介绍各部分的功能。

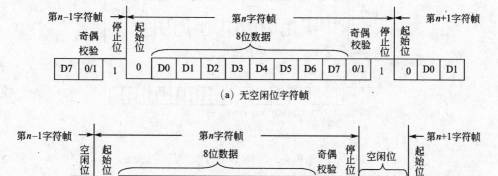

图 7-2 异步传送字符格式

① 起始位 逻辑"0"信号，占 1 位，用以通知接收方新字符数据将到达。在信道上没有

数据传送时，通信线上始终处于逻辑"1"状态。

② 数据位　在起始位之后，发送端发出（接收端接收）的是数据位，数据的位数没有严格限制，如 5 位、6 位、7 位或 8 位等。在数据传送时，总是由低位到高位逐位传送。

③ 奇偶校验位　数据位发送完（接收完）之后，可发送奇偶校验位，它只占帧格式的一位，用于传送数据的有限差错检测或表示数据的一种性质，是发送和接收双方预先约定好的一种检验（检错）方式。

④ 停止位　字符帧格式的最后部分为停止位，逻辑"1"信号，高电平有效，位数可以是 1 位、1/2 位或 2 位，应用中由用户设定。停止位表示一个字符帧信息的结束，也为发送下一个字符帧信息做好准备。

异步串行通信的字符帧可以是连续的，也可以是断续的。连续的异步串行通信，如图 7-2（a），是在一个字符格式的停止位之后立即发送下一个字符的起始位，开始一个新的字符的传送，即帧与帧之间是连续的。而断续的异步串行通信，如图 7-2（b），则是在一帧结束之后不一定接着传送下一个字符，不传送时维持数据线的高电平状态，使数据线处于空闲。其后，新的字符传送可在任何时候开始，并不要求整倍数的位时间。

实现异步通信的硬件电路称为 UART（Universal Asynchronous Receive/Transmitter）。

（2）同步通信（Synchronous Communication）

同步通信格式中，发送器和接收器由同一个时钟源控制，为了克服在异步通信中，每传输一帧字符都必须加上起始位和停止位，占用了传输时间，在要求传送数据量较大的场合，速度就慢得多。同步传输方式去掉了这些起始位和停止位，只在传输数据块时先送出一个同步头（字符）标志即可，并在同步信号字符的同步下实现数据信号的发送与接收，由同一频率的时钟脉冲来实现发送和接收的同步。同步传输方式比异步传输方式速度快，通常在几十至几百千波特，这是它的优势；但同步传输方式也有其缺点，即它需要锁相技术保证相位一致，所以它的设备也较复杂，硬件要求较高。图 7-3 表示同步通信的数据传送。

实现同步通信的硬件电路称为 USRT （Universal Synchronous Receive/Transmitter）。

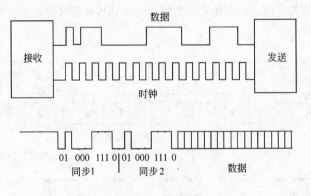

图 7-3　同步传送方式

（3）波特率（Baud Rate）

在串行通信中，发送设备和接收设备之间除了采用相同的字符帧格式（异步通信）或相同的同步字符（同步通信）来协调同步工作外，两者之间发送数据的速度和接收数据的速度也必须相同，这样才能保证被传送数据的成功传送。波特率是串行通信的重要指标，对数据的成功传送至关重要。

　　串行通信的速率用波特率来表示，在计算机中，所谓波特率就是指一秒钟传送数据位的个数。每秒钟传送一个数据位就是 1 波特，即 1 波特=1bps（位/秒）。

　　例如数据传送速率是 240 帧/秒，每帧由一位起始位、八位数据位和一位停止位组成，则传送速率为

$$10×240=2400 \text{ 位/秒}=2400 \text{ 波特}$$

　　在串行通信中，数据位的发送和接收分别由发送时钟脉冲和接收时钟脉冲进行定时控制。时钟频率高，则波特率高，通信速度就快；反之，时钟频率低，波特率就低，通信速度就慢。异步串行通信的常用标准值有 110、300、600、1200、2400、4800、9600、19200 波特等。

> **小知识：**波特率（调制速率）和比特率（数据传输速率）
>
> 　　波特率：指数字信号经过调制后的传输速率，或者是说每秒传输的脉冲（波形）信号个数（通过信道传输的码元数），记作 Baud。计算公式 $B=1/T$，其中，T 为每个脉冲（波形）信号的持续时间，单位为秒。
>
> 　　比特率：指单位时间内所传送的二进位序列的位（bit）数，是度量通信系统每秒传送的信息量。用每秒比特数（bit/s 或 bps）表示，记作 S。
>
> 　　bps：Bit Per Second

7.1.2　串行通信的数据传送方式

　　在串行通信中，数据是在两个站之间传送的。按照数据传送方向，串行通信可分为单工方式、半双工和全双工三种方式。

　　① 单工（Simplex）方式　如图 7-4（a），在单工方式下，通信线的一端连接发送器，另一端连接接收器，它们形成单向连接，只允许数据按照一个固定的方向传送，这种方式现在较少使用。

　　② 半双工（Half Duplex）方式　如图 7-4（b），在半双工方式下，系统中的每个通信设备都由一个发送器和一个接收器组成，通过开关接到一条通信线路上，数据传输可以沿两个方向，但需要分时进行。图中所示的收发开关并不是实际的物理开关，而是由软件控制的电子开关，通信线两端通过半双工通信协议进行功能切换。

　　③ 全双工（Full Duplex）方式　如图 7-4（c），在全双工方式下，A、B 两站间有两个独立的通信回路，两站都可以同时发送和接收数据。因此，全权工方式下的 A、B 两站之间至少需要三条传输线：一条用于发送，一条用于接收和一条用于信号地。

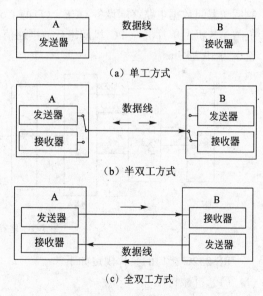

图 7-4　串行通信数据传送的方式

　　三种方式中，全双工方式的效率最高，许多串行通信接口电路均具有全双工通信能力，但是在实际使用中，因为半双工方式配置和编程相对灵活，传输成本较低，所以大多数情况只工作于半双工方式，即两个工作站通常并不同时收发。

7.2 常用的串行通信总线

在工业自动控制、智能仪器仪表中，单片机的应用越来越广泛。随着应用范围的扩大以及根据解决问题的需要，对某些数据要做较复杂的处理。由于单片机的运算功能较差，对数据进行较复杂的处理时，往往需要借助计算机系统。因此，单片机与 PC 机进行远程通信更具有实际意义。利用 MCS-51 单片机的串行口与 PC 机的串行口 COM1 或 COM2 进行串行通信，将单片机采集的数据传送到 PC 机中，由 PC 机的高级语言或数据库语言对数据进行整理及统计等复杂处理；或者实现 PC 机对远程前沿单片机进行控制。

在实现计算机与计算机、计算机与外设间的串行通信时，通常采用标准通信接口、这样就能很方便地把各种计算机、外部设备、测量仪器等有机地连接起来，进行串行通信。RS-232C是由美国电子工业协会 EIA（Electronic Industry Association）正式公布的，在异步串行通信中应用最广的标准总线（C 表示此标准修改了三次）。它包括了按位串行传输的电气和机械方面的规定，适用于短距离或带调制解调器的通信场合。为了提高数据传输率和通信距离，EIA 又公布了 RS-422A、RS-423 和 RS-485 串行总线接口标准。

7.2.1 RS-232C 接口标准

EIA RS-232C 是目前最常用的串行接口标准，用于实现计算机与计算机之间、计算机与外设之间的数据通信。

该标准的目的是定义数据终端设备 DTE （Data Terminal Equipment）之间接口的电气特性。传统的串行通信系统是指微机和调制解调器（Modem）间的通信，系统框图如图 7-5，图中调制解调器叫数据电路终端设备 DCE （Data Communication Equipment）。 RS-232C 提供了单片机与单片机、单片机与 PC 机间串行数据通信的标准接口。通信距离可达到 15m，最高的数据速率为 19.2 Kbps。

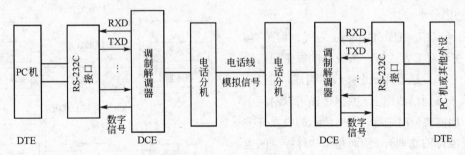

图 7-5　串行通信系统框图

RS-232C 接口的具体规定如下。

（1）机械特性

RS-232C 采用 25 脚 D 型连接器（含插头/插座）作为 DTE 与 DCE 之间通信电缆的连接口，但在实际进行异步通信时，只需 9 个信号即够用，因此也可以采用如图 7-6 的 9 脚 D 型连接器。标准对 D 型连接器的几何尺寸作了规定，以便不同厂家生产的设备可以通过 RS-232C 直接连接以实现串行通信。

图 7-6　D 型连接

（2）电气特性

RS-232C 采用负逻辑工作，即：逻辑"1"用负电平表示，有效电平范围是-3V～-15V；逻辑"0"用正电平表示，有效电平范围是+3V～+15V；−3V～+3V 为过渡区，逻辑状态不定，为无效电平。

由以上规定可见 RS-232C 是用正负电平来表示逻辑状态，并采用负逻辑，这与 TTL 以高低电平表示逻辑状态的规定大不相同。显然为了能够同计算机串行接口使用的 TTL 芯片连接，必须在 RS-232C 与 TTL 电路之间进行电平转换。常用的电平转换芯片有：MC1488、SN75150（实现 TTL→RS-232C 转换）；MC1489、SN75154（实现 RS-232C→TLL 转换）；MAX232（实现 TTL 与 RS-232C 之间的双向电平转换）等。

（3）引脚信号定义

RS-232C 对 25 脚 D 型连接器的各个引脚号、名称及功能均作了明确的规定，将其中的 21 个引脚分为两个通信通道，即主信道和辅助信道，另有 4 个引脚未定义。辅助信道的传输速度比较慢，几乎没有使用，而主信道中有 9 根信号线是远距离串行通信接口标准中的基本信号线，只需掌握好这 9 根信号线的功能和连接方法基本就可以了。这 9 个信号的引脚号、名称及功能如表 7-1 所示。

表 7-1　RS-232C 主信道引脚信号

引 脚 号		信 号 名 称	缩　写	传送方向与功能说明	
25 脚	9 脚				
2	3	发送数据	TXD	DTE→DCE	输出数据到 Modem
3	2	接收数据	RXD	DTE←DCE	由 Modem 输入数据
4	7	请求发送	RTS	DTE→DCE	DTE 请求发送数据
5	8	清除发送	CTS	DTE←DCE	Modem 表明同意发送
6	6	数据传输就绪	DSR	DTE←DCE	表明 Modem 已准备就绪
7	5	信号地	GND	无方向	所有信号的公共地线
8	1	载波检测	DCD	DTE←DCE	Modem 正在接收载波信号
20	4	数据终端就绪	DTR	DTE→DCE	通知 Modem　DTE 已准备好
22	9	振铃指示	RI	DTE←DCE	表明 Modem 已收到拨号呼叫

由表 7-1 可见，9 根信号可分为数据信号和控制信号线。表中各信号线的定义是站在 DTE 的角度做出的，9 根信号线的含义如表所述。除此以外，对 25 脚连接器，其 1 脚为保护地，为了安全，使用时常与大地相连（对 9 脚连接器，没有安排此信号）。

（4）信号线的连接

RS-232C 接口的信号线连接与通信的距离有关，一般从远、近两方面考虑。当通信距离较远时，两个设备通信需要借助于 DCE（Modem 或其他远传设备）和电话线。近距离连接时，通信双方可以直接连接，利用 RS-232C 接口，最简单的情况下，只要用到了 3 根线即可实现双向异步通信，如图 7-7（a）所示，若为了适应那些需要检测"CTS"（清除发送）、"DCD"（载波检测）、"DSR"（数传机准备好）等信号的通信程序，则可采用图 7-7（b）所示方式，除连接 3 根最基本的信号线外，再在连接器的相应引脚上自行短接形成几根自反馈控制线。

7.2.2　RS-422A 及 RS-485 接口标准

（1）RS-422A 接口标准

RS-232C 虽然是目前应用较广泛的一种串行通信接口，但其最大的缺点是不能进行远距离传输，且是采用单端驱动单端接收电路，即采用公共地线的方式（多根信号线共地），使得不能区分由驱动电路产生的有用信号和外部引入的干扰信号，两地之间的电位差（如果存在的话）将成为通信错误的根源。采用平衡驱动，差分接收，取消信号地线，是解决这一问题的有效途径，这就是 EIA 的另一个系列标准 RS-422A 的产生背景。

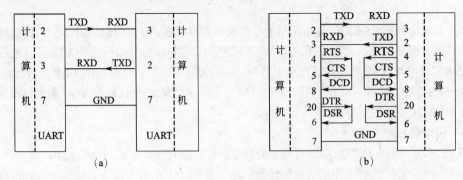

图 7-7　RS-232C 的连接方式

RS-422A 串行总线也是一种常用的接口总线，支持一点对多点的通信。它在传输速率、传送距离及抗干扰性能等方面均优于 RS-232C，采用差动（差分）收发的工作方式，利用双端线来传送信号，最高数据传输率为 10Mbps，此时的传输距离为 120m，可连接 32 个收发器。如适当降低传输率，可增加其通信距离。例如在 10Kbps 时距离可达 1200m。图 7-8 给出了两种 RS 接口标准电路的对比。

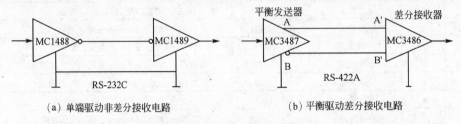

（a）单端驱动非差分接收电路　　　　　　（b）平衡驱动差分接收电路

图 7-8　两种 RS 接口标准电路

（2）RS-485 接口标准

在许多应用环境中，要求用较少的信号线来实现通信，或者要求在同一通信网络中能允许有多个发送器，由此导致了目前应用广泛的 RS-485 串行接口总线的产生。它实际上是 RS-422A 的变形，即 RS-422A 为全双工模式，而 RS-485 为半双工模式，这一改动，对实现多站互连提供了很大的方便。图 7-9 给出了点对点通信时，RS-485 与 RS-422A 的连接形式电路。这个电路既可以构成 RS-422A 电气接口（按图中虚线连接，即采用 4 线传输信号），也可以构成 RS-485 电气接口（按图中实线连接，即采用 2 线传输信号）。此外，在 RS-485 互连中，因是半双工方式，某一时刻只能有一个站发送数据，另一个站只能接收，因此，RS-485 的发送端必须由使能端加以控制，一般情况下，此端应为"无效"，以禁止发送。只有在本站需要发送时，才将使能端变为有效，由 TXD 端将数据发出，且发生完后，应将使能端关闭，以便接收对方来的数据。

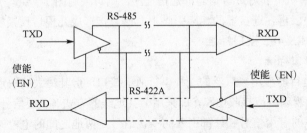

图 7-9　RS-485 与 RS-422A 的连接形式比较

尽管 RS-485 推出较晚，但由于其能够实现多点对多点的半双工通信，在同一网络中的平衡电缆线上，最多可连接 32 个发送器/接收器对；再加上抗干扰能力、最大传输距离和最大传输速率方面均大大地优于 RS-232C，因而在许多场合，特别是实时控制、微机测控网络等领域得到了广泛的应用。

7.3　51 系列单片机的串行接口

MCS-51 单片机内部提供一个可编程的全双工串行通信接口，具有 UART 的全部功能。该串行口有 4 种工作方式，以适应不同场合的使用。该接口电路不仅能同时进行数据的发送和接收，也可作为一个同步移位寄存器使用。能方便地构成双机、多机串行通信接口。波特率可由软件设置或由片内的定时器/计数器产生。接收、发送均可工作在查询方式或中断方式，使用十分灵活。

7.3.1　51 单片机串行接口结构

MCS-51 单片机只能处理 8 位并行数据，所以在进行串行数据发送时，要把并行数据转换为串行数据。而在接收数据时，只有把接收的串行数据转换成并行数据，单片机才能进行处理。能实现这种数据转换的设备，就是通用异步接收发送器 UART，即串行接口电路。MCS-51 单片机串行接口电路为用户提供了两个串行口缓冲寄存器（SBUF），一个称为发送缓存器，它的用途是接收片内总线送来的数据，即发送缓冲器只能写不能读。发送缓冲器中的数据通过 TXD 引脚向外传送。另一个称为接收缓冲器，采用双缓冲结构设计，它的用途是向片内总线发送数据，即接收缓冲器只能读不能写。两个缓冲器占用同一个地址 99H，统称为 SBUF，它是可以直接寻址的专用寄存器。接收缓冲器通过 RXD 引脚接收数据。串行接口电路如图 7-10 所示。

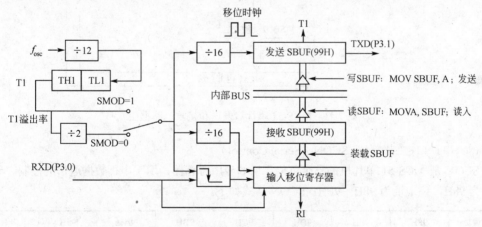

图 7-10　串行接口电路内部结构简图

CPU 可以通过执行不同指令对两个缓冲器进行存取。

CPU 执行：MOV　SBUF，　A

产生"写 SBUF"脉冲，以便把累加器 A 中准备发送的字符送入 SBUF（发送）寄存器；

CPU 执行：MOV　A，　　　SBUF

产生"读 SBUF"脉冲，把"SBUF（接收）寄存器"中接收到的字符传送到累加器 A 中。

串行发送与接收的速率与移位时钟同步。MCS-51 用定时器 T1 作为串行通信的波特率发生器，T1 溢出率经 2 分频（或不分频）后又经 16 分频作为串行发送或接收的移位脉冲。移位脉冲的速率即是波特率。

7.3.2 51 单片机串行接口控制寄存器

控制 MCS-51 单片机串行口控制寄存器共有两个：特殊功能寄存器 SCON 和 PCON。地址分别为 98H 和 87H，SCON 用于控制和监视串行口的工作状态，可以位寻址，PCON 没有位寻址功能，串行口接收和发送电路如图 7-11 所示。

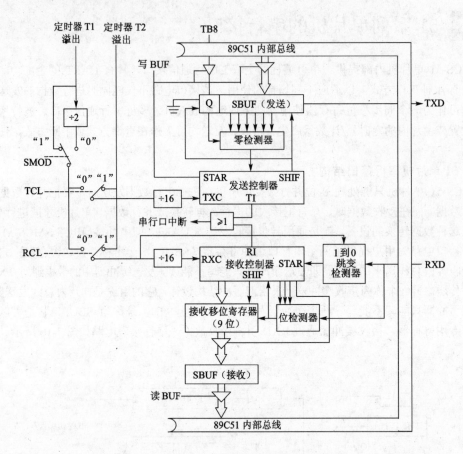

图 7-11   MCS-51 串行口发送和接收电路框图

（1）串行口控制寄存器 SCON（Serial Control）

SCON 是 MCS-51 单片机的一个可位寻址的专用寄存器，用于串行数据通信的控制。单元地址为 98H，位地址为 98H～9FH。SCON 格式如下。

位地址	9FH	9EH	9DH	9CH	9BH	9AH	99H	98H
位符号	SM0	SM1	SM2	REN	TB8	RB8	TI	RI

SM0、SM1：串行口方式选择位，用于控制串行口的工作方式，如表 7-2 所示。

SM2：允许方式 2 和方式 3 进行多机通信控制位。在方式 0 时，SM2 不用，应设置为 0 状态。在方式 1 下，如 SM2=1，则只有收到有效停止位时才激活 RI，并自动发出串行口中断请求（设中断是开放的），若没有收到有效停止位，则 RI 清零，则这种方式下，SM2 也应设置为 0。在方式 2 或方式 3 下，若 SM2=1，则接收到的第 9 位数据（RB8）为 0 时不激活 RI，若 SM2=0，串行口以单机发送或接收方式工作，TI 和 RI 以正常方式被激活，但不会引起中断请求；若 SM2=1 和 RB8=1 时，RI 不仅被激活而且可以向 CPU 请求中断。

表 7-2　串行口的工作方式和所用波特率对照表

SM0	SM1	相应工作方式	说　　明	所用波特率
0	0	方式 0	同步移位寄存器	$f_{osc}/12$
0	1	方式 1	10 位异步收发（双机通信）	波特率可变，由定时器控制（T1 溢出率/n）
1	0	方式 2	11 位异步收发（多机通信）	$f_{osc}/32$ 或 $f_{osc}/64$
1	1	方式 3	11 位异步收发（多机通信）	波特率可变，由定时器控制（T1 溢出率/n）

REN：允许串行接收控制位。由软件清零（REN=0）时，禁止串行口接收；由软件置位（REN=1）时，允许串行口接收。

TB8：工作在方式 2 和方式 3 时要发送数据的第 9 位。TB8 根据需要由软件置位或复位。在多机通信中，它代表传输的地址还是数据，TB8=0 为数据，TB8=1 时为地址。

RB8：是工作在方式 2 和方式 3 时，接收到的第 9 位数据，实际上是来自发送机的 TB8。在方式 1 下，若 SM2=0，则 RB8 用于存放接收到的停止位。方式 0 下，不使用 RB8。

TI：为发送中断标志位，用于指示一帧数据发送完否，在方式 0 下，发送电路发送完第 8 位数据时，TI 由内部硬件自动置位，请求中断；在其他方式下，TI 在发送电路开始发送停止位时由硬件置位，请求中断。这就是说：TI 在发送前必须由软件复位，发送完一帧后由硬件置位的。因此，CPU 可以通过查询 TI 状态判断一帧信息是否已发送完毕。

RI：为接收中断标志位，用于指示一帧信息是否接收完。在方式 0 串行接收完第 8 位数据时由硬件置位 RI；在其他方式下，RI 是在接收电路接收到停止位的中间位时置位的。RI 也可供 CPU 查询，以决定 CPU 是否需要从"SBUF（接收）"中提取接收的字符或数据。和 TI 一样，RI 也不能自动复位，只能由软件复位。

（2）电源控制寄存器 PCON（Power Control）

PCON 不可位寻址，字节地址为 87H。它主要是为 CHMOS 型单片机 80C51 的电源控制而设置的专用寄存器。其内容如下。

位序	D7	D6	D5	D4	D3	D2	D1	D0
位符号	SMOD	/	/	/	GF1	GF0	PD	IDL

与串行通信有关的只有 D7 位（SMOD），该位为波特率倍增位，当 SMOD=1 时，串行口波特率增加一倍，当 SMOD=0 时，串行口波特率为设定值。当系统复位时，SMOD=0。PCON 中与串行接口有关的只有 D7（即 SMOD），其余各位用于 MCS-51 的电源控制，在 2.3.3 节中已经介绍。

SMOD：为串行口波特系数控制位。在方式 1、方式 2 和方式 3 时，串行通信波特率和 2^{SMOD} 成正比。即当 SMOD=1 时，通信波特率可以提高一倍。SMOD 的这种控制作用可以用图 7-10 中的 SMOD 开关表示。

7.3.3　51 单片机串行口的工作方式及波特率

MCS-51 串行口有方式 0、方式 1、方式 2 和方式 3 四种工作方式。串行通信只使用方式 1、2、3。方式 0 主要用于扩展并行输入输出口。

（1）方式 0

在方式 0 下，串行口为同步移位寄存器方式，其波特率是固定的，为 $f_{osc}/12$，其中 SBUF 是作为同步的移位寄存器用的。在串行口发送时，"SBUF（发送）"相当于一个并入串出的移位寄存器，由 MCS-51 的内部总线并行接收 8 位数据，并从 RXD 线串行输出；在接收操作时，"SBUF

（接收）"相当于一个串入并出的移位寄存器，从 RXD 线接收一帧串行数据，并把它并行地送入内部总线，也就是说，数据由 RXD（P3.0）出入，同步移位脉冲由 TXD（P3.1）输出。在方式 0 下，SM2、RB8 和 TB8 皆不起作用，它们通常均应设置为"0"状态。

① 方式 0 发送   发送操作是在 TI=0（由软件清零下进行的，CPU 执行任何一条将 SBUF 作为目的寄存器送出发送字符指令（例 MOV SBUF，A 指令），此命令使写信号有效后，相隔一个机器周期发送控制端 SEND 有效（高电平），允许 RXD 发送数据，同时，允许从 TXD 端输出同步移位脉冲，数据开始从 RXD 端串行发送，其波特率为振荡频率的十二分之一，发送完 8 位数据后，TI 由硬件置位，并可向 CPU 请求中断（若中断开放）。CPU 响应中断后必须用软件将 TI 清零，然后再给"SBUF（发送）"送下一个欲发送字符，才能发送新数据。

在串行口方式 0 发送时，TXD 上的负脉冲与从引脚 RXD 发送的一位数据的时间关系是：在 TXD 为低电平期间数据一直有效，在 TXD 从低电平跳变为高电平的上升沿之前一段时间，RXD 上的数据已有效且稳定，在 TXD 为低电平期间数据一直有效，在 TXD 由低电平跳变为高电平之后，RXD 上的数据还保留一段时间，因此可以利用 TXD 的上跳变或下跳变作为外部串行输入移位寄存器的移位触发时钟信号。

② 方式 0 接收   串行口接收过程是在 RI=0 和 REN=1 条件下启动的。此时，串行数据依然由 RXD 线输入，TXD 线作为同步脉冲输出端。TXD 每一个负脉冲对应于从 RXD 引脚接收到的一位数据。在 TXD 的每个负脉冲跳变之前，串行口对 RXD 引脚采样，并在 TXD 上跳变后使串行口的"输入移位寄存器"左移一位，把在此之前（TXD 上跳之前）采样 RXD 所得到的一位数据从 RXD 逐位进入"输入移位寄存器"变成并行数据。接收电路接收到 8 位数据后，TXD 停留在高电平不变，停止接收，同时，串行口把"输入移位寄存器"的 8 位并行数据装到接收缓冲寄存器（SBUF），图并且使 RI 自动置"1"和发出串行口中断请求。CPU 查询到 RI=1 或响应中断后便可通过指令把"SBUF（接收）"中数据送入累加器 A（例 MOV A，SBUF），同时要想再次接收数据，RI 必须由软件复位。

实际上，串行口方式 0 下工作并非是一种同步通信方式。它的主要用途是和外部同步移位寄存器外接，以达到扩展并行口的目的。

（2）方式 1

① 方式 1 发送   当串行口以方式 1 发送（前提是 TI=0）时，CPU 执行一条写入 SBUF 的指令（MOV SBUF，A 指令）就启动一次串行口发送过程，发送电路就自动在 8 位发送字符前后分别添加 1 位起始位和停止位（在启动发送过程时自动把 SCON 的 TB8 置 1，作为发送的停止位），并在移位脉冲作用下将数据从 TXD 线上依次发送出去，发送完一帧信息后，发送电路自动维持 TXD 线为高电平，发送中断标志 TI 也由硬件在发送停止位时置位，应由软件将它复位。

② 方式 1 接收   在 RI=0 时置 REN=1（或同时置 SCON 的 REN=1 和 RI=0），便启动了一次接收过程。置 REN=1 实际上是选择 RXD/P3.0 引脚为 RXD 功能。若 REN=0，则选择 RXD/P3.0 引脚为 P3.0 功能。接收器对 RXD 线采样，采样脉冲频率是接收时钟的 16 倍。当采样到 RXD 端从 1 到 0 的跳变时就启动接收器接收，当接收电路连续 8 次采样到 RXD 线为低电平时，相应检测器便可确认 RXD 线上有了起始位。在起始位，如果接收到的值不为 0，则起始位无效，复位接收电路，当再次接收到一个由 1 到 0 的跳变时，重新启动接收器。如果接收值为 0，起始位有效，接收器开始接收本帧的其余信息（一帧信息为 10 位）。此后，接收电路就改为对第 7、8、9 三个脉冲采样到的值进行位检测，并以三中取二原则来确定所采样数据的值。在方式 1 接收中，在接收到第 9 数据位（即停止位）时，接收电路必须同时满足以下两个条件：RI=0 和 SM2=0

或接收到的停止位为"1"，才能把接收到的 8 位字符存入"SBUF（接收）"中，把停止位送入 RB8 中，并使 RI=1 和发出串行口中断请求（若中断开放），若上述两个条件任一不满足，则这次收到的数据就被丢弃，不装入"SBUF（接收）"中。中断标志 RI 必须由用户用软件清零。

SM2 是用于方式 2 和方式 3 的，在方式 1 下，SM2 应设定为 0。

在方式 1 下，发送时钟、接收时钟和通信波特率皆由定时器溢出率脉冲经过 32 分频获得，并由 SMOD=1 倍频（见图 7-11）。因此，方式 1 时的波特率是可变的，这点同样适用于方式 3。

（3）方式 2 和方式 3

方式 2 和方式 3 都是 11 位通信口，发送和接收的一帧数据由 11 位组成，即 1 位起始位、8 位数据位（低位在先）、1 位可编程位（第 9 位）和 1 位停止位。发送时可编程位（TB8）根据需要设置为 0 或 1（TB8 既可作为多机通信中的地址数据标志位又可作为数据的奇偶校验位），接收时，可编程位被送入 SCON 中的 RB8。方式 2 和方式 3 的差异仅在于通信波特率有所不同：方式 2 的波特率由 MCS-51 主频 f_{osc} 经 32 或 64 分频后提供；方式 3 的波特率由定时器 T1 或 T2 的溢出率经 32 分频后提供，故它的波特率是可调的。

① 方式 2、3 发送　方式 2 和方式 3 的发送过程类似于方式 1，所不同的是方式 2 和方式 3 有 9 位有效数据位。发送时，数据由 TXD 端输出，附加的第 9 位数据为 SCON 中的 TB8，CPU 要把第 9 数据位预先装入 SCON 的 TB8 中，第 9 数据位可由用户安排，可以是奇偶校验位，也可以是其他控制位。第 9 数据位的装入可以用如下指令中的一条来完成。

SETB　　TB8　; TB8=1　　　　　　CLR　TB8　; TB8=0

第 9 数据位的值装入 TB8 后，执行一条写 SBUF 的指令，把发送字符装入"SBUF（发送）"，便立即启动发送器发送。一帧数据发送完后，TI 被置 1，CPU 便可通过查询 TI 来判断一帧数据是否发送完毕，并以同样方法发送下一字符帧。在发送下一帧信息之前，TI 必须在中断服务程序（或查询程序）由软件清零。

② 方式 2、3 接收　当 REN=1 时，允许串行口接收数据。数据由 RXD 端输入，接收 11 位信息。当接收器采样到 RXD 端的负跳变，并判断起始位有效后，便开始接收一帧信息。方式 2 和方式 3 的接收过程也和方式 1 类似。所不同的是：方式 1 时 RB8 中存放的是停止位，方式 2 或方式 3 时 RB8 中存放的是第 9 数据位。因此，方式 2 和方式 3 时必须满足接收有效字符的条件变为：RI=0 和 SM2=0 或收到的第 9 数据位为"1"，只有上述两个条件同时满足，接收到的数据有效，接收到的字符才能送入 SBUF，第 9 数据位才能装入 RB8 中，并使 RI=1；否则，这次收到的数据无效，接收的信息将丢失，RI 也不置位，在一位时间后，"1 到 0 跳变检测器"又检测到 RXD 引脚的负跳变，准备接收下一帧数据。

其实，上述第一个条件是要求 SBUF 空，即用户应预先读走 SBUF 中信息，好让接收电路确认它已空。第二个条件是提供了利用 SM2 和第 9 数据位共同对接收加以控制：若第 9 数据位是奇偶校验位，则可令 SM2=0，以保证串行口能可靠接收；若要求利用第 9 数据位参与接收控制，则可令 SM2=1，然后依靠第 9 数据位的状态来决定接收是否有效。

（4）各方式下的波特率

① 方式 0 的波特率　由图 7-12 可见，方式 0 时，发送或接收一位数据的移位时钟脉冲由 S_6（即第 6 个状态周期，第 12 个节拍）给出，即每个机器周期产生一个移位时钟，发送或接收一位数据。因此，波特率固定为振荡频率的 1/12，并不受 PCON 寄存器中 SMOD 位的影响。串行口方式 0 波特率的产生方式 0 波特率=f_{osc}/12。

② 方式 2 的波特率　串行口方式 2 波特率的产生与方式 0 不同，即输入的时钟源不同，其时钟输入部分如图 7-13 所示。

图 7-12 串行口方式 0 波特率的产生

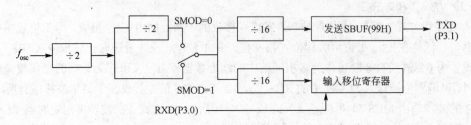

图 7-13 串行口方式 2 波特率的产生

控制接收与发送的移位时钟由振荡频率 f_{osc} 的第二节拍 P_2 时钟（即 $f_{osc}/2$）给出，所以，方式 2 波特率取决于 PCON 中 SMOD 位的值。

SMOD=0 时，波特率为 f_{osc} 的 1/64。

SMOD=1 时，波特率为 f_{osc} 的 1/32。

即方式 2 波特率=$(2^{SMOD}/64) \times f_{osc}$。

③ 方式 1 和方式 3 的波特率　方式 1 和方式 3 的移位时钟脉冲由定时器 T1 的溢出率决定，如图 7-14 所示。因此，89C51 串行口方式 1 和方式 3 的波特率由定时器 T1 的溢出率与 SMOD 值同时决定。即方式 1、方式 3 波特率=T1 溢出率/n。

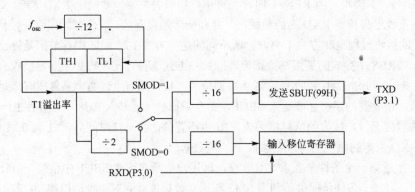

图 7-14　串行口方式 1、方式 3 波特率的产生

当 SMOD=0 时，n=32；SMOD=1 时，n=16。所以，可用下式确定方式 1 和方式 3 的波特率。

方式 1、方式 3 波特率=$(2^{SMOD}/32) \times$(T1 溢出速率)

式中，T1 溢出速率取决于 T1 的计数速率（计数速率=$f_{osc}/12$）和 T1 预置的处置。

若定时器 T1 采用模式 1 时，波特率公式如下。

串行方式 1、方式 3 波特率=$(2^{SMOD}/32) \times (f_{osc}/12)/(2^{16}-初值)$

常用波特率和定时器 T1 的初值关系如表 7-3 所示。

表 7-3　常用波特率和定时器 T1 的初值关系表

串口工作方式及波特率/(bit/s)		f_{osc}/MHz	SMOD	定时器(T1)		
				C/T	工作方式	初值
方式 0	1MHz	12	无关			
方式 2	375kHz	12	1	无关		
方式 1方式 3	62.5 kHz	12	1	0	2	FFH
	19.2 kHz	11.0592	1	0	2	FDH
	9600Hz	11.0592	0	0	2	FDH
	4800Hz	11.0592	0	0	2	FAH
	2400Hz	11.0592	0	0	2	F4H
	1200Hz	11.0592	0	0	2	E8H

7.3.4　51 单片机串行口的应用

（1）串行口初始化

MCS-51 系列单片机的串行口与 51 单片机的中断、定时器/计数器部件类似，都属于可编程操作的部件，即在使用中可以根据需要，通过对相关特殊功能寄存器的初始化，设定该部件工作在不同的工作方式下。51 单片机串行口初始化的主要内容包括设置串行口的工作方式和控制方式、设置波特率发生器定时器 1 的初始值、串行中断控制设置。具体操作步骤如下。

① 确定串行口通信方式，设置 SCON 寄存器。

② 确定 T1 的工作方式，设置 TMOD 寄存器。

③ 根据选定的波特率计算 T1 的初值，装载 TH1、TL1。

④ 确定波特率倍率，设置 PCON 寄存器中 SMOD 值。

⑤ 启动 T1（TCON 中的 TR1 位置位）。

⑥ 若串行口在中断方式工作时，还需要进行中断设置，对 IE、IP 寄存器编程。

（2）串行口应用举例

① 使用方式 0 进行并行口扩展

【例 7-1】 用 89S51 串行口外接 8 位移位寄存器 74LS164 扩展 8 位并行口，8 位并行口的每位都接一个发光二极管，要求发光二极管从左到右以一定延迟轮流显示，并不断循环。设发光二极管为共阴极接法，如图 7-15 所示。

设数据串行发送采用中断方式，显示的延迟通过调用延迟程序 DELAY 来实现。

完整程序如下。

```
        ORG     0000H
        LJMP    MAIN
        ORG     0023H           ;串行口中断入口
        LJMP    SLOOP           ;转入串行口中断服务程序
        ORG     0030H
MAIN:   MOV     SCON,   #00H    ;串行口方式 0 初始化
        MOV     A,      #88H    ;最左一位发光二极管先亮
        MOV     SBUF,   A       ;开始串行输出
        SJMP    $               ;等待中断
SLOOP:  SETB    P1.0
        ACALL   DELAY           ;显示延迟一段时间
        CLR     TI
        RR      A
        MOV     SBUF,   A       ;再一次串行输出
```

```
          RETI
DELAY:    ……
          END
```

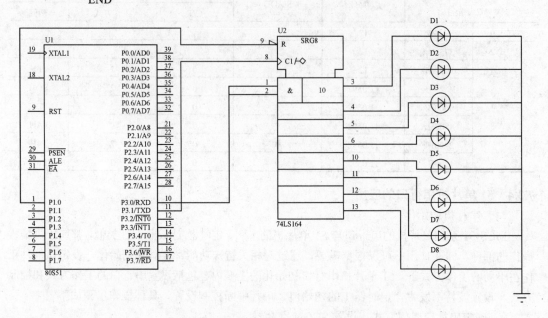

图 7-15　89S51 串行口方式 0 扩展应用

② 使用方式 1 与 PC 机通信

【例 7-2】　通过 9 针 RS-232 异步串行接口，PC 机向与单片机发送一个 ASCII 字符，单片机收到字符并通过 7 段 LED 显示该字符的 ASCII 码值，然后单片机对该字符的 ASCII 码值做加 1 处理，并回送新字符给 PC 机。

本例是点对点通信，可以设定单片机串行口工作在方式 1，采用串行口双机通信方式。采用 MAX232 芯片、与 PC 机通信的 51 单片机接口电路如图 7-16，图中 PCR、PCT 是 Proteus VSM 虚拟终端（Virtual Terminal），用以观察串行口通信情况，PCR 用来监视 PC 接收到的数据，PCT 代表计算机发送数据，P1 口连接的 LED 显示接收到的 ASCII 码值。Proteus 仿真软件介绍参看附录 C。

采用查询方式的 51 单片机程序如下。

```
          ORG     0030H
START:    MOV     SP,     #60H
          MOV     SCON,   #01010000B      ；设定串行方式：8 位异步，允许接收
          MOV     TMOD,   #20H            ；设定计数器 1 为模式 2
          ORL     PCON,   #10000000B      ；波特率加倍
          MOV     TH1,    #0F3H           ；设定波特率为 4800
          MOV     TL1,    #0F3H
          SETB    TR1                     ；计数器 1 开始计时
AGAIN:    JNB     RI,     $               ；等待接收完成
          CLR     RI                      ；清接收标志
          MOV     A,      SBUF            ；接收数据送缓冲区
          MOV     P1,     A
          INC     A
          MOV     SBUF,   A               ；发送收到的数据
          JNB     TI, $                   ；等待发送完成
```

```
CLR        TI                                          ;清发送标志
SJMP       AGAIN
END
```

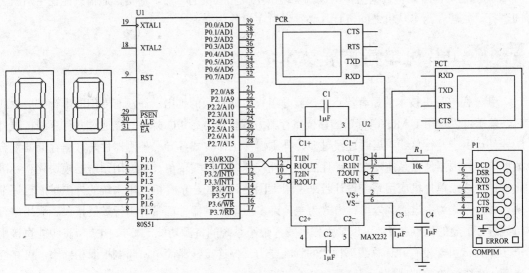

图 7-16   89S51 通过 RS-232 与 PC 通信应用仿真电路

（3）多机通信原理

单片机可以利用串行口工作方式 2 或工作方式 3 实现多机通信，此时一台主机能和多台从机之间进行串行通信。80C51 的串行通信控制寄存器 SCON 中设有多机通信控制位 SM2（SCON.5）。串行口以方式 2 或方式 3 接收时，若 SM2=1，则仅当接收到的第九位数据为 1 时，才将数据送入接收缓冲器 SBUF，并置位 RI 发出中断请求信号，否则将丢失信息；而当 SM2=0 时，则无论第九位是 0 还是 1，都能将数据装入 SBUF，并产生中断请求信号。根据这个特性，便可实现主机与多个从机之间的串行通信。

图 7-17 为 80C51 采用总线型主从式结构，实现多机通信连接示意图。

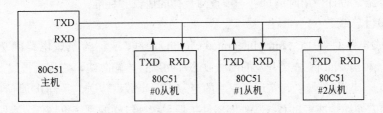

图 7-17   80C51 多机通信连接示意图

以主机向从机发送数据为例，在编程前，可先定义各从机通信地址，设三个从机地址分别为 00H、01H 和 02H。主机和从机在初始化程序中将串行口工作方式设定为 11 位异步通信方式（方式 2 或方式 3），且置位 SM2，允许串行口中断。在主机和某一从机通信之前，先向所有从机发出所选从机的地址，即联络通信命令，接着才发送数据或命令。

在主机发送地址时，地址数据标识位 TB8（即发送的第九位数据）设置 1 以表示地址信息，各从机接收到主机发来的地址信息后，则置位中断标志 RI，中断后判断主机送来的地址与本从机是否相符。若为本地址，则将本机 SM2 位清 0，准备与主机进行数据通信。没选中的从机则保持 SM2=1 状态，接着主机发送以 TB8=0 为特征值的数据帧，各串行口同时收到了数据帧，但只有已选中的从机（SM2=0）才能产生中断并接收该数据，其余从机因收到第九位数据 RB8=0 且本机 SM2=1，所以将数据丢掉。这就实现了主机和从机的一对一通信。通信只能在主从机之间进行，如若在两个从机之间进行，必须通过主机作中介。

7.4　单片机串行扩展技术

新一代单片机技术的显著特点之一就是串行扩展总线的推出。在没有专门的串行扩展总线时，除了可以使用 UART 串行口的移位寄存器方式扩展并行 I/O 外，只能通过并行总线扩展外围器件。由于并行总线扩展时连线过多，外围器件工作方式各异，外围器件与数据存储器混合编址等，外围器件在系统中软、硬件的独立性较差，无法实现单片机应用系统的模块化、标准化设计。这给单片机应用系统设计带来了很大困难。现在，单片机应用系统的外围扩展已逐渐从以并行方式为主过渡到以串行方式为主，许多新型外围器件都带有串行扩展接口。采用串行总线进行扩展的优点在于，可以最大程度发挥最小系统的资源功能，P0 口、P2 口资源能直接用于 I/O 口；虽然没有并行总线那样大的吞吐能力，但连接线路简单，印制板面积缩小，可靠性提高；系统修改和扩展性好，可简化系统的设计。

7.4.1　串行扩展的种类

通常的串行扩展方法有两类：UART 的移位寄存器方式和串行扩展总线方式。目前新一代单片机都配置了串行扩展总线接口，外围器件如 EEPROM、A/D、D/A、智能传感器及其他各类功能芯片等也是如此。系统设计中，采用串行总线方式进行芯片级的互连已经非常普及。在串行总线的研究方面，主要由各大半导体厂商扮演推广普及的角色，其中常用的串行扩展接口总线有 Philips 公司的 I^2C 总线（两线制）、Motorola 的 SPI 总线（三线制）、NS（National Semiconductor）公司的 Microwire/Plus 总线（三线制）、Dallas 公司的 1-wire 总线（一线制）以及 BOSCH 公司推出并被 ISO 认可的 CAN 总线。每种总线形式都涉及相关的协议和标准，应用中要根据具体的要求进行设计，由于这方面的内容较多，以下主要介绍 I^2C 总线，其他串行总线仅做简要介绍，设计应用时请再进一步查阅具体的协议和标准。

7.4.2　I^2C 串行总线

内部集成电路总线 I^2C（Inter-Integrated Circuit）总线，或称为集成电路间总线（IC to IC BUS），是一种由 Philips 公司开发的两线制芯片间串行传输总线，它用两根线 SDA（串行数据线）和 SCL（串行时钟线），实现了完善的全双工同步数据传送，是同步通信的一种特殊形式，可以极为方便地构成多机系统和外围器件扩展系统。这样的系统价格低，器件间总线简单，结构紧凑。I^2C 总线产生于 20 世纪 80 年代，最初为音频和视频设备开发，现在被广泛应用于消费类电子产品、通信产品、仪器仪表及工业控制系统中。目前有很多半导体集成电路上都集成了 I^2C 总线接口。带有 I^2C 接口的单片机有：Philips 的 P89LPC9XX 系列、P89V6XX 系列，Cygnal 的 C8051F0XX 系列，Microchip 的 PIC16C6XX 系列等。

随着 I^2C 总线技术的推出，Philips 及其他一些电子、电气厂家相继推出了许多带 I^2C 接口的器件，可广泛用于单片机应用系统之中，如 RAM、E^2PROM、I/O 接口、LED/LCD 驱动控制、A/D、D/A 以及日历时钟等。表 7-4 给出了常用 I^2C 接口通用器件的种类、型号及寻址字节等。

表 7-4　常用 I^2C 接口通用器件的种类、型号及寻址字节

种　　类	型　　号	器件地址及寻址字节	备　　注
256×8/128×8 静态 RAM	PCF8570/71	1010　A2 A1 A0 R/W	三位数字引脚地址 A2 A1 A0
256×8 静态 RAM	PCF8570C	1011　A2 A1 A0 R/W	三位数字引脚地址 A2 A1 A0
256B E^2PROM	PCF8582	1010　A2 A1 A0 R/W	三位数字引脚地址 A2 A1 A0
256B E^2PROM	AT24C02	1010　A2 A1 A0 R/W	三位数字引脚地址 A2 A1 A0
512B E^2PROM	AT24C04	1010　A2 A1 P0 R/W	二位数字引脚地址 A2 A1
1024B E^2PROM	AT24C08	1010　A2 P1 P0 R/W	一位数字引脚地址 A1
2048B E^2PROM	AT24C16	1010　P2 P1 P0 R/W	无引脚地址，A2 A1 A0 悬空处理
8 位 I/O 口	PCF8574	0100　A2 A1 A0 R/W	三位数字引脚地址 A2 A1 A0
	PCF8574A	0111　A2 A1 A0 R/W	三位数字引脚地址 A2 A1 A0
4 位 LED 驱动控制器	SAA1064	0111　0 A1 A0 R/W	二位模拟引脚地址 A1 A0
160 段 LCD 驱动控制器	PCF8576	0111　0 0 A0 R/W	一位数字引脚地址 A0
点阵式 LCD 驱动控制器	PCF8578/79	0111　1 0 A0 R/W	一位数字引脚地址 A0
4 通道 8 位 A/D、1 路 D/A 转换器	PCF8591	1001　A2 A1 A0 R/W	三位数字引脚地址 A2 A1 A0
日历时钟（内含 256×8RAM）	PCF8583	1010　0 0 A0 R/W	一位数字引脚地址 A0
	PCF8563	1010　0 0　1 R/W	无内部 RAM

（1）I^2C 总线特点

I^2C 总线最主要的优点是其简单性和有效性，接口线少，控制方式简化，器件封装形式小，通信速率较高等。由于接口直接在组件之上，因此 I^2C 总线占用的空间非常小，减少了电路板的空间和芯片引脚的数量，降低了互联成本。总线的长度可高达 25 英尺，并且能够以 10Kbps 的最大传输速率支持 40 个组件。I^2C 总线的另一个优点是，它支持多主控（Multimastering），其中任何能够进行发送和接收的设备都可以成为主总线。一个主控能够控制信号的传输和时钟频率。

此总线设计对系统设计及仪器制造都有利，因为可增加硬件的效率及简化电路，同时可提高仪器设备的可靠性，以及解决很多在设计数字控制电路上所遇到的接口问题。

I^2C 总线始终和先进技术保持同步，但仍然保持其向下兼容性。并且最近还增加了高速模式，其速度可达 3.4Mbps。它使得 I^2C 总线能够支持现有以及将来的高速串行传输应用，例如 EEPROM 和 Flash 存储器。

（2）I^2C 工作原理

I^2C 总线支持多主和主从两种工作方式，通常为主从工作方式。在主从工作方式中，系统中只有一个主器件（单片机），总线上其他器件都是具有 I^2C 总线的外围从器件。在主从工作方式中，主器件启动数据的发送（发出启动信号），产生时钟信号，发出停止信号。I^2C 总线是由数据线 SDA 和时钟 SCL 构成的串行总线，可发送和接收数据。总线上的各器件都采用漏极开路结构与总线并行连接，因此 SCL、SDA 均需接上拉电阻，总线在空闲状态下均保持高电平。每个电路和模块都有唯一的地址，根据地址识别每个器件。在 CPU 与被控 IC 之间、IC 与 IC 之间进行双向传送，最高传送速率 100Kbps。采用 I^2C 总线系统结构如图 7-18 所示，图中单片机本身无 I^2C 接口，使用 P1.7 和 P1.6 模拟提供总线端口，由软件实现通信。

在信息的传输过程中，I^2C 总线上并接的每一模块电路既是主控器（或被控器），又是发送器（或接收器），这取决于它所要完成的功能。CPU 发出的控制信号分为地址码和数据码两部分：地址码用来选址，即接通需要控制的电路，确定总线通信的器件；数据码是通信的内容。

这样，各控制电路虽然挂在同一条总线上，却彼此独立，互不干扰。

I²C 总线在传送数据过程中共有三种类型信号，它们分别是：开始信号、结束信号和应答信号。

这些信号中，起始信号是必需的，结束信号和应答信号，都可以不要。

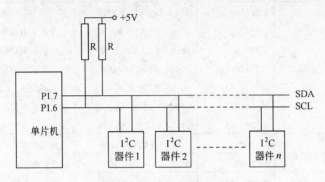

图 7-18 I²C 总线系统结构

（3）I²C 器件寻址方式

在主从通信中，可以有多个 I²C 总线器件同时并联接到 I²C 总线上，所有 I²C 兼容的器件都有标准的接口，通过地址来识别通信对象，使它们可以经由 I²C 总线互相直接通信，所以每个电路和模块都有唯一的地址。具有 I²C 总线结构的器件在出厂时已经给定了器件的地址编码，地址由 7 位组成，加上最低位方向控制位共同构成寻址字节 SLA，格式如下。

	D7	D6	D5	D4	D3	D2	D1	D0
	器件地址				引脚地址			方向位
SLA	DA3	DA2	DA1	DA0	A2	A1	A0	R/W

DA3～DA0 4 位器件地址是 I²C 总线器件固有的地址编码，器件出厂时就已给定，用户不能自行设置。A2、A1、A0 这 3 位引脚地址用于相同地址器件的识别。若 I²C 总线上挂有相同地址的器件，或同时挂有多片相同器件时，可用硬件连接方式对 3 位引脚 A2、A1、A0 接 V_{CC} 或接地，形成地址数据。R/W =1 时，主机接收（读），R/W=0 时，主机发送（写）。

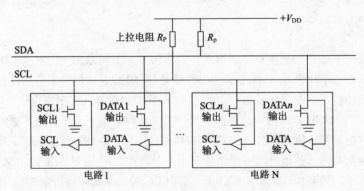

图 7-19 I²C 总线接口电路结构

（4）接口电气结构与总线驱动能力

I²C 总线接口电路结构如图 7-19 所示。I²C 总线端口输出为开漏结构，总线上必须外接上拉

电阻 R_P，其阻值通常可选 5～10kΩ。由于 I²C 总线器件均为 CMOS 器件，总线具有足够的电流驱动能力。I²C 总线的电容负载能力为 400 pF（通过驱动扩展可达 4000pF）。I²C 总线传输速率为 100Kbps（改进后的规范为 400 Kbps）。

（5）I²C 总线的数据传输

在传输数据开始前，主控器件应发送起始位，通知从接收器件作好接收准备；在传输数据结束时，主控器件应发送停止位，通知从接收器件停止接收。这两种信号是启动和关闭 I²C 器件的信号。如图 7-20 所示，分别为所需的起始位及停止位的时序条件。

起始位时序：当 SCL 线在高位时，SDA 线由高转换至低。

停止位时序：当 SCL 线在高位时，SDA 线由低转换至高。

开始和停止条件由主控器产生。使用硬件接口可以很容易地检测开始和停止条件，没有这种接口的单片机必须以每时钟周期至少两次的频率对 SDA 取样，以便检测这种变化。

SDA 线上的数据在时钟高位时必须稳定；数据线上高低状态只有当 SCL 线的时钟信号为低电平时才可变换，如图 7-21 所示。输出到 SDA 线上的每个字节必须是 8 位，每次传输的字节不受限制，每个字节必须有一个确认位（又称应答位 ACK）。如果一接收器件在完成其他功能（如一内部中断）前不能接收另一数据的完整字节，它可以保持时钟线 SCL 为低，以促使发送器进入等待状态，当接收器件准备好接收数据的其他字节并释放时钟 SCL 后，数据传输继续进行。

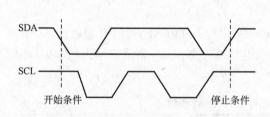

图 7-20 I²C 总线开始和停止条件

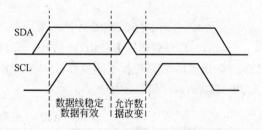

图 7-21 I²C 总线中的有效数据位

数据传送必须有确认位。与确认位对应的时钟脉冲由主控器产生，发送器在应答期间必须下拉 SDA 线，如图 7-22 所示。

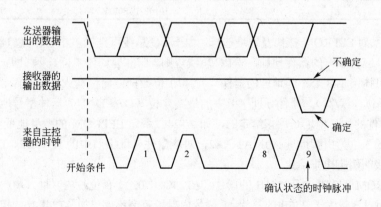

图 7-22 I²C 总线的确认位

当不能确认寻址的被控器件时，数据线保持为高，接着主控器产生停止条件终止传输。在传输结束时，主控接收器必须发出一个数据结束信号给被控发送器，被控发送器必须释放数据线，以允许主控器产生停止条件。合法的数据传输格式如下。

| 起始位(S) | 发送寻址字节(SLA) | R/W | 应答(确认位) | 发送数据 | 确认位 | … | 停止位 |

I^2C 总线在起始位（开始条件）后的首字节决定哪个被控器将被主控器选择，例外的是"通用访问"地址，它可以寻址所有器件。当主控器输出一地址时，系统中的每一器件都将起始位后的前七位地址和自己的地址进行比较：如果相同，该器件认为自己被主控器寻址。该器件是作为被控接收器或是被控发送器则取决于第 8 位（R/W 位）。它是一个数据方向位（读／写）："0"代表发送（写入），"1"代表需求数据（读入），数据传送通常以主控器所发出的停止位(停止条件)而终结，时序关系如图 7-23 所示。

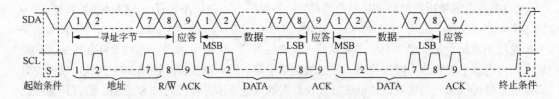

图 7-23　I^2C 总线数据传送时序关系

（6）24C 系列串行 EEPROM 的应用

① AT24C 系列串行 EEPROM 简介　AT24C 系列串行 EEPROM 具有 I^2C 总线接口功能，功耗小，电源电压宽(根据不同型号 2.5～6.0V)，工作电流约为 3mA，静态电流随电源电压不同为 30～110μA，存储容量见表 7-5。

表 7-5　AT24C 系列串行 EEPROM 参数

型号	容量	器件寻址字节(8 位)	一次装载字节数
AT24C01	128×8	1010A2A1A0R/W	4
AT24C02	256×8	1010A2A1A0R/W	8
AT24C04	512×8	1010A2A1P0R/W	16
AT24C08	1024×8	1010A2P1P0R/W	16
AT24C16	2048×8	1010P2P1P0R/W	16

● AT24C 系列 EEPROM 接口及地址选择。由于 I^2C 总线可挂接多个串行接口器件，在 I^2C 总线中每个器件应有唯一的器件地址，按 I^2C 总线规则，器件地址为 7 位数据（即一个 I^2C 总线系统中理论上可挂接 128 个不同地址的器件），它和 1 位数据方向位构成一个器件寻址字节，最低位 D0 为方向位（读/写）。器件寻址字节中的最高 4 位（D7～D4）为器件型号地址，不同的 I^2C 总线接口器件的型号地址是厂家给定的，如 AT24C 系列 EEPROM 的型号地址皆为 1010，器件地址中的低 3 位为引脚地址 A0、A1、A2，对应器件寻址字节中的 D3、D2、D1 位，在硬件设计时由连接的引脚电平给定。

对于 EEPROM 的容量小于 256B 的芯片（AT24C01/02），8 位片内寻址（A0～A7,）即可满足要求。然而对容量大于 256B 的芯片，8 位片内寻址范围不够，如 AT24C16，相应的寻址位数应为 11 位（$2^{11}=2048$）。若以 256B 为 1 页，则多于 8 位的寻址视为页面寻址。在 AT24C 系列中，对页面寻址位采取占用器件引脚地址（A2、A1、A0）的办法，如 AT24C16 将 A2、A1、

A0 作为页地址。凡在系统中引脚地址用作页地址后，该引脚在电路中不得使用，作悬空处理。AT24C 系列中行 EEPROM 的器件地址寻址字节如表 7-4 所示，表中 A0、A1、A2 表示页面寻址位。

- AT24C 系列 EEPROM 读写操作。对 AT24C 系列，EEPROM 的读写操作完全遵守 I^2C 总线的主收从发和主发从收的规则。连续写操作是 EEPROM 连续装载 n 个字节数据的写入操作，n 随型号不同而不同，一次可装载的字节数见表 7-5。SDA 线上连续写操作的数据状态如下所示，S 表示 START 起始位，A 表示 ACK 应答位。

S	1010A2A1A00	A	Addr	A	Data1	A	Data2···	A	Data n	A	P

器件地址（写）片内地址 ≤n 个字节数据

AT24C 系列片内地址在接收到每一个数据字节地址后自动加 1，故装载一页以内规定数据字节时，只需输入首地址，若装载字节多于规定的最多字节数，数据地址将自动翻页，新页中以前的数据被覆盖。

连续读操作是为了指定首地址，需要两个"伪字节写"来给定器件地址和片内地址，重复一次启动信号和器件地址 (读)，就可读出该地址的数据。由于"伪字节写"中并未执行写操作，因此地址没有加 1。以后每读取一个字节，地址自动加 1。在读操作中，接收器接收到最后一个数据字节后不返回肯定应答（保持 SDA 高电平），随后发停止信号。SDA 上连读操作的数据状态如下所示。

S	1010A2A1A00	A	Addr	A	S	1010A2A1A01	A	Data	A	P

器件地址（写）片内地址 器件地址（读）读出地址

② 51 单片机与 AT24C16 通信的硬件实现及汇编语言程序。

- 硬件电路。图 7-24 是用 51 单片机 P1 口模拟 I^2C 总线与 EEPROM 连接的电路图(以 AT24C16 为例)。由于 AT24C16 是漏极开路，图中 R_1、R_2 为上拉电阻（5.1kΩ）；A0～A2 为地址引脚、TEST 为测试脚，它们均悬空。

- 软件实现。由前述分析和图 7-23 的硬件电路，可编制 EEPROM 的读写子程序。两者的主要区别在于读子程序需发送器件地址（写）和片内地址作为伪字节，之后再发送一次开始信号和器件地址（读命令）。

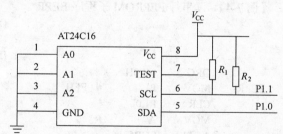

图 7-24 51 单片机 P1 口与 E^2PROM 连接电路图

【例 7-3】 写串行 EEPROM 子程序 EEPW

```
                                    ; (R3)=器件地址，(R4)=片内字节地址
                                    ; (R1)=欲写数据存放地址指针
                                    ; (R7)=连续写字节数 n

        ORG    0100H
EEPW:   MOV    P1,    # 0FFH
        CLR    P1.0              ; 发开始信号
        MOV    A,     R3         ; 送器件地址
        ACALL  SUBS
```

```
                MOV     A,      R4              ; 送片内字节地址
                ACALL   SUBS
AGAIN:          MOV     A,      @R1
                ACALL   SUBS                    ; 调发送单字节子程序
                INC     R1
                DJNZ    R7,     AGAIN           ; 连续写 n 个字节
                CLR     P1.0                    ; SDA 置 0, 准备送停止信号
                ACALL   DELAY                   ; 延时以满足传输速率要求
                SETB    P1.1                    ; 发停止信号
                ACALL   DELAY
                SETB    P1.0
                RET
SUBS:           MOV     R0,     # 08H           ; 发送单字节子程序
LOOP:           CLR     P1.1
                RLC     A
                MOV     P1.0,   C
                NOP
                SETB    P1.1
                ACALL   DELAY
                DJNZ    R0, LOOP                ; 循环 8 次送 8 个位
                CLR     P1.1
                ACALL   DELAY
                SETB    P1.1
REP:            MOV     C,      P1.0
                JC      REP                     ; 判应答到否, 未到则等待
                CLR     P1.1
                RET
DELAY:          NOP
                NOP
                RET
```

【例 7-4】　读串行 EEPROM 子程序 EEPR

```
                                                ; (R1)=欲读数据存放地址指针, (R3)=器件地址
                                                ; (R4)=片内字节地址
                                                ; (R7)=连续写字节数 n

                ORG     0100H
EEPR:           MOV     P1,     # 0FFH
                CLR     P1.0                    ; 发开始信号
                MOV     A,      R3              ; 送器件地址
                ACALL   SUBS                    ; 调发送单字节子程序
                MOV     A,      R4              ; 送片内字节地址
                ACALL   SUBS
                MOV     P1,     # 0FFH
                CLR     P1.0                    ; 再发开始信号
                MOV     A,      R3
                SETB    ACC.0                   ; 发读命令
                ACALL   SUBS
MORE:           ACALL   SUBS
                MOV     @R1,    A
                INC     R1
                DJNZ    R7,     MORE
                CLR     P1.0
                ACALL   DELAY
```

```
              SETB     P1.1
              ACALL    DELAY
              SETB              P1.0                   ；送停止信号
              RET
     SUBR:    MOV      R0,      #08H                   ；接收单字节子程序
     LOOP2:   SETB     P1.1
              ACALL    DELAY
              MOV      C,       P1.0
              RLC      A
              CLR      P1.1
              ACALL    DELAY
              DJNZ     R0,      LOOP2
              CJNE     R7,      #01H,      LOW
              SETB     P1.0                            ；若是最后一个字节，置 A=1
              AJMP     SETOK
     LOW:     CLR      P1.0                            ；否则置 A=0
     SETOK:   ACALL    DELAY
              SETB     P1.1
              ACALL    DELAY
              SETB     P1.1
              ACALL    DELAY
              CLR      P1.1
              ACALL    DELAY
              SETB     P1.0                            ；应答完毕，SDA 置 1
              RET
```

在程序中，多处调用了 DELAY 子程序（仅两条 NOP 指令），这是为了满足 I²C 总线上数据传送速率的要求，即只有当 SDA 数据线上的数据稳定下来之后才能进行读写（即 SCL 线发出正脉冲）。另外，在读最后一个数据字节时，置应答信号为"1"，表示读操作即将完成。

7.4.3 SPI 及 Microwire 串行总线

串行外围设备接口 SPI（Serial Peripheral Interface）是由 Motorola 公司推出的三线制（不包括片选线）同步串行外围接口，用于与各种外围器件进行通信。这些外围器件可以是简单的 TTL 移位寄存器、EEPROM、FLASH、实时时钟，可以是复杂的 LCD 显示驱动器或 A /D 转换子系统。SPI 系统可以容易地与许多厂家的各种标准外围器件直接连接。在多主机系统中 SPI 还可用于 MCU 之间的通信。带有 SPI 接口的单片机有：Motorola（Freescale）的 HSC08 系列、Philips 的 P89V51XX 系列、Cygnal 公司的 C8051F0XX 系列等众多 MCU。常用的 SPI 串行总线接口器件有 MCM2814（EEPROM）、MC1450XX 系列（A/D）、TLC1543（A/D）、TLC5620（D/A）、DS1302（实时钟）、AD7816（温度传感器）等。

NS 公司推出的 Microwire /PLUS 也是一种三线制（不包括片选线）同步串行外围接口。原始的 Microwire 总线上只能连接一片单片机作为主机，总线上的其他设备都是从机。增强型的 Microwire /PLUS 总线上允许连接多片单片机和外围器件，因此，总线具有更大的灵活性和可变性，非常适用于分布式、多处理器的单片机测控系统。实际上 Microwire 是 SPI 的一个有限制的子系列。以下主要针对 SPI 简要介绍。

（1）SPI 总线特点

当 MCU 片内 I/O 功能或存储器不能满足需要时，可用 SPI 与各种外围器件相连，扩展 I/O 功能。这也是扩展 I/O 功能的最方便、最简单的方法，突出优点是只需 3～4 根线就可实现 I/O 功能扩展。SPI 主要特点有如全双工、三线同步传输，支持主机或从机工作，1.05MHz 最大主

机位速率，四种可编程主机位速率，可编程串行时钟极性与相位，发送结束中断标志，写冲突保护，总线竞争保护等。

（2）SPI 工作原理

SPI 的通信原理很简单，它以主从方式工作，这种模式通常有一个主设备和一个或多个从设备，需要至少 4 根线，事实上 3 根也可以（单向传输时）。也是所有基于 SPI 的设备共有的。

① MOSI：主设备数据输出，从设备数据输入。

② MISO：主设备数据输入，从设备数据输出。

③ SCK：时钟信号，由主设备产生。

④ SS（或 CS）：从设备使能信号，由主设备控制。

其中 SS 是控制芯片是否被选中的，也就是说只有片选信号为预先规定的使能信号时（高电位或低电位），对此芯片的操作才有效。这就允许在同一总线上连接多个 SPI 设备。

由 SCK 提供时钟脉冲，MOSI、MISO 则基于此脉冲完成数据传输。数据输出通过 MOSI 线，数据在时钟上升沿或下降沿时改变，在紧接着的下降沿或上升沿被读取。完成一位数据传输，输入也使用同样原理。这样，在至少 8 次时钟信号的改变（上沿和下沿为一次），就可以完成 8 位数据的传输。

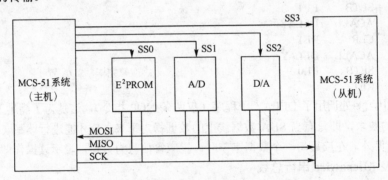

图 7-25 单主机 SPI 系统连接图

要注意的是，SCK 信号线只由主设备控制，从设备不能控制信号线。同样，在一个基于 SPI 的设备中，至少有一个主控设备。这样传输的优点是 SPI 允许数据一位一位地传送，甚至允许暂停，因为 SCK 时钟线由主控设备控制，当没有时钟跳变时，从设备不采集或传送数据。也就是说，主设备通过对 SCK 时钟线的控制可以完成对通信的控制。SPI 还是一个数据交换协议：因为 SPI 的数据输入和输出线独立，所以允许同时完成数据的输入和输出。不同的 SPI 设备的实现方式不尽相同，主要是数据改变和采集的时间不同，在时钟信号上沿或下沿采集有不同定义，具体请参考相关器件的文档。

在点对点的通信中，SPI 接口不需要进行寻址操作，且为全双工通信，显得简单高效。在多个从设备的系统中，每个从设备需要独立的使能信号，硬件上比 I^2C 系统要稍微复杂一些。单主机 SPI 系统连接图如图 7-25 所示。

Microwire /PLUS 的时钟线是 SK，数据线为 SI 和 SO，但 SI、SO 依照主器件的数据传送方向而定，主器件的 SO 与所有扩展器件数据输入端 DI 或 SI 相连；主器件的 SI 与所有扩展器件数据输出端 DO 或 SO 相连。

由于该两类器件无法通过数据传输线寻址，因此，必须由 MCU I/O 线单独寻址，连到扩展器件的片选端 CS（若只扩展一片，可将扩展芯片 CS 接地）。两种三线制串行总线扩展连接的对比见图7-26。

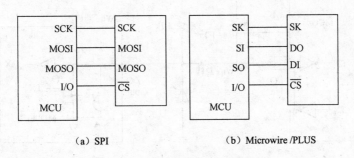

（a）SPI   （b）Microwire /PLUS

图 7-26　两种三线制串行总线对比

7.4.4　1-wire 串行总线

近年来，美国的达拉斯半导体公司（Dallas Semiconductor，该公司 2001 年已经被 Maxim 公司并购）推出了一项特有的单总线（1-Wire Bus）技术。1-Wire 总线采用主从式、位同步、半双工串行方式通信，采用单根信号线，既可传输时钟，又能传输数据，还负责传递地址信息、控制信息，甚至向器件提供电源，而且数据传输是双向的，因而这种单总线技术具有线路简单，硬件开销少，成本低廉，便于总线扩展和维护等优点。

1-Wire 适用于单主机系统，能够控制一个或多个从机设备。主机可以是微控制器，从机可以是 1-Wire 器件，它们之间的数据交换只通过一条信号线。当只有一个从机设备时，系统可按单节点系统操作；当有多个从机设备时，系统则按多节点系统操作。

单片机本身不提供专有的 1-Wire 接口，当需要设计连接 1-Wire 器件时，往往使用单片机并行端口的某一个口线，按照 1-Wire 协议时序，通过软件实现通信要求。单片机系统常用的 1-Wire 器件有 DS2431(EEPROM)、DS18B20(温度传感器)、DS2450(4 通道高达 16 位 ADC)等。

（1）1-wire 总线特点

1-Wire 的显著特点：一线制实现串行传输、每个单总线芯片都具有全球唯一的访问序列号、单总线芯片在工作过程中可以不需要提供外接电源而由总线向低功耗的外设器件提供电源。1-Wire 的数据传输有两种模式，通常以 16.3Kbps 的速率通信，超速模式可达 142Kbps。因此，只能用于对速度要求不高的场合，一般用于 100Kbps 以下速率的测控或数据交换系统中。1-Wire 系统是由一个总线命令者和若干个从者组成的计算机应用系统，系统按照 1-Wire 协议进行初始化、识别器件和交换数据。1-Wire 比基于两线的 I^{2}C 总线和三线的 SPI 总线等的硬件连接更简单、性能稳定、抗干扰性能好。

（2）1-Wire 硬件结构

设备（主机或从机）通过一个漏极开路或三态端口连至该数据线，这样可以允许设备不发送数据时释放总线，以便其他设备使用总线。1-Wire 总线结构及内部等效电路如图 7-27 所示。它包括三个主要部分：带有控制软件的主控器（Master），连接上拉电阻和稳压二极管的连接线，以及各种功能的 1-Wire 器件（Slave）。漏极开路的端口结构和上拉电阻使总线空闲时处于高电平状态（3～5.5V），从器件可直接从数据线上获得工作电能（节省了电源线，但这时必须额外提供强上拉的 MOSFET）。每一位读写时隙开始时，主控器把总线拉低（小于 0.8V），结束时，释放总线为高电平，这种按位自同步的数据传输方式节省了时钟线。稳压二极管将总线最高电平限定在 5.6V，起保护端口的作用。外围器件完成某一特定的功能，主控器通过对 RAM 的读写操作对器件进行控制。

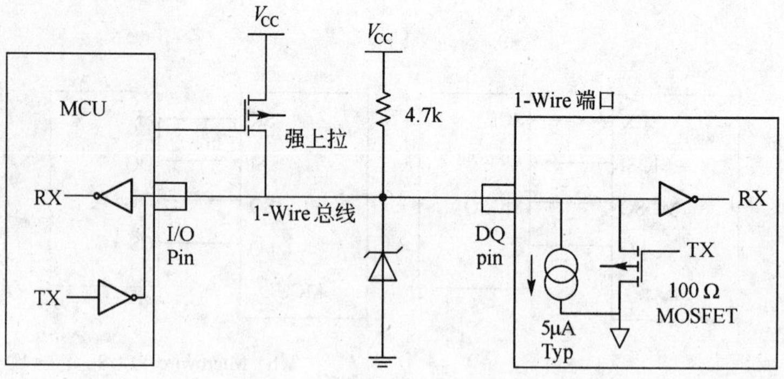

图 7-27　1-Wire 总线结构及内部等效电路

（3）1-Wire 器件的地址

为了区分单总线上连接的芯片，厂家在生产每个芯片时，都编制了唯一的序列号，通过寻址就能把芯片识别出来。这样做能使这些器件挂在一根信号线上进行码分多址、串行分时数据交换，组成一个自动测控系统或一个自动收费系统，甚至还可以用单总线组成一个微型局域网。

1-Wire 器件中 ROM 存储一个由厂家光刻、全球唯一且不可更改的 64 位序列号，从最低位开始，前 8 位是族码，表示产品的分类编号；接着的 48 位是一个唯一的序列号；最后 8 位是前 56 位的 CRC 校验码。CRC（Cyclic Redundancy Check）称为循环冗余码检测，是数据通信中校验数据传输是否正确的一种方法。在使用时，总线命令者读入 ROM 中 64 位二进制码后，将前 56 位按 CRC 多项式计算出 CRC 值，然后与 ROM 中高 8 位的 CRC 值比较，若相同则表明数据传送正确，否则要求重传。48 位序列号是一个 15 位的十进制编码，这么长的编码完全可为每个芯片编制一个全世界唯一的号码，也称之为身份证号，可以被寻址识别出来。64 位 ROM 注册码格式如下。

D63 ←————————→ D56	D55 ←————————→ D8	D7 ←————————→ D0
8 位 CRC 校验码	48 位序列号	8 位族码

（4）1-Wire 信号方式

1-Wire 总线采用主从式、位同步、半双工串行方式通信，典型的命令序列分以下三步。

① 总线初始化　主控器先复位脉冲，然后从器件发应答脉冲。

② ROM 指令　主控器通过 ROM 指令来读取各从器件的 ROM 识别码，以选择 1-Wire 总线上的某一器件，其余器件忽略主控器的后续指令。

③ RAM 指令　功能命令，通过对从器件 RAM 的读写操作，让外围器件实现某一功能。

所有 1-Wire 器件与主控器之间的通信都符合上述规程，但不同类型的 1-Wire 器件的结构和功能不同，8 位的 ROM 指令和 RAM 指令会略有不同，在实际应用中，根据系统设计的选用情况，仔细阅读器件数据手册进行相应软件程序设计即可。

1-Wire 器件要求遵循严格的通信协议，以保证数据的完整性。1-Wire 协议定义了几种信号类型：复位脉冲、答应脉冲、写 0、写 1、读 0 和读 1 时序，见图 7-28。所有的单总线命令序列（初始化、ROM 命令、功能命令）都是由这些基本的信号类型组成。这些信号，除了应答脉冲外都是由主机发出同步信号，并且发出的所有命令和数据都是字节的低位在前。初始化时序包括主机发送的复位脉冲和从机发出的应答脉冲，主机通过拉低单总线至少 480μs，以产生 TX 复位脉冲；然后主机释放总线，并进入 RX 接收模式，当主机释放总线时，总线由低电平跳变为高电平时产生一个上升沿，单总线器件检测到这个上升沿后，延时 15~60μs，接着单总线器件通过拉低总线 60~240μs，以产生应答脉冲。主机接收到从机应答脉冲后，说明有单总线器件在线，然后主机就开始对从机进行 ROM 命令和功能命令操作。写 1、写 0 和读时序。在每一个时序中，总线只能传输一位数据。所有的读写时序至少需要 60μs，且每两个独立的时序之间至少需要 1μs 的恢复时间。读写时序均起始于主机拉低总线。在写时序中，主机拉低总线后保持至少 60μs 的低电平则向单总线器件写 0。单总线器件又在主机发出读时序时才向主机传送数据，所以当主机向单总线器件发出数据命令后，必须马上产生读时序，以便单总线能传输数据。在主机发出读时序之后，单总线器件才开始在总线上发送 0 或 1，若单总线器件发送 1，则保持总线高电平，若发送 0，则拉低总线。单总线器件发送之后，保持有效时间，所以主机在读时序期间必须释放总线，并且必须在 15μs 之中采样总线状态，从而接收到从机发送的数据。

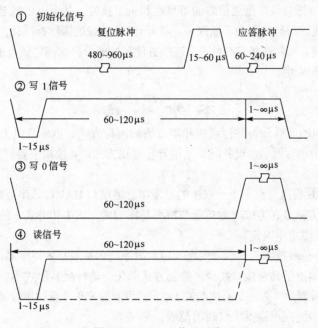

图 7-28　1-Wire 信号时序

7.4.5　CAN BUS 现场总线简介

现场总线是安装在生产过程区域的现场设备/仪表与控制室内的自动控制装置/系统之间的一种串行、数字式、多点通信的数据总线。现场总线（Fieldbus）技术是实现现场级控制设备数字化通信的一种工业现场层网络通信技术，可使用一条通信电缆将现场设备（智能化、带有通信接口）连接，用数字化通信代替 4~20mA/24VDC 信号，完成现场设备控制、监测、远程参数化等功能。

CAN，全称为"Controller Area Network"，即控制器局域网，由德国 Bosch 公司最先提出，已成为国际标准 ISO11898（高速应用）和 ISO11519（低速应用）。CAN 是一种多主方式的串行通信总线，CAN 的规范定义了 OSI 模型的最下面两层：数据链路层和物理层。CAN 协议有 2.0A 和 2.0B 两个版本，CAN 协议的 2.0A 版本规定 CAN 控制器必须有一个 11 位的标志符，在 2.0B 版本中规定 CAN 控制器的标志符长度可以是 11 位或 29 位。

带有 CAN 接口的单片机有 Atmel 的 AT89C51CC03、Philips 的 P87C591VFA、Infineon（Siemens）的 C515C 及 C505CA、Motorola（Freescale）的 HC08GZ 等。

CAN 总线广泛的应用与其良好的性能密切相关。CAN 可实现全分布式多机系统，且无主、从之分，网络上任意一个结点均可在任意时刻、主动地向其他结点发送信息，通信方式灵活，利用这一特点，可以方便地构成多机备份系统；CAN 采用非破坏性总线优先级仲裁技术，当 2 个结点同时向网络上发送消息时，优先级低的结点主动停止发送数据，而优先级高的结点可以不受影响继续发送信息，有效地避免了总线冲突；传输时间短，受干扰的概率低，重发时间短，且具有良好的检错效果；CAN 结点具有自动关闭功能，当结点错误严重时，自动切断与总线的联系，这样可以不影响总线的正常工作。在自动化电子领域、发动机控制部件、传感器、抗滑系统等应用中，CAN 的位速率可高达 1 Mbps（距离 40m）。同时，它可以廉价地应用于交通运载的电气系统中，例如灯光聚束、电气窗口等，以替代所需要的硬件连接。CAN 总线采用两线制，在总线的末端必须连接 2 个 120Ω 的电阻，它们对总线阻抗匹配有着重要的作用，不可省略。否则，将大大降低总线数据通信时的可靠性和抗干扰性，甚至有可能导致无法通信。

目前 CAN 总线应用研究还在不断深入，随着 CAN 总线的国际标准化，具有优先权和仲裁权功能，通信速率高，可靠性和实时性高，连接方便和性能价格比高等优点的 CAN 总线技术将会得到迅速的发展和应用。

本 章 小 结

① 计算机之间的通信分为并行通信和串行通信两种方式。以单片机为控制器的测控系统中，信息交换多采用串行通信，设备间多采用异步通讯方式，其接口主要有 RS-232C、RS-449、RS-485 等几种标准。

② MCS-51 单片机内部有一个全双工的异步串行通信口 UART，该串行口有四种工作方式：方式 0、1、2、3。方式 0 和方式 2 的传送波特率是固定的方式 1 和方式 3 的传送波特率是可变的，由定时器 T1 的溢出率决定。

③ 器件间串行总线技术的发展，促进了单片机系统的扩展技术逐渐倾向于同步串行方式，在串行通信领域中推出了具有接口线少、控制方式简化、器件封装形式小、通信速度较高的主从通信结构，如一线制的 1-Wire、两线制的 I^2C、三线制的 SPI 等新的串行通信接口标准，这为单片机在控制系统中的应用提供了广阔的范围。

延伸阅读的关键字

数据通信　　异步通信　　同步通信　　波特率　　比特率　　RS-232C 标准　　多机通信
同步串行总线

你的关键字：

习题与思考题

7-1　串行通信和并行通信有什么异同？它们各自的优缺点是什么？

7-2　什么是异步串行通信？什么是同步串行通信？波特率指的是什么？

7-3　在串行通信中的数据传送方向有单工、半双工和全双工之分，请叙述各自功能。

7-4　RS-232C 指的是什么？RS-232C 最基本数据传送引脚是如何定义的？

7-5　简述 MCS-51 单片机串行口的结构。

7-6　MCS-51 单片机串行口有几种工作方式？如何选择？简述其特点？

7-7　在串行控制寄存器 SCON 中，TB8 和 RB8 的作用是什么？

7-8　若晶体振荡器频率为 11.0592MHz，串行口工作于方式 1，波特率为 4800bps，写出用 T1 作为波特率发生器的方式控制字和计数初值。

7-9　利用单片机串行口扩展 16 个发光二极管，要求画出电路图并编写程序，使 16 个发光二极管按照不同的顺序发光（发光的时间间隔为 1s）。

7-10　若异步通信接口按方式 3 传送，已知其每分钟传送 3600 个字符，其波特率是多少？

7-11　单片机串行扩展总线与并行扩展总线相比有哪些优缺点？目前流行的同步串行总线有哪些？

7-12　1-Wire、I^{2}C 及 SPI 总线如何识别器件的地址？

7-13　简述 1-Wire 总线接口通信原理。

第 8 章　单片机常用接口技术

内容提要

① 了解键盘接口基本原理和使用方法;

② 了解 LED、LCD 显示器基本原理和使用方法;

③ 学习常用键盘显示接口、LCM 显示接口的使用方法;

④ 掌握 A/D 和 D/A 转换器的特性和组成;（重点）

⑤ 掌握常用 A/D 和 D/A 转换器的使用方法。（重点）

学习难点

① 矩阵式键盘程序识别原理;

② LCD12864 与 51 单片机的接口及显示方式;

③ DAC0832、ADC0809 与 51 单片机的接口及编程方式;

④ 串行接口 A/D 和 D/A 原理。

单片机在应用时经常需要与用户、外设进行信息交换。因此,单片机系统常需连接键盘、显示器、打印机、A/D 和 D/A 转换器等外设。其中,键盘和显示器是人机对话使用最频繁的外设,A/D 和 D/A 转换器则是计算机与外界联系的重要途径。本章作为接口技术的基本说明,主要介绍常用接口外设器件的结构和工作原理。

8.1　键盘接口

键盘和显示器是单片机系统的中最重要的组成部分,键盘为输入设备,通过键盘可以设置系统的参数或输入命令;显示器则为输出设备,单片机通过显示器显示采集的数据或处理结果。

8.1.1　键盘的结构与工作原理

键盘是一种廉价的输入设备,它是单片机最简单的输入设备,从功能上可分为数字键和功能键两种,作用是输入数据与命令,查询和控制系统的工作状态,实现简单的人机对话。当所设置的按键按下时,计算机应用系统应完成该按键所设定的功能。

（1）按键的原理与消抖

按照结构原理分类,按键可分为两类。一类是触点式开关按键,如机械式开关、导电橡胶式开关等;另一类是无触点开关按键,如电气式按键、磁感应按键等。触点式开关按键造价低,无触点开关按键寿命长。目前,微机系统中最常见的是触点式开关按键。

机械式按键在按下或释放时,通常伴随有一定时间的触点机械抖动,然后才稳定下来。其抖动过程如图 8-1 所示。抖动时间的长短与开关的机械特性有关,一般为 5～10ms。

在触点抖动期间检测按键的通与断状态,可被错误地认为是多次操作。为此可从硬件或软件两方面采取去抖动措施。在键数较少时,可以采用硬件去抖,如在按键输出端使用 R-S 触发器（双稳态触发器）或单稳态触发器构成去抖动电路,或使用滤波消除抖动,如图 8-2 所示的两种实用的滤波消抖电路。当键数较多时,硬件消抖就显得过于繁琐,因此常采用软件的方法进行消抖。所谓软件去抖,是指在检测到有按键按下时,执行一个 10ms 左右的延时程序后,再确认该键是否仍保持按下状态；同理，在检测到该键释放后，也应采用相同的步骤进行确认。通过这个措施即可消除抖动的影响。

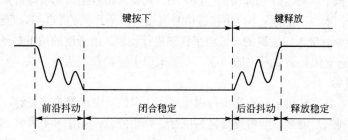

图 8-1 闭合按键触点的机械抖动

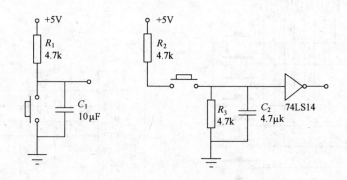

图 8-2 采用滤波电路消除抖动

（2）键盘的分类

键盘可分为非编码键盘与编码键盘两类。非编码键盘仅提供按键的通或断状态，靠软件来识别，它结构简单，成本低，使用灵活，但需要编制相应的键盘管理程序，占用 CPU 的时间较长。编码键盘由专用的硬件电路来识别，每按下一个键，键盘便能自动产生按键代码，并送往 CPU，它使用起来方便，编码键盘的特点是使用方便，键盘码产生速度快，占用 CPU 时间少，但对按键的检测与消除抖动干扰是靠硬件电路来完成的，因而硬件电路复杂、成本高。编码键盘主要有 BCD 码键盘、ASCII 码键盘等类型。

按照键盘的组成形式可分为，独立式键盘、矩阵式键盘、拨码式键盘等。一般当键数较少时采用独立式键盘，键数较多的场合则使用行列式键盘。

8.1.2 独立式键盘

单片机控制系统中，往往只需要几个功能键，此时可采用独立式键盘结构。

（1）独立式键盘结构与原理

独立式键盘的典型应用如图 8-3 所示。每个按键直接用一根 I/O 口线构成单个按键电路。独立式键盘的特点是：每个按键的工作不会影响其他 I/O 口线的状态；按键电路配置灵活；软件结构简单；但是在按键较多时，I/O 口线浪费较大，不宜采用。

图中按键输入均采用低电平有效。其中上拉电阻保证了按键断开时，I/O 口线有确定的高电平。当 I/O 口线内部有上拉电阻时，外电路可不接上拉电阻。

（2）独立式键盘的软件结构

独立式键盘的软件常采用查询式结构。先逐位查询每根 I/O 口线的输入状态，如某一根 I/O

口线输入为低电平，则可确认该 I/O 口线所对应的按键已按下，然后再转向该键的功能处理程序。当没有键被按下时，由于外边有上拉电阻，读得 P1 口的值为 0FFH，当有键被按下时，如接 P1.4 的按键被按下，则读得 P1 口的值为 0F7H。只要读得数据口的值即可知道是否有键被按下，或按下了哪个键。一般情况下，将按键信号直接接入单片机的 I/O 口，可用 JB bit，rel 或 JNB bit，rel 等指令对接入口按键的高低电平状态进行识别。由于键的按下和释放是随机的，如何捕捉按键的状态变化是需要考虑的问题，主要采用中断和查询两种方法。

8.1.3　矩阵式键盘

键数较多时，独立式键盘结构需要占用很多 I/O 口线，会浪费许多资源，这时，通常采用矩阵式（也称行列式）键盘，即将键盘排列成行、列矩阵式，如图 8-4 所示。

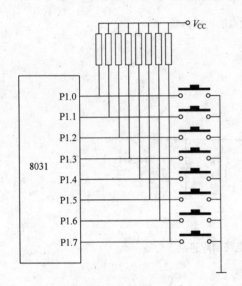
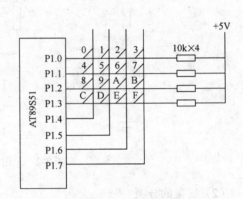

图 8-3　独立式按键电路　　　　图 8-4　矩阵式键盘结构

（1）矩阵式键盘的结构与原理

矩阵式键盘由行线和列线组成，按键位于行线、列线的交叉点上。一个 4×4 的矩阵式（也称行列式）键盘结构如图 8-4 所示，其中包含有 16 个按键。

矩阵式键盘工作原理是：CPU 不断地对键盘扫描，即依次轮流选通一列，使其在某一时刻其余列线同一时刻均处于高电平。此时 CPU 就可以根据行线电平的变化判定按下按键的位置。这是由于此时只有一列线处于低电平，只有与该列线连接的按钮按下才能使相应的行线电平变为低电平。所以此时哪一个行线电平为低电平，则能判断是该行线和低电平的列线相连的按键按下。

对按键的识别方法如下。

① 确定是否有键被按下。具体方法为使所有的行线输出高电平，使所有的列线输出低电平，然后读行线，若行线中有低电平，延时 20ms 再读一次行线（去抖动），若仍为低电平说明有键闭合，把读到的四位行线状态保存起来。

② 当确认有键闭合时，使所有的行线反转，输出低电平，所有的列线则输出高电平，然后，读列线状态。

③ 将第一次读得的四位行线值作为低 4 位，第二次读得的 4 位列线值做为高 4 位组成一个字节，然后，将该字节取反得到的值称为键值。

键值和键号是两个不同的概念，键值即当有键按下时，单片机读得的值，键号是印在键帽上的值，两者存在一一对应的关系。如在图 8-4 中，设键号为"6"的键闭合，则第一次读的行线 P1.3、P1.2、P1.1、P1.0 的状态为 1101；第二次的列线 P1.7、P1.6、P1.5、P1.4 的状态为 1011，列、行状态组合后为 10111101B，取反后为 01000010B，以十六进数计为 42H，即键号为"6"的键对应的键值为 42H。同理可以求出图 8-4 中的其他键号与键值的对应关系如表 8-1 所示。

表 8-1　键号与键值的关系

键号	0	1	2	3	4	5	6	7	8	9	A	B	C	D	E	F
键值（H）	11	21	41	81	12	22	42	82	14	24	44	84	18	28	48	88

键值由两位 16 进制数组成，高位和低位分别为闭合键所在列号和行号，1、2、4、8 分别表示第 1、2、3、4 行或列，如果需要，可以通过软件将键值转成键号。

（2）矩阵式键盘的工作方式

在单片机应用系统中，键盘扫描只是 CPU 的工作内容之一。CPU 对键盘的响应取决于键盘的工作方式。键盘的工作方式有三种：编程扫描、定时扫描和中断扫描。键盘工作方式的应根据实际状况而定，选取的原则是既要保证 CPU 能及时响应按键操作，又不要过多占用 CPU 的工作时间。

① 编程扫描方式　编程扫描方式是利用 CPU 完成其他工作的空余事件调用键盘扫描子程序来响应键盘输入的要求。在执行键功能程序时，CPU 不再响应键输入要求，直到 CPU 重新扫描键盘为止。

② 定时扫描方式　定时扫描方式就是每隔一段时间对键盘扫描一次，它利用单片机内部的定时器产生一定时间（例如 10ms）的定时，当定时时间到就产生定时器溢出中断，CPU 响应中断后对键盘进行扫描，并在有键按下时识别出该键，再执行该键的功能程序。定时扫描方式的硬件电路与编程扫描方式相同。

③ 中断扫描方式　采用上述两种键盘扫描方式时，无论是否按键，CPU 都要定时扫描键盘，而单片机应用系统工作时并非经常需要键盘输入，因此 CPU 经常处于空扫描状态。为提高 CPU 工作效率，可采用中断扫描工作方式。当无键按下时，CPU 处理自己的工作；当有键按下时，产生中断请求，CPU 转去执行键盘扫描子程序，并识别键号。

图 8-5 是一种简易键盘接口电路。该键盘是由 P1 口高、低字节构成的 4×4 键盘。键盘的列线与 P1 口的高 4 位相连，键盘的行线与 P1 口的低 4 位相连。因此，P1.4～P1.7 是键输出线，P1.0～P1.3 是扫描输入线。图中的 4 输入与门用于产生按键中断，其输入端与各列线相连，再通过上拉电阻接至+5V 电源，输出端接至 8031 的外部中断输入端 $\overline{INT0}$。具体工作如下。

当键盘无键按下时，与门各输入端均为高电平，保持输出端为高电平；当有键按下时，$\overline{INT0}$ 端为低电平，向 CPU 申请中断。若 CPU 开放外部中断，则会响应中断请求，转去执行键盘扫描子程序。

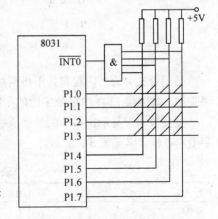

图 8-5　中断扫描键盘电路

8.2　显示器接口

显示器是单片机应用系统中最常用的输出设备。按显示方式可分为如下几种。

① LED 数码管显示（Light Emiting Decode　发光二极管）。

② LED 点阵显示屏。

③ LCD 显示（Liquid Crystal Display　液晶显示屏）。

④ CRT 显示（Cathode Ray Tube，阴极射线管）。

在单片机应用系统中最常用的显示器是 LED 和 LCD，这两种显示器可显示数字、字符、图形等的状态。

8.2.1　LED 显示接口

（1）LED 结构与原理

LED 显示器是单片机应用产品中常用的廉价输出设备。它由多个发光二极管组成的。控制不同组合的二极管导通，就能显示出各种状态、数字或字符。

常用的 LED 显示器有发光二极管、LED 七段显示器（数码管）和 LED 十六段显示器。本节以 LED 七段显示器为例，介绍 LED 显示器的结构、工作原理和使用方法。

数码管主要由 8 个发光二极管（简称字段）组成，可用来显示数字 0~9、字符 A~F、H、L、P、R、U、Y、符号"–"及小数点"."。数码管的外形结构如图 8-6 所示。

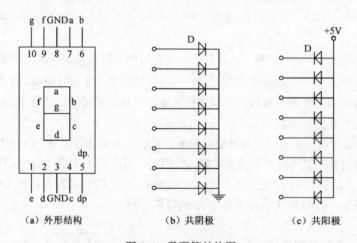

（a）外形结构　　　　（b）共阴极　　　　（c）共阳极

图 8-6　数码管结构图

数码管又分为共阴极和共阳极两种结构。共阴极 LED 中 8 个字段的阴极连在一起，用高电平驱动。共阳极 LED 中 8 个字段的阳极连在一起，用低电平驱动。

要使数码管显示出相应的数字或字符必须使段数据口输出相应的字形编码。对照图 8-6(a)，字型码各位定义如表 8-2 所示。

表 8-2　字型码各位定义

数字量	D7	D6	D5	D4	D3	D2	D1	D0
段符号	dp	g	f	e	d	c	b	a

根据表 8-2 可求得数码管字型编码如表 8-3 所示。

表 8-3 数码管字型编码表

字 符	段选码		字 符	段选码	
	（共阳）	（共阴）		（共阳）	（共阴）
0	C0H	3FH	A	88H	77H
1	F9H	06H	B	83H	7CH
2	A4H	5BH	C	C6H	39H
3	B0H	4FH	D	A1H	5EH
4	99H	66H	E	86H	79H
5	92H	6DH	F	8EH	71H
6	82H	7DH	P	8CH	73H
7	F8H	07H	y	91H	6EH
8	80H	7FH	—	BFH	40H
9	90H	6FH	暗	FFH	00H

（2）LED 显示方式

LED 显示有静态显示和动态显示两种方式。

① 静态显示 静态显示时，所有数码管同时发亮，显示字符清晰、稳定，编程简单，其缺点是需要的元件较多；动态显示时，每一时刻只有一个 LED 发亮，多个 LED 按顺序循环发亮，由于人的眼睛具有视觉暂留特性，动态显示需要元件个数少，其缺点是当刷新频率不高时，LED 显示有点闪烁。

② 动态显示 动态显示是一位一位地轮流点亮各位数码管，这种逐位点亮显示器的方式称为位扫描。对于每一位显示器来说，每隔一段时间点亮一次。但由于人眼存在视觉暂留效应，只能分辨出时间大于 40ms 的变化，只要循环亮一次的时间小于 40ms，则可以给人所有 LED 都在发亮的感觉。动态显示方式比较节省 I/O 口，硬件电路也较静态显示方式简单，但其亮度不如静态显示方式，而且在显示位数较多时，CPU 要依次扫描，占用 CPU 较多的时间。

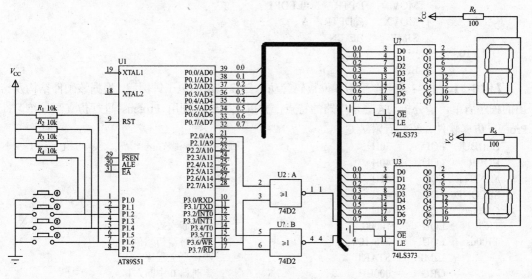

图 8-7 键独立键盘与静态显示电路

【例 8-1】 如图 8-7 的 4 键独立键盘与静态显示电路，设计程序实现对 P1 口连接的独立键盘识别，并通过 7 段共阳极 LED 显示出 P1 口被设定的内容。

4 只按键分别连接与 P1 口的 0、2、4、6 端口，无键按下时，显示 00，当按键压下，键信息被显示在 LED 上。程序如下。

```
LEDP1       EQU        0FEFFH
LEDP2       EQU        0FDFFH
            ORG        0000H
            LJMP       BEGIN
            ORG        0030H
SEGTABLE:   DB         0C0H,0F9H,0A4H,0B0H,99H,92H,82H
            DB         0F8H,80H,90H,88H,83H,0C6H,0A1H,86H,8EH
BEGIN:      MOV        P1,        #0FFH        ;设置 P1 口为输入方式
            MOV        A,         P1           ;读入键的状态
            CPL        A
            MOV        B,         A
            LCALL      DELY10
            MOV        A,         P1
            CPL        A
            CJNE       A,         B, BEGIN     ;去抖，延时并比较
            ANL        A,         #55H         ;保留有效内容
            MOV        B,         A
            ANL        A,         #0FH
            MOV        DPTR,      #SEGTABLE    ;取显示段码，显示低 4 位
            MOVC       A,         @A+DPTR
            MOV        DPTR,      #LEDP2
            MOVX       @DPTR,     A
            MOV        A,         B
            SWAP       A
            ANL        A,         #0FH
            MOV        DPTR,      #SEGTABLE    ;取显示段码，显示高 4 位
            MOVC       A,         @A+DPTR
            MOV        DPTR,      #LEDP1
            MOVX       @DPTR,     A
            SJMP       BEGIN
DELY10:     …
            END
```

【例 8-2】图 8-8 是一个采用 6 位数码管动态扫描显示的电子钟例程，根据该硬件结构及给出的程序清单，请分析动态显示电路的特点，并以此实例，利用 Proteus 进行仿真测试练习。Proteus 仿真软件介绍参看附录 C。

```
LEDBUF    EQU      30H                            ;显示码缓存区
HOUR      EQU      40H
MINUTE    EQU      41H
SECOND    EQU      42H
C100us    EQU      43H
TICK      EQU      10000                          ;置中断次数
T100us    EQU      256-100                        ;置定时器初始值
          LJMP     START                          ;跳转至主程序
          ORG      000BH                          ;定时器 0 中断入口
T0INT:    PUSH     PSW                            ;状态保护
          PUSH     ACC
          MOV      A,       C100us+1
```

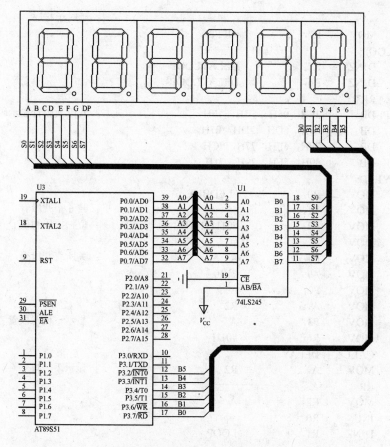

图 8-8　6 位数码管动态扫描显示电路

```
            JNZ     GOON                                ;计数值是否为 0
            DEC     C100us
GOON:       DEC     C100us+1
            MOV     A,          C100us
            ORL     A,          C100us+1
            JNZ     EXIT
            MOV     C100us,     #HIGH(TICK)             ;重置计数值
            MOV     C100us+1,   #LOW(TICK)
            INC     SECOND                              ;秒值加一
            MOV     A,          SECOND
            CJNE    A,          #60,        EXIT        ;判断秒值是否为 60
            MOV     SECOND,     #0                      ;秒值为 60,则清 0
            INC     MINUTE                              ;分值加一
            MOV     A,          MINUTE
            CJNE    A,          #60,        EXIT        ;判断分值是否为 60
            MOV     MINUTE,     #0                      ;分值为 60,则清 0
            INC     HOUR                                ;小时值加一
            MOV     A,          HOUR
            CJNE    A,          #24,        EXIT        ;判断小时值是否为 24
            MOV     HOUR,       #0                      ;小时值为 24,则清 0
EXIT:       POP     ACC
            POP     PSW
            RETI
```

```
DELAY:                                          ; 延时子程序
          MOV    R7,         #0FFH
DELAYLOOP:
          DJNZ   R7,         DELAYLOOP
          DJNZ   R6,         DELAYLOOP
          RET
LEDMAP: DB      3FH，06H，5BH，4FH             ; 八段数码管显示码
          DB      66H，6DH，7DH，07H
          DB      7FH，6FH，77H，7CH
          DB      39H，5EH，79H，71H
DISPLAYLED:
          MOV    R0,         #LEDBUF
          MOV    R1,         #6                 ; 共 6 个八段管
          MOV    R2,         #01111111B         ; 位扫描码初值
LOOP:   MOV    A,          #0
          MOV    P0,         A                  ; 关所有八段管
          MOV    A,          @R0
          MOV    P0,         A
          MOV    A,          R2
          MOV    P3,         A                  ; 显示一位八段管
          MOV    R6,         #01H
          CALL   DELAY
          MOV    A,          R2                 ; 显示下一位
          RR     A
          MOV    R2,         A
          INC    R0
          DJNZ   R1,         LOOP
          RET
T0LED:  MOV    DPTR,       #LEDMAP            ; 将字段码转换显示码
          MOVC   A,          @A+DPTR
          RET
START:  MOV    TMOD,       #02H               ; 定时器工作方式 2
          MOV    TH0,        #T100us            ; 置定时器初始值
          MOV    TL0,        #T100us
          MOV    IE,         #10000010B         ; EA=1，IT0=1
          MOV    HOUR,       #0                 ; 显示初始值
          MOV    MINUTE,     #0
          MOV    SECOND,     #0
          MOV    C100us,     #HIGH(TICK)
          MOV    C100us+1,   #LOW(TICK)
          SETB   TR0                            ; 启动定时器 0
MLOOP:  MOV    A,          HOUR               ; 显示小时值十位
          MOV    B,          #10
          DIV    AB
          CALL   T0LED
          MOV    LEDBUF,     A                  ; 将十位值送显示码缓存区
          MOV    A,          B                  ; 显示小时值个位
          CALL   T0LED
          ORL    A,          #80H               ; 显示小数点
          MOV    LEDBUF+1,   A                  ; 送显示码缓存区
          MOV    A,          MINUTE             ; 显示分钟值十位
          MOV    B,          #10
```

```
DIV        AB
CALL       T0LED
MOV        LEDBUF+2, A          ；将十位值送显示码缓存区
MOV        A,        B          ；显示分钟个位值
CALL       T0LED
ORL        A,        #80H       ；显示小数点
MOV        LEDBUF+3, A          ；送显示码缓存区
MOV        A,        SECOND
MOV        B,        #10        ；显示秒十位值
DIV        AB
CALL       T0LED
MOV        LEDBUF+4, A          ；送显示码缓存区
MOV        A,        B
CALL       T0LED
MOV        LEDBUF+5, A
CALL       DISPLAYLED           ；调用显示子程序
LJMP       MLOOP
END
```

（3）键盘、LED 显示器组合接口芯片

在单片机应用系统中，对键盘、显示二者组合的接口芯片需求很大，并对此类芯片的性能、接口方式提出了更高的要求，原有的显示接口芯片如并行接口的 Intel 8279 已不能满足单片机系统设计的要求。为此，国内外许多半导体制造厂商纷纷推出各种性能优异的显示接口芯片，如 ZLG7290B（I^2C 接口，通信速率可达 32Kbps）/ ZLG7289（SPI 接口，通信速率可达 60Kbps）、HD7279A、BC7281A 等。下面简要介绍 ZLG7290B 的特性。

① ZLG7290B 简介　ZLG7290B 是广州周立功单片机发展有限公司设计的数码管显示驱动及键盘扫描管理芯片。能够直接驱动 8 位共阴式数码管（或 64 只独立的 LED），同时还可以扫描管理多达 64 只按键；其中有 8 只按键还可以作为功能键使用，就像电脑键盘上的 Ctrl、Shift、Alt 键一样；段电流可达 20mA，位电流可达 100mA 以上；具有闪烁、段点亮、段熄灭、功能键、连击键计数等强大功能；另外 ZLG7290B 内部还设置有连击计数器，能够使某键按下后不松手而连续有效；采用 I^2C 总线方式。

② ZLG7290B 引脚功能及引脚图　ZLG7290B 引脚图如图 8-9 所示。

SA/KR0～SG/KR6：七段数码管 a～g 段/键盘行信号 0～7。

DP/KR7：数码管 dp 段/键盘行信号 7。

DIG0/KC0～DIG7/KC7：数码管位选信号 0～7/键盘列信号 0～7。

INT：键盘中断请求信号，低电平（下降沿）有效。

RST：复位信号，低电平有效。

V_{CC}、GND：电源，+3.3～5.5V。

OSC1、OSC2：晶振输入信号、晶振输出信号，一般使用 4MHz 以下晶振频率。

SCL、SDA：I^2C 总线时钟信号、I^2C 总线数据信号。

图 8-9　ZLG7290B 引脚图

③ ZLG7290B 功能概述　ZLG7290B 内部有 8 个控制寄存器用以实现其功能操作，还有 8

个显示缓冲寄存器 DpRam0～DpRam7，它们直接决定数码管显示的内容。ZLG7290B 提供有两种显示控制方式，一种是直接向显存写入字型数据，另一种是通过向命令缓冲寄存器（子地址 07H、08H）写入控制指令，可以实现段寻址、下载显示数据、控制闪烁等功能，进行自动译码显示。ZLGT290B 全功能应用电路图如图 8-10 所示。

访问这些寄存器需要通过 I^{2}C 总线接口来实现。ZLG7290B 的 I^{2}C 总线器件地址是 70H（写操作）和 71H（读操作）。访问内部寄存器要通过"子地址"来实现。

ZLG7290B 寄存器介绍如下。

系统寄存器 SystemReg（地址：00H）。

键值寄存器 Key（地址：01H）。

连击计数器 RepeatCnt（地址：02H）。

功能键寄存器 FunctionKey（地址：03H）。

命令缓冲区 CmdBuf0 和 CmdBuf1（地址：07H 和 08H）。

闪烁控制寄存器 FlashOnOff（地址：0CH）。

扫描位数寄存器 ScanNum（地址：0DH）。

8 个显示缓冲区 DpRam0～DpRam7（地址：10H～17H）。

ZLG7290B 控制命令介绍如下。

寄存器 CmdBuf0（地址：07H）和 CmdBuf1（地址：08H）共同组成命令缓冲区。通过向命令缓冲区写入相关的控制命令可以实现段寻址、下载显示数据、控制闪烁等功能。

- 段寻址（SegOnOff）

D7	D6	D5	D4	D3	D2	D1	D0	D7	D6	D5	D4	D3	D2	D1	D0
0	0	0	0	0	0	0	1	ON	0	S5	S4	S3	S2	S1	S0

第 1 字节 0000,0001B 是命令字；on 表示该段是否点亮，0—灭，1—亮；在段寻址命令中，8 位数码管被看成是 64 个段，S5S4S3S2S1S0 是 6 位段地址，取值 0～63。在某 1 位数码管内，各段的亮或灭的顺序按照 a,b,c,d,e,f,g,dp 进行。

- 下载数据并译码（Download）

D7	D6	D5	D4	D3	D2	D1	D0	D7	D6	D5	D4	D3	D2	D1	D0
0	1	1	0	0	A2	A1	A0	dp	Flash	0	d4	d3	d2	d1	d0

在指令格式中，高 4 位的 0110 是命令字段；A2A1A0 是数码管显示数据的位地址，共 8 位，dp 为小数点位，flash 表示是否要闪烁；d4d3d2d1d0 是要显示的数据代码，如"0"代码为 00H，如"A"代码为 0AH，如"T"代码为 1EH(11110B)，11111B 代表无显示。

- 闪烁控制（Flash）

D7	D6	D5	D4	D3	D2	D1	D0	D7	D6	D5	D4	D3	D2	D1	D0
0	1	1	1	x	x	x	x	F7	F6	F5	F4	F3	F2	F1	F0

在命令格式中，高 4 位的 0111 是命令字段；xxxx 表示无关位，通常取值 0000；第 2 字节的 Fn（n=0～7）控制数码管相应位的闪烁属性，0—正常显示，1—闪烁。复位后，所有位都不闪烁。

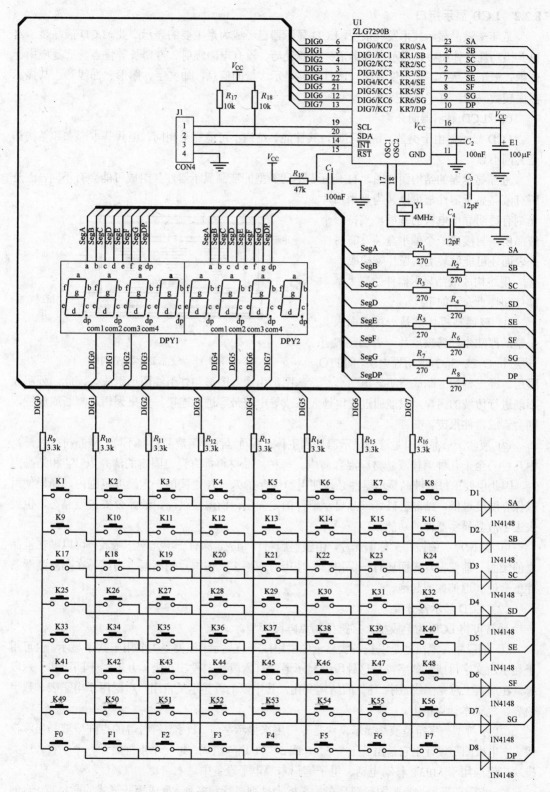

图 8-10 ZLG7290B 全功能应用电路图

注：资料源自 ZLG7290B 产品数据手册。

8.2.2 LCD 显示接口

近年来液晶显示技术发展很快，LCD 显示器已经成为最主要的显示产业。LCD 液晶显示器以其微功耗、体积小、显示内容丰富、超薄轻巧、没有电磁辐射、寿命长等优点，广泛应用于便携式电子产品中，它不仅省电，而且能够显示大量的信息，如文字、图形、曲线等，其显示界面较数码管，有了质的提高。

（1）LCD 显示器简介

LCD 显示器由于类型、用途不同，其性能、结构不可能完全相同，但其基本形态和结构却是大同小异。

液晶显示器的结构图如图 8-11 所示。不同类型的液晶显示器件其组成可能会有不同，但是所有液晶显示器件都可以认为是由两片光刻有透明导电电极的基板，夹持一个液晶层，封接成一个偏平盒装，有时在外表面还可能贴装上偏振片等构成。

现将构成液晶显示器件的三大基本部件和特点介绍如下。

① 玻璃基板　这是一种表面极其平整的浮法生产薄玻璃片。表面蒸镀有一层 In_2O_3 或 SnO_2 透明导电层，即 ITO

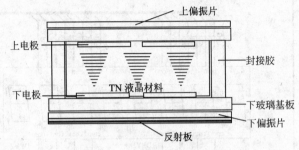

图 8-11　液晶显示器结构图

膜层。经光刻加工制成透明导电图形。这些图形由像素图形和外引线图形组成。因此，外引线不能进行传统的锡焊，只能通过导电橡胶条或导电胶带等进行连接。如果划伤、割断或腐蚀，则会造成器件报废。

② 液晶　液晶材料是液晶显示器件的主体。不同器件所用液晶材料不同，液晶材料大都是由几种乃至十几种单体液晶材料混合而成。每种液晶材料都有自己固定的清亮点 T_L 和结晶点 T_S。因此也要求每种液晶显示器件必须使用和保存在 $T_S \sim T_L$ 之间的一定温度范围内，如果使用或保存温度过低，结晶会破坏液晶显示器件的定向层；而温度过高，液晶会失去液晶态，也就失去了液晶显示器件的功能。

③ 偏振片　偏振片又称偏光片，由塑料膜材料制成。涂有一层光学压敏胶，可以贴在液晶盒的表面。前偏振片表面还有一保护膜，使用时应揭去，偏振片怕高温、高湿，在高温高湿条件下会使其退偏振或起泡。

（2）LCD 显示器分类

通常可将 LCD 为笔段型、字符型和点阵图形型。

① 笔段型　笔段型是以长条状显示像素组成一位显示。该类型主要用于数字显示，也可用于显示西文字母或某些字符。这种段型显示通常有六段、七段、八段、九段、十四段和十六段等，在形状上总是围绕数字“8”的结构变化，其中以七段显示最常用，广泛用于电子表、数字仪表、笔记本计算机中。

② 字符型　字符型液晶显示模块是专门用来显示字母、数字、符号等的点阵型液晶显示模块。在电极图形设计上它是由若干个 5×8 或 5×11 点阵组成，每一个点阵显示一个字符。这类模块广泛应用于 MP3、移动电话、电子笔记本等电子设备中。

③ 点阵图形型　点阵图形型是在一平板上排列多行和多列，形成矩阵形式的晶格点，点的大小可根据显示的清晰度来设计。这类液晶显示器可广泛用于图形显示如游戏机、笔记本电脑和彩色电视等设备中。

含有控制器的 LCD 又称为内置式 LCD。内置式 LCD 把控制器和驱动器用厚膜电路做在液晶显示模块印制底板上,只需通过控制器接口外接数字信号或模拟信号即可驱动 LCD 显示。因内置式 LCD 使用方便、简洁,在字符型 LCD 和点阵图形型 LCD 中得到广泛应用。

不含控制器的 LCD 还需另外选配相应的控制器和驱动器才能工作。

(3)点阵图形型液晶显示模块 LCM 介绍

图形型液晶显示模块是专门用于现实字母、数字、符号、图形等显示的点阵式 LCD。由于点阵式液晶显示器引线较多,用户不便使用,所以制造商将点阵式液晶显示器与驱动器做在一块基板上提供给用户,这就是液晶显示模块介绍 LCM (LCD Module),使用的控制芯片主要类型有 T6963、ST7920、SED1521、HD44780、KS0108D 等。下面以常用的 128×64 点阵 LCD 液晶屏为例,介绍其用法。

① 12864 简介 所谓 12864 指的是同一类的液晶显示器,它们的点阵数是 128 列×64 行,有众多的大小厂商都在生产。带中文字库的 128×64 是一种具有 4 位/8 位并行、2 线或 3 线串行多种接口方式,内部含有国标一级、二级简体中文字库的点阵图形液晶显示模块;其显示分辨率为 128×64,内置 8192 个 16×16 点汉字,和 128 个 16×8 点 ASCII 字符集。利用该模块灵活的接口方式和简单、方便的操作指令,可构成全中文人机交互图形界面。如第 1 章图 1-8 中 16×16 点阵的汉字,12864 可以显示 8×4 行,编程设计时,汉字及英文字母的点阵信息一般使用提取字模软件,如 PCtoLCD2002 等获得。同时,12864 还可以进行图形显示。

② 并行接口 12864 引脚信号 该类液晶显示模块种类很多,但一般只要使用控制芯片相同,其功能、定义就是一致的。使用 KS0108B 及其兼容控制驱动器的 128×64 LCD 引脚定义见表 8-4。

表 8-4 12864 LCD 引脚定义 (KS0108B)

编 号	符 号	引 脚 说 明	编 号	符 号	引 脚 说 明
1	V_{SS}	电源地	15	CS1	片选 IC1 信号
2	V_{DD}	电源正极(+5V)	16	CS2	片选 IC2 信号
3	V_O	液晶显示偏压输入	17	RST	复位端(H: 正常工作,L: 复位)
4	RS	数据/命令选择端(H/L)	18	VEE	负电源输出(−10V)
5	R/W	读写控制信号(H/L)	19	BLA	背光源正极(+4.2V)
6	E	使能信号	20	BLK	背光源负极
7~14	DB0~7	Data I/O			

③ 功能概述 LCD 显示屏由两片控制器控制,分为左右两屏,每个内部带有 64×64 位(512 字节)的 RAM 缓冲区,对应关系如图 8-12 所示。

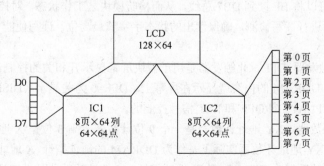

图 8-12 12864 RAM 地址映射

用户可以通过控制器内部设定的数据地址页指针和列指针来访问全部 RAM 字节。这里将 12864 的数据口和数据总线相连，片选信号、读写控制信号、使能信号、复位信号等控制线与 P1 口的部分口线相连，通过单片机的控制可以方便地实现对液晶的写入，图 8-13 是一种并行连接的电路图。

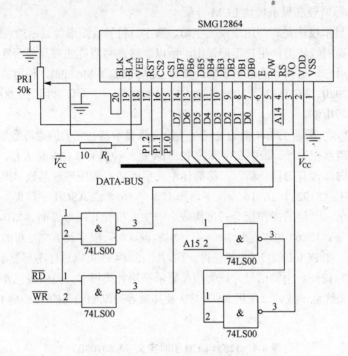

图 8-13　12864 并行连接电路图

在使用 12864 LCD 前先必须了解其功能器件才能进行编程。使用 KS0108B 控制器的 12864 内部功能器件及相关功能共 7 条指令格式见表 8-5，具体定义如下。

• 指令寄存器（IR）。IR 是用于寄存指令码，与数据寄存器数据相对应。当 D/I=0 时，在 E 信号下降沿的作用下，指令码写入 IR。

• 数据寄存器（DR）。DR 是用于寄存数据的，与指令寄存器寄存指令相对应。当 D/I=1 时，在下降沿作用下，图形显示数据写入 DR，或在 E 信号高电平作用下由 DR 读到 DB7～DB0 数据总线。DR 和 DDRAM 之间的数据传输是模块内部自动执行的。

• 忙标志 BF。BF 标志提供内部工作情况。BF=1 表示模块在内部操作，此时模块不接受外部指令和数据；BF=0 时，模块为准备状态，随时可接受外部指令和数据。利用 STATUS READ（读状态）指令，可以将 BF 读到 DB7 总线，从而检验模块之工作状态。对控制器每次进行读写操作之前，都必须进行读写检测，确保读出的状态字字节最高位，读写使能 BF 为 0，才可以允许读写操作。

• 显示控制触发器 DFF。此触发器是用于模块屏幕显示开和关的控制。DFF=1 为开显示（DISPLAY ON），DDRAM 的内容就显示在屏幕上，DFF=0 为关显示（DISPLAY OFF）。DDF 的状态是指令 DISPLAY ON/OFF 和 RST 信号控制的。

• XY 地址计数器。XY 地址计数器是一个 9 位计数器。高 3 位是 X 地址计数器，低 6 位为 Y 地址计数器，XY 地址计数器实际上是作为 DDRAM 的地址指针，X 地址计数器为 DDRAM 的页指针，Y 地址计数器为 DDRAM 的 Y 地址指针。X 地址计数器是没有计数功能的，只能用指令设置。Y 地址计数器具有循环计数功能，各显示数据写入后，Y 地址自动加 1，Y 地址指针从 0 到 63。

- 显示数据 RAM（DDRAM）。DDRAM 是存储图形显示数据的。数据为 1 表示显示选择，数据为 0 表示显示非选择。DDRAM 与地址和显示位置的关系见 DDRAM 地址表。

- Z 地址计数器。Z 地址计数器是一个 6 位计数器，此计数器具备循环记数功能，它是用于显示行扫描同步。当一行扫描完成，此地址计数器自动加 1，指向下一行扫描数据，RST 复位后 Z 地址计数器为 0。Z 地址计数器可以用指令 DISPLAY START LINE 预置。因此，显示屏幕的起始行就由此指令控制，即 DDRAM 的数据从哪一行开始显示在屏幕的第一行。此模块的 DDRAM 共 64 行，屏幕可以循环滚动显示 64 行。

表 8-5　LCD 指令格式定义一览

指令名称	控制信号		控制代码							
	R/W	RS	DB7	DB6	DB5	DB4	DB3	DB2	DB1	DB0
显示开关	0	0	0	0	1	1	1	1	1	1/0
显示起始行设置	0	0	1	1	X	X	X	X	X	X
页设置	0	0	1	0	1	1	1	X	X	X
列地址设置	0	0	0	1	X	X	X	X	X	X
读状态	1	0	BUSY	0	ON/OFF	RST	0	0	0	0
写数据	0	1	写数据							
读数据	1	1	读数据							

从表 8-5 中可以得到初始化指令字为：关显示——3EH，开显示——3FH，设置显示初始行——0C0H；数据控制指令字为：设置数据地址页指针——B8H+页码（0~7），设置数据地址列指针——40H+列码（0~63）。

读、写数据指令每执行完一次读、写操作，列地址就自动增一。必须注意的是，进行读操作之前，必须有一次空读操作，紧接着再读才会读出所要读的单元中的数据。

8.3　数/模转换接口

在计算机应用领域中，特别是在过程控制系统中，常常需要检测外界连续变化的物理量如温度、压力、流量、速度等，这些物理量都属于模拟量。但是由于计算机只能处理数字量，因此计算机系统需要变成数字量送入计算机内才能进行加工、处理；反之，也需要将计算机计算结果的数字量转为连续变化的模拟量，才能用以控制、调节一些执行机构，实现对被控对象的控制。通常采用模/数（A/D）转换器实现模数转换，采用数/模（D/A）转换器实现数模转换。

8.3.1　D/A 转换器概述

D/A 转换器（Digital to Analog Converter）的主要功能就是将输入的数字量转换成模拟量加以输出。D/A 转换器主要包括以下技术性能指标。

① 分辨率（Resolution）　通常用输入数字量的数位表示，一般为 8 位，12 位，16 位等。分辨率 10 位，表示它可能对满量程的 $1/2^{10}=1/1024$ 的增量作出反应。

② 线性度（Linearity）　指 DAC 的实际转换特性曲线和理想直线之间的最大偏移差，通常给出在一定温度下的最大非线性度，一般为 0.01%~0.03%。

③ 转换精度（Conversion Accuracy）　指满量程时 DAC 的实际模拟输出值和理论值的

接近程度。如果不考虑其他 D/A 转换误差时，D/A 的转换精度就是分辨率的大小，因此要获得高精度的 D/A 转换结果，首先要保证选择有足够分辨率的 D/A 转换器。同时 D/A 转换精度还与外接电路的配置有关，当外部电路器件或电源误差较大时，会造成较大的 D/A 转换误差。在 D/A 转换过程中，影响转换精度的主要因素有失调误差、增益误差、非线性误差和微分非线性误差等。

④ 偏移量误差（Offset Error） 偏移量误差是指输入数字量为零时，输出模拟量对零的偏移值。

⑤ 转换时间 D/A 转换速率快慢的一个重要参数，指从输入数字量变化到输出达到终值误差±（1/2）LSB（最低有效位）时所需的时间，通常为几十纳秒至几微秒。若输出形式是电流的，其 D/A 转换器的建立时间是很短的；若输出形式是电压的，其 D/A 转换器的主要建立时间是输出运算放大器所需要的响应时间，建立时间比较长。

⑥ 输出电平 不同型号的输出电平相差很大。大部分是电压型输出，一般为 5～10V；也有高压输出型的，为 24～30V；也有一些是电流型的输出，低者为 20mA 左右，高者可达 3A。

D/A 接口芯片种类很多，有通用型、高速型、高精度型等，接口类型有并行接口和串行接口，转换位数有 8 位、12 位、16 位等，输出模拟信号有电流输出型，如 DAC0832、AD7522 等，电压输出型，如 AD558、AD7224 等，在应用中可根据实际需要进行选择。

常用的并行接口 D/A 芯片有 8 位的 DAC0832、10 位的 AD7520、12 位的 DAC1210、14 位的 MAX5264/AD7534 等。

常用的串行接口 D/A 芯片有 8 位的 TLC5620/MAX517、10 位的 TLC5615、12 位的 MAX5590、16 位的 MAX541 等。

8.3.2 典型并行接口 D/A 转换器芯片 DAC0832

（1）DAC0832 概述

DAC0832.是美国国家半导体公司（National Semiconductor Corporation）研制的 8 位双缓冲 D/A 转换器，片内带有数据锁存器，可与通常的微处理器直接接口。DAC0832 以电流形式输出，当转换为电压输出时，可外接运算放大器。其主要特性如下

① 转换时间为 1μs。

② 分辨率 8 位。

③ 功耗 20mW。

④ 单电源+5～+15V。

⑤ 兼容 TTL 输入电平。

⑥ 数据输入可采用双缓冲、单缓冲或直通方式。

⑦ 增益温度补偿为 0.02%FS/℃。

DAC0832 引脚定义及内部逻辑结构如图 8-14 所示，其内部结构由 8 位输入锁存器、8 位 DAC 寄存器、8 位 D/A 转换电路组成。D/A 转换采用 R-2R 梯形电阻网络，实现 8 位数据的转换。两个寄存器保证在使用时数据输入可以采用两级锁存（双锁存）形式，或单级锁存（一级锁存，一级直通）形式，或直接输入（两级直通）形式。此外，由三个与门电路组成寄存器输出控制逻辑电路，该逻辑电路的功能是进行数据锁存控制。

DAC0832 芯片为 20 引脚，双列直插式封装，主要引脚信号说明如下。

DI7～DI0：转换数据输入，接系统并行总线数据线。

$\overline{\text{CS}}$：片选信号，低电平有效。

ILE：数据锁存允许信号，高电平有效。

$\overline{WR1}$：第 1 写信号，低电平有效。

上述两个信号控制输入寄存器是数据直通方式还是数据锁存方式；当 ILE=1 和 $\overline{WR1}$=0 时，为输入寄存器直通方式；当 ILE=1 和 $\overline{WR1}$=1 时，为输入寄存器锁存方式。

$\overline{WR2}$：第 2 写信号（输入），低电平有效。

$\overline{XFER}$：数据传送控制信号（输入），低电平有效。

上述两个信号控制 DAC 寄存器是数据直通方式还是数据锁存方式；当 $\overline{WR2}$=0 和 $\overline{XFER}$=0 时，为 DAC 寄存器直通方式；当 $\overline{WR2}$=1 和 $\overline{XFER}$=0 时，为 DAC 寄存器锁存方式。

$I_{OUT}1$：DAC 电流输出 1，它是输入数字量中逻辑电平为"1"的所有位输出电流的总和。当所有位逻辑电平全为"1"时，$I_{OUT}1$ 为最大值；当所有位逻辑电平全为"0"时，$I_{OUT}1$ 为"0"。

$I_{OUT}2$：DAC 电流输出 2，它是输入数字量中逻辑电平为"0"的所有位输出电流的总和。

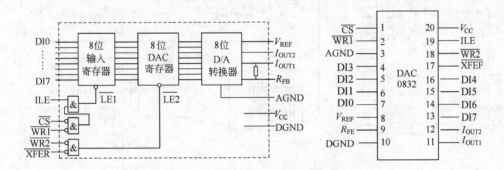

图 8-14　DAC0832 内部逻辑结构及引脚定义

（2）DAC0832 工作方式

根据对 DAC0832 的输入锁存器和 DAC 寄存器的不同的控制方法，DAC0832 有如下 3 种工作方式。

① 单缓冲方式　指 DAC0832 内部的两个数据缓冲器有一个处于直通方式，另一个受 MCS-51 的控制，此方式适用于只有一路模拟量输出或几路模拟量非同步输出的情形。

② 双缓冲方式　数据通过两个寄存器锁存后送入 D/A 转换电路，执行两次写操作才能完成一次 D/A 转换。此方式适用于多个 DAC0832 同时输出的情形。

③ 直通方式　指两个寄存器都处于直通状态，如果使控制 DAC0832 内部两个数据缓冲器始终导通，即 $\overline{LE1}$ 和 $\overline{LE2}$ 均为高电平，那么 DI7～DI0 上信号便可直通地到达"8 位 DAC 寄存器"进行 D/A 转换，DAC0832 就可在直通方式下工作。直通方式适用于连续反馈控制线路中，微机控制系统中很少使用。

（3）DAC0832 应用

下面以工作于单缓冲方式，介绍 DAC0832 的应用实例。应用举例产生锯齿波。

【例 8-3】 在许多控制应用中，要求有一个线性增减的电压（称锯齿波或三角波）来控制检测过程，移动记录笔或移动电子束等。对此可通过在 DAC0832 的输出端接运算放大器，由运算放大器产生锯齿波来实现，电路连接如图 8-15 所示，图中虚拟仪器是为 Proteus 仿真时显示波形而设，关于仿真软件 Proteus 的介绍请阅读附录 C。

$\overline{WR2}$=0 和 $\overline{XFER}$=0，因此 DAC 寄存器处于直通方式。而输入寄存器处于受控锁存方式，$\overline{WR1}$ 接 89S51 的 $\overline{WR}$，ILE 接高电平，$\overline{CS}$ 接 P2.6 故输入寄存器地址为 BFFFH。集成运放 741 接成一个加法器。输出电压 $V_{OUT}= -(5+2V_i)$，具体输出电压如下。

① 当 DAC0832 输出最大值-5V 时，$V_{OUT}= -(5-10)=+5V$。

② 当 DAC0832 输出-2.5V 时，V_{out} =0V;

③ 当 DAC0832 输出 0V 时，V_{out} =-5V。

在软件设计时，需要考虑当数字量达到最大（0FFH）时要进行减 1，当数字量减至 0 时，又开始加 1。

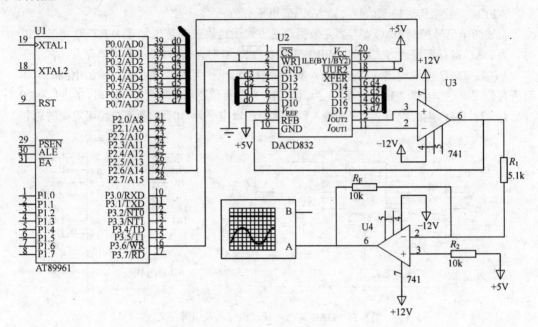

图 8-15　DAC0832 单缓冲方式产生锯齿波仿真电路

产生锯齿波的程序如下。

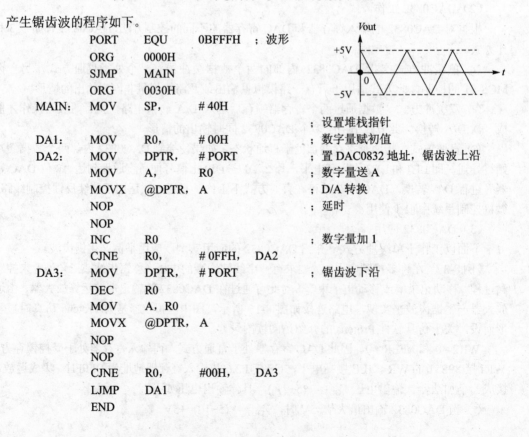

```
          PORT    EQU      0BFFFH      ;波形
          ORG     0000H
          SJMP    MAIN
          ORG     0030H
MAIN:     MOV     SP,      #40H
                                       ;设置堆栈指针
DA1:      MOV     R0,      #00H        ;数字量赋初值
DA2:      MOV     DPTR,    #PORT       ;置 DAC0832 地址，锯齿波上沿
          MOV     A,       R0          ;数字量送 A
          MOVX    @DPTR,   A           ;D/A 转换
          NOP                          ;延时
          NOP
          INC     R0                   ;数字量加 1
          CJNE    R0,      #0FFH,   DA2
DA3:      MOV     DPTR,    #PORT       ;锯齿波下沿
          DEC     R0
          MOV     A, R0
          MOVX    @DPTR,   A
          NOP
          NOP
          CJNE    R0,      #00H,    DA3
          LJMP    DA1
          END
```

实际上，上面程序在执行时得到的输出电压会有 512 个小台阶，不过，宏观看，仍为连续上升的锯齿波。对于锯齿波的周期，可以利用延迟进行调整。延迟的时间如果比较短，那么，就可以用几条 NOP 指令来实现，如果比较长，则可用延迟子程序。

8.3.3　典型串行接口 D/A 转换器芯片 TLC5620

（1）TLC5620 概述

TLC5620C/I 是带有缓冲基准输入端（高阻抗）的 4 路 8 位电压输出 D/A 转换器。采用单 +5V 电源供电，11 位的命令字由 8 位数据、2 个 DAC 选择位以及 1 个范围（RNG）位组成，器件具有上电复位功能以确保可重复启动。

TLC5620 的数字控制通过 3 线（three-wire）串行总线实现，数字通信协议支持 SPI、Microwire 标准。

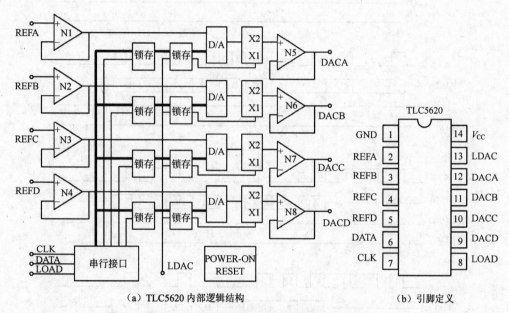

(a) TLC5620 内部逻辑结构　　　　　　　　(b) 引脚定义

图 8-16　TLC5620 内部逻辑结构与引脚定义

8 位 DAC 转换芯片 TLC5620 内部逻辑结构及引脚定义如图 8-16，引脚信号说明如下。

CLK：串行接口时钟，数据在下降沿送入。

DACA～DACD：模拟输出端。

GND：参考地（地返回端与基准端）。

LDAC：DAC 更新锁存控制器。

LOAD：串行接口装载控制输入。

DATA：串行接口数字数据输入端。

REFA～REFD：DACA～DACD 基准电压输入。

V_{CC}：正电源电压（+4.75～+5.25V）。

（2）TLC5620 工作方式

TLC5620 中的每个 DAC 的核心是带有 256 个抽头的单电阻，每一个 DAC 的输出可配置增益输出放大器缓冲，上电时，DAC 被复位且代码为 0。每一输出电压的表达式为

$$V_O = V_{REF} \times (Xi/256) \times (1+RNG)$$

其中，Xi 的范围为 0～255，RNG 位是串行控制字内的 0 或 1。

TLC5620 的时序如图 8-17 所示。

当 LOAD 为高电平时，数据在 CLK 每一下降沿，由时钟同步送入 DATA 端口。如图 8-17（a）所示，一旦所有的数据位送入，LOAD 变为脉冲低电平，以便把数据从串行输入寄存器传送到所选择的 DAC。如果 LDAC 为低电平，则所选择的 DAC 输出电压更新且 LOAD 变为低电平。在图 8-17（b）中，串行编程期间内 LDAC 为高电平，新数值被 LOAD 的脉冲低电平打入第一级锁存器后，再由 LDAC 脉冲低电平传送到 DAC 输出。数据输入时最高有效位（MSB）在前。使用两个 8 时钟周期的数据传送示于图 8-17（c）和图 8-17（d）中。

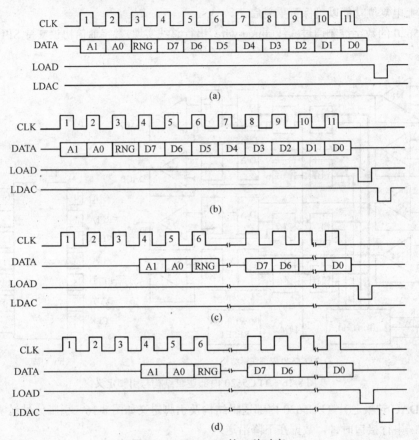

图 8-17 TLC5620 的 4 种时序

A1、A0 状态的组合作为选择 4 路 DAC 的控制信息。

TLC5620 与 8051 单片机的接口电路如图 8-18 所示。

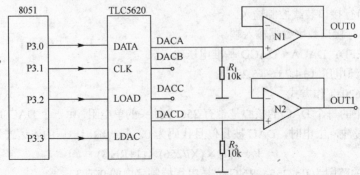

图 8-18 TLC5620 与 8051 连接电路图

8.4 模/数转换接口

8.4.1 A/D 转换器概述

A/D 转换器（Analog to Digital Converter）的主要功能是把输入的模拟信号转换成数字信号，以便于微处理机能够从传感器、变送器或其他模拟信号获得信息。A/D 转换器主要包括以下技术性能指标。

① 分辨率（Resolution） 表示转换器对微小输入量变化的敏感程度，通常用转换器输出数字量的位数来表示，也称为精度。例如，对 8 位 A/D 转换器，其数字输出量的变化范围为 0～255，当输入电压满刻度为 5V 时，转换电路对输入模拟电压的分辨能力为 5V/255≈19.6mV，即量化间隔，同理 12 位 A/D 转换的分辨率为 1.22 mV。目前常用的 A/D 转换集成芯片的转换位数有 8 位、10 位、12 位和 14 位等，一般把 8 位以下的 A/D 转换器归为低分辨率 A/D 转换器，9～12 位的称为中分辨率，13 位以上的为高分辨率。

② 转换速率（Conversion Rate） 指完成一次 A/D 转换所需要的时间。目前，常用的 A/D 转换集成芯片的转换时间约为几微秒至 200μs。在选用 A/D 转换集成芯片时，应综合考虑分辨率、精度、转换时间、使用环境温度以及经济性等诸因素。12 位 A/D 转换器适用于高分辨率系统；陶瓷封装 A/D 转换芯片适用于–25～+85℃或–55～+125℃，塑料封装芯片适用于 0～70℃。

③ 量化误差 （Quantizing Error） 由 AD 的有限分辨率而引起的误差，即有限分辨率 AD 的阶梯状转移特性曲线与无限分辨率 AD（理想 AD）的转移特性曲线（直线）之间的最大偏差。通常是 1 个或半个最小数字量的模拟变化量，表示为 1LSB、1/2LSB。

④ 温度系数和增益系数 这两项指标都是表示 A/D 转换器受环境温度影响的程度。一般用每摄氏度温度变化所产生的相对误差作为指标，以 $10^{-6}/℃$ 为单位表示。

⑤ 对电源电压变化的抑制比 A/D 转换器对电源电压变化的抑制比（PSRR）用改变电源电压使数据发生±1LSB 变化时所对应的电源电压变化范围来表示。

模拟量-数字量的转换过程分为两步完成：第一步是先使用传感器将生产过程中连续变化的物理量转换为模拟信号；第二步再由 A/D 转换器把模拟信号转换成为数字信号。

为将时间连续、幅值也连续的模拟信号转换成时间离散、幅值也离散的数字信号，A/D 转换需要经过采样、保持、量化、编码四个阶段。通常采样、保持用一种采样保持电路来完成，而量化和编码在转换过程中实现，基本原理如图 8-19。

采样：把时间连续变化的信号变换为时间离散的信号。

保持：保持采样信号，使有充分时间转换为数字信号。

量化：把采样保持电路的输出信号用单位量化电压的整数倍表示。

编码：把量化的结果用二进制代码表示。

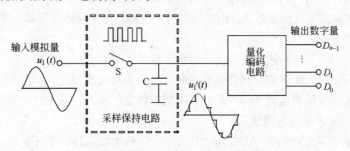

图 8-19 A/D 转换的基本原理

按转换原理来分，A/D 转换器可分为四种：计数式 A/D 转换器、双积分式 A/D 转换器、逐次逼近式 A/D 转换器和并行式 A/D 转换器。目前最常用的是双积分式 A/D 转换器和逐次逼近式 A/D 转换器。双积分式 A/D 转换器的主要优点是转换精度高，抗干扰性能好，价格便宜；但转换速度较慢。因此这种转换器主要用于速度要求不高的场合。另一种常用的 A/D 转换器是逐次逼近式的，逐次逼近式 A/D 转换器是一种速度较快精度较高的转换器。其转换时间大约在几微秒到几百微秒之间。

常用的并行接口 A/D 芯片有 8 位逐次逼近式的 ADC0809、10 位的 TLV1578、12 位的 AD574A、16 位的 ADS8507 等，双积分 3 位半（相当于 11 位）的 MC14433、4 位半（相当于 11 位）的 TLC7135。

常用的串行接口 A/D 芯片有 8 位的 TLC0831、10 位的 TLC1543/TLV1572、12 位的 MAX1270、16 位的 ADS1110/AD7701 等。

8.4.2　典型 A/D 转换器芯片 ADC0809

（1）DAC0809 概述

ADC0809 是典型的 8 位 8 通道逐次逼近式 A/D 转换器，采用 CMOS 工艺制成。八个输入模拟量受多路开关地址寄存器控制，当选中某路时，该路模拟信号转换成八位数字量并输出。在多路开关控制下，任一瞬间只能有一路模拟量输入到 A/D 转换器进行转换。

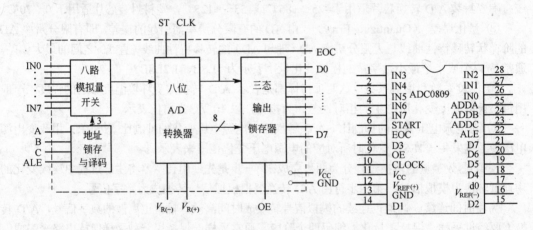

图 8-20　ADC0809 内部逻辑结构及引脚

ADC0809 内部逻辑结构及引脚如图 8-20 所示。内部除 A／D 转换部分外，还带有锁存功能的 8 通道多路模拟开关和 8 位三态输出锁存器。其中多路开关可选通 8 个模拟通道，允许 8 路模拟量分时输入，共用一个 A/D 转换器进行转换。地址锁存与译码电路完成对 A、B、C 三个地址位进行锁存和译码，其译码输出用于通道选择，如表 8-6 所示。

8 位 A/D 转换器是逐次逼近式，由控制与时序电路、逐次逼近寄存器、树状开关以及 256R 电阻阶梯网络等组成。

输出锁存器用于存放和输出转换得到的数字量。

ADC0809 芯片为 28 引脚双列直插式封装，主要引脚功能如下。

IN0～IN7：8 个模拟量输入端，允许 8 路模拟量分时输入，共用一个 A／D 转换器。

A、B、C：通道端口选择线。

ALE：地址锁存允许，当 ALE 为上升沿时，可将地址选择信号 C、B、A 锁入地址寄存器内。

START：启动 A/D 转换，当 START 为上升沿时，开始 A / D 转换。

EOC：End-of-Conversion，转换结束信号，当 A / D 转换完毕之后，该端由低电平跳转为高电平。

OE：输出允许信号，高电平有效。此信号用以打开三态输出锁存器，将 A/D 转换后的 8 位数字量输出至单片机的数据总线上。

CLOCK：定时时钟输入端，最高允许频率为 640kHz，转换一次最短时间为 100μs。

D7～D0：数字量输出端。

表 8-6　ADC0809 通道选择数表

地址编码			被选中的通道
C	B	A	
0	0	0	IN0
0	0	1	IN1
0	1	0	IN2
0	1	1	IN3
1	0	0	IN4
1	0	1	IN5
1	1	0	IN6
1	1	1	IN7

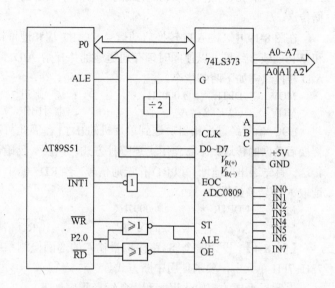

图 8-21　ADC0809 与 AT89S51 单片机的连接

（2）DAC0809 工作过程

ADC0809 的工作过程分为如下几步。

① 首先确定 A、B、C 三位地址，决定选择哪一路模拟信号。

② 使 ALE 端接收一正脉冲信号，使该路模拟信号经选择开关达到比较器的输入端。

③ 使 START 端接收一正脉冲信号，START 的上升沿将逐次逼近寄存器复位，下降沿启动 A/D 转换。

④ EOC 输出信号变低，指示转换正在进行。

⑤ A/D 转换结束，EOC 变为高电平，指示 A/D 转换结束。此时，数据已保存到 8 位锁存器中。

⑥ OE 信号变为高电平，则 8 位三态锁存缓冲器的三态门被打开，转换好的 8 位数字量数据被输出到数据线上。

如上所述，EOC 信号变为高电平表示 A/D 转换完成，EOC 可作为中断申请信号，通知 80C51 取走数据。在查询传送方式中，EOC 可以作为 80C51 查询外设（ADC）的状态信号。

（3）DAC0809 应用

ADC0809 与 AT89S51 单片机的一种连接如图 8-21 所示。

A/D 转换后得到的是数字量的数据，这些数据应传送给单片机进行处理。数据传送的关键问题是如何确认 A/D 转换完成，因为只有确认数据转换完成后，才能进行传送。为此可采用下述三种方式。

① 定时传送方式　对于一种 A/D 转换器来说，转换时间作为一项技术指标是已知和固定的。例如 ADC0809 转换时间为 128μs，相当于 6MHz 的 MCS-51 单片机共 64 个机器周期。可据此设计一个延时子程序，A/D 转换启动后即调用这个延时子程序，延迟时间一到，转换肯定已经完成了，接着就可进行数据传送。

② 查询方式　A/D 转换芯片有表明转换完成的状态信号，例如 ADC0809 的 EOC 端。因此可以用查询方式，软件测试 EOC 的状态，即可确知转换是否完成，然后进行数据传送。

③ 中断方式　把表明转换完成的状态信号（EOC）作为中断请求信号，以中断方式进行数据传送。

在图 8-19 中，将 A/D 转换启动信号 START 端和地址锁存信号 ALE 端相连，信号来自 P2.0 和 $\overline{WR}$ 的或非结果，以便同时锁存通道地址并开始 A/D 采样转换，当选择通道 IN7 时，启动 A/D 转换只需如下两条指令。

```
MOV    DPTR,    #0007H         ;选中通道7
MOVX   @DPTR,   A              ;虚写操作，启动转换，A中任意内容
```

EOC 信号经过反相器后送到单片机的 $\overline{INT1}$，因此可以采用查询该引脚或中断的方式进行转换后数据的传送。不管使用上述哪种方式，只要一旦确认转换完成，即可通过指令进行数据传送。首先送出口地址并以 $\overline{RD}$ 作选通信号，当 $\overline{RD}$ =0 时，OE 信号即有效，使用如下指令即可读取 A/D 转换结果。

```
MOV    DPTR,          #0007H
MOVX   A,             @DPTR   ; RD 信号有效，转换后的数据到 A 累加器
```

【例 8-4】　设计一个 8 路模拟量输入的巡回检测系统，采样数据依次存放在片内 RAM 78H~7FH 单元中，要求使用中断方式。

其数据采样的初始化程序和中断服务程序如下。

```
          ORG    0000H                   ;主程序入口地址
          AJMP   MAIN                    ;跳转主程序
          ORG    0013H                   ;INT1 中断入口地址
          AJMP   INT1                    ;跳转中断服务程序
MAIN:     MOV    R0,     #78H            ;数据暂存区首址
          MOV    R2,     #08H            ;8 路计数初值
          SETB   IT1                     ;INT1 边沿触发
          SETB   EA                      ;开中断
          SETB   EX1                     ;允许 INT1 中断
          MOV    DPTR,   #0000H          ;指向 0809 IN0 通道地址
          MOV    A,      #00H            ;此指令可省，A 可为任意值
LOOP:     MOVX   @DPTR,  A               ;启动 A/D 转换
HERE:     SJMP   HERE                    ;等待中断
中断服务程序：
INT1:     MOVX   A,      @DPTR           ;读 A/D 转换结果
          MOV    @R0,    A               ;保存数据
          INC    DPTR                    ;更新通道
          INC    R0                      ;更新暂存单元
          MOVX   @DPTR,  A               ;送下路模拟量路数地址，并启动 A/D
          DJNZ   R2,     LOOP            ;若未采集完 8 路，则 LOOP
          CLR    EX1                     ;若已采集完 8 路，则关 INT1 中断
LOOP:     RETI
          END
```

（4）PWM 方式

在计算机的 DA 转换方式中，还有一种无需数模转换，即可以实现模拟量控制的重要的技术手段，这就是 PWM 技术。PWM （Pulse Width Modulation）称为脉冲宽度调制，简称脉宽调制，是利用微处理器的数字输出来对模拟电路进行控制的一种非常有效的技术，它通过对一系列脉冲的宽度进行调制，来等效地获得所需波形，广泛应用在从测量、通信到功率控制与变换的许多领域中。

在微机中使用 PWM 作为 DA 转换，简单讲就是通过调节输出脉冲的占空比，来近似得到需要的输出模拟信号。PWM 是一种对模拟信号电平进行数字编码的方法。通过高分辨率计数器的使用，方波的占空比被调制用来对一个具体模拟信号的电平进行编码。PWM 信号仍然是数字的，因为在给定的任何时刻，满幅值的直流供电要么完全有（ON），要么完全无（OFF）。电压或电流源是以一种通（ON）或断（OFF）的重复脉冲序列被加到模拟负载上去的。通的时候即是直流供电被加到负载上的时候，断的时候即是供电被断开的时候。只要带宽足够，任何模拟值都可以使用 PWM 进行编码。

许多单片机内部已经包含有 PWM 控制器，即便没有内置，单片机也可以利用软件，方便的实现 PWM 输出。

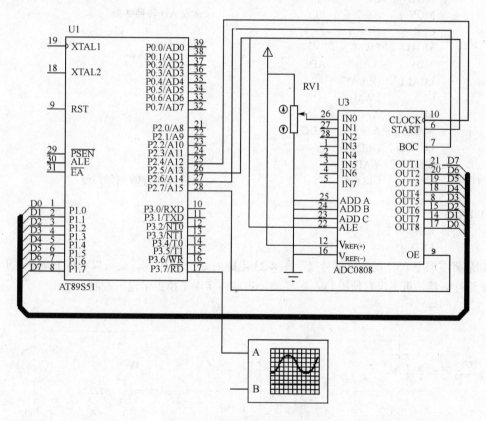

图 8-22　AT89S51PWM 输出仿真

【例 8-5】　PWM 练习，用电位器模拟一个模拟信号源，经 ADC0809 转换的数字量被 AT89S51 单片机接收后，再经过软件 PWM 处理，由 P3.7 输出还原该模拟信号，电路如图 8-22。程序如下。

```
ADC        EQU        35H
```

```
CLOCK    BIT     P2.4                          ; 定义 ADC0809 时钟位
ST       BIT     P2.5
EOC      BIT     P2.6
OE       BIT     P2.7
PWM      BIT     P3.7
         ORG     00H
         SJMP    START
         ORG     0BH
         LJMP    INT_T0
START:   MOV     TMOD,   # 02H
         MOV     TH0,    # 20
         MOV     TL0,    # 00H
         MOV     IE,     # 82H
         SETB    TR0
WAIT:    CLR     ST
         SETB    ST
         CLR     ST                            ; 启动 AD 转换
         JNB     EOC,    $                     ; 等待转换结束
         SETB    OE
         MOV     ADC,    P1                    ; 读取 AD 转换结果
         CLR     OE
         SETB    PWM                           ; PWM 输出
         MOV     A,      ADC
         LCALL   DELAY
         CLR     PWM
         MOV     Α,      # 255
         SUBB    A,      ADC
         LCALL   DELAY
         SJMP    WAIT
INT_T0:  CPL     CLOCK                         ; 提供 ADC0809 时钟信号
         RETI
DELAY:   …
         RET
         END
```

如果将本例中 P3.7 的输出信号接至图 8-23 电路的 OUTPUT 端，就可以利用 PWM 对小直流电机进行调速，可见没有使用 D/A 转换器，也同样实现了模拟量输出控制。

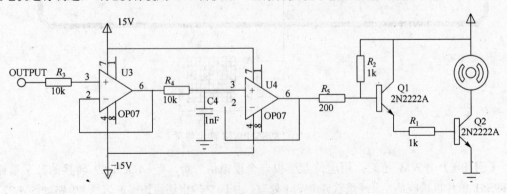

图 8-23　直流电机 PWM 输出调速控制

8.4.3 典型串行接口 A/D 转换器芯片 TLC1543

（1）TLC1543 概述

TLC1543 是 CMOS、10 位开关电容逐次逼近模数转换器 ADC，器件提供一个 4 线串行接口与单片机进行串行通信，它们由片选（CS）、输入/输出时钟（I/O CLOCK）、地址输入（ADDRESS）三个输入端和一个 3 态数据输出端（DATA OUT）组成。内部设有 14 通道多路选择器，选择 11 个模拟输入通道和 3 路内置自测试方式，片内有自动采样-保持电路和系统时钟电路。

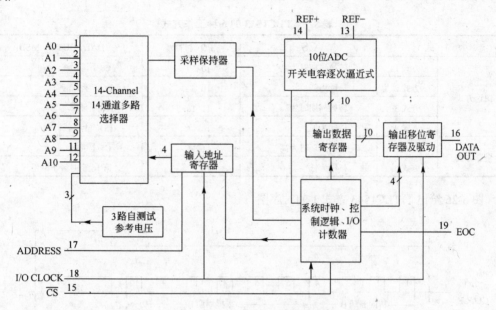

图 8-24 TLC1543 内部逻辑结构

10 位 ADC 转换芯片 TLC1543 内部逻辑结构如图 8-24，引脚如图 8-25，主要引脚信号说明如下。

A0～A10：11 路模拟输入端。

$\overline{CS}$：串行接口时钟，数据在负沿送入。

EOC：转换结束端。

REF+/−：基准电压输入端。

I/O CLOCK：输入/输出时钟端，接收串行输入。

ADDRESS：串行地址输入端。

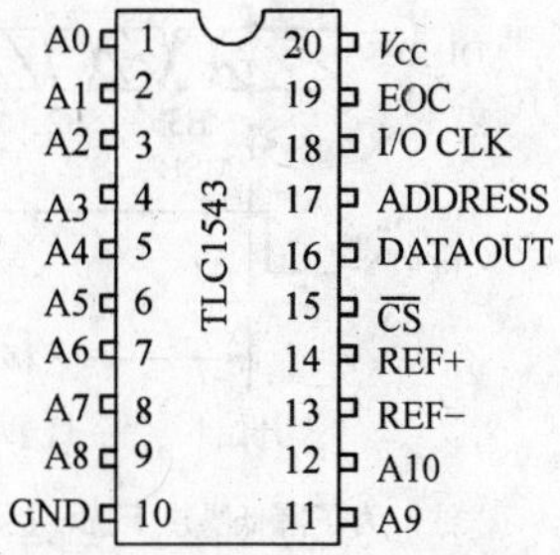

（2）TLC1543 工作方式

图 8-25 TLC1543 引脚定义

TLC1543 可以使用 6 种基本的串行接口时序方式。这些方式取决于 I/O CLOCK 的速度与 CS 的工作，如表 8-7 所示。这 6 种方式如下。

① 具有 10 时钟和 CS 在转换周期时无效（高）的快速转换方式。

② 具有 10 时钟和 CS 连续有效（低）的快速转换方式。

③ 具有 11 至 16 时钟和 CS 在转换周期时无效（高）的快速转换方式。

④ 具有 16 时钟和 CS 连续有效（低）的快速转换方式。

⑤ 具有 11 至 16 时钟和 CS 在转换周期时无效（高）的慢速转换方式。

⑥ 具有 16 时钟和 CS 连续有效（低）的慢速转换方式。

在方式①、方式③和方式⑤中，在 DATA OUT 引脚上，前一次转换的 MSB 出现在 CS 的下降沿时；在方式②和方式④中出现在 EOC 的上升沿时；而在方式⑥中则出现在第 16 个时钟的下降边时；剩下的 9 位在 I/O CLOCK 的以后 9 个下降沿时被移出。10 位数据经 DATA OUT 端发送到主串行接口。所用串行时钟脉冲的数目也取决于工作的方式，但要开始进行转换，最少需要 10 个时钟脉冲。在第 10 个时钟的下降沿 EOC 输出变低，而当转换完成时回到逻辑高电平，转换结果可以由主机读出。如果 I/O CLOCK 的传送是多于 10 个时钟，在第 10 个时钟的下降边内部逻辑也将 DATA OUT 变低以保证剩下各位的值是零。

表 8-7　TLC1543 的 6 种工作方式

方　　式		$\overline{CS}$	I/O 时钟数	DATA OUT 的 MSB
快速方式	方式 1	转换周期时为高	10	$\overline{CS}$ 下降沿
	方式 2	持续为低	10	EOC 上升沿
	方式 3	转换周期时为高	11~16	$\overline{CS}$ 下降沿
	方式 4	持续为低	16	EOC 上升沿
慢速方式	方式 5	转换周期时为高	11~16	$\overline{CS}$ 下降沿
	方式 6	持续为低	16	第 16 个时钟下降沿

图 8-26 给出了 TLC1543 方式 1 的时序图。

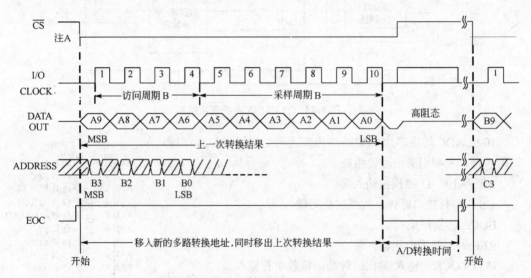

注：为了降低噪声干扰，$\overline{CS}$ 下降沿后根据设置等待时间进行延迟，随后方可进行地址输入。

图 8-26　TLC1543 方式 1 的时序图

本　章　小　结

① 键盘是单片机系统最常用的输入部件，在按键的数量比较少时，一般采用独立式键盘，按键数量比较多时，采用矩阵式（也叫行列式）键盘。其中，机械式开关按键使用最为频繁，使用机械式按键时，应注意去抖。

② 与单片机接口的常用显示器件分为 LED 和 LCD 两大类。LED 数码管显示器是目前单片机系统最常用的输出显示器。它使用方便，显示醒目，一般情况下采用动态扫描驱动方式。

LCD 显示器功耗低，显示信息量大，1602 和 12864 是目前常用的单片机 LCD 显示器。

③ 采用专用的键盘、显示接口芯片如 ZLG7290B，在 CPU 对其进行初始化后，只需向采用 I²C 总线的 ZLG7290B 送数、取数即可完成按键识别和动态扫描显示，由此可简化程序设计，提高 CPU 效率。

④ A/D 和 D/A 转换器是计算机与外界联系的重要途径，由于计算机只能处理数字信号，当计算机系统中需要控制和处理温度、速度、电压、电流、压力等模拟量时，就需采用 A/D 和 D/A 转换器。此类器件属于数据转换器件，型号众多，并行芯片在应用中逐渐被采用串行接口的器件所取代，了解两者应用中的区别，是接口技术的主要内容。

延伸阅读的关键字

按键消抖　　　动态显示　　LCD 原理　　12864　　常用 A/D 和 D/A　　模数转换原理

数模转换原理　　　PWM　　　转换器选择原则

你的关键字：

网络学习资料地址：

TI，德州仪器（Texas Instruments）：www.ti.com.cn

周立功公司：www.zlgmcu.com

习题与思考题

8-1　机械式按键组成的键盘，应如何消除按键抖动？独立式按键和矩阵式按键分别具有什么特点？适用于什么场合？

8-2　键盘接口中，为什么采用中断方式比定时扫描方式优越？

8-3　LED 显示器有动态扫描方式和静态工作方式，这两种方式各有什么特点？

8-4　七段 LED 显示的共阳极和共阴极段选码是什么？

8-5　ZLG7290B 的主要功能包括什么？

8-6　简述 LCD 显示器的基本结构。单片机存储的汉字和字母信息是如何通过 LCD 显示器呈现在屏幕上的？

8-7　简述 A/D、D/A 转换芯片的功能。

8-8　PWM 的含义是什么？如何实现单片机 PWM 输出？

8-9　DAC0832 与 8051 单片机接口时有哪些控制信号？作用分别是什么？ADC0809 与 8051 单片机接口时有哪些控制信号？作用分别是什么？

8-10　按照图 8-15，编程产生以下波形：①周期为 25ms 的锯齿波；②周期为 50ms 的三角波；③周期为 50ms 的方波。

8-11　TLC5620 和 TLC1543 的制造商是哪个公司？它们在应用中的使用特点是什么？

第 9 章　单片机工程应用技术

内容提要
① 了解单片机工程应用系统结构;
② 掌握单片机应用系统工程设计的步骤、方法;（重点）
③ 熟悉单片机应用中的硬件抗干扰和软件抗干扰技术;（重点）
④ 了解单片机稳压电源模块设计;
⑤ 掌握常用接口驱动电路的应用技术。（重点）

学习难点
① 工程项目设计的方法和技巧;
② 单片机应用系统的调试;
③ 抗干扰技术及应用。

　　单片机因其优异的性能得到了越来越广泛的应用，它具有全电脑的功能，体积小、可靠性高、价格便宜，在电子产品中有着广泛的应用，对于大多数学习者来说，学习单片机的目的主要就是应用。现在应用系统中的绝大部分项目，使用最简单的 8 位 51 单片机就可以胜任，真正需要高档单片机的项目相对是少数;同时，51 系统简单易学，开发应用资源丰富，深受各个应用领域的科技工作者欢迎。根据工程设计的主要内容，本章介绍一些 MCS-51 单片机应用系统的工程设计思路、步骤和方法，介绍抗干扰、电源设计、常用接口驱动电路的应用等技术。

9.1　单片机工程应用系统设计

　　单片机应用系统是为完成某项任务而设计、研制和开发的用户系统，是以单片机为核心，配以外围电路和软件，能实现给定任务、功能的实际工程应用系统。因为单片机应用系统的设计是从电路、器件一级开始的，既包括了电路设计与调试，也包括软件编程，因此设计单片机应用系统，需要以电子电路、软件设计两大技术手段作为基石。

　　根据不同的用途和要求，单片机应用系统的系统配置和软件各有不同，但它们在应用系统的研制和开发的过程和方法基本相同。

9.1.1　单片机应用系统的结构

　　从系统的角度看，单片机应用系统包括硬件系统和软件系统。

　　（1）硬件系统内容

　　第 1 章的图 1-7 已经给出了单片机应用系统的组成框图，可见其典型应用系统应包括单片机系统、用于测控目的的前向传感器输入通道，用于输出控制的后向伺服控制通道以及基本的人机界面通道，在较复杂的测控系统中，还可能使用到多机系统，会增加包括机-机之间进行通信的信息交互通道。图 9-1 给出了单片机应用系统硬件的基本构成，主要包括单片机、接口电路、外部设备、传感器、执行器和操作控制台。由于系统应用对象的不同，组成单片机控制系统的硬件也会不同，一般可根据系统的需要进行相应的扩展。

　　① 单片机系统　单片机是整个控制系统的核心,通过接口可向系统的各个部分发出各种控

制命令，对被测物理参数进行巡回检测、数据处理、控制、报警处理以及逻辑判断等操作。一个 51 单片机系统首先包括的是 MCS-51 最小应用系统，其次包括实现控制功能所需要的相关存储器扩展电路、功能接口扩展电路等。

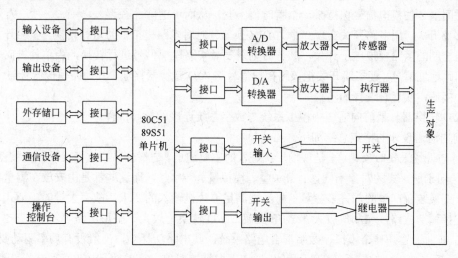

图 9-1 单片机应用系统硬件的基本构成

② 前向通道　前向通道是单片机与测控对象相连的部分，是应用系统的数据采集的输入通道。按物理量的特征可分为数字/开关量和模拟量两种。

对于数字量信号（频率、周期、相位、计数）的采集，电路比较简单。它们可直接作为计数输入、测试输入、I/O 口输入或中断源输入进行事件计数、定时计数，实现脉冲的频率、周期、相位及记数测量。对于开关量的采集，一般通过 I/O 口线或扩展 I/O 口线直接输入。一般被控对象都是交变电流、交变电压、大电流系统，而单片机属于数字弱电系统，因此在数字量和开关量采集通道中，要用隔离器件进行隔离（如光电耦元器件）。

对于模拟量信号的采集，其输入通道的结构比较复杂，包括变换器、放大器、滤波器、采样保持器、多路转换开关、A/D 转换器及其接口电路等，最终变换为单片机可以处理的数字量。

变换器。变换器是各种传感器的总称，它采集现场的各种信号，并变换成电信号（电压信号或电流信号），以满足单片机的输入要求。现场信号有各种各样，有电信号，如电压、电流、电磁量等；也有非电量信号，如温度、湿度、压力、流量、位移量等，对于不同物理量应选择相应的传感器。

隔离放大与滤波。传感器的输出信号一般是比较微弱的，不能满足单片机系统的输入要求，要经过放大处理，形成统一的标准信号（电压为 0～5V 或电流为 4～20mA）后，才能作为单片机系统的采集输入信号，送入单片机 A/D 转换器电路。现场信息来自各种工业现场，夹带大量的噪声干扰信号，为提高单片机应用系统的可靠性必须隔离或削减干扰信号，这是整个系统抗干扰设计的重点部位。

采样保持器。前向通道中的采样保持器有两个作用。一是实现多路模拟信号的同时采集；二是为 A/D 转换器提供有效时长的信号源。一般的单片机应用系统都是用一个 A/D 转换器分时对多路模拟信号进行转换并输入给单片机，而控制系统又要求单片机对同一时刻的现场采样值进行处理，否则将产生很大误差。用一个 A/D 转换器同时对多路模拟信号进行采样是由采样保持器来实现的。采样保持器在单片机的控制下，在某一个时刻可同时采样它所接一路的模拟信号的值，并能保持该瞬时值，直到下一次重新采样。A/D 转换器把一个模拟量转换成数字量总要经历一个时间过程。A/D 转换器从接通模拟信号开始转换，到转换结束输出稳定的数字量，这一段时间称为孔径时间。对于一个动态模拟信号，在 A/D 转换器接通的孔径时间里，输入模拟信号值是不确定的，从而会引起输出的不确定性误差。在 A/D 转换器前加设采集保持器，在孔径时间里，使模拟信号保持某一个瞬时值不变，从而可消除孔径误差。

多路开关。用多路开关实现一个 A/D 转换器分时对多路模拟信号进行转换。多路开关是受单片机控制的多路模拟电子开关，某一时刻需要对某路模拟信号进行转换，由单片机向多路开关发出路地址信息，使多路开关把该路模拟信号与 A/D 转换器接通，其他路模拟信号与 A/D 转换器不接通，实现有选择的转换。

A/D 转换器。是前向通道中模拟系统与数字系统连接的核心部件。

前向通道设计的特点总结如下。

a. 与现场采集对象相连，是现场干扰进入的主要通道，是整个系统抗干扰设计的重点部位。

b. 由于所采集的对象不同，有开关量、模拟量、数字量，而这些都是由安放在测量现场的传感、变换装置产生的，许多参量信号不能满足单片机输入的要求，故有大量的、形式多样的信号变换调节电路，如测量放大器、I/F 变换、A/D 转换、放大、整形电路等。

c. 前向通道是一个模拟、数字混合电路系统，其电路功耗小，一般没有功率驱动要求。

③ 后向通道　控制系统的驱动输出通道。向被控对象发送的执行控制信号也分为数字/开关量和模拟量两种信号。模拟量信号的输出通道相对复杂，设计的特点如下。

a. 后向通道是应用系统的输出通道，大多数需要功率驱动。

b. 靠近伺服驱动现场，伺服控制系统的大功率负荷易从后向通道进入单片机系统，故后向通道的隔离对系统的可靠性影响很大。

c. 根据输出控制的不同要求，后向通道电路有多种多样，如模拟电路、数字电路、开关电路等，输出信号形式有电流输出、电压输出、开关量输出及数字量输出等。

④ 人机界面通道　用户对应用系统干预、了解系统运行状况的交互平台，由于单片机系统应用的小规模、廉价性，人机界面通道一般比较简单，主要有键盘、按钮、指示灯、显示器件、微型打印机等。人机界面通道接口一般都是数字电路，电路结构简单，可靠性好。

⑤ 信息交互通道　双机或多机工作系统、上下位机控制系统中，都存在主机之间的信息交互，这主要通过单片机的串行口实现。单片机本身的串行口只为信息交互通道提供了硬件结构及基本的通信方式，并没有提供标准的通信规程。故利用单片机串行口构成信息交互通道时，要配置比较复杂的通信软件。硬件方面，在很多情况下，采用扩展标准通信控制芯片来组成提升信息交互通道的性能。相互通信接口都是数字电路系统，抗干扰能力强，但大多数都需远距离传输，故需要解决长线传输的驱动、匹配、隔离等问题。

> **小知识**：数字量、开关量和模拟量
>
> 模拟量：随时间变化而连续变化的物理量。自然界中处处都是模拟量。
>
> 数字量：时间和数值上都离散的量。计算机直接能够处理的对象是数字量。
>
> 开关量：一位的数字量，只有两个状态，是数字量的一个特殊形式。

（2）软件系统内容

对于单片机应用系统而言，除了上述硬件部分以外，软件也是必不可少的。一个控制系统常常要编一些应用程序，如 D/A 或 A/D 转换程序，数据采样程序、数字滤波程序、标度变换程序、键盘处理程序、显示程序、过程控制程序（如 PID 运算程序、数字控制程序）等。这些应用程序用户可以用汇编或 C 语言编写。

9.1.2 单片机应用系统设计的要求与内容

（1）设计要求

① 高可靠性　工程应用中的单片机都需要长期工作于嵌入式系统中，特别是在工业现场环境下，都要求在设计时将安全可靠性放在第一位。包括选用可靠性高的单片机及接口、外围设备，安全可靠的控制方案，尽可能选择典型电路，相关器件性能要匹配，另外还要考虑出故障时的预防措施和备用设备方案的选择。

② 操作性好　单片机控制系统要操作方便、维修简单。系统中尽可能采用标准的功能模块式结构，便于故障时迅速更换。

③ 实时性强　单片机控制系统大多用于实时控制，依次需要对各种事件及时响应、及时处理。设计时要合理设置中断资源、分配中断级别，确保能及时处理各种紧急事件和故障。

④ 通用性好　硬件设计采用标准总线结构，系统扩展与外围设备的配置水平应充分满足应用系统的功能要求，并留有适当余地，以便进行二次开发和系统维修；二是软件设计采用标准模块化结构，便于按系统要求继承和迁移。

⑤ 性能价格比高　一个单片机应用系统能否被广泛使用，性价比是其中一个关键因素。系统在设计时要力求"够用就行"的设计原则，在满足功能需求的前提下，尽可能降低成本，如简化外围硬件电路，在系统性能和速度允许的情况下尽可能用软件功能取代硬件功能等。

（2）设计内容

① 单片机系统设计　根据工程项目需求，在众多的 MCS-51 兼容系列中选择一款，以最小系统为基础，通过系统扩展，构成一个完善的单片机系统。

② 通道与接口设计　分类设计系统需要的各种通道，设计接口电路。由于通道大都是通过 I/O 口进行配置的，与单片机本身的联系不是很紧密，故大多数接口电路都能方便地移植到选定的单片机应用系统中。

③ 系统抗干扰设计　抗干扰设计贯穿应用系统设计的全过程。从具体方案、器件选择到电路系统设计，从硬件系统设计到软件系统设计，都要把抗干扰设计列为一项重要工作。

④ 应用软件设计　按照功能需求和硬件电路模块，设计应用软件。

9.1.3 单片机应用系统设计过程及方法

（1）总体设计

系统总体设计是单片机系统设计的前提，合理的总体设计是系统成败的关键。总体设计关键在于对系统功能和性能的认识和合理分析，系统单片机及关键芯片的选型，系统基本结构的确立和软、硬件功能的划分。

① 系统需求与方案调研　通过市场，或者直接向用户了解拟开发系统的设计需求，明确要设计应用系统的功能和技术指标。通过查阅资料、分析研究，调研国内外同类系统的开发水平、市场状态；了解可移植的硬、软件技术，尽量移植成熟技术，以防止大量低水平重复劳动；摸清硬、软件技术难度，明确技术主攻方向；综合考虑硬、软件分工与配合方案。

② 可行性分析　目的是对系统开发研制的必要性及可行性做出明确的判定结论。根据这一结论决定系统的开发研制工作是否进行下去。

③ 系统方案设计　方案的设计主要是根据被控对象的要求来确定，需要确定系统功能、系统性能、系统结构、实现方法等。系统方案设计为整个应用系统的实现建立一个框架，并大致规定各个接口的类型、控制的方式、软件的结构和功能、通信的方式等。

④ 主要器件选型

a. 单片机选型：系统方案确定之后，根据系统的功能目标、复杂程度、可靠性要求、精度和速度要求，选择一台性价比合适的单片机。主要考虑的选择因素包括：单片机的性能符合系统设计要求；开发工具和开发环境；存储器配置、I/O 口配置；市场货源和价格等。尽量选择不需要外部扩展程序存储器的单片机。

b. 选择传感器和执行器：根据被测参数和控制对象，选择可靠、经济和实用的传感器和执行器。尽可能选择专门用于单片机应用系统的集成化传感器。根据被控对象的状态选择合适的执行机构，如在易燃易爆环境中采用气动薄膜调节阀。

⑤ 确定单片机应用系统的控制算法　确定用什么样的控制算法才能使系统达到要求的控制指标，也是系统设计关键问题之一。对于数学模型能够确定的系统，可采用直接数字控制。可利用最少拍随动系统，最少拍无波纹系统、大林算法、最小二乘法系统辨识、最优控制及自适应控制等算法。对于难以求出数学模型的复杂被控对象可选用数字化 PID 控制。对于用前两种方法难以达到控制效果的系统，如时变系统、非线性特性的系统，难以建立数学模型可选用模糊控制。

（2）硬件设计

硬件设计的任务是根据总体设计给出的系统结构框图，逐个设计每一个功能单元的详细电路原理图，最后综合成为一个完整的硬件系统。硬件是系统的基础，在设计的时候要留有一定的余量，电路设计要正确无误，一旦确定将不再轻易改动。

① 程序存储器　若单片机片内无程序存储器或存储容量不够时，此时需扩展外部程序存储器。外部扩展的存储器通常可以选用 EPROM 或 E^{2}PROM。EPROM 集成度高、价格便宜，E^{2}PROM 则编程容易，可以在线读写。当程序量较小时，使用 E^{2}PROM 较方便；当程序量较大时，采用 EPROM 更经济。

② 数据存储器　数据存储器由 RAM 构成。一般单片机片内都提供了小容量的数据存储区，只有当片内数据存储区不够用时才扩展外部数据存储器。存储器的设计原则：在存储容量满足的前提下，尽可能减少存储芯片的数量。建议使用大容量的存储芯片以减少存储器芯片数目，但应避免盲目地扩大存储容量。

③ I/O 接口　由于外设多种多样，使得单片机与外设之间的接口电路也各不相同。因此，I/O 接口常常是单片机应用系统中设计最复杂也是最困难的部分之一。I/O 接口大致可归类为并行接口、串行接口、数据采集通道（接口）、模拟输出通道（接口）等。目前有些单片机已将上述各接口集成在单片机内部，使 I/O 接口的设计大大简化。系统设计时，可以选择含有所需接口的单片机，简化硬件设计，提高可靠性。

④ 译码电路　采用并行扩展技术时，基本上所有需要扩展外部电路的单片机系统都需要设计译码电路，译码电路的作用是为外设提供片选信号，也就是为它们分配独一无二的地址空间。译码电路在设计时要尽可能简单，这就要求存储器空间分配合理，译码方式选择得当。

⑤ 总线驱动器　如果单片机外部扩展的器件较多，负载过重，就要考虑设计总线驱动器。比如，MCS-51 单片机的 P0 口负载能力为 8 个 LSTTL 逻辑门，P2 口负载能力为 4 个 LSTTL 逻辑门。如果 P0、P2 实际连接的逻辑门数超出上述定额，系统便不能可靠的工作，此时就必须在 P0、P2 口增加总线驱动器来提高它们的驱动能力。P0 口通常使用双向数据总线驱动器 74LS245，P2 口可使用单向总线驱动器 74LS244。

⑥ 抗干扰电路　针对可能出现的各种干扰，应设计抗干扰电路。在单片机应用系统中，一个不可缺少的抗干扰电路就是抗电源干扰电路。最简单的实现方法是在系统弱电部分（以单片机为核心）的电源入口处对地跨接一个大电容（100μF 左右）与一个小电容（0.1μF 左右），在系统内部各芯片的电源端对地跨接一个小电容（0.1μF）。另外，可以采用隔离放大器、光耦器

件抗输入设备、输出设备与系统之间的地线干扰；采用差分放大器抗共模干扰；采用平滑滤波器抗白噪声干扰；采用屏蔽手段抗辐射干扰等。

最后，应注意在系统硬件设计时，要尽可能充分地利用单片机的片内资源，使自己设计的电路向标准化、模块化方向靠拢。

硬件设计结束后，应编写出硬件电路原理图及硬件设计说明书。

（3）软件设计

软件是单片机应用系统中的一个重要组成部分，在单片机应用系统研制过程中，软件设计部分是工作量最大的，也是最困难的任务。一般计算机应用系统的软件包括系统软件和用户软件，而单片机应用系统中的软件只有用户软件，即应用系统软件。软件设计的关键是确定软件应完成的任务及选择相应的软件结构。

软件设计通常分作系统定义、软件结构设计和程序设计三个步骤。

① 系统定义　系统定义的目的就是根据系统软、硬件的功能分工，确定出软件应完成什么功能，其具体步骤如下。

a. 定义说明各输入/输出口的功能，确定信息交换的方式、与系统接口方式、所占口地址、读取和输出方式等。

b. 在程序存储器和数据存储器区域中，合理分配存储空间，其中包括系统主程序、常数表格、数据暂存区域、堆栈区域和入口地址等。

c. 对面板控制开关、按键等输入量以及显示、打印等输出量也必须给予定义，以此作为编程依据。

d. 针对可能出现的由干扰引起的错误进行容错设计，给出错误处理方案，以达到提高软件可靠性的目的。一种最简单的错误处理就是软件引导重新启动系统。

e. 明确所设计的用户程序应达到的精度、速度指标。比如，程序中数据字长选择为几位，每段程序及整个程序的运行时间是多少。对于过程控制，速度指标是主要的；对于事务处理，精度指标显得更加重要。

② 软件结构设计　软件结构设计与程序设计技术密切相关，合理的软件结构是设计单片机应用系统的基础，它能使 CPU 有条不紊地对各个相对独立的任务进行处理。对于一般的应用系统，通常使用中断方法分配 CPU 的时间，指定哪些任务由主程序完成，哪些任务由中断服务程序完成，并指定各中断的优先级。对于复杂的实时控制系统，要提高系统的实时性和并行性，可以采用实时多任务操作系统。

在单片机应用系统中，最常用的程序设计方法是模块程序设计。模块程序设计具有结构清晰、功能明确、设计简便、程序模块可共享、便于功能扩展及便于程序维护等特点。为了编制模块程序，先要将软件功能划分为若干子功能模块，然后确定出各模块的输入、输出及相互间的联系。模块程序需要在管理程序的管理下方可有效地运行。这个管理程序就是通常所说的用户实时监控程序，用来协调管理各模块的工作。在简单系统中，实时监控程序可按实时单任务操作系统模式建立；在复杂系统中，实时监控程序可按实时多任务操作系统模式建立。最简单的实时监控程序就是按时间顺序调度各功能模块的调用程序。

实际操作中，模块划分的好坏，直接影响实时监控程序对模块的管理效率。模块划分的一般原则：模块不宜过长，功能相对独立。

③ 程序设计　在前面工作的基础上开始编写程序。首先根据系统功能及操作过程，绘制程序流程图。实时监控程序依据调度算法编写流程图；控制模块依据控制时序编写流程图；处理模块依据处理算法编写流程图；抗干扰模块依据抗干扰措施（如滤波算法）或出错处理办法编

写流程图。在程序流程编写时，要明确规定数据来源、流向及存储位置。

在完成流程图设计以后，首先应对片内 RAM 区进行具体分配，指定各模块使用的工作寄存器、分配标志位（20H～2FH）。然后再估算子程序、中断以及程序中栈操作指令的使用情况，流出堆栈区，最后剩下部分作为数据缓冲区。最后着手编写程序，将所有程序流程图的每一步用相应的指令来实现，就得到了应用系统的全部程序。将编写的程序汇编成机器码，经调试正常运行后，便可固化到 EPROM 中，至此系统软件设计完成。

软件设计过程中，有一个很重要的问题往往被忽视，那就是还应编写详细的软件设计说明书，作为设计的原始文档，方便以后使用。

（4）单片机应用系统的调试

单片机应用系统的总体调试是系统开发的重要环节。当完成了单片机应用系统的硬件、软件设计和硬件组装后，便可进入单片机应用系统调试阶段。系统调试的目的是要查出用户系统中硬件设计与软件设计中存在的错误及可能出现的不协调问题，以便修改设计，最终使用户系统能正确可靠地工作。

系统调试包括硬件调试、软件调试和软、硬件联调。

① 硬件调试

a. 对印刷电路板、所用的元器件进行质量检查、测试，看是否同硬件设计电路图一致。

b. 按照印刷电路板上的器件名称、标识焊接好各个元器件。

c. 采用万用表、示波器、信号发生器等一般调试工具和测试软件对硬件电路电气性能测试，看是否能正常工作。

② 软件调试　软件调试一般是联机调试，是一种模拟调试，经常采用两种方法。

a. PC+在线仿真器+编程器。操作方法：把硬件仿真器的一端和 PC 连接，在断电的情况下，把目标系统的单片机拔下（有外部 EPROM 也拔下），然后把硬件仿真器的仿真头插在单片机的位置；接通目标系统和硬件仿真器电源，在 PC 上运行硬件仿真器相应的仿真应用程序，打开装载单片机应用系统程序，通过跟踪执行，观察目标板的波形或执行现象，及时地发现软、硬件的问题，进行修正。

b. PC+模拟仿真软件+编程器。操作方法：在 PC 机上使用集成软件如 Keil、WAVE 编制并初步调试源程序，在结合仿真软件如 Proteus 设计硬件电路系统，两者结合实现仿真联调，观察执行结果，反复修改，直至符合设计标准，在 PC 上验证设计思想。

③ 软、硬件联调　软件系统经过在线仿真或软件仿真，在符合要求后，就可以进行现场调试。通过 PC 把生成的 HEX 或 BIN 文件写到目标系统的单片机或 EPROM 中，在目标系统板上，上电独立全速运行，观察实际执行情况，对出现的问题再做出修改，最终得到符合设计要求的目标系统。

各种调试所起的作用是不同的，它们所处的时间段也不一样，不过它们的目的都是为了查出用户系统中存在的错误或缺陷。系统调试的一般过程如图 9-2。

最后还需将系统投入工程应用现场进行试运行，在试运行阶段还要出现许多问题，如抗干扰问题、元件的老化问题等。应用系统经过三个月到半年的试运行后，问题全部消除后，方可进入到正式运行或交用户投入运行阶段。

归纳以上分析，在工程设计时，单片机应用系统设计步骤可以总结如下。

第一步：系统需求及可行性分析，了解应用系统的功能、技术指标、市场现状。

第二步：确定应用系统总体技术方案。

第三步：选择单片机及主要接口器件。

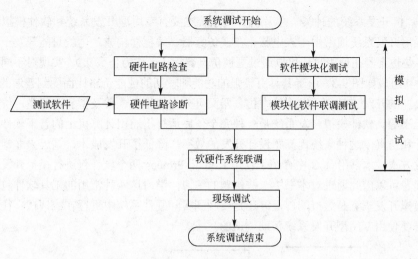

图 9-2 系统调试过程

第四步：确定单片机应用系统的控制算法。

第五步：单片机应用系统的硬件设计。

第六步：单片机应用系统的软件设计。

第七步：单片机应用系统的调试、运行。

9.1.4 单片机应用系统的开发调试工具

一个单片机应用系统从提出任务到正式投入运行的整个设计和调试过程，称为单片机的开发。开发过程所用的设备和仪器称为开发调试工具。

在单片机应用系统调试中，常用的开发调试工具包括硬件和软件工具，软件工具主要指电子电路设计软件、电路仿真软件、单片机集成调试环境软件等，本书附录 C 简要地介绍了两款与单片机应用系统学习和开发有关的软件；硬件包括与应用系统开发有关的所有硬件工具，以下主要介绍硬件调试工具，其中单片机开发系统是最重要的一个工具套件。

（1）单片机开发系统

单片机应用系统建立以后，应当判断电路正确与否、程序是否有误，并设法将程序装入机器，这些都必须借助于单片机开发系统装置来完成。单片机开发系统是单片机编程调试的必需工具。

虽然单片机造价低、功能强、简单易学、使用方便，可以用来组成各种不同规模的应用系统，但由于其硬件和软件的支持能力有限，自身无调试能力，因此必须配备一定的开发工具，以此来排除应用系统中的硬件故障和软件错误，生成目标程序。当目标系统调试成功以后，还需要用开发工具把目标程序固化到单片机内部或外部的只读存储器中。能实现这一系列调试工作的工具就是单片机仿真开发系统，其核心设备称为仿真器。仿真的概念其实使用非常广，最终的含义就是使用可控的手段来模仿真实的情况。在嵌入式系统的设计中，仿真应用的范围主要集中在对程序的仿真上。

① 单片机开发系统的作用　诊断、检查系统硬件电路；编辑、编译源程序程序； 调试硬件电路、程序；固化程序到程序存储器中。

② 单片机开发系统的内容　主要包括电脑、编程写入器、仿真器。如果使用 EPROM 作为存储器还要配备紫外线擦除器。其中必不可少的工具是电脑和编程器，当然对于在线可编程（ISP）的单片机，如 89S51，就可以不用编程器，而通过下载电缆下载。

③ 单片机开发系统的种类 单片机开发系统主要有专用型开发系统和软件模拟仿真系统2 大类。专用开发系统通常由个人电脑、在线仿真器、编程器构成，一般只能开发一种类型的单片机，有些仿真器在使用时还可以通过更换仿真器板（又称为仿真头），实现对不同系列单片机的仿真，其组成如图 9-3。由于其具有较强的功能和较高的性能价格比而受到普遍的欢迎，是目前应用最广的开发工具。开发系统中仿真器又可分为简易型、普及型和高级型，价格在数百元至数千元不等。软件模拟开发系统是一种完全依靠运行于通用计算机上的若干软件手段，进行虚拟设计和仿真，这种系统提高了设计开发的效率，降低了开发成本，是近来非常流行的一种新的开发方式，本书附录 C 中介绍了使用 Keil 和 Proteus 两个软件包进行模拟开发调试的基本方法，读者可以借此通过对本书中一些例题的练习，学习这两种常用的工具软件包的使用。不过软件模拟开发毕竟是虚拟的，最终还是要回到实际硬件系统中进行在线调试，往往在这个阶段还是需要使用专用型开发系统帮助调试的。

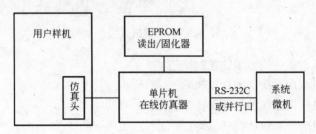

图 9-3 单片机仿真开发系统组成

④ 单片机开发系统的功能 这主要就是指仿真器及其软件的功能。衡量单片机开发系统性能的优劣，要从其实时在线仿真功能、调试功能和辅助设计功能三方面加以考虑。

a. 实时在线仿真功能。仿真的概念其实使用非常广，最终的含义就是使用可控的手段来模仿真实的情况。在嵌入式系统的设计中，仿真应用的范围主要集中在对程序的仿真上。实时在线仿真是指开发系统中的仿真器能仿真用户目标系统中的单片机并模拟目标系统中的 ROM、RAM 和 I／O 口，使在线仿真时用户目标系统的运行环境和运行速度与脱离仿真器后用户目标系统独立运行时的环境和运行速度完全一致。在线仿真时，开发系统应能将仿真器中的单片机完整地（包括片内的全部资源及外部可扩展的程序存储器和数据存储器）出借给目标系统，不占用任何资源，仿真单片机的电气特性也应与用户系统的单片机一致，使用户可根据单片机的资源特性进行设计；另外，在用户目标机未做好前，还可借用仿真器内的资源进行软件调试。

b. 调试功能。开发系统软硬件调试功能的强弱，直接关系到产品开发的效率。开发系统的调试功能主要包括运行控制功能（单步、断点、连续运行）、资源状态的监控功能、跟踪运行功能。

c. 辅助设计功能。支持的程序设计语言种类、交叉编程能力、反汇编能力、实用子程序库以及支持的程序固化方式，也是衡量单片机开发系统功能强弱的重要标志之一。这些功能主要有仿真系统配套的集成开发环境仿真软件（IDE）提供，如 Keil μVision2。

在单片机学习和系统设计中，常会用到的两个设备，仿真器和开发板如图 9-4。开发板实际上是其设计者，根据不同用户的学习需求，将多种常用单片机外围接口器件及电路集成设计在一块 PCB 板上，并支持基本的调试手段，为用户提供学习、实验的环境，这样用户就避免了硬件电路设计与制作，转而可以将主要精力放在设计软件、熟悉接口器件应用等方面，所以各种单片机开发板是初学者在学习单片机时的有效工具。仿真器则提供了更丰富的调试手段，并可以出借 CPU 给目标系统，是单片机应用系统硬件开发的必备工具。

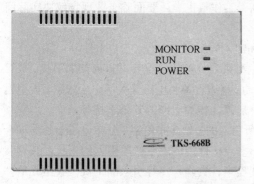 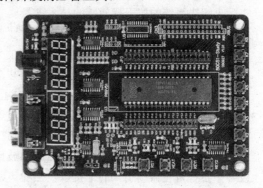

图 9-4　专用型单片机仿真器（左）与开发板（右）

> **小知识：仿真器与开发板**
>
> 　　仿真器：指以帮助在目标系统中调试单片机软件为目的而专门设计制作的一套专用的硬件装置，尽可能地提供一个"透明"的、可由用户控制运行方式和修改运行现场的单片机，实时、在线并能完全一致地仿真用户目标系统，并与配套软件共同提供丰富的调试功能。高性能的仿真器还具有逻辑分析仪的功能。仿真器的使用目的是对编好的程序在目标板上进行在线调试。
>
> 　　开发板：指一种单片机应用系统，特点是在单片机最小系统板的基础上，增加常用外围电路系统，为用户提供一个电路设计前的硬件测试平台。开发板的使用目的是系统开发前期的实验和软件测试，另一个用途是供初学者学习实践用，所以有些简易型的也成为单片机开发学习板。

（2）其他调试工具

① 万用表　主要用于测量硬件电路的通断、两点间阻值、测试点处稳定电流或电压值及其他静态工作状态。

② 逻辑笔　主要用于测试数字电路中测试点的电平状态（高或低）及脉冲信号的有无。

③ 信号发生器　发生器能够产生不同宽度、幅度及频率的脉冲信号，它可以作为数字电路的输入源，也可产生具有不同频率的方波、正弦波、三角波、锯齿波等模拟信号，它可作为系统测试时的数字电路输入源和模拟电路输入源，对于模拟调试阶段是非常有用。

④ 示波器　可以测量电平、模拟信号波形及频率，还可以同时观察两个或三个信号的波形及它们之间的相位差。它即可以对静态信号进行测试，也可以对动态信号进行测试，而且测试准确性好。它是任何电子系统调试维修的一种必备工具。

⑤ 逻辑分析仪　能够以单通道或多通道实时获取与触发事件的逻辑信号，可保存显示触发事件前后所获取的信号，供操作者随时观察，并作为软、硬件分析的依据，以便快速有效地查出软、硬件中的错误。逻辑分析仪主要用于动态调试中信号的捕获。

9.2　单片机应用中的抗干扰技术

　　一个经过联调并测试好的单片机应用系统，当将其置入现场后，往往会出现系统工作不稳定，甚至无法正常工作的情况，主要是工程应用中，现场环境复杂，存在各种各样的干扰而造成的。单片机应用系统中抗干扰问题一直是设计中的一个十分重要的课题。只有解决好系统抗干扰问题，加强抗干扰措施，应用系统适应现场工业环境后，系统在工业现场才能正常运行。实际上解决系统的抗干扰问题的技术含量要求较高、工作量也大，要面临工业现场解决实际问题，因此，学习抗干扰技术就变得非常重要。

要进行抗干扰设计，首先要了解干扰的来源和窜入的渠道。

对单片机应用系统造成干扰的来源可以分为主要来自外部的干扰和来自内部的干扰。

① 外部干扰的主要来源有电源电网电压的波动，高压设备和电磁开关的电磁辐射，大型用电设备（如电炉、电梯、照明灯、电机、电焊机）启停，传输电缆的共模干扰等。

② 内部干扰是由系统的结构布局、制造工艺所引入的。如分布电容、分布电感引起的耦合感应，电磁场辐射感应，长线传输造成的波反射；多点接地造成的电位差引入的干扰；装置及设备中各种寄生振荡引入的干扰以及热噪声、闪变噪声、尖峰噪声等引入的干扰；甚至元器件产生的噪声等。

干扰窜入的渠道主要有三条。

① 空间干扰，即场干扰，通过电磁波辐射窜入系统。

② 过程通道干扰，干扰通过与主机相联的前向通道、后向通道及与其他主机的相互通道进入。

③ 供电系统干扰。

这些干扰严重时会给单片机系统造成很大的故障，其中最典型的故障是破坏程序计数器 PC 的状态，导致程序从一个程序段跳到另一个程序段，或者陷入"死循环"，或者在程序地址空间内"乱飞"。

抗干扰技术可分为硬件抗干扰技术和软件抗干扰技术。硬件抗干扰技术是在硬件上采取一定的方法防止干扰产生，它属于主动措施。软件抗干扰技术是在系统受到干扰后，使系统恢复正常运行或输入信号受到干扰后，去伪求真的一种辅助方法，因此软件抗干扰技术属于被动措施。

9.2.1　硬件抗干扰设计

（1）电源系统的抗干扰

电源的通断、瞬时短路及电网窜进来的干扰脉冲造成单片机的误动作占各种干扰的 90％以上，是抗干扰设计的重点之一。设计单片机电源系统时可以考虑的抗干扰措施如下。

① 选用供电比较稳定的进相线作为交流电源，避免将控制系统接到负载变化频繁、设备功率大的电源线上，如接有电机、可控硅、电焊机、镇流器等的电源线。

② 使用交流稳压电源克服供电电网电压波动对单片机控制系统的影响，提高单片机控制系统的稳定性。另外，由于交流稳压电源中有电磁线圈，对干扰也有一定的抑制作用。

③ 交流电源频率是工频 50Hz，可以利用低通滤波器滤除、隔离变压器除电网中高于 50Hz 的高次谐波干扰信号。

④ 采用直流开关电源为控制系统提供稳定的直流供电，提高单片机控制系统的稳定性。同时因为开关电源初、次级之间有较好的隔离，对于交流电网上的高频脉冲干扰有较强的隔离能力。

⑤ 使用三端稳压集成块组成稳压电源，对每个系统功能模块单独一组供电，这样不会因某块稳压电源出故障而使整个系统遭到破坏。同时也减少了公共阻抗的相互耦合，大大提高了供电的可靠性，也有利于电源的散热。

（2）接地系统抗干扰

在电路设计中，如何接地是一个很重要的问题。实时控制系统中，接地是抑制干扰的主要方法，接地是否正确，将直接影响到系统的正常工作。地电平一方面是整个电源电平的基础，另一方面地线又与所有元器件都有通道联系，干扰进入地线后，就会传递到所有元器件上。因此，来自接地系统的干扰会直接影响系统的抗干扰能力。

① 单点接地与多点接地　频率在 1MHz 以下时，电路应单点接地，避免形成地环流；频率在 10MHz 以上，电路应多点就近接地，降低地线阻抗；单片机控制系统的工作频率较低，故应采用一点接地法；当频率处于 1～10MHz 之间时，如采用一点接地，其地线长度不应超过波长的 1/20，否则应采用多点接地。

② 数字地和模拟地的连接　单片机应用系统中的模拟公共地线应与数字公共地线分开走线，最后在一点连接。

③ 前向通道的接地　传感器、变送器和放大器通常设有屏蔽罩，进行浮地处理，对屏蔽层的接地应遵循单点接地原则。

④ 单片机主机接地　把主机外壳作为屏蔽罩接地，而把机内器件架与外壳绝缘，绝缘电阻大于 50MΩ，即机内信号地浮空，这种方法安全可靠，抗干扰能力强。

⑤ 印刷版上的接地　要是 TTL、COMS 等的地，地线应布网状，而其他线不要形成环路；条状线不要长距离平行，避免分布电容造成的干扰；高频信号影响下，按地线要根据电流通路逐渐加宽，最好不小于 3mm；旁路电容引线不能太长；大规模集成芯片应跨越平行的地线和电源线。

小知识：单片机应用系统中的"地"

交流地：交流电源的地线，即中性线或零线，是外部干扰的主要窜入通道，因此，交流地绝对不可以与其他地相连接。

直流地：直流电源的地线。

信号地：传感器的地。

模拟地：单片机应用系统中所有模拟信号的零电位。

数字地：逻辑地，是单片机应用系统中数字电路的零电位。

屏蔽地：也叫保护地，使设备机壳和大地等电位，以保证人身安全和防止静电感应、电磁感应。

系统地：以上几种地的最终回流点，直接和大地相连。

（3）前向、后向通道的抗干扰

① 对信号加硬件滤波器　在信号加到输入通道之前，根据干扰信号频率，可以先使用硬件滤波器滤除串模交流干扰，包括低通滤波器、高通滤波器和带通滤波器，常用的低通滤波器有 RC 滤波器、LC 滤波器、双 T 滤波器；

② 利用差动方式传输和接收信号　差动方式是抑制共模干扰的一个主要方法，由于差动放大器只对差动信号起放大作用，而对共模电压不起放大作用，因此能够抑制共模干扰的影响。

③ 变压器隔离　利用变压器将模拟电路与数字电路隔离开来，即将模拟地与数字地断开，使共模干扰电压不能形成回路从而抑制了共模干扰。

④ 光电隔离　光电耦合器采用了"电-光-电"的信号传输方式，可以将两边电路完全隔离，阻断共模干扰；光电耦合器有较好的带宽、较低的输入失调漂移和增益温度系统，能较好地满足工业过程控制信号传输的要求。

（4）传输线的抗干扰

① 采用双绞线传输　双绞线传输可以抑制串模干扰；双绞线是由两根互相绝缘的导线扭绞缠绕组成，每一个小环路上感应的电势会互相抵消，可以使干扰抑制比达到几十分贝。

② 采用屏蔽信号线传输　在干扰严重，精度要求高的场合，应当采用屏蔽信号线。屏蔽信号线的屏蔽层可以防止外部干扰窜入。

③ 使用光缆传输　光缆是利用光信号传送电信号，可以不受任何形式的电磁干扰影响，传输损耗极小。因此光缆传输适用于周围电磁干扰大，传输距离较远的场合。

（5）电路板布线的抗干扰

① 电源线的布线应尽量粗、直。

② 电路板上每个 IC 要并接一个 0.0l～0.1 μF 高频旁路电容，以减小 IC 对电源的影响。高频旁路电容的布线，连线应靠近电源端并尽量粗短。

③ 布线时避免 90° 折线，减少高频噪声发射。

④ 时钟线垂直于 I/O 线比平行于 I/O 线干扰要小，时钟线要远离 I/O 线。

⑤ 单片机不用的 I/O 端口要定义成输出。

⑥ 弱信号引出线、高频、大功率引出电缆要加屏蔽。引出线与地线要绞起来。

9.2.2　软件抗干扰设计

要使系统正常工作，抗干扰不能完全依靠硬件来解决，还需要在软件设计上采取一定的抗干扰措施。软件抗干扰研究的内容主要如下。

① 消除模拟输入信号的噪声。

② 程序运行混乱时使程序重入正轨的方法。

（1）数据采集中的软件抗干扰

无论在硬件电路设计上采取多少抗干扰措施，都不可能完全消除干扰信号，因此，外界的干扰信号总是或多或少地要进入系统中。消除模拟输入信号的噪声的软件方法主要指数字滤波技术。数字滤波是通过程序设计对单片机数据采集部分输入的信号进行加工处理，以达到抗干扰的目的。主要包括：程序判断滤波法、算术平均值滤波法、滑动算术平均值滤波法、中位值滤波法等。

（2）程序运行中的抗干扰

① 指令冗余　当 CPU 受到干扰后，往往将一些操作数当作指令码来执行，引起程序混乱。这时首先要解决的问题是尽快将程序引入正轨。MCS-51 系列单片机的所有指令都不超过 3B，而且有很多单字节指令。当程序"跑飞"到某一条单字节指令上时，便自动纳入正轨；当"跑飞"到某一双字节或三字节指令上时，有可能落到其操作数上，从而继续出错。因此，有必要在关键的地方人为地插入一些单字节指令（NOP），或将有效单字节指令重复书写，这便是指令冗余。在双字节和三字节指令之后插入 2 条 NOP 指令，则这条指令就不会被前面的失控程序拆散，并将被完整执行，从而使程序走上正轨。但不能加入太多的冗余指令，以免明显降低程序正常运行的效率。因此，常在一些对程序流向起决定作用的指令之前插入 2 条 NOP 指令，以保证"跑飞"的程序迅速纳入正确的控制轨道。此类指令有：RET，RETI，LCALL，SJMP，JZ，CJNE 等。

② 软件陷阱拦截　指令冗余不能完全解决程序"跑飞"的问题，若"跑飞"的程序没有落到程序区则指令冗余就无能为力了。对于此种情况采用设置软件陷阱的方法加以解决。这种方法是在非程序区设置拦截措施，当 PC 失控、程序"跑飞"进入非有效程序区时，使程序进入陷阱，从而迫使程序返回正常状态。例如，若把这段程序的人口标记为 ERR 的"跑飞"出错处

理子程序，软件陷阱就可如下书写。

```
NOP
NOP
LJMP ERR
```

该软件陷阱除了安置在未使用的用户 EPROM 区外，还常常安置在未使用的中断向量区、表格区的最后和程序的断裂点后（断裂点是指 LJMP，SJMP，RET 等类指令）。考虑到程序存储器的容量，软件陷阱一般 1K 空间有 2、3 个就可以进行有效拦截。对于未执行到冗余指令而"跑飞"的情况，采取建立程序运行监视系统 Watchdog。

③ "看门狗"技术 看门狗（Watch Dog Timer）即看门狗定时器，是利用 CPU 在一定的时间间隔（根据程序运行要求而定）内发出正常信号的条件下，当 CPU 进入死循环后，能及时发觉并使系统复位。

在正常运行时，如果在小于定时时间间隔内对其进行刷新（即重置定时器，称为"喂狗"），定时器处于不断的重新定时过程，就不会产生中断或溢出脉冲。

给单片机加一看门狗电路，在执行程序时，以小于定时时间间隔内对其进行重置，保证系统运行的正常；而当程序因干扰，"跑飞"的程序既没有落入软件陷阱，又没有遇到冗余指令，而自动形成一个死循环，因没能执行正常的程序而不能在小于定时时间内对其刷新，当定时时间到，看门狗定时器输出被启动，使系统复位。这种方法简单、直观，只需不超过 64K 状态周期（16ms）的时间（用 12MHz 晶振时），计算机就可恢复正常。但一定要通过软件每隔一定时间（如 15ms）使看门狗复位一次。

9.3 单片机稳压电源电路设计

几乎所有的电子电路都需要稳定的直流电源，单片机系统的直流供电形式主要有两种，一种是采用电池供电，另一种是使用直流稳压电源供电。直流稳压电源主要有线性电源和开关电源两种类型。

线性电源（Liner power supply）：线性电源是先将交流电经过变压器降低电压幅值，再经过整流电路整流后，得到脉冲直流电，后经滤波得到带有微小波纹电压的直流电压。线性电源技术很成熟，制作成本较低，而且波纹很小，没有开关电源具有的干扰与噪声，缺点是需要体积相对较大的变压器，效率低。

开关电源（Switching Power Supply）：指利用现代电力电子技术，控制开关管开通和关断的时间比率，维持稳定输出电压的一种电源。一般由脉冲宽度调制（PWM）控制 IC 和 MOSFET 构成。开关电源与变压器线性电源相比具有效率高、稳性好、体积小等优点，但是电路复杂不易维修。

对于单片机这样的低成本应用系统，更多的还是采用简易的线性电源，制作非常容易。本节将介绍常用的以三端式集成稳压器为核心的单片机直流稳压电源电路设计。

9.3.1 三端稳压器介绍

集成稳压器只有输入端、输出端和公共端三个引脚端，故称为三端集成稳压器。分为输出电压不可调的固定输出型和输出电压可在一定范围内改变的可调输出型。因为采用 CHMOS 制造的 51 系列单片机供电电压范围一般为 4.0～5.5V，因此单片机系统的电源采用固定输出的三端稳压器即可。

常用的固定输出三端稳压器有 CW7800 系列和 CW7900 系列，其外形如图 9-5 所示，电路符号如图 9-6 所示。其中 7800 系列表示输出为正电压值，7900 系列表示输出为负电压值，00

所占两位表示输出电压的稳定值，如 7805 代表+5V 输出，7905 代表–5V 输出。

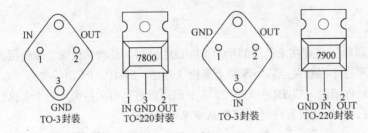

图 9-5　三端稳压器外形

图 9-6　三端稳压器电路符号

输出电压：　5 V/ 6 V/ 9 V/ 12 V/ 15 V/ 18 V/ 24 V。

输出电流：　78L×× / 79L ××　　—— 输出电流 100 mA。

　　　　　　78M×× / 79M××　　—— 输出电流 500 mA。

　　　　　　78×× 　/ 79××　　　—— 输出电流 1.5 A 。

　　如 CW7805 代表输出+5V，最大电流 1.5A；CW7912 代表输出–12V，最大电流 1.5A；CW78M05 输出 5V，最大电流 0.5 A。

　　7800 系列在使用中，输入端与输出端的电压差要控制合适，大约在 3～4V，工作温度如果过高，需要安装散热器帮助降温。

9.3.2　基于三端稳压器的电源稳压电路设计

　　单片机的工作电压在 5V 左右，设计中可以选用 7805 组成单片机电源电路。

　　（1）直流稳压电源设计思路

　　① 电网供电电压交流 220V（有效值）50Hz，要获得 7805 需要的低压直流输入，首先必须采用电源变压器将电网电压降低获得所需要交流电压。

　　② 降压后的交流电压，通过整流电路变成单向直流电，但其幅度变化大（即脉动大）。

　　③ 脉动大的直流电压需经过滤波电路变成平滑、脉动小的直流电，即将交流成分滤掉，保留其直流成分。

　　④ 滤波后的直流电压，再通过稳压电路稳压，便可得到基本不受外界影响的稳定直流电压输出，供给负载 R_L。

　　（2）直流稳压电源原理

　　直流稳压电源是一种将 220V 工频交流电转换成稳压输出的直流电压的装置，它需要变压、整流、滤波、稳压四个环节才能完成，原理见图 9-7。完整的电路图如图 9-8 所示，U_O 的输出为 7805 稳压后的+5V 输出，向单片机系统供电。

　　设计内容如下。

　　① 电源变压器　TR1 是降压变压器，它将电网 220V 交流电压变换成 9～12V 的交流电压，并送给整流电路，变压器的变比由变压器的副边电压确定。

　　② 整流电路　利用二极管单相全波整流 BR1，把 50Hz 的正弦交流电变换成脉动的直流电。

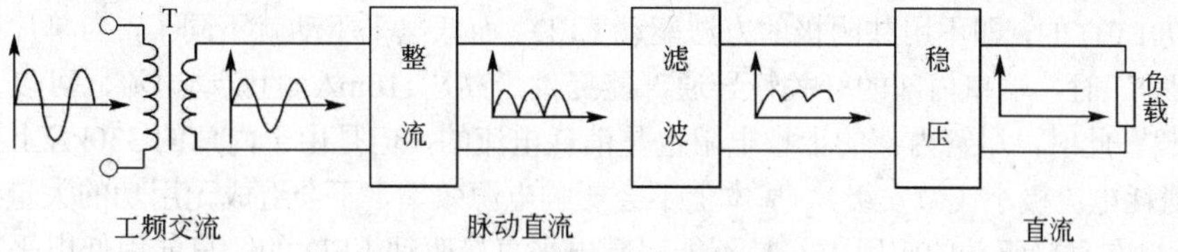

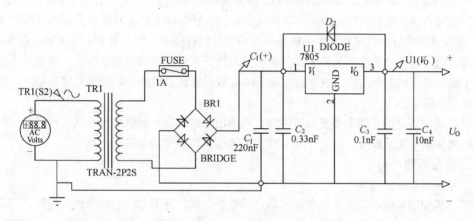

图 9-7 直流稳压电源原理框图

图 9-8 7805 直流稳压电路

③ 滤波电路 滤波电容 C_1 用铝质电解电容，可以将整流电路输出电压中的交流成分大部分加以滤除，从而得到比较平滑的直流电压；旁路电容 C_2 用以抵消输入端较长接线的电感效应，以防止自激振荡，还可抑制电源的高频脉冲干扰，C_2 取值 $0.1\mu F \sim 1mF$，尽量靠近 7805 引脚安装。

④ 稳压电路 7805 稳压器的功能是使输出的直流电压稳定，不随交流电网电压和负载的变化而变化；在其输出端接旁路电容 C_3、滤波电容 C_4 用以改善负载的瞬态响应，消除电路的高频噪声，同时也具有消振作用，C_4 的选取和安装位置与 C_2 基本相同；二极管 D_2 用于保护 7805 稳压器，用来防止在输入端短路时输出电容 C_3 所存储电荷通过稳压器放电而损坏器件，正常工作时反向截止。

9.4 开关量输出功率驱动电路设计

在这里首先要讨论一下单片机的输出驱动能力问题，这在第 2 章 P1 口机构介绍时已经有所涉及了，这里再详细说明一下。单片机输出驱动分为高电平驱动和低电平驱动两种方式，即推电流和拉电流形式。当单片机端口输出高电平"1"时，其驱动能力实际上是端口的上拉电阻来驱动的，实际测试表明，51 单片机的上拉电阻的阻值在 $330k\Omega$ 左右，也就是说如果端口高电平驱动，本质上就是端口 $330k\Omega$ 的上拉电阻来提供电流的，显然该电流是非常小的，小的甚至连发光二极管也难以点亮，因发光二极管正常工作电流为 $5\sim10mA$。如果要保证 LED 正常发光，必须要外接一个 $1k\Omega$ 左右的上拉电阻。当有多个 LED 需要驱动发光时，就要分别接多个 $1k\Omega$ 的上拉电阻，问题是接了上拉电阻以后，每当端口变为低电平"0"的时候，那么这些上拉电阻被无用地导通，假设每个电阻地电流为 $5mA$ 计算，20 个电阻就是 $100mA$，这将造成电源效率的严重下降，导致发热，纹波增大，以至于造成单片机工作不稳定。因此很少有采用高电平直接驱动 LED 的，即不用共阴极的方法驱动 LED。而低电平驱动就不同了，当单片机端口输出低电平"0"时，端口内部的开关管导通，能提供最高达 10mA 的驱动电流，可以直接驱动 LED 等负载。此时，尽管内部的上拉电阻也是消耗电流的，但是由于内部的 330kΩ 上拉电阻很大，因此消耗电流极小（微安级），基本上不会影响电源效率，不会造成无用功的大量消耗。因此 51 单片机在直接驱动的应用中，是不能用高电平直接驱动 LED 的，只能用低电平直接驱动 LED，即只能用共阳极 LED，而不能直接用共阴极 LED，这一点在其他数字电路中也比较常见。

开关量的输出，从原理上讲十分简单。CPU 如果控制某个执行器的工作状态，只需送出"0"或"1"，即可由操作机构执行。但是在工程设计中，各种各样需要用开关量控制的外部设备，除了如 LED 这样的极少数对象，更多的是不能由单片机直接驱动的，由于工业现场存在着电、磁、振动、温度等各种干扰，及各类执行器所要求的开关电压量级及功率不同，就必须考虑接口电路中输出通道的驱动设计，也称为功率驱动，以保证计算机的控制信号最终被放大，实现对执行器件的驱动。

单片机输出通道的功能主要就是实现单片机输出的控制信号到驱动外设这一转换的过程，其次是起到屏蔽干扰的作用。以下介绍一些常用的接口功率驱动电路。

9.4.1 三极管驱动电路

（1）单三极管驱动电路

在单片机控制系统中，由于本身输出端口驱动能力弱，且不宜作为功率输出使用，因此就需要根据驱动负载的特征设计不同的输出驱动电路，当要求驱动电流较小，通常加一级 TTL 或 MOS 管门电路作为驱动器，例如常用的 74 系列的驱动门。由于一般的门电路驱动能力有限，所以常用带 OC 门的电路进行驱动，如 6 门反相驱动器 74LS06 和 6 门同相驱动器 74LS07，其驱动能力可以达到 40mA，在使用中要注意，一定要为其输出端连接合适的上拉电阻，否则高电平信号将无法输出。

当驱动电流再大一些，有十几毫安或几十毫安时，可以添加一个普通的功率单三极管驱动电路，使用 NPN 三极管 9013 驱动一个 LED 的逻辑电路如图 9-9 所示，图中的 74LS06 即作为驱动。因为 51 单片机复位时所有 I/O 口是高电平，会造成 NPN 三极管导通，这在大多数电路里是不允许的，所以用 74LS06 同时做了个反向处理；因为 9013 的 V_{be} 截止电平为 0.5V，为了防止 74LS06 低电平输出时的误动作，使用二极管 D1、D2 抬高门限电压。当 89S51 的 P1 口的 P1.0 输出低电平"0"时，经 74LS06 反相器变为高电平"1"，使 9013 导通，产生的十几毫安集电极电流足以驱动发光二极管 LED 亮。

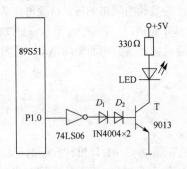

图 9-9　经 74LS06 的单三极管驱动逻辑电路

单片机 P1、P2、P3 口内部带上拉电阻，所以输出驱动 PNP 三极管时，电路简单，可以直接连接，例如用 P1.0 经一个 10kΩ 的电阻接 PNP 三极管 8550 基极即可。

（2）复合管驱动电路

当驱动电流需要达到几百毫安或几安时，三极管驱动电路必须采取多级放大或达林顿复合管的办法。达林顿管又称复合管，它是将二只三极管适当地连接在一起，组成一只等效的新三极管，放大倍数为两个三极管 β 的乘积，所以输出功率大。在电子学电路设计中，达林顿接法常用于大功率开关电路、驱动小型继电器、LED 及其智能显示屏等。图 9-10 是 ULN2003A 达林顿复合管的结构。

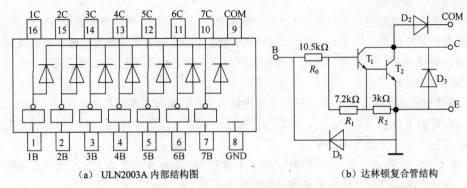

（a）ULN2003A 内部结构图　　　　　　　（b）达林顿复合管结构

图 9-10　ULN2003A 达林顿复合管的结构

　　图 9-10（a）是 ULN2003A 芯片的结构，它是高耐压、大电流达林顿阵列，由七个硅 NPN 达林顿管组成的 IC，灌电流可达 500mA，并且能够在关态时承受 50V 的电压，输出还可以在高负载电流并行运行，每一对达林顿都串联一个 2.7kΩ 的基极电阻，在 5V 的工作电压下它能与 TTL 和 CMOS 电路直接相连，可以直接处理原先需要标准逻辑缓冲器来处理的数据。图 9-10（b）是每对复合管的内部结构，输入输出端均有箝位二极管，输出箝位二极管 D_2 抑制高电位上发生的正向过冲，D_1、D_3 可抑制低电平上的负向过冲。ULN2003A 为 OC 门输出，所以 COM 端接电源正极。

　　图 9-11 是对 ULN2003A 达林顿复合管中的一路驱动电路，当 89S51 的 P1 口的 P1.0 输出低电平"0"时，经 7406 反相器变为高电平，使达林顿复合管导通，产生几百毫安集电极电流足以驱动负载线圈 L，如一个继电器线圈，而且利用复合管内的保护二极管 D 构成了负载线圈断电时产生的反向电动势的泄流回路。

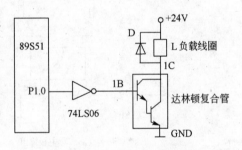

图 9-11　ULN2003A 驱动电路

9.4.2　光电耦合器件驱动电路

　　（1）光电耦合器概念

　　光电耦合器也称为光电隔离器或光耦合器，有时简称光耦。这是一种以光为耦合媒介，通过光信号的传递来实现输入与输出间电隔离的器件。它把一个发光二极管和一个光敏三极管封装在一个管壳内，发光二极管加上正向输入电压信号（>1.1V）就会发光，光信号作用在光敏三极管基极产生基极光电流使三极管导通，输出电信号。在为电路或系统之间传输电信号的同时，由于光电耦合器是两边彼此之间没有电气连接，因而能确保这些电路或系统彼此间的电气绝缘。

　　光电耦合隔离器的种类繁多，按照内部形式，在单片机控制系统中常用的有三极管型、双向可控硅型、达林顿管型等几种，如图 9-12 所示。

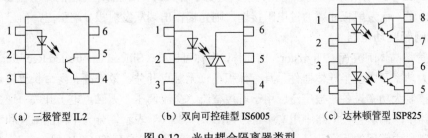

（a）三极管型 IL2　　　　　（b）双向可控硅型 IS6005　　　　　（c）达林顿管型 ISP825

图 9-12　光电耦合隔离器类型

由于光耦不仅能起到隔离作用，还具有一定的驱动能力，所以在输出通道设计中经常使用。光耦电路设计时应注意，用于驱动发光二极管的电源与驱动光敏三极管的电源不应是共地的同一个电源，必须分开单独供电，这样才能有效避免输出端与输入端相互间的反馈和干扰。

光耦的主要特性参数如下。

① 导通电流和截止电流　对于开关量输出场合，光电隔离主要用其非线性输出特性，当流过发光二极管的电流小于某一值时，光耦合器输出端截止，反之则导通。不同型号的光电隔离器输入电流也不同，一般为 10mA 左右。

② 频率响应　在开关量输出通道中，输出开关信号频率一般较低，不会受光耦合器频率特性影响，但是在高频信号传输中要考虑其频率特性。

③ 输出端工作电流　指光耦合器导通时，流过光敏三极管的额定电流。该值表示了光耦合器的驱动能力，一般为毫安量级。若负载电流要求比较大时，就需要在输出端添加其他驱动电路。

④ 隔离电压　隔离电压与光电隔离器的结构形式有关。双列直插式塑料封装形式的隔离电压一般为 2500V 左右；陶瓷封装形式的隔离电压一般为 5000～10000V。

（2）光电耦合隔离电路

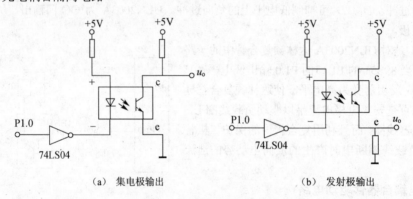

（a）集电极输出　　　　（b）发射极输出

图 9-13　光电耦合隔离电路

光耦合器二极管侧的驱动可直接用门电路去驱动，如图 9-13（a）所示，三极管型光电耦合器发光二极管的输入正端接电源正极，输入负端接到反向器 74LS04 的输出端，光电耦合器的集电极 c 端通过电阻接另一个电源的正极，发射极 e 端直接接地，光电耦合器输出端即从集电极 c 端引出 u，且实现对两边的隔离。工作时，当 P1 口的 P1.0 输出高电平 "1" 时，经 7404 反相器变为低电平 "0"，发光二极管导通发光，使得光敏三极管导通，输出端 u_o 为低电平 "0"；当 P1.0 输出低电平 "0" 时，发光二极管截止不发光，则光敏三极管截止使得输出 u_o 为高电平 "1"。

如图 9-13（b）所示，控制原理相同，只是与 9-13（a）不同的是光耦的集电极 c 端直接接另一个正电源，而发射极 e 端通过电阻接地，则光耦输出端从发射极 e 端引出，信号反向。

9.4.3　晶闸管驱动电路

晶闸管是晶体闸流管（Thyristor）的简称，俗称可控硅（Silicon Controlled Rectifier，SCR），它是一种大功率开关型半导体器件，具有体积小、无触点开关、效率高、寿命长等特点。实现了小功率控制大功率设备，被广泛应用于可控整流、交流调压、无触点电子开关、逆变及变频等电子电路中。晶闸管在电路中用文字符号为 "V"、"VT" 表示，分为单向晶闸管和双向晶闸管。电子制作中常用的晶闸管，单向的有 MCR-100 等，双向的有 TLC336 等。

（a）单向晶闸管　　　　　　　（b）双向晶闸管

图 9-14　晶闸管的图形符号

（1）单向晶闸管路

单向晶闸管如图 9-14（a）所示，有阳极 A、阴极 K、控制极（门极）G 三个极。

当阳、阴极之间加正向电压时，控制极与阴极两端也要时，可控硅导通；在阳、阴极间施加反向电压或阳极电流减小到维持电流以下，晶闸管才截止。单向晶闸管具有单向导电功能，在控制系统中多用于直流大电流场合，也可在交流系统中用于大功率整流回路。

（2）双向晶闸管

双向晶闸管在结构上相当于两个单向晶闸管的反向并联，但共享一个控制极，结构如图 9-14（b）所示。这种晶闸管具有双向导通功能。其通断状态由控制极 G 决定，触发脉冲电压应大于 4V，脉冲宽度应大于 20μs。在控制极 G 上加正脉冲（或负脉冲）可使其正向（或反向）导通。这种器件的优点是控制电路简单，双向导通，没有反向耐压问题，因此特别适合做交流大电流无触点开关使用，在工业控制领域有着极为广泛的应用。

传统的双向晶闸管隔离驱动电路的设计，是采用一般的光隔离器和三极管驱动电路。现在已有与之配套的光隔离器产品，这种器件称为光耦合双向晶闸管驱动器。与一般的光耦不同，在于其输出部分是一硅光敏双向晶闸管，有的还带有过零触发检测器，以保证在电压接近为零时触发晶闸管。常用的有 MOC3000 系列等，运用于不同负载电压使用，如 MOC3011 用于 110V 交流，而 MOC3041 等可适用于 220V 交流使用，用 MOC3000 系列光电耦合器直接驱动双向晶闸管，大大简化了传统的晶闸管隔离驱动电路的设计。

晶闸管常用于驱动和控制高电压、大电流的负载，它不能与 CPU 直接相连，在工程设计中，需要设计对晶闸管的隔离驱动电路。图 9-15 为晶闸管驱动电路实例，其中双向晶闸管 MOC3041 输入驱动电流为 15mA，单片机 P0.0 经 OC 门后的输出控制电平信号，先驱动光耦隔离的双向晶闸管 MOC3041，放大后再输出驱动另一只双向晶闸管 T1 的电路，当 89S51 的 P0 口的 P0.0 输出低电平"0"时，光耦二极管导通，使 MOC3041 内的光敏晶闸管导通，导通电流再触发双向晶闸管 T1 导通，从而驱动大型交流负荷设备。与双向可控硅并联的 RC 是为了在使用感性负载时吸收与电流不同步的过压。MOC3041 是 PDIP6 脚封装，外形如图 9-16。

9.4.4　继电器驱动电路

继电器方式的开关量输出，是目前最常用的一种输出方式，一般在驱动大型设备时，往往利用继电器作为测控系统输出至输出驱动级之间的第一级执行机构。通过该级继电器输出，可完成从低压直流到高压交流的过渡。

（1）电磁式继电器

继电器（Relay）是一种典型的、简单的功率驱动器件。图 9-17 是电子电路中常用的小型继电器，其原理与电气控制系统中的电磁式继电器一样，一般由通电线圈和一组常开/常闭触点构成。当线圈通电时，由于磁场的作用，使开关触点闭合（或打开），当线圈不通电时，则开关触点断开。

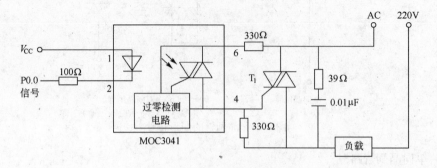

图 9-15　双向晶闸管输出驱动电路

图 9-16　MOC3041 外形

(a) 安装式小型继电器　　(b) 功率继电器

图 9-17　小型继电器外形

继电器与单片机的接口电路如图 9-18 所示，线圈侧为直流电压，V_C 常用 9V、12V 和 24V 等，输出侧可以接直流 24V、36V，也可以直接与 220V、380V 连接，也能实现电气隔离、弱电控制强电。由于继电器线圈需要一定的驱动电流，并且在吸合到断开的瞬间会产生一定的干扰，所以在与单片机接口连接时，还需要先设置一定的隔离驱动电路来推动继电器工作，例如图中采用的光电隔离器进行隔离驱动。当 89S51 的 P1.0 输出高电平"1"时，经 74LS06 反相驱动器变为低电平，光耦隔离器的发光二极管导通且发光，使光敏三极管导通，继电器线圈 JR 通电，触点 JR1-1 闭合，从而驱动大型负荷 RL 设备。

由于继电器线圈是电感性负载，当光敏三极管截止时，电感线圈两端会产生反电势，为了保护驱动的晶体管不被击穿而损坏，应在继电器线圈两端并联一个保护二极管 D，为电感线圈提供一个电流泄放回路。

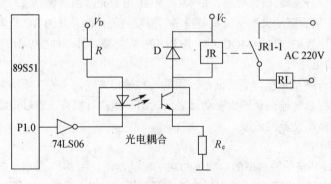

图 9-18　使用光耦的继电器驱动电路

若继电器线圈驱动电流较大时，可采用如图 9-19 所示电路，再加一级三极管以提高驱动电流。

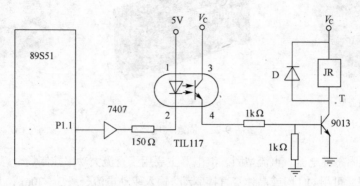

图 9-19 驱动较大功率继电器的电路

（2）固态继电器

在继电器控制中，由于采用电磁吸合方式，在开关瞬间，触点会产生火花，从而引起干扰；对于交流高压场合，触点还容易氧化，影响系统的可靠性；对于易燃、易爆的场合，更是不能使用的。在单片机工程应用中，一种新型的继电器正在被越来越多的使用，这就是固态继电器。

固态继电器（Solid State Relay，SSR），是由微电子电路、分立电子器件、电力电子功率器件组成的一种带光电隔离器的无触点开关，内部存在的隔离器件实现了控制端与负载端的隔离。图 9-20 是固态继电器的内部逻辑结构，由光电耦合电路、触发电路、开关电路、过零控制电路和吸收电路五部分构成。这五部分被封装在一个六面体外壳内，成为一个整体，外面有四个引脚（图中的A、B、C、D）。如果是过零型 SSR 就包括"过零控制电路"部分，而非过零型 SSR 则没有这部分电路。

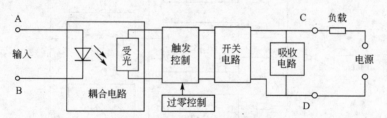

图 9-20 固态继电器内部逻辑结构

固态继电器输入控制电流小，用 TTL、HTL、COMS 等集成电路或加简单的辅助电路就可直接驱动，如图 9-21，因此适宜于在微机测控系统中作为输出通道的驱动控制元件。与普通的电磁式继电器和磁力开关相比，具有无机械噪声、无抖动和回跳、开关速度快、体积小、重量轻、寿命长、工作可靠等特点，并且耐冲击力、抗潮湿、抗腐蚀，因此在微机测控等领域中，已逐步取代传统的电磁式继电器和磁力开关作为开关量输出控制元件。根据输出结构形式，固态继电器有直流型固态继电器和交流型固态继电器之分，图 9-22 是常用的固态继电器及其外形。

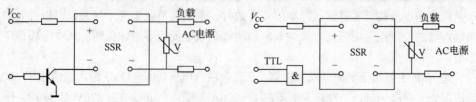

图 9-21 单片机驱动固态继电器形式

（a）直流型

（b）交流型安装式

（c）交流型

图 9-22　固态继电器外形

① 直流型固态继电器　直流型固态继电器主要用于直流大功率控制场合。其输入端为一光电耦合电路，因此可用 OC 门或晶体管直接驱动，输入驱动电流一般 3～30mA，输入电压为 4～32V，因此在电路设计时可选用适当的电压和限流电阻 R。其输出端为晶体管输出，输出电压 30～180V。注意在输出端为感性负载时，要接保护二极管用于防止直流固态继电器由于突然截止所引起的高电压。

图 9-23 所示为采用直流型 SSR 驱动三相步进电机的控制原理。

图 9-23 中 A、B、C 为步进电机的三相，每一相由一个直流型 SSR 控制，分别由 89S51 的 P1 口的 P1.0、P1.1 和 P1.2 控制。只要按照一定的通电顺序，即可实现三相步进电机控制。

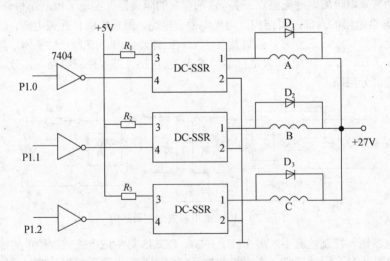

图 9-23　固态继电器驱动三相步进电机控制原理

② 交流型固态继电器　交流型固态继电器分为非过零型和过零型，二者都是用双向晶闸管作为开关器件，用于交流大功率驱动场合。

非过零型 SSR，在输入信号时，不管负载电源电压相位如何，负载端立即导通；而过零型必须在负载电源电压接近零且输入控制信号有效时，输出端负载电源才导通，可以抑制射频干扰。当输入端的控制电压撤销后，流过双向晶闸管负载电流为零时才关断。其中应用最广泛地是过零型。

交流型 SSR 主要用于交流大功率控制。一般取输入电压为 4～32V，输入电流小于 500mA。它的输出端为双向晶闸管，一般额定电流在 1～500A 范围内，电压多为 220V 或 380V。图 9-24 为一种常用的固态继电器驱动电路，由 89S51 的 P1 口的 P1.0 输出低电平"0"时，经 7406 反相变为高电平，三极管 T 导通，使 SSR 输入端有电，则输出端接通大型交流负荷设备 RL。

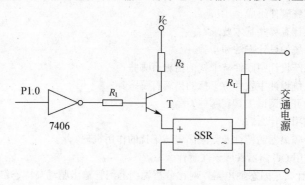

图 9-24 固态继电器驱动电路

本 章 小 结

① 本章首先介绍了单片机工程应用系统的基本结构，设计应用系统的要求、内容、设计的步骤和方法。单片机应用系统的设计采取软件和硬件相结合的方法。通过对系统的目标、任务、指标要求等的分析，确定功能技术指标的软硬件分工方案是设计的第一步；分别进行软硬件设计、制作，编程是系统设计中最重要的内容；软件与硬件相结合对系统进行仿真调试、修改、完善是系统设计的关键，也是提高单片机应用水平的重要途径。学习单片机的目的是设计应用系统，这就离不开单片机开发系统，掌握仿真技术是单片机工程应用技术学习的重要内容。

② 了解单片机应用系统的软硬件抗干扰措施，在设计硬件时如何筛选元件，如何采取隔离、屏蔽措施，如何考虑在印刷电路板设计中的问题，在设计程序时如何使用数字滤波等、指令冗余技术、软件陷阱技术。

③ 电源系统对每一个电器都是必不可少而又重要的，初步掌握直流稳压电源的设计方法，是工程设计的关键一步。

④ 介绍分析了常用开关量的功率输出接口驱动电路，这对于工程应用设计是非常重要的，三极管驱动电路、光电耦合隔离器驱动电路、晶闸管驱动电路、继电器驱动电路、固态继电器驱动电路等是常用的输出驱动形式，通过对各种输入输出通道接口电路的分析和学习，可以为工程设计提供不同场合的解决方案。

延伸阅读的关键字

计算机结构与组成 单片机开发系统 单片机仿真器　电子电路设计　集成开发环境 IDE
单片机系统抗干扰设计　线性稳压电源 开关稳压电源 74 系列　晶闸管　光电隔离器
固态继电器

你的关键字：

习题与思考题

9-1 简述单片机应用系统硬件组成。

9-2 单片机控制系统设计有哪些基本要求？

9-3 简述单片机控制系统的设计方法和步骤。

9-4 简述单片机应用系统设计中硬件抗干扰的措施有哪些。

9-5 简述单片机应用系统设计中软件抗干扰的措施有哪些。

9-6 单片机应用系统的开发调试工具有哪些？

9-7 单片机仿真器的作用是什么？

9-8 分析说明光电耦合隔离器的特性及其隔离电磁干扰的作用机理。

9-9 什么是 OC 门？使用 OC 门器件应该注意什么？

9-10 什么是晶闸管？什么是固态继电器？对比分析说明晶闸管输出驱动与固态继电器输出驱动电路的异同点。

9-11 对比分析说明三极管输出驱动与继电器输出驱动电路的异同点。

附录 A　ASCII 码表

表 A-1　ASCII 字符与编码对照表

高四位		0000	0001	0010	0011	0100	0101	0110	0111
低四位		0	1	2	3	4	5	6	7
0000	0	NUL	DEL	SP	0	@	P	`	p
0001	1	SOH	DC1	!	1	A	Q	a	q
0010	2	STX	DC2	"	2	B	R	b	r
0011	3	ETX	DC3	#	3	C	S	c	s
0100	4	EOT	DC4	$	4	D	T	d	t
0101	5	ENQ	NAK	%	5	E	U	e	u
0110	6	ACK	SYN	&	6	F	V	f	v
0111	7	BEL	ETB	'	7	G	W	g	w
1000	8	BS	CAN	(	8	H	X	h	x
1001	9	HT	EM	)	9	I	Y	i	y
1010	A	LF	SUB	*	:	J	Z	j	z
1011	B	VT	ESC	+	;	K	[	k	{
1100	C	FF	FS	,	<	L	\	l	|
1101	D	CR	GS	-	=	M	]	m	}
1110	E	SO	RS	.	>	N	^	n	~
1111	F	SI	US	/	?	O	_	o	Del

表 A-2　控制字符或通信专用字符（其余为可显示字符）：

Dec	Hex	缩写/字符	解释	Dec	Hex	缩写/字符	解释
0	0	NUL (null)	空字符	17	11	DC1 (device control 1)	设备控制 1
1	1	SOH (start of handing)	标题开始	18	12	DC2 (device control 2)	设备控制 2
2	2	STX (start of text)	正文开始	19	13	DC3 (device control 3)	设备控制 3
3	3	ETX (end of text)	正文结束	20	14	DC4 (device control 4)	设备控制 4
4	4	EOT (end of transmission)	传输结束	21	15	NAK (negative acknowledge)	拒绝接收
5	5	ENQ (enquiry)	请求	22	16	SYN (synchronous idle)	同步空闲
6	6	ACK (acknowledge)	收到通知	23	17	ETB (end of trans. block)	传输块结束
7	7	BEL (bell)	响铃	24	18	CAN (cancel)	取消
8	8	BS (backspace)	退格	25	19	EM (end of medium)	介质中断
9	9	HT (horizontal tab)	水平制表符	26	1A	SUB (substitute)	替补
10	0A	LF (NL line feed, new line)	换行键	27	1B	ESC (escape)	溢出
11	0B	VT (vertical tab)	垂直制表符	28	1C	FS (file separator)	文件分割符
12	0C	FF (NP form feed, new page)	换页键	29	1D	GS (group separator)	分组符
13	0D	CR (carriage return)	回车键	30	1E	RS (record separator)	记录分离符
14	0E	SO (shift out)	不用切换	31	1F	US (unit separator)	单元分隔符
15	0F	SI (shift in)	启用切换	32	20	SP (space)	空格
16	10	DLE (data link escape)	数据链路转义	127	7F	DEL (delete)	删除

附录 B　MCS-51 单片机指令表

表 B-1　按字母顺序排列的指令表

指　　令	功 能 说 明	机 器 码	字节	周期
ACALL　addr11	绝对子程序调用	(addr10~8 10001)(addr7~0)	2	2
ADD A，#data	立即数加到累加器	24(data)	2	1
ADD A，@Ri	间接 RAM 加到累加器	26~27	1	1
ADD A，direct	直接字节加到累加器	25(direct)	2	1
ADD A，Rn	寄存器加到累加器	28~2F	1	1
ADDC A，#data	立即数带进位加到累加器	34(data)	2	1
ADDC A，@Ri	间接 RAM 带进位加到累加器	36~37	1	1
ADDC A，direct	直接字节带进位加到累加器	35(direct)	2	1
ADDC A，Rn	寄存器带进位加到累加器	38~3F	1	1
AJMP　addr11	绝对转移	(addr10~8 00001)(addr7~0)	2	2
ANL　A，#data	立即数"与"累加器	54(data)	2	1
ANL　A，@Ri	间接 RAM "与"累加器	56~57	1	1
ANL　A，direct	直接字节"与"累加器	55(direct)	2	1
ANL　A，Rn	寄存器"与"累加器	58~5F	1	1
ANL　C，/bit	直接位取反"与"进位位	B0(bit)	2	2
ANL　C，bit	直接位"与"进位位	82(bit)	2	2
ANL　direct，#data	立即数"与"直接字节	53(direct)(data)	3	2
ANL　direct，A	累加器"与"直接字节	52(direct)	2	1
CJNE @Rn，#data，rel	立即数与间接 RAM 比较，不相等则转移	B6~B7 (data)(rel)	3	2
CJNE A，#data，rel	立即数与累加器比较，不相等则转移	B4 (data)(rel)	3	2
CJNE A，direct，rel	直接字节与累加器比较，不相等则转移	B5 (direct)(rel)	3	2
CJNE Rn，#data，rel	立即数与寄存器比较，不相等则转移	B8~BF (data)(rel)	3	2
CLR　A	累加器清零	E4	1	1
CLR　bit	直接位清零	C2(bit)	2	1
CLR　C	进位位清零	C3	1	1
CPL　A	累加器取反	F4	1	1
CPL　bit	直接位取反	B2(bit)	2	1
CPL　C	进位位取反	B3	1	1
DA　A	十进制调整	D4	1	1
DEC　@Ri	间接 RAM 减 1	16~17	1	1
DEC　A	累加器减 1	14	1	1
DEC　direct	直接字节减 1	15(direct)	2	1
DEC　Rn	寄存器减 1	18~1F	1	1
DIV　AB	A 除以 B	84	1	4
DJNZ　direct，rel	直接字节减 1 不为零转移	D5 (direct)(rel)	3	2
DJNZ　Rn，rel	寄存器减 1 不为零转移	D8~DF (rel)	2	2
INC　@Ri	间接 RAM 加 1	06~07	1	1

续表

指　令	功 能 说 明	机 器 码	字节	周期
INC　A	累加器加 1	4	1	1
INC　direct	直接字节加 1	05(direct)	2	1
INC　DPTR	数据指针加 1	A3	1	2
INC　Rn	寄存器加 1	08～0F	1	1
JB　bit, rel	直接位为 1 转移	20 (bit)(rel)	3	2
JBC　rel	直接位为 1 转移并清零该位	10 (bit)(rel)	3	2
JC　rel	进位位为 1 转移	40 (rel)	2	2
JMP　@A+DPTR	间接转移	73	1	2
JNB　bit, rel	直接位为 0 转移	30 (bit)(rel)	3	2
JNC　rel	进位位为 0 转移	50 (rel)	2	2
JNZ　rel	累加器不为零转移	70 (rel)	2	2
JZ　rel	累加器为零转移	60 (rel)	2	2
LCALL　addr16	长子程序调用	12(addr15～8)(addr7～0)	3	2
LJMP　addr16	长转移	02(addr15～8)(addr7～0)	3	2
MOV　bit, C	进位位送直接位	92(bit)	2	2
MOV　C, bit	直接位送进位位	A2(bit)	2	1
MOV　@Ri, #data	立即数送间接 RAM	76～77(data)	2	1
MOV　@Ri, A	累加器送间接 RAM	F6～F7	1	1
MOV　@Ri, direct	直接字节送间接 RAM	A6～A7(direct)	2	2
MOV　A, #data	立即数送累加器	74 (data)	2	1
MOV　A, @Ri	间接 RAM 送累加器	E6～E7	1	1
MOV　A, direct	直接字节送累加器	E5 (direct)	2	1
MOV　A, Rn	寄存器送累加器	E8～EF	1	1
MOV　direct, #data	立即数送直接字节	75(direct)(data)	3	2
MOV　direct, @Ri	间接 RAM 送直接字节	86～87(direct)	2	2
MOV　direct, A	累加器送直接字节	F5 (direct)	2	1
MOV　direct, Rn	寄存器送直接字节	88～8F (direct)	2	2
MOV　direct2, direct1	直接字节送直接字节	85 (direct1)(direct2)	3	2
MOV　DPTR, # data16	16 位立即数送数据指针	90(data15～8)(data7～0)	3	2
MOV　Rn, #data	立即数送寄存器	78～7F (data)	2	1
MOV　Rn, A	累加器送寄存器	F8～FF	1	1
MOV　Rn, direct	直接字节送寄存器	A8～AF (direct)	2	2
MOVC A, @A+DPTR	以 DPTR 为变址地址的程序存储器读操作	93	1	2
MOVC A, @A+PC	以 PC 为变址寻址的程序存储器读操作	83	1	2
MOVX @ DPTR, A	外部 RAM(16 位地址)写操作	F0	1	2
MOVX @Ri, A	外部 RAM(8 位地址)写操作	F2～F3	1	2
MOVX A, @ DPTR	外部 RAM(16 位地址)读操作	E0	1	2
MOVX A, @Ri	外部 RAM(8 位地址)读操作	E2～E3	1	2
MUL　AB	A 乘以 B	A4	1	4
NOP	空操作	0	1	1
ORL　A, #data	立即数 "或" 累加器	44(data)	2	1
ORL　A, @Ri	间接 RAM "或" 累加器	46～47	1	1
ORL　A, direct	直接字节 "或" 累加器	45(direct)	2	1

续表

指　　令	功　能　说　明	机　器　码	字节	周期
ORL　A，Rn	寄存器"或"累加器	48～4F	1	1
ORL　C，/bit	直接位取反"与"进位位	A0(bit)	2	2
ORL　C，bit	直接位"与"进位位	72(bit)	2	2
ORL　direct，#data	立即数"或"直接字节	43(direct)(data)	3	2
ORL　direct，A	累加器"或"直接字节	42(direct)	2	1
POP　direct	直接字节出栈	D0(direct)	2	2
PUSH direct	直接字节进栈	C0(direct)	2	2
RET	子程序返回	22	1	2
RETI	中断返回	32	1	2
RL　A	循环左移	23	1	1
RLC　A	带进位循环左移	33	1	1
RR　A	循环右移	3	1	1
RRC　A	带进位循环右移	13	1	1
SETB　bit	直接位置1	D2(bit)	2	1
SETB　C	进位位置1	D3	1	1
SJMP　rel	短转移	80(rel)	2	2
SUBB　A，#data	累加器带借位减去立即数	94(data)	2	1
SUBB　A，@Ri	累加器带借位减去间接RAM	96～97	1	1
SUBB　A，direct	累加器带借位减去直接字节	95(direct)	2	1
SUBB　A，Rn	累加器带寄存器	98～9F	1	1
SWAP　A	半字节交换	C4	1	1
XCH　A，@Ri	交换累加器和间接RAM	C6～C7	1	1
XCH　A，direct	交换累加器和直接字节	C5(direct)	2	1
XCH　A，Rn	交换累加器和寄存器	C8～CF	1	1
XCHD　A，@Ri	交换累加器和间接RAM的低4位	D6～D7	1	1
XRL　A，#data	立即数"异或"累加器	64(data)	2	1
XRL　A，@Ri	间接RAM"异或"累加器	66～67	1	1
XRL　A，direct	直接字节"异或"累加器	65(direct)	2	1
XRL　A，Rn	寄存器"异或"累加器	68～6F	1	1
XRL　direct，#data	立即数"异或"直接字节	63(direct)(data)	3	2
XRL　direct，A	累加器"异或"直接字节	62(direct)	2	1

表 B-2　按功能排列的指令表

（1）伪指令（共 7 条）

伪指令	功　　能	格　　式
ORG	规定本条指令下面的程序和数据的起始地址	ORG　Addr16
EQU	将一个常数或汇编符号赋给字符名	字符名 EQU 常数或汇编符号
BIT	将 BIT 之后的位地址值赋给字符名	字符名 BIT 位地址
DB	从指定的 ROM 地址单元开始存入 DB 后面的数据，这些数据可以是用逗号隔开的字节串或括在单引号中的 ASCII 字符串	DB　8 位数据表
DW	从指定的 ROM 地址开始，在连续的单元中定义双字节数据	DW　16 位数据表
DS	从指令地址开始保留 DS 之后表达式的值所规定的存储单元数	DS　表达式
END	用来指示源程序到此全部结束	END

（2）数据传送指令（共 28 条）

机器码	助　记　符	功　　能	对标志影响				字节数	周期数
			P	OV	AC	CY		
E8~EF	MOV A, Rn	(Rn)→A	√	×	×	×	1	1
E5	MOV A, direct	(direct)→A	√	×	×	×	2	1
E6, E7	MOV A, @Ri	((Ri))→A	√	×	×	×	1	1
74	MOV A, #data	data →A	√	×	×	×	2	1
F8~FF	MOV Rn, A	(A)→(Rn)	×	×	×	×	1	1
A8~AF	MOV Rn, direct	(direct)→Rn	×	×	×	×	2	2
78~7F	MOV Rn, #data	data →Rn	×	×	×	×	2	1
F5	MOV direct, A	(A)→direct	×	×	×	×	2	1
88~8F	MOV direct, Rn	(Rn)→direct	×	×	×	×	2	1
85	MOV direct1, direct2	(direct2) →direct1	×	×	×	×	3	2
86, 87	MOV direct, @Ri	((Ri))→direct	×	×	×	×	2	2
75	MOV direct, #data	data→direct	×	×	×	×	3	2
F6, F7	MOV @Ri, A	(A)→(Ri)	×	×	×	×	1	2
A6, A7	MOV @Ri, direct	direct →(Ri)	×	×	×	×	2	2
76, 77	MOV @Ri, #data	data →(Ri)	×	×	×	×	2	2
90	MOV DPTR, #data16	data16 →DPTR	×	×	×	×	3	1
93	MOVC A, @A+DPTR	((A)+(DPTR))→A	×	×	×	×	1	2
83	MOVC A, @A+PC	((A)+(PC))→A	×	×	×	×	1	2
E2, E3	MOVX A, @Ri	((Ri)+P2) →A	√	×	×	×	1	2
E0	MOVX A, @DPTR	((DPTR)) →A	√	×	×	×	1	2
F2,F3	MOVX @Ri, A	(A)→(Ri)+(P2)	√	×	×	×	1	2
F0	MOV @DPTR, A	(A)→(DPTR)	×	×	×	×	1	2
C0	PUSH direct	(SP)+1→SP (direct)→SP	×	×	×	×	2	2
D0	POP direct	((direct))→direct (SP)−1→SP	×	×	×	×	2	2
C8~8F	XCH A, Rn	(A)← →(Rn)	√	×	×	×	1	1
C5	XCH A, direct	(A)← →(direct)	√	×	×	×	2	1
C6, C7	XCH A, @Ri	(A)← →((Ri))	√	×	×	×	1	1
D6, D7	XCHD A, @Ri	(A)0--3←→((Ri))0--3	√	×	×	×	1	1

（3）算术运算指令 (共 24 条)

机器码	助　记　符	功　　能	对标志影响				字节数	周期数
			P	OV	AC	CY		
28~2F	ADD A,Rn	(A)+(Rn)→A	√	√	√	√	1	1
25	ADD A,direct	(A)+(direct)→A	√	√	√	√	2	1
26, 27	ADD A,@Ri	(A)+((Ri))→A	√	√	√	√	1	1
24	ADD A,#data	(A)+ data →A	√	√	√	√	2	1
38~3F	ADDC A,Rn	(A)+(Rn)+CY→A	√	√	√	√	1	1
35	ADDC A,direct	(A)+(direct)+ CY→A	√	√	√	√	2	1

续表

机器码	助 记 符	功　能	对标志影响				字节数	周期数
			P	OV	AC	CY		
36,37	ADDC　A,@Ri	(A)+((Ri))+CY→A	√	√	√	√	1	1
34	ADDC　A,#data	(A)+ data +CY→A	√	√	√	√	2	1
98~9F	SUBB　A,Rn	(A)−(Rn)−CY→A	√	√	√	√	1	1
95	SUBB　A, direct	(A)−(direct)−CY→A	√	√	√	√	2	1
96, 97	SUBB　A, @Ri	(A)−((Ri))−CY→A	√	√	√	√	1	1
94	SUBB　A, #data	(A)− data−CY→A	√	√	√	√	1	1
04	INC　A	(A)+ 1 →A	√	×	×	×	1	1
08~0F	INC　Rn	(Rn)+ 1→Rn	×	×	×	×	1	1
05	INC　direct	(direct)+ 1 →direct	×	×	×	×	2	1
06, 07	INC　@Ri	((Ri))+ 1 →(Ri)	×	×	×	×	1	1
A3	INC　DPTR	(DPTR)+ 1 →DPTR	×	×	×	×	1	2
14	DEC　A	(A)−1 →A	√	×	×	×	1	1
18~1F	DEC　Rn	(Rn)−1→Rn	×	×	×	×	1	1
15	DEC　direct	(direct)− 1 →direct	×	×	×	×	2	1
16, 17	DEC　@Ri	((Ri))−1 →(Ri)	×	×	×	×	1	1
A4	MUL　AB	(A)·(B)→AB	√	×	×	√	1	4
84	DIV　AB	(A)/(B)→AB	√	×	×	√	1	4
D4	DA　A	对 A 进行十进制调整	√	√	√	√	1	1

（4）逻辑运算指令（共 25 条）

机器码	助 记 符	功　能	对标志影响				字节数	周期数
			P	OV	AC	CY		
58~5F	ANL　A, Rn	(A)∧(Rn)→A	√	×	×	×	1	1
55	ANL　A, direct	(A)∧(direct)→A	√	×	×	×	2	1
56, 57	ANL　A, @Ri	(A)∧((Ri))→A	√	×	×	×	1	1
54	ANL　A, #data	(A)∧data →A	√	×	×	×	2	1
52	ANL　direct, A	(direct)∧(A)→direct	×	×	×	×	2	1
53	ANL　direct, #data	(direct)∧data →direct	×	×	×	×	3	2
48~4F	ORL　A, Rn	(A)∨(Rn)→A	√	×	×	×	1	1
45	ORL　A, direct	(A)∨(direct)→A	√	×	×	×	2	1
46, 47	ORL　A, @Ri	(A)∨((Ri))→A	√	×	×	×	1	1
44	ORL　A, #data	(A)∨data →A	√	×	×	×	2	.1
42	ORL　direct, A	(direct)∨(A)→direct	×	×	×	×	2	1
43	ORL　direct, #data	(direct)∨data →direct	×	×	×	×	3	2
68~6F	XRL　A, Rn	(A)⊕(Rn)→A	√	×	×	×	1	1
65	XRL　A, direct	(A)⊕(direct)→A	√	×	×	×	2	1
66, 67	XRL　A, @Ri	(A)⊕((Ri))→A	√	×	×	×	1	1
64	XRL　A, #data	(A)⊕data →A	√	×	×	×	2	1
62	XRL　direct, A	(direct)⊕(A)→direct	×	×	×	×	2	1
63	XRL　direct, #data	(direct)⊕data →direct	×	×	×	×	3	2
E4	CLR　A	0→A	√	×	×	×	1	1

续表

机器码	助记符	功能	对标志影响				字节数	周期数
			P	OV	AC	CY		
F4	CPL A	/(A)→A	×	×	×	×	1	1
23	RL A	A 循环左移一位	×	×	×	×	1	1
33	RLC A	A 带进位循环左移一位	×	×	×	×	1	1
03	RR A	A 循环右移一位	×	×	×	×	1	1
13	RRC A	A 带进位循环右移一位	×	×	×	×	1	1
C4	SWAP A	A 半字节交换	×	×	×	×	1	1

（5）位操作指令（共 12 条）

机器码	助记符	功能	对标志影响				字节数	周期数
			P	OV	AC	CY		
C3	CLR C	0 → CY	×	×	×	√	1	1
C2	CLR bit	0 → bit	×	×	×		2	1
D3	SETB C	1 → CY	×	×	×	√	1	1
D2	SETB bit	1 → bit	×	×	×		2	1
B3	CPL C	/(CY) → CY	×	×	×	√	1	1
B2	CPL bit	/(bit) → bit	×	×	×		2	1
82	ANL C, bit	(CY)∧(bit) → CY	×	×	×	√	2	2
B0	ANL C, /bit	(CY)∧/(bit) → CY	×	×	×	√	2	2
72	ORL C, bit	(CY)∨(bit) → CY	×	×	×	√	2	2
A0	ORL C, /bit	(CY)∨/(bit) → CY	×	×	×	√	2	2
A2	MOV C, bit	(bit)→ CY	×	×	×	√	2	1
92	MOV bit, C	(CY)→ bit	×	×	×		2	1

（6）控制转移指令（共 22 条）

机器码	助记符	功能	对标志影响				字节数	周期数
			P	OV	AC	CY		
1	ACALL addr11	(PC)+2→PC (SP)+1→SP (PC)L→SP (SP)+1→SP (PC)H→SP addr11→PC10~0	×	×	×	×	2	2
12	LCALL addr16	(PC)+2→PC (SP)+1→SP (PC)L→SP (SP)+1→SP (PC)H→SP addr16→PC	×	×	×	×	3	2
22	RET	((SP))→PCH (SP)−1→SP ((SP))→PCL (SP)−1→SP	×	×	×	×	1	2
32	RETI	((SP))→PCH (SP)−1→SP ((SP))→PCL (SP)−1→SP 从中断返回	×	×	×	×	1	2
1	AJMP addr11	addr11 →PC10~0	×	×	×	×	2	2
02	LJMP addr16	addr16 →PC	×	×	×	×	3	2
80	SJMP rel	(PC)+(rel)→PC	×	×	×	×	2	2
73	JMP @A+DPTR	(A)+(DPTR)→PC	×	×	×	×	1	2

续表

机器码	助 记 符	功　　能	对标志影响				字节数	周期数
			P	OV	AC	CY		
60	JZ rel	(PC)+2→PC 若(A)=0,(PC)+(rel)→PC	×	×	×	×	2	2
70	JNZ rel	(PC)+2→PC 若(A)≠0,(PC)+(rel)→PC	×	×	×	×	2	2
40	JC rel	(PC)+2→PC 若(CY)=1,(PC)+(rel)→PC	×	×	×	×	2	2
50	JNC rel	(PC)+2→PC 若(CY)=0,(PC)+(rel)→PC	×	×	×	×	2	2
20	JB bit,rel	(PC)+3→PC 若(bit)=1,(PC)+(rel)→PC	×	×	×	×	3	2
30	JNB bit,rel	(PC)+3→PC 若(bit)≠1,(PC)+(rel)→PC	×	×	×	×	3	2
10	JBC bit,rel	(PC)+3→PC 若(bit)=1, 0 → bit,(PC)+(rel)→PC	×	×	×	√	3	2
B5	CJNE A,direct,rel	(PC)+3→PC 若(A)≠(direct),则(PC)+(rel)→PC 若(A)<(direct),则 1→CY	×	×	×	√	3	2
B4	CJNE A,#data,rel	(PC)+3→PC 若(A)≠data,则(PC)+(rel)→PC 若(A)<DATA,则 1→CY< font>	×	×	×	√	3	2
B8~8F	CJNE Rn,#data,rel	(PC)+3→PC 若(Rn)≠data,则(PC)+(rel)→PC 若(Rn)<DATA,则 1→CY< font>	×	×	×	√	3	2
B6, B7	CJNE @Ri, #data, rel	(PC)+3→PC 若((Ri))≠data,则(PC)+(rel)→PC 若((Ri))<DATA,则 1→CY< font>	×	×	×	√	3	2
D8--DF	DJNZ Rn,rel	(PC)+2→PC,(Rn)−1→Rn 若(Rn)≠0,则(PC)+(rel)→PC	×	×	×	×	3	2
D5	DJNZ direct,rel	(PC)+2→PC,(direct)−1→direct 若(direct)≠0,则(PC)+(rel)→PC	×	×	×	×	3	2
00	NOP	空操作	×	×	×	×	1	1

附录 C　Keil μVision2 与 Proteus

一个完整的计算机系统是由硬件部分与软件部分组成，单片机系统开发也是围绕着硬件和软件设计展开的。这里将接触到两款在工程应用设计方面被广泛使用的计算机辅助软件，并简要介绍它们的上机操作要领。

软件开发系统——Keil　μVision2。

硬件仿真系统——Proteus。

运行 Keil 软件需要的系统最低配置如下。

① Pentium 或以上的 CPU。

② 16MB 或更多 RAM。

③ 20MB 以上空闲的硬盘空间。

④ WIN98、WINNT、WIN2000、WINXP 等操作系统。

运行 Proteus 软件需要的系统最低配置如下。

① Pentium 300MHz 或以上的 CPU。

② 4MB 或更多 RAM。

③ 4MB 以上空闲的硬盘空间。

④ IN98、NT、WIN2000、WINXP 等操作系统。

C.1　μVision2 集成开发环境上机操作

单片机开发中除必要的硬件外，软件开发是学习的重点，根据应用要求编写出的汇编语言源程序或高级语言（例如 C、PLM）源程序，要转换为 CPU 可以执行的机器码，有两种方法：一种是手工汇编，另一种是机器汇编。前者已极少使用，后者则是通过汇编软件将源程序变为机器码，如早期用于 MCS-51 单片机的汇编软件 A51。随着单片机开发技术的不断发展，从普遍使用汇编语言到逐渐使用高级语言开发，单片机的开发软件也在不断发展，Keil 软件是目前最流行开发 MCS-51 系列单片机的集成调试环境软件。Keil 软件包是由被 ARM 公司已经收购了的 Keil 公司出品的 51 系列兼容单片机开发系统，提供了包括编辑器、编译器（C/汇编）、宏汇编、连接器、库管理和一个功能强大的仿真调试器等在内的完整开发方案，通过一个集成开发环境（Integrated Develop Environment, IDE）——μVision，将这些部分组合在一起。掌握这一软件的使用对于使用 51 系列单片机的学习者来说是十分必要的，如果使用 C 语言编程，那么 Keil 几乎就是不二之选（仿真器一般都支持该软件），即使不使用 C 语言而仅用汇编语言编程，其方便易用的集成环境、强大的软件仿真调试工具也会令工作事半功倍。

C.1.1　μVision2 的安装

Keil 集成开发环境的 Demo 版软件可以在 www.keil.com 的相关网页下载，之后打开 Keil Setup 文件夹，并双击 Setup.exe 进行安装，提示选择 Eval（评估）或 Full（完全）方式时，如果你拥有注册码，则可以进行完全安装，否则选择 Eval 方式安装，但是在使用中，每次切换调试方式时，会出现程序目标代码有 2KB 大小限制的提示。安装结束后，如果用户想在中文环境使用，可下载并安装 Keil C51 的汉化软件，并将汉化软件中的 uv3.exe 复制并粘贴到 keil\v3 目录下，并替换原先的文件即可（本书介绍 Keil μVision2）。完成安装后，可以在桌面上看到 Keil μVision2 软件的快捷图标如图 C-1 所示，启动 Keil 后，即可在图 C-2 所示的 μVision2 IDE 窗口中完成程序的开发。

图 C-1　Keil 图标

快捷图标　　　　工具菜单栏　　　　项目名称栏

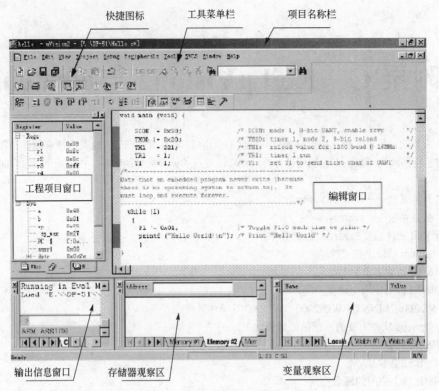

工程项目窗口

编辑窗口

输出信息窗口　　存储器观察区　　　　变量观察区

图 C-2　μVision2 IDE 窗口

C.1.2　μVision2 创建工程文件

本节将通过一个走马灯实例来学习 Keil 软件的使用，在这一部分将学习如何输入源程序，建立工程、对工程进行详细的设置，以及如何将源程序变为目标代码。

（1）建立工程文件

在 μVision2 中，调试内容以项目为单位进行管理，因此首先应该建立工程项目。为了便于管理，建议先建立一个该项目的子目录以保存随后在设计中产生的一系列文件。选择 Project| New Project...命令，弹出如图 C-3 的对话框，输入项目名 P1LED，代表用 P1 口进行 LED 走马灯项目设计。

（2）选择 CPU 器件

随后，弹出制造商列表，根据硬件设计需要选择一款合适的单片机，本例中选择 Atmel 的 89S52；这时会弹出

图 C-3　新建 Keil 工程项目

一个如图 C-4 的对话框，提示是需要添加 STARTUP.A51，一般来说，用汇编写程序可以不加，选择否；如果用 C51 开发（C 语言开发）的话，就要加，在 STARTUP.A51 完成各种堆栈的初始化，以及跳转到 main。至此，一个空的 Keil C51 工程建立完毕，在 Project WorkSpace 窗口出现一个含 Source Group 1 为空的目标项目组 Target 1。

图 C-4　添加启动代码选择

（3）建立汇编源文件

执行菜单 File | New…，建立编辑文件，出现一个名为 Text n（n 表示序号）的文档，立即对其保存，并添加文件扩展名 asm 或 a51，以作为 51 汇编文件，如图 C-5。

（4）为项目添加源文件

现在，一个空的源程序文件 MyLED1.A51 已经建立，但是这个文件与刚才新建的工程之间并没有什么内在联系，接下来需要把它添加到工程中去。右键单击 Source Group 1 文件夹，会弹出如图 C-6 所示的选择菜单，选择 Add Files to Group ‘Source Group 1’项，在弹出对话框中输入源文件全名 MyLED1.A51，完成添加。

图 C-5　保存新建的源文件

图 C-6　添加源文件到工程项目

（5）编辑源程序

将设计好的源程序在主编辑窗口录入，完成工程文件的创建。

（6）工程设置

根据需要对工程项目进行设置，参见 C.1.3 节。

（7）编译、连接

对编辑完成的源文件进行编译、连接，生成 HEX 目标代码，排除语法错误，详见 C.1.4 节。

C.1.3　μVision2 环境中的工程设置

对于一个调试项目对象，μVision2 有两种调试工作模式可以选择，分别是 Use Simulator（软件模拟）和 Use（硬件仿真）。其中 Use Simulator 选项是将 μVision2 调试器设置成纯软件模拟仿真模式，在此模式下不需要实际的目标硬件就可以模拟 80C51 微控制器的很多功能（注意，仅 MCU 本身的软件模拟仿真），在准备硬件之前就可以测试应用程序，这是很有用的。

Use 选项可以选择各种硬件仿真器的驱动程序，以进行相应的硬件仿真。使用时需要利用仿真器提供的驱动安装程序，添加到这个下来列表中，运用此功能用户可以把 Keil C51 嵌入到自己的系统中，从而实现在目标硬件上调试程序。若要使用硬件仿真，则应选择 Use 选项，并在该栏后的驱动方式选择框内选择这时的驱动程序库。

单击 Keil C51 工具栏的 图标或选择 Project| Options for Target ‘Target 1’，弹出名为 Options for Target ‘Target 1’的对话框，如图 C-7。

Device 页面：MCU 器件选择。

Target 页面：调试环境设置窗口，对于使用硬件仿真器时，可能根据要求对 Off-chip 的存储器地址和容量进行设置。

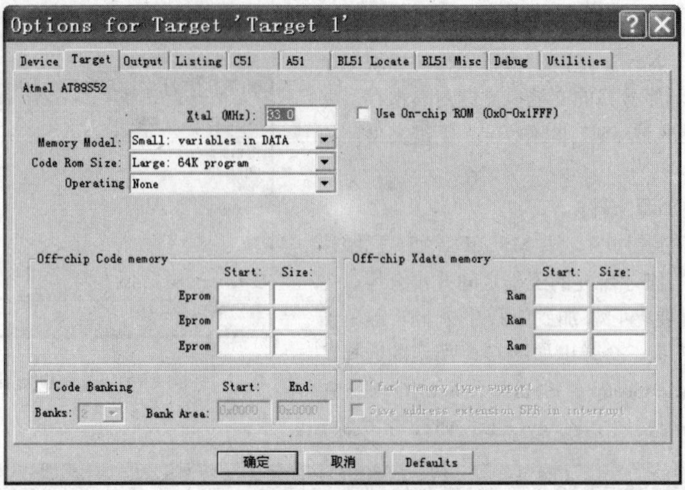

图 C-7　项目调试环境设置

Output 页面：可以设定生成 HEX 文件，该文件可以被专门的芯片烧写工具（编程器）载入并最终烧录到具体的芯片中。

Debug 页面：选择仿真方式，在硬件仿真时，提供串行口通信设置环境，通过它用户可以设置仿真器与上位机的通信。

C.1.4　µVision2 调试

接下来以走马灯程序仿真模拟调试为例。当编辑完成后，需要编译源文件，选择三个编译图表中的一个或选择菜单 Project| Build Target，编译结果显示在屏幕下方的信息输出窗口中，如图 C-8，其中第二行 assembling MyLED1.a51 表示此时正在编译 MyLED1.a51 源程序，第三行 linking... 表示此时正在连接工程项目文件，第五行 Creating hex file from 'MyLED1' 说明已生成目标文件 MyLED1.hex，最后一行说明 P1LED.µV2 项目在编译过程中不存在错误和警告，编译链接成功。若在编译过程中出现错误，系统会给出错误所在的行和该错误提示信息，用户应根据这些提示信息，双击错误提示信息，然后在编辑窗口根据箭头提示，更正程序中出现的错误，重新编译直至完全正确 '0 Error' 为止，才可以进行下一步调试操作。

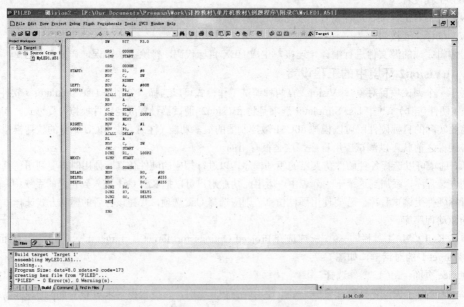

图 C-8　源文件编译结果

接下来点击菜单栏 Debug | Start/Stop Debug Session 调试命令，或者选择快捷键 @ 按钮启动/停止调试（Crtl+F5），即可切换调试界面（使用硬件调试时，同时可以把用户程序就下载到仿真器的 SRAM 中）。

Keil 提供了 MCU 常用外部设备监控功能，用户能够比较直观地了解单片机中定时器、中断、并行端口、串行端口等常用外设的使用情况，通过 Peripherals 菜单选择，该菜单的下拉菜单内容与建立项目时所选的 CPU 有关，如果是选择的是 89S51 这一类"标准"的 51 单片机，那么将会有 Interrupt（中断）、I/O Ports（并行 I/O 口）、Serial（串行口）、Timer（定时/计数器）这四个外围设备菜单。打开这些对话框，将列出外围设备的当前使用情况、各标志位的情况等，用户可以在这些对话框中直观地观察和更改各外围设备的运行情况。在走马灯程序调试中，为了能看到 P1 口状态的变化，先需要确定 View| Periodic...被选中，使得窗口被系统不断刷新以显示外设变化的内容，继而选择 Peripherals| I/O-Ports| Port 1 打开 Parallel Port 1 进行观察，得到如图 C-9 所示的调试画面。

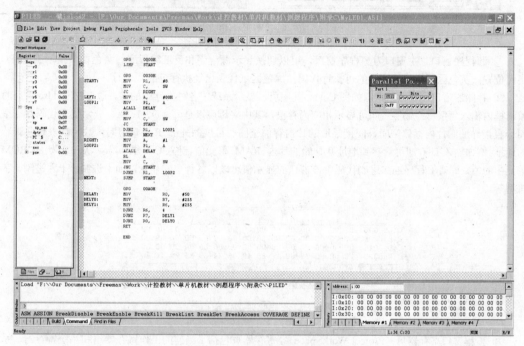

图 C-9　MCU 模拟调试画面

不过，对于初学者来说，还有些不直观，调试过程中看到的是一些数值，并没有看到这些数值所引起的外围电路的变化，例如数码管点亮、发光管发光等。为了让初学者更好地入门，可以利用 Keil 提供的 AGSI 接口开发自己的仿真实验板，如经常被应用的两个仿真板文件，名称分别是 simboard.dll 和 ledkey.dll。使用时，将这两个文件拷贝到 Keil 安装目录下的 c51\bin 文件夹中，并编辑 Keil 安装目录下的 tool.ini 文件，在[C51]子项中添加以下内容。

　　AGSI1=simboard.dll　（"simboard"）

　　AGSI2=ledkey.dll　（"ledkey"）。

打开 μVision2 并进入调试状态，通过 Peripherals 菜单就可以选择这两个仿真板，更直观的观察端口的变化了，见图 C-10。

μVision2 中与调试有关的其他内容可以通过 Keil 软件的说明文档仔细了解，以下给出部分介绍内容。

（1）程序调试时的常用窗口介绍

Keil 软件在调试程序时提供了多个窗口，主要包括输出窗口（Output Windows）、观察窗口（Watch & Call Statck Window）、存储器窗口（Memory Window）、反汇编窗口（Disassembly Window）串行窗口（Serial Window）等。进入调试模式后，可以通过菜单 View 下的相应命令打开或关闭这些窗口。

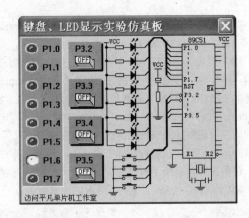

图 C-10　Keil 图形化仿真板

① 源程序窗口　主窗口为源程序窗口，可以切换显示源程序和反汇编程序。黄色箭头指示当前 PC 指针位置；灰色区域标记程序行的可执行代码；绿色区域代表已经执行过的代码行。

② 存储器窗口　存储器窗口如图 C-11，其中可以显示系统中各种内存中的值，通过在 Address 后的编辑框内输入"字母：数字"即可显示相应内存值，其中字母可以是 C、D、I、X，分别代表代码存储空间、直接寻址的片内存储空间、间接寻址的片内存储空间、扩展的外部 RAM 空间，数字代表想要查看的地址。例如输入 D:0 即可观察到地址 0 开始的片内 RAM 单元值、键入 C:0 即可显示从 0 开始的 ROM 单元中的值，即查看程序的二进制代码。该窗口的显示值可以以各种形式显示，如十进制、十六进制、字符型等。

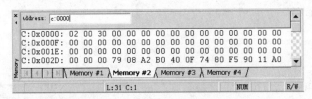

图 C-11　存储器调试窗口

③ 工程窗口寄存器页（Project WorkSpace）　寄存器页包括了当前的工作寄存器组和系统寄存器，系统寄存器组有一些是实际存在的寄存器如 A、B、DPTR、SP、PSW 等，有一些是实际中并不存在或虽然存在却不能对其操作的如 PC、Status 等。每当程序执行中改变了某实际寄存器时，该寄存器会以蓝色突出显示，用鼠标单击然后按下 F2 键，即可修改该值。

④ 变量观察窗口　工程窗口中仅可以观察到工作寄存器和有限的寄存器如 A、B、DPTR 等，如果需要观察其他寄存器的值，或者在高级语言编程时需要直接观察变量，就要借助于观察窗口了。

（2）几种常用的调试命令及方法

① 断点　巧妙的设置一些断点，能够更好地帮助用户分析程序的运行机制、程序中变量的变化状况，提高工作效率。μVision2 可以用几种不同的方法定义断点，最简单的方法就是在该行语句前双击。如果已经在某行设置了断点，再次在此行设置断点将取消该断点，断点设置成功后，会在该行的行首出现红颜色的断点标志。

② 复位 CPU　在不改变程序的情况下，若想使程序重新开始运行，用 Debug | Reset CPU 命令，执行后程序指针返回到 0000H 地址单元，另外，一些内部特殊功能寄存器在复位期间也将重新赋值。例如 A 将变为 00H，DPTR 为 0000H，SP 为 07H，I/O 口变为 0FFH。

③ 单步跟踪（F11）　用 Debug | Step，可以单步跟踪程序，每执行一次此命令，程序将运行一条指令（以指令为基本执行单元），当前的指令用黄色箭头标出，每执行一步箭头都会移动，已执行过的语句呈现绿色。单步跟踪在 C 语言环境调试下最小的运行单位是一条 C 语句，如果一条 C 语句只对应一条汇编指令，则单步跟踪一次可以运行 C 语句对应一条汇编指令；如果一条 C 语句对应多条汇编指令，则一

次单步跟踪要运行完对应的所有汇编指令。在汇编语言调试下，可以跟踪到每一个汇编指令的执行。

④ 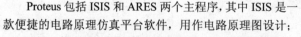 单步运行（F10）　用 Debug | Step Over，可实现单步运行程序，此时单步运行命令将把函数和函数调用当作一个实体来看待，因此单步运行是以语句（这一条语句不管是单一命令行还是函数调用）为基本执行单元。

⑤ 执行返回（Ctrl+F11）　在用单步跟踪命令跟踪到了子函数或子程序内部时，可以使用 Debug | Step Out of Current Function，可实现程序的 PC 指针返回到调用此子程序或函数的下一条语句。

⑥ 执行到光标所在命令行（Ctrl+F10）　用工具栏或快捷菜单命令 Run to Cursor Line 即可执行此命令，使程序执行到光标所在行，但不包括此行，其实质是把当前光标所在的行当作临时断点。

⑦ 全速运行（F5）　用 Debug | Go 即可实现全速运行程序，当然若程序中已经设置断点，程序将执行到断点处，并等待调试指令；若程序中没有设置任何断点，当 μVision2 处于全速运行期间，μVision2 不允许任何资源的查看，也不接受其他的命令。

在程序同时期间，以上方法的灵活运用，可以大大提高除错的效率。

C.2　Proteus 电路图设计、仿真软件上机操作

硬件方面，电子设计手段由手工设计到 EDA，再到虚拟设计，人们不断提高设计方法与效率，使得在电路实际生产制作之前，可以进行全面的电路设计、虚拟测试，简化设计过程，缩短设计周期。传统的单片机系统开发除了需要购置诸如仿真器、编程器、示波器等价格不菲的电子设备外，开发过程也较繁琐，用户程序需要在硬件完成的情况下才能进行联调，如果在调试过程中发现需修改硬件，则要重新制板。因此无论从硬件成本还是开发周期来看，其高风险、低效率的特性显露无遗。由英国 Lab Center Electronics 公司出品的 Proteus 软件，是一款被广泛使用的 EDA（Electronic Design Automation，电子设计自动化）工具软件。Proteus 具体功能分布如图 C-12，Proteus 软件组合了高级原理图布图、混合模式 Spice 仿真，PCB 设计以及自动布线来实现一个完整的电子设计系统。产品包含了 VSM 技术，Proteus 与其他单片机仿真软件不同地是，用户可以对基于微控制器的设计连同所有的周围电子器件一起仿真，用户可以仿真 51 系列、AVR、PIC 等常用的 MCU，甚至可以实时采用诸如 LED/LCD、键盘、RS232 终端等动态外设模型来对设计进行交互仿真。因此在仿真和程序调试时，设计者关心的不再是某些语句执行时单片机寄存器和存储器内容的改变，而是从工程的角度直接看程序运行和电路工作的过程和结果。对于这样的仿真实验，从某种意义上讲，是弥补了实验和工程应用间脱节的矛盾和现象。在 Proteus 中，从原理图设计、单片机编程、系统仿真到 PCB 设计一气呵成，真正实现了从概念到产品的完整设计。

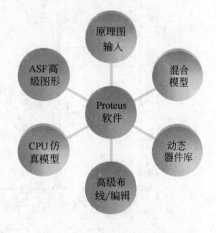

图 C-12　Proteus 功能分布图

Proteus 包括 ISIS 和 ARES 两个主程序，其中 ISIS 是一款便捷的电路原理仿真平台软件，用作电路原理图设计；ARES 是一款印刷电路板布线编辑软件，用作印刷电路板（Printed Circuit Board, PCB）设计。

Proteus 提供包含超过 6000 种器件模型，常用模型如下。

① 标准电子元件：电阻、电容、二极管、Transistors、SCRs、Op-amps、555 Timer 等；

② 74 系列 TTL 和 4000 系列 CMOS 器件。

③ 存储器：ROM、RAM、EEPROM、I^2C 器件等。

④ 控制器支持的器件如 I/O 口、USART 等。

⑤ 7 段 LED、灯和标志，字符和图形 LCD 显示。

⑥ 按钮、开关和电压表，通用矩阵键盘。

⑦ 压电发声器和喇叭，直流、步进和伺服电机模型。

⑧ I²C、SPI 和其他一线 I/O 扩充设备和外设。

⑨ COM 口和以太网口物理界面模型等。

C.2.1　Proteus ISIS 调试

ISIS 是 Proteus 系统的中心，它提供一个控制原理图的设计环境，用户可以快速实现复杂电路的设计和仿真，在对微控制器仿真时，可以提供源码级别的调试，此外，ISIS 设计出来的原理图特别适合于教学课件及出版物。

Proteus 软件的 ISIS 还支持电路仿真模式 VSM（Virtual Simulator Mode，虚拟仿真模式）。当电路元件在调用时，选用具有动画演示功能的器件或具有仿真模型的器件，当电路连接完成无误后，直接运行仿真按钮，即可实现声、光、动等逼真的效果，以检验电路硬件及软件设计的对错，非常直观。

（1）工作界面

Proteus ISIS 的工作界面是一种标准的 Windows 界面，如图 C-13 所示。包括标题栏、主菜单、标准工具栏、绘图工具栏、状态栏、对象选择按钮、预览对象方位控制按钮、仿真进程控制按钮、预览窗口、对象选择器窗口、图形编辑窗口。

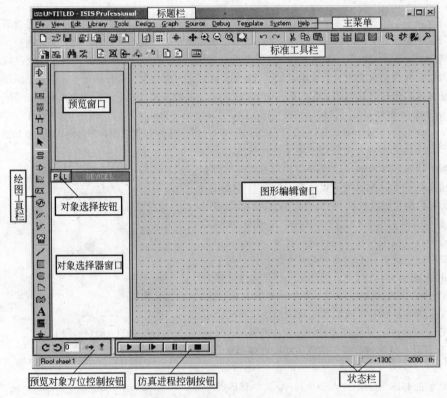

图 C-13　Proteus ISIS 的工作界面

编辑窗口：用于放置元件，进行连线，绘制原理图。

绘图工具栏：图形编辑中放置的各种图形对象类型。

预览窗口：通常显示整个电路图的缩略图，窗口中的框线表示当前编辑窗口显示的区域，当从对象选择器中选择一个新的对象时，在浏览窗口中可以预览选中的对象。在预览窗口上单击，将会以单击位置为中心刷新编辑窗口。

对象选择器窗口：这是一个重要的操作窗口，绘制电路原理图时需要放置的元器件对象，必须通过对象选择按钮，先从元件库中被挑选出来，并置入对象选择器窗口，供今后绘图时使用。显示对象的类型包括：设备，终端，管脚，图形符号，标注和图形。

为了方便作图，在图形编辑窗口中，设计系统提供了与坐标相关的如下内容。

① 坐标系统（CO-ORDINATE SYSTEM）　ISIS 中坐标系统的基本单位是 10nm，主要是为了和 Proteus ARES 保持一致。但坐标系统的识别（read-out）单位被限制在 1th（千分之一英寸，又记作 1mil，1mil=0.0254mm）。坐标原点默认在图形编辑区的中间，图形的坐标值能够显示在屏幕的右下角的状态栏中。

② 点状栅格（The Dot Grid）与捕捉到栅格（Snapping to a Grid）　编辑窗口内有点状的栅格，可以通过 View 菜单的 Grid 命令在打开和关闭间切换。点与点之间的间距由当前捕捉的设置决定。捕捉的尺度可以由 View 菜单的 Snap 命令设置，或者直接使用快捷键 F4、F3、F2 和 CTRL+F1。

③ 实时捕捉（Real Time Snap）　当鼠标指针指向管脚末端或者导线时，鼠标指针将会被捕捉到这些物体，这种功能被称为实时捕捉，该功能可以使你方便的实现导线和管脚的连接。可以通过 Tools 菜单的 Real Time Snap 命令或者是 CTRL+S 切换该功能。

（2）设计电路图

关于 Proteus 软件的使用细节请读者参考阅读相关专门书籍，这里将以一个实例为对象，简要介绍利用 Proteus 进行电路图设计的基本方法，旨在帮助读者快速了解其用途和基本操作。

【例 C-1】　设计一个以 89S51 为微控制器的 MCS-51 最小应用系统；并行口 P2 连接 8 个发光二极管作为输出显示，采用灌电流方式，8 个发光二极管的正极通过限流电阻接到电源的正极；端口 P1.0 连接一个开关作为输入。

利用 Proteus 进行电路图设计主要分三步进行：原理图绘制、电路仿真、印刷线路板布线设计，前两者使用 Proteus ISIS，后者使用 Proteus ARES 完成。

第一步：输入原理图。

Proteus ISIS 原理图输入流程如图 C-14 所示。

按照实例的要求，需要在元件库中先查找相关元件。选择方法是，从绘图工具栏中选择 Component 图标 ，点选对象选择器顶端左侧 "P" 按钮，此时将弹出 Pick Device 窗口，如图 C-15，导航工具目录（category）下罗列出系统的所有元件库，挑选需要的元件以供绘图使用。本例中库与元件的对应关系如下。

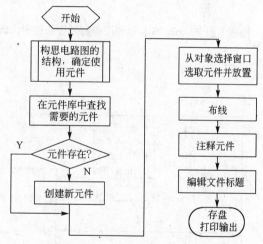

图 C-14　Proteus ISIS 原理图输入流程

Microprocessor ICS — AT89C51（因为 AT89C51 与 AT89S51 管脚完全兼容）。

Miscellaneous—Quartz Crystal（石英晶体振荡器）。

Capacitors—CAP\CAP-ELEC（电容\电解电容）。

Resistor—RES（电阻）。

Switches and Relays—BUTTON（按钮）。

Diodes—1N4148（二极管）。

Optoelectronics—LED\ LED-RED（二极管\红色发光二极管）。

其他绘图工具栏中图标介绍如下。

移动鼠标：点击此键后，取消左键的放置功能，但仍可以编辑对象。

放置节点：当两连线交叉，放置一个节点表示连通。

放置网络标号：电路连线可用网络标号替换，具有相同标号的线是连同的。

放置总线：当多线并行时为了简化连线可用总线表示。

放置电源、信号源：有直流电源、正弦信号源、脉冲信号源、数据文件等。

放置图纸内部终端：有普通、输入、输出、双向、电源、接地、总线。

放置电压探针：在仿真时显示网络线上的电压，是图形分析的信号输入点。

放置电流探针：串联在指定的网络上，显示电流的大小。

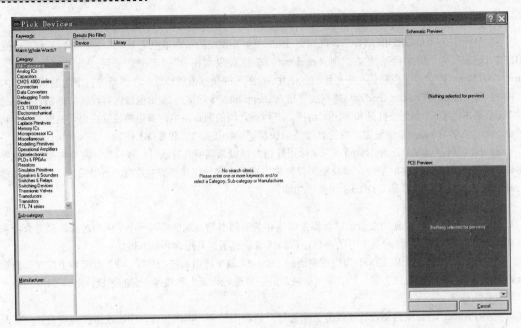

图 C-15　元件选择窗口

根据上面 Proteus ISIS 原理图绘制过程的说明,请读者参考如图 C-16 所示的本实例电路图进行绘图练习。

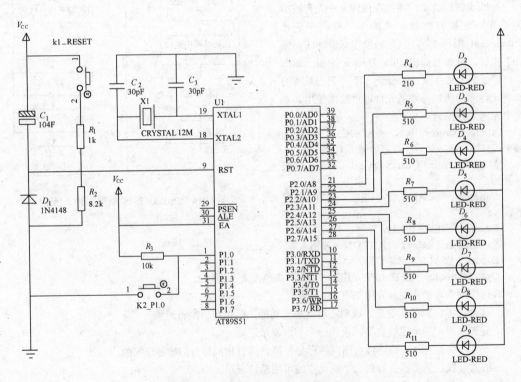

图 C-16　AT89S51 与 LED 输出系统

第二步:电路仿真。

仿真就是利用电子器件的数学模型通过计算和分析来表现电路工作状态的一种手段。具有成本低,设计调试周期短，避免器件浪费等特点。特别适合于实验教学，可在短时间内让读者掌握更多的概念。例如，实例中为了能够观察到发光二极管的变化情况，需要确保选择有色的发光二极管，如 Optoelectronics 库中的 LED-RED；此外，还可以选择添加电压、电流探针，作为实时工具，在仿真执行时电压探针显示的是所指的线相对于地线 GND 的电势值，电流探针显示的是所指连线的电流值。放置了这些虚拟工具后，就可以通过点击编辑窗口左下角的电路仿真按钮 ▶ ▶ ⏸ ⏹ ⏹ 进行仿真操作了。但是本实例是一个微控制器的仿真，所以还需要给 AT89S51 添加源程序，才可以观察到输出的变化，参见 C.2.3 节。

C.2.2　Proteus ARES 设计

Proteus 不仅可以实现高级原理图设计、混合模式 Spice 仿真，还可以进行 PCB 系统特性设计，以及手动、自动布线，以此来实现一个完整的电子系统设计。

Proteus ARES （Advanced Routing and Editing Software）是基于高性能网络表的 PCB 设计软件，当用户已经在 ISIS 设计并仿真工作后，就可以利用编辑好的原理图布线制作 PCB。ARES 支持 16 个布线层，可以元件自动布置，自动布线，也支持手动布线，提供三维 PCB 和元件预览，输出格式适合多数的打印机或绘图仪以及用于制板的 Gerber 文件。

用 Proteus 制作 PCB 通常包括以下一些步骤。

① 加载网络表及元件封装。

② 规划电路板并设置相关参数。

③ 元件布局及调整。

④ 布线并调整。

⑤ 输出及制作 PCB。

下面接续上节 C.2.1 的实例简要介绍 PCB 的设计。

第三步：印刷线路板布线设计。

其实，利用 Proteus ISIS 绘制电路原理图并仿真调试，另外一个重要目的就是为了得到网络表(Net list)，网络表记录的是元件之间的连接关系，它是从电路原理图生成 PCB 设计文件的通道。网络表生成操作方法为：在 Proteus ISIS 总绘制好原理图后，选择菜单项 TOOLS| NetList Compiler 设置对话框，并生成网络表文件；接下来通过单击 TOOLS| NetList to ARES 命令或标准工具栏中的 ▦ 图标打开 ARES　Professional。加载元件表后的 Proteus ARES 界面如图 C-17。

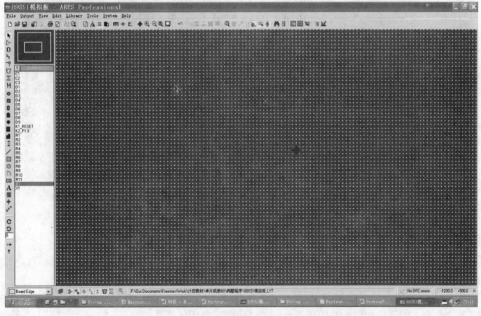

图 C-17　加载元件表后的 Proteus ARES 界面

但有一个问题需要注意，为了设计 PCB，必须为原理图中的每一个器件加载封装形式，如果在 ISIS

设计中选用的元件没有自动加载的封装或者封装库中没有合适的封装，那么在加载网络表时就会弹出一个要求选择封装的对话框，需要根据具体的元件及其封装进行手动选择并加载，如本实例为了仿真用的发光二极管，在此就需要将其封装形式改为 LED，在 Package 后手动输入"LED"即可。对于封装库中没有的封装或者是与实际的元件不符的封装，就需要自己画了，这时需要在加载封装之前，先启动 Proteus ARES 来为封装不合适的元件进行封装设计。比如本实例中的按钮就需要为其进行封装设计。当自建封装保存后，再到库中加载，就可以把自己制作的元件封装加载到 PCB 中了。

接下来就可以进行 PCB 板设计了，在开始放置元件之前，应该先规划电路板并设置相关参数。

① 在绘制印制电路板之前，用户要对电路板有一个初步的规划，比如说电路板采用多大的物理尺寸，采用几层电路板（单面板、双面板或多层板），各元件采用何种封装形式及其安装位置等。这是一项极其重要的工作，是确定电路板设计的框架。在 ARES 7 Professional 窗口中选中 2D 画图工具栏的▢图标，在底部的电路层中选中 Board Edge 层（黄色），即可以单击鼠标左键拖画出 PCB 板的边框了。边框的大小就是 PCB 板的大小，所以在画边框时应根据实际，用测量工具✎来确定尺寸大小。

② 设置 PCB 板中的基本参数。参数的设置是电路板设计中非常重要的步骤。设置参数主要是设置元件的布置参数、层参数、布线参数等。一般说来，有些参数采用其默认值即可。PCB 板边框画好以后，就要设置电路板的相关参数，通过单击 System 主菜单，在其中选择需要设置的子想。

在 Proteus ARES 界面中 COMPONENTS 栏内列出了在原理图设计 ISIS 中使用到的所有含封装的元件，将 COMPONENTS 栏内的所有元件，根据 PCB 板设计原则，排放到规划好的电路板边框内，得到如图 C-18 所示的未布线的元件排列图，其中元件之间的连接关系已经同时导入，用细实线表达；接下来选择 TOOLS|Auto Router…进行自动布线，设置布线策略，进行单面板布线；自动布线后往往有一些走线不合理的地方，还需要手工调整，选中工具菜单栏中的◣选项，逐一调整走线。自动布线、并手工调整完毕的 PCB 电路如图 C-19 所示。

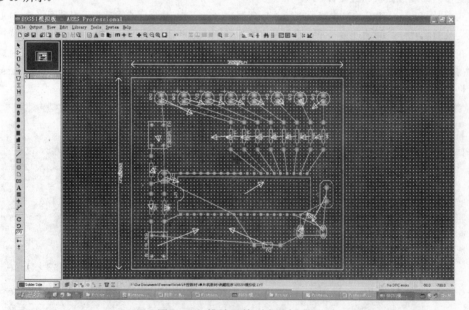

图 C-18　排放元件到电路板上

C.2.3　Proteus 与 Keil 的联调

使用 Proteus 进行 MCU 程序运行仿真有两种方法，一种是在 Proteus 嵌入目标代码全速运行，另一种是与诸如 Keil 的 IDE 软件包联调。

① 在 Proteus 中是直接支持 MCU 程序运行仿真的，操作方法很简单，首先使用 Keil 或是其编译软件，生成 HEX 文件形式的目标代码，然后在 Proteus 中左键双击 MCU 芯片，如 89S52 芯片，随即打开属性对话框，在"Program File"栏里填入 HEX 文件的路径及文件名，这样就相当于在电路里放了一块写好程序的 MCU，最后连接好其他外围器件后就可以仿真运行了。期间如果要对程序进行修改，则可以先停止仿

真，然后重新调试并生成新的 HEX 目标文件，重新再次仿真，直到满意为止。

② Proteus VSM 可以提供外部的调试能力，包括断点、单步运行及变量的显示等，对于汇编代码或高级别语言代码均可。因此，可以像对硬件仿真器连接调试一样，使用 Keil μVision2，对 Proteus 的仿真电路进行调试。与 Keil 的配合使用，可以令使用者在 Keil 环境中，像使用真实的仿真调试设备一样，借由 Proteus 仿真电路，实现仿真运行。

使用 Proteus 与 Keil 进行联调的步骤如下。

① 下载两个用于联调的文件 Vdmadi.exe 和 Prospice.dll。

② 正确安装 Keil c51 与 Proteus 软件包。

③ 安装 keil 与 Proteus 软件的链接文件

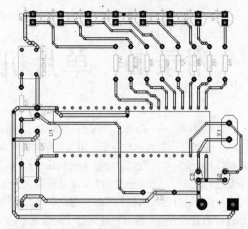

图 C-19　自动布线并手工调整后的 PCB 电路

Vdmadi.exe，然后打开 C:\Program Files\keilC\C51\TOOLS.INI 文件，可以在 [C51] 栏目下看到 TDRV5=BIN\VDM51.DLL（"Proteus VSM Monitor-51 Driver"）的新增内容。

④ 将下载的 prospice.dll 覆盖到安装目录 Program Files\Labcenter Electronics\Proteus 6 Professional\BIN\PROSPICE.DLL。

⑤ 在 Proteus ISIS 中绘制相应电路，选中菜单项 Debug| Use Remote Debug Monitor。

⑥ 在 Keil 中编、编译源程序，然后进行工程设置，选中菜单项 Project| Options for Target 'Target 1'，点选 DEBUG 选项卡中右栏的下拉菜单，选中"Proteus VSM Simulator"。

⑦ 进入 Keil 的调试环境界面，此时 Keil 与 Proteus 实现联调，在 keil 中运行的程序，可以在 Proteus 中观察到结果。

请读者根据前节实例的电路，设计走马灯程序并进行实际联调练习。有兴趣的话，还可以制作出 PCB 板，焊接好元件，切身感受一下对于软件模拟与全硬件调试、Keil 调试与 Proteus 联调等的比较，从中发现 MCS-51 系统开发的步骤和方法。

附录 D 单片机高级语言——C51

将高级语言——C 语言，向 51 类 MCU 上的移植始于 20 世纪 80 年代的中后期，但是由于 51 类单片机的非冯·诺依曼架构、位寻址、SFR、存储器扩展等，以及 51 众多的兼容派生产品，使得 C 语言向 51 类 MCU 移植的难点很多。经过 Keil/Franklin、IAR、BSO/Tasking 等公司不懈的努力，于 20 世纪 90 年代开始趋于成熟，成为专业化的 MCU 高级语言。过去在与汇编语言相比较时，常可以看到"高级语言产生代码太长，运行速度太慢，因此不适合单片机使用"，现在这个致命的缺点已被大幅度地克服。目前，8051 上的 C 语言的代码长度，已经做到了汇编水平的 1.2~1.5 倍。4K 字节以上较复杂的程序，C 语言的优势更能得到发挥，用 C 语言编写单片机应用程序是单片机软件开发的必然趋势。C 语言具有功能丰富的库函数，运算速度快、编译效率高，可直接对硬件进行控制，编程容易，程序可读性强，可移植性好等特点。采用 C 语言编程可缩短程序开发周期，加快产品开发的速度。限于篇幅，以下就 C51 的基本内容进行介绍，供读者初步学习使用。

D.1 标准程序格式

与标准 C 语言（ANSI C）一样，C51 程序结构是由若干个函数构成的，每个函数即是完成某个特殊任务的子程序段。组成一个程序的若干个函数可以保存在一个或几个源文件中，最后再将它们连接在一起。C51 程序有且只有一个名为 main 的主函数，它是程序的入口。如果把一个 C51 程序比做一本书，那么主函数就相当于书的目录部分，其他函数就是章节，主函数中的所有语句执行完毕，则程序结束。C 语言程序使用的扩展名形式为"**.c**"。

C51 编写的 C 语言程序的一般格式可以参考下面这个典型的例程，它将利用串行口输出字符串"Hello! Dear Friends!"，在 Keil 中模拟调试时，打开串行调试窗口就可以看到这串字符串不断输出。

```
#include       <reg51.h>         // 特殊功能寄存器定义库函数
#include       <stdio.h>         // 标准输入输出库函数

void main（void）
{
   SCON = 0x50;               //串口方式 1，允许接收
   TMOD = 0x20;               //定时器 1 定时方式 2
   TCON = 0x40;               //设定时器 1 开始计数
   TH1 = 0xE8;                //11.0592MHz 1200 波特率
   TL1 = 0xE8;
   TI = 1;
   TR1 = 1;                   //启动定时器

  while（1）
   {
   printf （"Hello! Dear Friends!\n"）; //显示 Hello! Dear Friends!
   }
}
```

开始的"include"是定义头文件，随后是 main 主程序（函数）。reg51.h 中定义了 MCS-51 单片机的特殊功能寄存器及特殊功能寄存器中的可位寻址单元，在定义了这个头文件后，程序中可以使用特殊功能寄存器的名称来访问相应的特殊功能寄存器。C51 函数定义的一般格式如下。

```
类型 函数名（参数表）
参数说明;
{
    数据说明部分;
    执行语句部分;
}
```

一个函数在程序中可以有三种形态：函数定义、函数调用和函数说明。函数定义和函数调用不分先后，但若调用在定义之前，那么在调用前必须先进行函数说明。函数说明是一个没有函数体的函数定义，而函数调用则要求有函数名和实参数表。

D.2 C51 数据类型与存储类型

C51 的数据类型分为基本数据类型和复杂数据类型，复杂数据类型是由基本数据类型构成的。与标准 C 相比，在 C51 编译器中 int 和 short 相同，float 和 double 相同，也就是说，C51 不支持双精度浮点运算。C51 的基本数据类型定义见表 D-1，其中位类型和 SFR 类型是 C51 扩充的类型。C51 中顺序结构数据是顺序放置的，当运算结果含有另外一种数据类型时，数据类型可以自动进行转换或根据 C 语言的标准指令进行人为转换。

表 D-1 C51 的基本数据类型

数 据 类 型		位 数	字 节 数	值 域
字符型	Signed char	8	1	−128～+127
	Unsigned char	8	1	0～255
整型	Signed int	16	2	−32768～32767
	Unsigned int	16	2	0～65535
长整型	Signed long	32	4	−2147483648 ～ +2147483647
	Unsigned long	32	4	0～4294967295
浮点型	Float	32	4	0.175494E−38 ～ 0.402823E+38
位型	Bit	1		0～1
	Sbit	1		0～1
访问 SFR	Sfr	8	1	0～255
	Sfr16	16	2	0～65535
指针型	*		1～3	对象的地址

数据分常量和变量。常量可以用一个标志符号来代表。变量由变量名和变量值组成，每一个变量占据一定的存储空间，这些存储空间存放变量的值。MCS-51 的存储空间比较复杂，分片内数据存储器、特殊功能寄存器、片外数据存储器，还有片内程序存储器、片外程序存储器等。C51 支持 MCS-51 单片机的硬件结构和存储器组织，应用程序中使用的任何数据（变量和常数）都以一定的存储类型定位于单片机相应的存储区域中。C51 存储类型见表 D-2。

表 D-2 C51 的存储类型

存储器类型	长度（位）	对应单片机存储器
bdata	1	片内 RAM，位寻址区，共 128 位。允许位与字节混合访问
data	8	片内 RAM，直接址区，共 128 字节。访问速度最快
idata	8	片内 RAM，间接址区，共 256 字节
pdata	8	片外 RAM，分页间址，共 256 字节（MOVX @Ri）
xdata	16	片外 RAM，间接寻址，共 64K 字节（MOVX @DPTR）
code	16	ROM 区域，间接寻址，共 64K 字节（MOVC @DPTR）

使用时在需要定义的变量前加上述关键字即可，格式为

"数据类型 [存储类型] 变量名"，或者"[存储类型] 数据类型 变量名"

例如：unsigned char data var1；

　　data unsigned char x,y,z；

　　char code array[ ]= "hello!"；

使用数据存储类型时的注意事项如下。

① 在 data 区定义的变量访问速度最快。

② 编译器不允许在 BDATA 段中定义 float 和 double 类型的变量。

③ 使用 pdata 定义的变量比用 xdata 定义的变量访问速度快。

④ 使用 code 定义已初始化的表格常数，不能用 code 定义变量。

存储类型为可选项，如果不做存储类型的定义，系统将按照编译时的存储模式来默认。具体默认存储类型参见表 D-3。

表 D-3 存储模式与默认存储类型

存 储 模 式	默认存储类型
SMALL	参数和局部变量均为片内 RAM，即 data 存储类型，也包括堆栈
COMPACT	参数和局部变量均为片外分页 RAM （256Bytes），pdata 存储类型，堆栈置于片内 RAM
LARGE	参数和局部变量均为片外 64K 的 RAM，xdata 存储类型，堆栈置于片内 RAM

D.3　单片机资源的 C51 定义

（1）特殊功能寄存器的定义

MSC-51 单片机中，除了程序计数器 PC 和 4 组工作寄存器之外，其他的所有寄存器均为特殊功能寄存器 SFR，为了能够直接访问这些寄存器，C51 编译器引入了关键词 sfr 和 sfr16 对这些特殊功能寄存器进行定义，语法如下。

sfr　　sfr_name = int_constant

例如：

sfr　　p0=0x80；　　　　　　　// 定义 P0 口，地址为 80H

sfr　　TMOD=0x89；　　　　　// 定义 TMOD，地址为 89H

sfr　　SCON=0x98；　　　　　// 定义 SCON，地址为 98H

必须注意的是"sfr"后一个标识符，指代该特殊功能寄存器。因此上例中名字 P0、TMOD、SCON 定义为特殊功能寄存器并被赋予相应的绝对地址，名字可按意愿自由选取。"="号后的地址必须是常数，不允许带有运算符的表达式，这个常数表达式必须在特殊功能寄存器的地址范围内，位于 0x80～0xFF。如果已经应用了 C51 中特殊功能寄存器定义的头文件 reg51.h，则程序中不必重复定义。

（2）位变量的定义

① 特殊功能寄存器中的可独立寻址位　C51 扩充的保留字 sbit，定义可独立寻址访问的特殊功能寄存器中位变量，"="后语句将绝对值地址赋给变量名，这种地址分配有三种方法。

　方法 1：sbit　　bit_name = sfr_name^int_constant

当字节是特殊功能寄存器的地址可用这个方法。sfr_name 必须是已定义的 SFR 的名字，"^"后的语句定义了基地址上的特殊位的位置，该位置必须是一个 0～7 的数。

例如：

sbit　OV=PSW^2；

　　sbit　EA=IE^7；

方法 2：sbit　　bit_name = int_constant^int_constant

这种方法以一个特殊功能寄存器的字节地址作基地址，该值必须在 0x80～0xFF，并能被 8 整除，确定位的位置方法同上。

例如：

```
sbit    OV=0xD0^2;
sbit    CV=0xD0^7;
sbit    EA=0xA8^7;
```

方法3：　sbitbit_name =int_constant

这种方法是将位的绝对地址赋给变量，地址必须位于 0x80～0xFF。

例如：

```
sbit    OV=0xD2;
sbit    CY=0xD7;
sbit    EA=0xAF;
```

特殊功能位代表了一个独立的定义类，它不能与其他定义和位域互换。

② 用 bit 定义的位变量　除了通常的 C 数据类型外，C51 编译器支持 bit 数据类型定义位变量。定义了位变量后，就可以用它来代表位寻址单元。

例如：

```
bit    dir_bit;                    // 将 dir_bit 定义为位变量
```

此外，函数还可包含类型为"bit"的参数，也可将其作为返回值。

例如：

```
bit bfunc（bit b0，bit b1）
{
/*……*/
return（b1）;
}
```

对于位变量使用有如下限制。

a. 位变量不能定义为一个指针，如 bit *bit_poiter 是方法的。

b. 不存在位数组，如不能定义 bit b_array[5]。

c. 使用禁止中断（#pragma disable）或包含明确的寄存器组切换（using n）的函数不能返回位值，在这种情况下，编译器会识别出来并产生一个错误信息。

位标量定义的语法及 C 定义的语义如下。

```
Staticbit    dirction_bit;
Extern    bit lock_printer_port;
Bit          display_invers;
```

位定义中允许定义存储器类型，位都被放入一个位段，它总是在 8051 内部 RAM 中，因此存储器类型限制为 data 或 idata，定义为其他存储器类型都将导致编译出错。

③ 可位寻址对象　可位寻址对象指可以字节或位寻址的对象，当对象位于 MSC-51 可寻址 RAM 中时会有这种情况，C51 允许带"bdata"类型的对象放入可位寻址存储器中。

```
bdata int  ibase;                    // 位寻址指针 int
bdata char bary[4];                  // 位寻址数组 arrray
```

使用"sbit"定义可独立访问可位寻址对象的位。

```
sbit          mybit0 = ibase^0;
sbit          mybit15 = ibase^15;
sbit          ary37 = bary[3]^7;
```

对象"ibase"和"bary"也可位寻址。

```
ary37 = 0;                    // 寻址"bary[3]"中的位 7
ibase = -1;                   // 寻址字节地址
mybit15 = 0;                  // 寻址"ibase"的位 15
```

sbit 定义要求基址对象的存储器类型为"bdata"，否则只有绝对的位定义方法是合法的。位位置（"^"操作符号后）的最大值依赖于指定的基类型，这个值于 char/uchar 而言是 0～7，对于 int/uint/short/ushort 而言是 0～15，对于 long/ulong 而言是 0～31。

在编译器内存储器类型 bdata 与 data 一样操作，并且只作与可再定位的 sbit 的运算。

（3）并行 I/O 端口的定义

MCS-51 单片机除了芯片上的 4 个 I/O 口外，还可在片外扩展 I/O 端口。在 C51 中有两种方法访问外部 I/O 端口。

方法 1：使用自定义指针。

由于片外 I/O 端口与片外存储器统一编址，所以可以定义 xdata 类型的指针访问外部 I/O 端口。

【例 D-1】 某 MCS-51 应用系统中，使用 8255 扩展 I/O 端口，采用线选法对 8255 进行地址译码，单片机的 P2.7（A15）接 8255 的片选脚，则 8255 的口地址为 7FF0H，7FF1H，7FF2H，7FF3H，访问 8255 的 C 程序如下。

写端口

```
char  xdata  *com8255;          // 定义指针
com8255 = 0x7ff3;               // 使指针指向 8255 的控制口口地址 7FF3H
*com8255 = 0x81;               // 输出 81H 到端口
读端口
char  xdata  *com8255;          // 定义指针
char  i;
i = *com8255                   // 读 I/O 端口 7FFFH 到变量 i
```

方法 2：使用 C51 预定义指针。

使用 define 语句进行定义，可以方便地访问外部存储器及 I/O 端口。在 C51 中的 absacc.h 头文件做了如下定义。

```
#define CBYTE  （（unsigned char volatile code  *） 0）
#define DBYTE  （（unsigned char volatile data  *） 0）
#define PBYTE  （（unsigned char volatile pdata *） 0）
#define XBYTE  （（unsigned char volatile xdata *） 0）
```

例程如下，

```
#include <absacc.h>
#define   PORTA XBYTE [0x7ff3]    // PORTA 为程序定义的 I/O 端口名称，7FF3H 为其地址
main （）
{
char a;
PORTA=0x81;                    // 输出 81H 到端口 7FF3H
A=PORTA;                      // 读端口 7FF3H 到变量
}
```

D.4　C51 运算符与表达式

运算符就是完成某种特定运算的符号。运算符按其表达式中与运算符的关系可分为单目运算符，双目运算符和三目运算符。表达式是由运算及运算对象所组成的具有特定含义的式子。C 是一种表达式语言，表达式后面加"；"号就构成了一个表达式语句。

（1）基本算术运算符

＋	加法运算符，或正值符号；
－	减法运算符，或负值符号；
×	乘法运算符；
/	除法运算符；
%	模（求余）运算符；例如，11% 3 = 2，结果是 11 除以 3 所得余数为 2。

（2）自增减运算符

自增减运算符的作用是使变量值自动加 1 或减 1。

++	自增运算符；
－－	自减运算符。

如　　　++*i*、－－*i*　　　*i*=*i*+1、*i*=*i*–1，在使用 *i* 之前，先使 *i* 值加（减）1。

　　　　i++、*i*－－　　　*i*=*i*+1、*i*=*i*–1，在使用 *i* 之后，再使 *i* 值加（减）1。

（3）关系运算符（6 种）与逻辑运算符（3 种）

关系运算符如下。

<　　　　小于；

<=　　　小于等于；

>　　　　大于；

>=　　　大于等于；

==　　　测试等于；

==!　测试不等于。

逻辑运算符如下。

!　　　　逻辑"非"（NOT）；

&&　　　逻辑"与"（AND）；

||　　　逻辑"或"（OR）。

逻辑运算符优先级别：!（逻辑非）→&&（逻辑与）→||（逻辑或）。

（4）位运算符（6 种）

~　　　位取反；

&　　　位与；

|　　　位或；

^　　　位异或；

<<　　　左移；

>>　　　右移。

位运算符也有优先级，从高到低依次是："~"（按位取反）→"<<"（左移）→">>"（右移）→"&"（按位与）→"^"（按位异或）→"|"（按位或）。

（5）复合赋值运算符

复合赋值运算符就是在赋值运算符"="的前面加上其他运算符。这是 C 语言中简化程序的一种方法，凡是二目运算都可以用复合赋值运算符去简化表达。以下是 C 语言中的合赋值运算符。

+=　　　加法赋值；

－=　　　减法赋值；

*=　　　乘法赋值；

/=　　　除法赋值；

%=　　　取模赋值；

<<=　　　左移位赋值；

>>=　　　右移位赋值；

&=　　　逻辑与赋值；

|=　　　逻辑或赋值；

^=　　　逻辑异或赋值；

－=　　　逻辑非赋值。

复合运算的一般形式如下。

变量　复合赋值运算符　表达式

其含义就是变量与表达式先进行运算符所要求的运算，再把运算结果赋值给参与运算的变量。例如

a+ =56　等价于 a = a+56

y/ = x+9　等价于　y = y/（x+9）

（6）其他运算符

[ ]　　　数组的下标；

（ ）　　　括号；

. 结构/联合变量指针成员；

& 取内容；

? 条件运算符，是三目运算，如 min = （a<b）? a : b；

, 逗号运算符；

sizeof sizeof 运算符用于在程序中测试某一数据类型占用多少字节。

D.5 C51 控制语句

（1）条件语句

条件语句由关键字 if 构成。它的基本结构如下。

                If （表达式）
                        {语句}；

如果括号中的表达式成立（为真），则程序执行花括弧中的语句；否则程序将跳过花括弧中的语句部分，执行下面的语句，C 语言提供了三种形式的 if 语句。

格式 1： if （条件表达式）   语句

        如 if （a==b） a++；当 a 等于 b 时，a 就加 1

格式 2： if （条件表达式）   语句 1

        else 语句 2

格式 3： if （条件表达式 1）   语句 1

    else if （条件表达式 2）   语句 2

            else if （条件表达式 3）   语句 3

            else if （条件表达式 m）   语句 n

                    else 语句 m

格式 3 是 if else 嵌套语句，用来实现多方向条件分支，应注意 if 和 else 应该配对出现，否则会现语法错误，else 总是与最临近的 if 相配对。

（2）开关语句

开关语句主要用于多分支的场合。基本结构如下。

 Switch （表达式）

        {

        Case 常量表达式 1：语句 1；break；

        Case 常量表达式 2：语句 2；break；

        ...

        Case 常量表达式 n：语句 n；break；

                default：   语句 n+1；

        }

运行时 switch 后面表达式的值将会作为条件，与 case 后面的各个常量表达式的值相对比，如果相等时则执行 case 后面的语句，再执行 break 语句跳出 switch 语句。如果 case 后没有和条件相等的值时就执行 default 后的语句。当在所有选项都不符合条件的情况下，不需要做任何处理时，则可以不写 default 语句。

（3）"当型"循环语句

while （条件表达式）   语句；

while 语句中的表达式一般是关系表达式或逻辑表达式，只要表达式的值为真（非 0）即可继续循环。

（4）"直到型"循环语句

do   语句 while （条件表达式）

do while 语句是 while 语句的补充，对于这种结构，在任何条件下，循环体语句至少会被执行一次。

（5）for 语句

for （[初值设定表达式]；[循环条件表达式]；[条件更新表达式]）

在明确循环次数的情况下，for 语句比以上的循环语句使用都要方便简单。

D.6　C51 的函数

函数就是 C 语言的子程序。一般功能较多的程序，在编写程序时把每项单独的功能分成数个子程序模块，每个子程序就可以用函数来实现。函数可以被反复的调用，因此一些常用的函数可以做成函数库以供在编写程序时直接调用，从而更好地实现模块化的设计，大大提高编程工作的效率。C 语言的函数有两种：标准库函数、用户自定义函数。

（1）标准库函数

标准库函数是由 C 编译系统的函数库提供的，供系统的使用者在设计应用程序时使用，故把这些函数库称作库函数或标准函数。标准库函数只要用#include 引入已写好说明的头文件，在程序中就可以直接调用函数了。如本节开始出的例程中就使用了#include <stdio.h>，调用 printf 这个库函数。

（2）用户自定义函数

这是用户根据自己的需要编写的函数。

① 函数定义

函数类型　函数名称（形式参数表）

{

局部变量定义

函数体语句

}

函数类型：说明所定义函数返回值的类型。

函数名：用标识符表示的自定义函数的名字。返回值就是一个变量，只要按变量类型来定义函数类型就行了。如果函数不需要返回值，函数类型可以写作 "void"，表示该函数没有返回值。

形式参数表：列出的是在主调用函数与被调用函数之间传递数据的形式参数，形式参数的类型须加以说明。它可以有一个、几个或没有，当不需要形式参数，就是无参函数，括号内可以为空或写入 "void"表示。使用 return 语句传出运算值作为函数的返回值。

局部变量定义：用来对函数内部使用的局部变量进行定义。

函数体语句：根据所要完成函数的各种功能而编写具体指令序列。函数体返回值的类型必须和函数类型一致。形式参数是指调用函数时要传入到函数体内参与运算的变量。

② 函数的调用

　　函数名　（实际参数表列）

函数名：指被调用的函数。

实际参数表：可以为零或多个参数，多个参数时要用逗号隔开，每个参数的类型、位置应与函数定义时的形式参数一一对应，实参的作用就是把参数传到被调用函数中的形式参数，如果类型不对应就会产生一些错误。当调用的函数是无参函数时，则实际参数表可省略，但函数名后的必须有一对空括号。

调用函数前要现行对被调用的函数进行说明，如果被调用函数出现在主调用函数之前，可以不对被调用函数加以说明。如果被调用函数出现在主调用函数之后，一般应在主调用函数中，在对被调用函数调用之前，对被调用函数的返回值类型作出说明。

一般形式为：　　返回值类型说明符　被调用函数的函数名（）；

③ C51 的中断函数

C51 增加了一个 interrupt 函数选项，支持直接编写中断服务程序函数。其函数定义的形式为：

　　函数类型　函数名（）　［interrupt　n］　［using　n］

函数类型：一般定义为 void。

interrupt n：n 是中断号，指示相应的中断源。C51 编译器从 code 区的绝对地址 8n+3 处产生中断向量（见第 2 章的表 2-4）。n 必须是常数，不允许使用表达式。

using n：可选，n 为 0～3 的常数，指示选择 8051 的 4 个寄存器组。如果不使用 using n，中断函数所有使用的公共寄存器都入栈。如果使用 using n，切换的寄存器就不再入栈。注意，带 using 的函数不允许返回 bit 类型数值。

编写 C51 的中断函数时，需要注意的几个问题如下。

a. 中断函数没有返回值，因此它必须是一个 void 类型的函数。

b. 中断函数不允许进行参数传递。

c. 不允许直接调用中断函数。

d. 中断函数对压栈和出栈的处理由编译器完成，无需人工管理。

e. 需要严格注意 using n 的使用，必须确保寄存器组的正确切换。

D.7 C51 程序设计举例

在 P1.0 引脚上输出周期 2ms 的方波，已知系统时钟频率为 6MHz。

C51 程序如下。

```
#include <reg51.h>
void TIMER（）    interrupt   using   1
{
      TH0=0xf0;
      TL0=0x0c;                          /* 重新设置 T0 的初值 */
      P1^0=not P1^0                      /* P1^0 求反 */
}
main（）
{
      TH0=0xf0;
      TL0=0x0c;
      TR0=1;                             /* 允许 T0 计数 */
      ET0=1;                             /* 允许 T0 中断 */
      EA=1;                              /* 开放中断 */
      while（1）；                        /* 等待中断 */
}
```

以上附录 D 的内容对 C51 程序设计语言进行了入门介绍，请读者继续阅读相关书籍进行深入学习和实践。

附录 E   常用集成电路引脚排列

（1）集成运算放大器

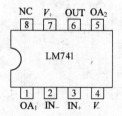

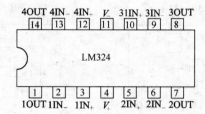

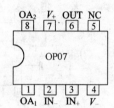

（2）集成比较器

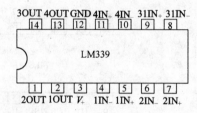

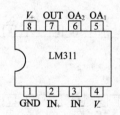

（3）集成功率放大器

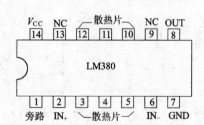

（4）74 系列 TTL 集成电路

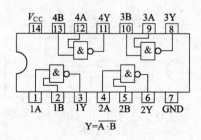

$Y=\overline{A \cdot B}$

74LS00 四 2 输入正与非门

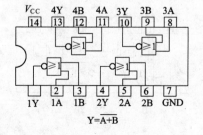

$Y=\overline{A+B}$

74LS02 四 2 输入正或非门

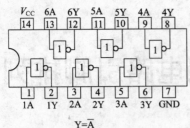

Y=$\overline{A}$

74LS04 六反相器

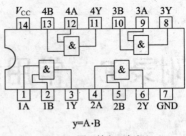

y=A·B

74LS08 四 2 输入正与门

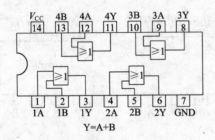

Y=A+B

74LS32 四 2 输入正或门

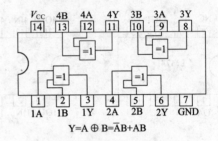

Y=A ⊕ B=$\overline{A}$B+A$\overline{B}$

74LS86 四异或门

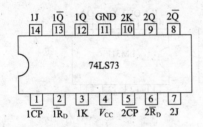

74LS73 双下降沿 JK 触发器

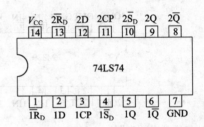

74LS74 双上升沿 D 触发器

74LS138 3 线－8 线译码器

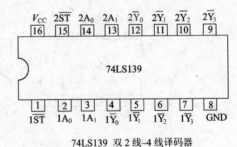

74LS139 双 2 线－4 线译码器

（5）CMOS 集成电路

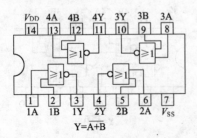

Y=$\overline{A+B}$

4001 四 2 输入正或非门

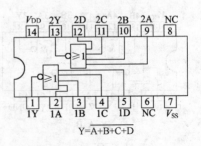

Y=$\overline{A+B+C+D}$

4002 双 4 输入正或非门

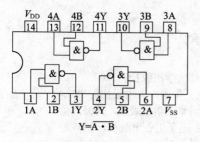

$Y=\overline{A \cdot B}$

4011 四 2 输入正与非门

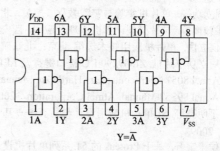

$Y=\overline{A \cdot B \cdot C \cdot D}$

4012 双 4 输入正与非门

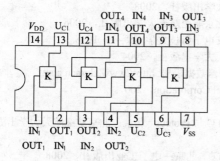

4066 四双向模拟开关

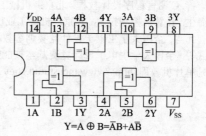

$Y=\overline{A}$

4069 六反相器

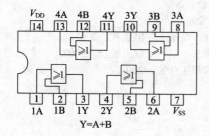

$Y=A+B$

4071 四输入正或门

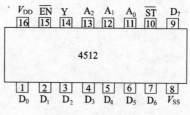

$Y=A \oplus B=\overline{A}B+A\overline{B}$

4070 四异或门

4511 二进制七段译码器

4512 8 选 1 数据选择器

参 考 文 献

[1] 晁阳. 单片机 MCS-51 原理及应用开发教程. 北京：清华大学出版社，2007.

[2] 欧阳文. ATMEL89 系列单片机的原理与开发实践. 北京：中国电力出版社，2007.

[3] 孙育才等. ATMEL89S52 系列单片机及其应用. 北京：清华大学出版社，2005.

[4] 李群芳等. 单片微型计算机与接口技术. 第 3 版. 北京：电子工业出版社，2008.

[5] 扬居义. 单片机原理与工程应用. 北京：清华大学出版社，2009.

[6] 末松良一. 控制用微机入门. 刘本伟译. 北京：科学出版社，2000.

[7] 李建忠. 单片机原理及应用. 西安：西安电子科技大学出版社，2008.

[8] 周立功等. 单片机实验与实践教程（三）. 北京：北京航空航天大学出版社，2006.

[9] 张毅坤等. 单片微型计算机原理及应用. 西安：西安电子科技大学出版社，1998.

[10] 何立民. 单片机应用技术选编.北京：北京航空航天大学出版社，2004.

[11] 周立功单片机. ZLG7290 I^{2}C 接口键盘及 LED 驱动器数据手册. http://www.zlgmcu.com.

[12] Atmel 8051 Microcontrollers Hardware Manual. Atmel Corporation，2007.

[13] Atmel 89S52 Manual. Atmel Corporation，2001.

[14] 丁明亮等. 51 单片机应用设计与仿真——基于 Keil C 与 Proteus. 北京：北京航空航天大学出版社，2009.

[15] 侯玉宝等. 基于 Proteus 的 51 系列单片机设计与仿真. 北京：电子工业出版社，2008.

[16] Proteus 产品概述. 广州风标电子技术有限公司，2009.

[17] 姜志海等. 单片机的 C 语言程序设计与应用. 北京：电子工业出版社，2008.

[18] 冉崇善. C 语言程序设计教程. 北京：机械工业出版社，2009.

[19] 于海生. 计算机控制技术. 北京：机械工业出版社，2007.

[20] 黄智伟等. 全国大学生电子设计竞赛训练教程. 北京：电子工业出版社，2005.

[21] 宁武等. 全国大学生电子设计竞赛基本技能指导. 北京：电子工业出版社，2009.

[22] 平凡单片机教程. http://www.mcustudio.com/平凡单片机工作室，2004.